DROEMER

LEAH KONEN

Die Nacht in dir

THRILLER

Aus dem amerikanischen Englisch
von Kirsten Reimers

DROEMER

Die amerikanische Originalausgabe erscheint 2020 mit dem Titel
»Broken People« bei G.P. Putnam's Sons, New York.

Besuchen Sie uns im Internet:
www.droemer.de

Aus Verantwortung für die Umwelt hat sich die Verlagsgruppe Droemer Knaur zu einer nachhaltigen Buchproduktion verpflichtet. Der bewusste Umgang mit unseren Ressourcen, der Schutz unseres Klimas und der Natur gehören zu unseren obersten Unternehmenszielen. Gemeinsam mit unseren Partnern und Lieferanten setzen wir uns für eine klimaneutrale Buchproduktion ein, die den Erwerb von Klimazertifikaten zur Kompensation des CO_2-Ausstoßes einschließt. Weitere Informationen finden Sie unter: www.klimaneutralerverlag.de

MIX
Papier aus verantwortungsvollen Quellen
FSC® C014496

Deutsche Erstausgabe Mai 2020
Droemer Verlag

Covergestaltung: ZERO Werbeagentur, München
Coverabbildung: Collage unter Verwendung von Motiven von
plainpicture / Silveri und Paradise studio / shutterstock.com
Satz: Adobe InDesign im Verlag
Druck und Bindung: GGP Media GmbH, Pößneck
ISBN 978-3-426-28236-6

2 4 5 3 1

Für Eleanor

1

Menschen haben alle möglichen Vorstellungen davon, was sie machen würden, wenn ihnen etwas zustößt.

Sie würden es ihren Freunden erzählen. Sie würden diesen einen Anruf machen. Sie würden weggehen. Sie würden ganz sicher nicht einfach weitermachen wie bisher, Erfahrungsberichte schreiben oder als Aushilfskraft einspringen, wenn ein Online-Magazin eine freiberufliche Journalistin gerade an diesem Tag braucht. Sie würden es ihren Familien erzählen (vorausgesetzt, es gibt in ihrem Leben noch eine Familie, der sie es erzählen könnten), sie würden sich beschäftigen (Töpferkurs! Politische Kampagnen! Yoga!). Sie würden genesen, sie würden nach vorn schauen, und sie würden *ihr Leben wieder neu aufbauen.*

Genau das habe ich auch immer gedacht.

Die Ausfahrt nach Woodstock, New York, kam in Sicht, meine Augen zuckten nervös zum Rückspiegel, als ich zügig abfuhr. Urplötzlich war ich mitten auf dem Land, Wiesen und Pferde, heruntergekommene Schulbusse, verlassene Scheunen und idyllische Kirchen lagen überall verstreut: eine Landschaft wie ein Lückentext. Ich fand die Shadow Creek Road am Ende eines besonders gewundenen Abschnitts. Ich wollte so unbedingt aus dem Auto steigen und Schritt zwei des Plans in Angriff nehmen, dass ich beim Wenden kaum das Tempo drosselte …

Ich trat die Bremse bis zum Anschlag durch, während die Hirschkuh wie zu Eis gefror und mich anstarrte.

Meine Brust schlug gegen das Lenkrad; Dusty jaulte auf, als sein Körper gegen die Wand seiner Transportkiste geschleudert wurde. Mein Blut pumpte heftig und schnell durch meine Venen, Hitze durchfuhr mich. Ich rang um Atem, während die Augen der Hirschkuh mich anfunkelten. *Was tust du da? Was in Gottes Namen glaubst du, was du da tust?* Sie stolzierte davon, ihr massiger Körper verschwand so schnell im hohen Gras der Wiese, wie er erschienen war.

Magensäure stieg auf, meine Kehle brannte wie Feuer, und ich rammte den Schalthebel in Parkposition. Ich sprang raus, eilte zur Beifahrerseite und riss die hintere Tür auf. »Alles okay, Kleiner?«, fragte ich. Dusty leckte meine Hand, mein unberechenbarer Fahrstil hatte ihm offenbar keinen größeren Schaden zugefügt. »Es tut mir so leid«, sagte ich und versuchte, die Bitterkeit hinunterzuschlucken, angeekelt von der Feststellung, dass ich nicht fähig war, meinen Hund zu beschützen. Ich könnte es nicht aushalten, ihn auch noch zu verlieren.

Ein Auto näherte sich von hinten, ein alter buttergelber Mercedes. In der Luft lag der Geruch von frisch gebratenem Essen – Davis und ich hatten mal davon geträumt, einen Mercedes-Diesel so umzubauen, dass er mit Biodiesel, also mit kostenfreiem gebrauchtem Speiseöl aus Restaurants, lief. Eine Frau stieg auf der Fahrerseite aus, anmutig und geschmeidig. Ihr goldenes Haar glänzte im Sonnenlicht, es fiel vollkommen glatt über ihren Rücken. Sie hatte hohe Wangenknochen und kecke Brüste, und ihre Arme waren beneidenswert straff. Sie trug schwarze Spandexhosen und ein lockeres schwarzes Tanktop über einem pinkfarbenen Sport-BH – die Art Frau, für die der »Athleisure«-Look erfunden worden war. Was wollte sie?

»Sind Sie okay?«, fragte sie, die Augenbrauen sorgenvoll zusammengezogen. »Brauchen Sie Hilfe?«

Ihre Worte trieben stechende Tränen in meine Augen. Ich brauchte mehr Hilfe, als sie überhaupt ahnen konnte. Schnell schloss ich die Autotür. Dusty winselte. »Es war nur ein Reh«, brachte ich heraus. »Es hat mich überrascht, aber ich bin in Ordnung.« Bevor sie noch irgendwas sagen konnte, war ich wieder im Auto und schaltete auf »Fahren«.

Im Rückspiegel sah ich, wie sie mir nachblickte – um sich zu versichern, dass ich okay war, oder um mich zu beobachten? Sie folgte mir noch, als ich das Farmhaus erreichte, nach dem ich laut Maklerin Ausschau halten sollte. Es war wundervoll heruntergekommen, mit roten Holzlamellen, abblätternder weißer Verkleidung und einem durchhängenden Dach. Ich fuhr daran vorbei und beobachtete, wie die Frau in die Auffahrt einbog – meine neue Nachbarin.

Langsam kroch ich die Straße entlang, aber ich sah kein weiteres

Haus, nur eine Wiese auf der einen Seite und Bäume mit dicken Blättern auf der anderen. Ich fuhr rechts ran und blickte erneut in den Rückspiegel. Ich griff nach meinem Telefon. Die SIM-Karte war gestern ersetzt worden, aber der Bildschirm immer noch gesprungen – es würde mindestens hundert Dollar kosten, das zu reparieren. Ich rief meinen neuen E-Mail-Account auf, gab das Passwort ein und fand die Antwort der Maklerin, Jennifer Moon, die eine zweifarbige E-Mail-Signatur in geschwungener Schrift hatte. »Hi Lucy! Vielen Dank für die schnelle Antwort. Ich bin so begeistert, dass Sie das Cottage mieten wollen, und, ja, Barzahlung passt mir gut. Ihr kleines blaues Haus liegt DIREKT HINTER dem roten Farmhaus, es hat eine kleine Veranda zur Auffahrt hin. Das ist Ihr neues ZUHAUSE! Der Schlüssel ist im Schließfach, der Code ist 3321. Herzlich willkommen!«

Kiesel knirschten unter den Rädern, als ich auf der Straße wieder zurückzuckelte. Mein Dad würde ausrasten, wenn er wüsste, dass ich den Honda Accord über *Craiglist* gekauft hatte, ein Geldbündel im Wert von dreitausend Dollar gegen einen Schlüssel mit einem »Miami, Florida«-Anhänger getauscht hatte. Er würde durchdrehen angesichts des Plans, den ich hatte. Wenn er da wäre, würde ich diesen Plan natürlich nicht benötigen. Er und meine Mom wären mein Plan.

Schließlich sah ich es. Es war atemberaubend, königsblau mit einer winzigen hölzernen Veranda, umgeben von ungemähtem Gras. Verdammt, es hatte sogar eine Hollywoodschaukel, etwas, das ich mir immer gewünscht hatte, als ich mir noch ein Leben mit Davis ausgemalt hatte, weit weg von New York City, ein kleines Mädchen mit meinen Augen und seinem Mund, das mit Bauklötzen zu unseren Füßen spielte. Nichts schien unmöglich damals, unsere Zukunft erstreckte sich vor uns wie Dominosteine, ein Tag ergab den nächsten.

Ich parkte und befreite schnell Dusty aus seinem Gefängnis. Er pinkelte an den ersten Busch, den er finden konnte, dann folgte er mir auf die Veranda. Ich gab den Zahlencode in das Schließfach ein, und ein silberner Schlüssel fiel mir in die Hände. Die Haustür ließ sich einfach öffnen, fast zu einfach, und als ich drin war, prüfte ich den Türriegel drei Mal.

Das Haus war möbliert. Die letzte Bewohnerin war ebenfalls eine alleinstehende Frau gewesen, aber das Haus gehörte einem älteren Paar, das vor ein paar Jahren zurück nach Phoenix gezogen war, um näher beim Enkel zu sein – Jennifer Moon hatte mir das alles erzählt, bevor ich auch nur die Chance hatte, danach zu fragen.

Dusty überprüfte die neue Umgebung, wie er es schon in dem verdreckten Days Inn in Queens gemacht hatte, wo wir uns die letzten beiden Tage verkrochen hatten; sein kleiner weißer Körper wieselte herum wie ein gigantisches Wattebällchen. Ich musterte den Raum: zwei kleine marineblaue Sofas vor einem Holzofen, daneben Holzscheite; Bücherregale mit Wanderführern für die Catskills, einem Taschenbuch über Buddhismus und einem mehrbändigen, nicht ganz vollständigen Lexikon; ein hölzerner Schaukelstuhl in einer Ecke, ein Doppelglasfenster auf der anderen Seite.

Der Schlafraum war eine Sardinenbüchse mit einem schmiedeeisernen Bett, das meine Mutter geliebt hätte, und einem knallbunten Quilt, den sie gehasst hätte; einem Schreibtisch, der zu klein war, um nützlich zu sein, und einem Wandschrank. Ich griff nach meiner Tasche und kippte den Inhalt aufs Bett:

- Geburtsurkunde
- Sozialversicherungskarte
- Pass und Ausweise
- Bank- und Kreditkarten
- Moms Seidenschal
- Dads Hammer
- Umschlag voller Bargeld

Während ich die Gegenstände auf dem Bett ausbreitete, berührte ich jeden einzelnen, als könnte er sich vor meinen Augen in Luft auflösen, wenn ich ihn nicht im Blick behielt. Dusty wollte über die Papiere krabbeln, aber ich scheuchte ihn weg. Das war mein Leben. Plastik und Papier, Geld und Seide. Ich griff nach dem Umschlag, zählte noch einmal das Geld – etwas mehr als zehntausend Dollar –, dann legte ich den Hammer auf den Nachttisch, zur Verteidigung. Ich nahm den Schal in die Hand, er war cremeweiß, umrandet von einem königsblauen Streifen und Blumenknospen. Ich hob ihn näher heran, um die ruinierte dunkelbraune Ecke zu inspizieren. Das würde ich Davis nie verzeihen. Ich ließ den Schal aufs Bett fallen und musterte meine restlichen Besitztümer, während ich überlegte, was ich mit ihnen machen sollte.

Draußen knackte ein Zweig, laut wie ein Feuerwerkskörper.

Dusty bellte, und ich sprang auf, griff nach dem Hammer, lief zum Fenster und riss die Vorhänge zurück. Mein Herz schlug wie eine Trommel.

Ein graues Kaninchen mit langen Hinterpfoten hoppelte davon.

Ich nahm einen langen Yoga-Atemzug. Manchmal war ich wie ein verschrecktes Tier, schlimmer als Dusty, wenn er seinen Schwanz einzog.

Ich legte den Hammer weg und schob das Bett zur Seite, Metall schabte über die Holzdielen. Auf den Knien – sie hinterließen Abdrücke in der Staubschicht – prüfte ich vorsichtig jede Diele. Nach fünf Minuten entdeckte ich nur wenige Zentimeter neben der Sockelleiste eine, die sich locker anfühlte. Mithilfe der Hammerklaue zog ich sie heraus, schuf einen Freiraum von rund zwanzig mal zehn Zentimetern, verbarg darin alles bis auf das Tuch und Geld für die Miete, und drückte die Diele wieder an ihren Platz. Ich wischte mit den Händen darüber, um den Staub zu verteilen, bevor ich das Bett zurückschob.

Ich brauchte einen Drink. Seit meinem Weggang hatte ich mich gezwungen, keinen Alkohol mehr zu trinken, weil ich wusste, dass ich einen klaren Kopf brauchte. Es war fast drei, früher als in meinem normalen Leben üblich, aber angesichts der Umstände war das okay. Das war meine neue Realität: Ich lebte in einem süßen kleinen Cottage, um das Waldtiere herumtollten, und hatte meine Besitztümer unter den Dielen versteckt – wer war da in der Position zu sagen, ich müsste bis sechs Uhr warten?

»Was meinst du?«, fragte ich Dusty. »Hat Mommy sich einen Drink verdient?«

In der Küche holte ich die letzte Flasche von Davis' gutem Whiskey heraus, diejenige, die ich vor zwei Tagen gestohlen hatte. Ich blickte mich um und entdeckte eine Hundetür; ich musste Dusty beibringen, sie richtig zu nutzen. Ich goss zwei Finger breit Whiskey in ein kleines Glas und nahm einen Schluck. Dann spähte ich nach draußen – der eingezäunte Hof in der Größe einer Briefmarke war von Baumbeständen umgeben. Dieser Ort war perfekt für uns. Er musste perfekt sein.

Auf meinem Bett klappte ich meinen Laptop auf und loggte mich in das Virtual Private Network ein, bei dem ich angemeldet war, eines, das meine IP-Adresse zerhackte und meine Verbindung nicht zurückverfolgbar machte, nur für den Fall. Ich rief mein altes E-Mail-Postfach auf und fürchtete das Schlimmste, aber es waren keine neuen Nachrichten eingegangen, nichts als Werbemails und Bettelbriefe von Non-Profit-Organisationen, die Ängste schürten im Bemühen um weitere Spenden.

Ich las noch einmal den Entwurf, den ich am vergangenen Abend geschrieben hatte, die Brust zog sich mir zusammen bei dem Gedanken, was meine beste Freundin Ellie inzwischen erfahren haben mochte.

Hey Süße,
bitte entschuldige diese Nachricht in letzter Minute, aber ich kann heute Abend nicht zu unserer Essensverabredung kommen! Ich habe beschlossen, für ein paar Monate zurück nach Seattle zu ziehen. Ich werde ein letztes Mal den Nachlass meiner Eltern durchgehen und versuchen, meine Karriere als Freiberuflerin voranzubringen an einem Ort, der nicht ganz so teuer ist wie Brooklyn. Vielleicht denkst du jetzt nicht nur, »was soll der Scheiß«, sondern fragst dich auch, was mit Davis ist. Ich muss dir leider mitteilen, dass wir jetzt getrennte Wege gehen. Ich wollte es dir gern persönlich erzählen, aber ich halte das nicht durch. Es tut mir leid.
Ich hab dich lieb, und ich hasse es, dass ich abgetaucht bin, ohne mich von dir zu verabschieden, aber das kam alles sehr plötzlich. Wenn ich mich eingelebt habe, planen wir eine Wiedervereinigung an der Westküste, bitte, bitte – ja?
Umarmungen und Küsse
L

Bevor mir Zweifel kamen, klickte ich auf Senden.

2

Sie denken vielleicht, es wäre einfach, alle Verbindungen zu einem Mann wie Davis zu kappen, eine natürliche Reaktion für eine nach vorn blickende Frau wie mich. Aber das war es nicht. Im Gegenteil, es war wie mit jeder anderen Sucht, man kehrte viel schneller wieder zu ihr zurück, rationalisierte sie, als dass man sie vollkommen aufgab. Nur. Noch. Ein. Kleiner. Schluck. Wenn es doch nur AA-Treffen für miese Freunde gäbe, für die Frauen, die es nicht schafften, sie zu verlassen.

Es war fast vier und mein erstes Glas fast leer, als ich den Mut aufbrachte, Davis zu schreiben.

> Ich gehe zurück nach Seattle. Du kannst uns nicht mehr kontrollieren.

Ich hängte das Foto an die Mail, meine Absicherung gegen zukünftige Bestrafungen. Die einzige, die ich hatte.

In mir öffnete sich eine Luke, das konnte ich fühlen, nur einen Spaltbreit, Ärger kam auf über all das, was zwischen uns passiert war, aber ich schloss sie wieder, weil ich wusste, dass ich das musste; ich atmete tief durch und klickte auf Senden.

Für den Bruchteil einer Sekunde stellte ich mir vor, wie er es las, die Knöchel seiner Finger weiß, so fest umklammerten sie das Telefon.

Dann stellte ich mir die Alternative vor, und ich betete darum, dass Davis okay war, mein Magen wand sich zu einem Knoten, während mein Herz gnadenlos hämmerte.

Ohne meine Angst zuzulassen, loggte ich mich aus dem alten E-Mail-Account aus und in den neuen ein, lucykingwriter92@gmail.com; darin gab es nur den Mailwechsel wegen des Cottages, eine »Willkommen bei Gmail«-Nachricht und ein bisschen Spam.

Ich gebe es ungern zu, aber dann tat ich das, was ich, um zurechtzukommen, monatelang getan hatte – ich trank.

Als ich die Fußangeln der Schwarzen Löcher des Internets hinter mir gelassen hatte, als aus dem zweiten Glas das dritte geworden war, als Dusty um Futter winselte und mir klar wurde, dass es fast neun Uhr abends war, öffnete ich eine Dose Hundefutter und bestellte mir eine Pizza bei einem der wenigen Lieferdienste des Ortes. Dann trank ich weiter.

Dusty berührte mit der Pfote mein Gesicht.

Meine Augen sprangen auf. Es war Morgen, Licht umgab die Kanten der Vorhänge wie ein Heiligenschein. Ich war vollständig bekleidet und lag auf dem Quilt, das Haar zerdrückt, wie eine Puppe, die nach dem Spielen in die Ecke geworfen worden war. Mein Kiefer war verspannt. Ich hatte mit den Zähnen geknirscht, wie ich es immer tat, wenn ich Angst hatte, eine Angewohnheit aus der Kindheit, die ich nicht ablegen konnte.

Ich hatte mich noch nicht daran gewöhnt, ohne Davis aufzuwachen. Es war schwer, mir nicht vorzustellen, wie er auf seiner Seite des Bettes lag, die Beine um die Laken geschlungen, seine Schulter zum Ankuscheln für mich bereit. Sein blondes Haar zerzaust, die Haarwirbel ungezähmt, seine Brille mit den dicken Gläsern, eins der Dinge, die wir gemeinsam ausgesucht hatten, bereitgelegt auf dem Nachttisch. Seine Augen öffnen sich – »Morgen, Babe«.

Jetzt war seine Bettseite besetzt von einer fettfleckigen Schachtel von Ciceros Pizza. Der Geruch von Wurst drehte mir den Magen um.

Davis war sehr schnell ein wichtiger Bestandteil meines Lebens geworden, mit allen Vor- und Nachteilen. Er war da, um mich zu Geburtstagspartys von Freunden zu begleiten, an meiner Seite, um den neuesten Independent-Film zu sehen oder ein Rezept auszuprobieren, das ich online gefunden hatte; bereit, das neue Album von *LCD Soundsystem* anzuhören und dann stundenlang darüber zu diskutieren, ob es etwas taugte. Da, um einen nerdigen Witz über die inzestuösen Untertöne in *Star Wars* zu reißen. Um mich zu halten, wenn die Trauer über den Verlust meiner Eltern mich mitunter untröstlich machte. Schließlich da, um mich voll und ganz in seiner Wohnung, seinem Leben willkommen zu heißen. Das Bett anzuwärmen, mein Partner in der Hundesache, unsere geteilte Verantwortung, um ein Leben mit Dusty, meinem Ein und Alles, zu ermöglichen …

Davis sollte all diese Sachen direkt in die Hölle schicken. Er war da, um mir sein wahres Ich zu enthüllen, nach und nach. Um das, was ich unter einer *Überraschung* verstand, neu zu definieren.

Dusty sprang aufs Bett und schnüffelte an den Resten der Pizza.

»Runter«, sagte ich, während ich eine klebrige Bitterkeit in meiner Kehle spürte. »Wir gehen gleich.« Mein Telefon lag unheilverkündend auf der Schachtel. Ich tippte auf den Bildschirm. Es war nach elf. Keine Anrufe oder Textnachrichten, aber das war auch nicht zu erwarten. Davis kannte meine neue Nummer nicht, meine neue SIM-Card hatte dafür gesorgt.

Ich schob mich aus dem Bett, dann linste ich durch die Vorhänge, gerade, als ein Auto langsam vorbeifuhr. Ich zwang mich dazu, tief durchzuatmen. Ich schloss die Vorhänge, darauf bedacht, dass nicht einmal ein Zentimeter des Fensters freilag, dann näherte ich mich dem Spiegel, der neben der Tür hing. Da, gerahmt von meinen nicht zu bändigenden dunklen Locken und unmöglich zu übersehen, war der Bluterguss. Wütend und weiß in der Mitte, rot und blau – wie Flecken aus Wasserfarben – an den Rändern. Er umrundete meinen Wangenknochen wie eine Zielscheibe, fast acht Zentimeter breit.

Ich nahm meine Tasche vom Nachttisch, wo ich sie hingeworfen hatte, und suchte das Dermablend, nach dem meine Mom mich süchtig gemacht hatte, als Akne noch meine größte Nemesis war. Als ich es auftupfte, brannte meine Wange, die Haut war empfindlich, dünn wie Pergament; für eine Sekunde war es wieder Mittwochabend, der Moment in unserer Wohnung, als der Raum aus dem Gleichgewicht geriet und sich zu drehen begann.

Dusty fiepte, fast als würde er mit mir fühlen, aber ich wusste, er wollte nur raus. Ich musterte mein Meisterwerk – der Bluterguss, Kratzer und die angedeuteten Sommersprossen verschwanden unter dem Make-up, verschwommen wie unter einem großzügigen Instagram-Filter, vage und makellos wie die Mona Lisa. Frauenmagazine veröffentlichen niemals Tipps für so etwas. Solche Sachen muss man allein herausfinden.

Ich hörte einen Krach und sprang auf. Neben mir zog Dusty seine Leine vom Nachttisch, und der Metallhaken war auf den Hartholzboden geknallt. Ich atmete tief ein und kniete mich hin, um Dusty hinter den Ohren zu kraulen. Die Wärme seiner Haut und sein watteweiches Fell beruhigten meinen Puls, meine Atmung wurde gleichmäßiger – und dann landete mein Blick auf den von der Sonne erleuchteten Dielen.

Schnell schob ich das Bett zur Seite. Das fragliche Dielenbrett ragte ganz leicht heraus, als wäre es bewegt worden. Ich zermarterte mein Gehirn. Hatte ich, nach einem Whiskey oder nach dreien, das Brett angehoben, um nachzusehen? Nein. Daran würde ich mich erinnern. War Dusty unter das Bett gekrabbelt und hatte dort herumgekratzt, wie er es oft in Brooklyn getan hatte? Am wahrscheinlichsten. Dennoch überprüfte ich den Inhalt des Verstecks, holte alles heraus und glich es mit meiner Liste ab. Alles da. Mein Magen meldete sich zu Wort – dieses Mal allerdings nicht wegen des Alkohols.

Ich hämmerte die Bodendiele an ihren Platz, schob das Bett zurück und durchsuchte schnell das Cottage. Es gab keine Anzeichen dafür, dass jemand Fremdes hier gewesen war.

Es war nicht möglich, versicherte ich mir selbst, als ich die Tür hinter uns verschloss und dabei mehrfach überprüfte, um sicherzugehen, dass sie wirklich zu war. Dieses Mal hatte ich dafür gesorgt, dass er mich nicht finden konnte.

Alles in allem hatte ich eine Menge gelernt in den letzten Monaten.

Diesmal würde es nicht so sein wie vorher.

Licht besprenkelte den Straßenrand, und eine Brise wogte durch das hohe Gras der Wiese. Dusty hüpfte voran, gleichermaßen fasziniert von dem Fehlen anderer Hunde wie der Fülle an Grün. Kein Park in Brooklyn kam dem *Walden*-artigen Utopia vor uns gleich.

Wir kamen nur langsam voran, Dusty wollte jedes Stämmchen und jede Blume anpinkeln, das grelle Licht des Tages ließ alles noch realistischer erscheinen. Fernsehfilme kamen mir in den Sinn, solche, wie ich sie im muffigen Keller mit meiner Mom geschaut hatte. Die Flucht der Heldin vor dem bösen Kerl war der Höhepunkt, der Triumph. Man sieht nie den Teil, in dem sie nicht weiß, wie sie von vorn anfangen soll, wenn sie sich fragt, ob Thoreau sich gelangweilt hat, so allein im Wald.

Wir erreichten das Farmhaus, der pittoreske Mercedes parkte neben einem dreckbespritzten Pick-up. Von Nahem sah es so idyllisch aus wie gestern, obwohl man eine Menge Arbeit hineinstecken musste. Ein Fenster war kaputt, und die Außenwand bettelte um einen neuen Anstrich. Ich zog an der Leine, aber Dusty war starrköpfig – er stoppte am Briefkasten, um sein Geschäft zu verrichten.

Ich hörte Gebrüll. Worte konnte ich nicht verstehen, nur erhobene Stimmen, ein Kreischen, das vom Scharren eines Stuhls über Hartholzdielen stammen konnte, ein entschiedenes Stampfen.

Ich versteifte mich, entzückt. Alte Wände sind dünn, ich wusste das. Davis und ich tauschten nachts kurz und bündig Flüstereien in der Küche aus. Früher hatte er darüber gelacht und gesagt, dass man sich in Brooklyn nicht den Luxus einer ordentlichen Auseinandersetzung gönnen konnte. Das war witzig gewesen, denn es entsprach der Wahrheit. Unsere Streitereien waren liebevoll und nachsichtig gewesen damals, voller Geplänkel, wie zwei Menschen, die das Skript einer Sitcom vorlasen.

Das hatte sich verändert. Davis hatte zahlreiche Methoden entdeckt, um seinen Kopf durchzusetzen, ohne die Aufmerksamkeit der Nachbarn zu wecken. Ich glaube immer noch nicht, dass die Frau über uns mitbekommen hat, was lief.

Die Haustür krachte auf, und ich hörte die Stimme einer Frau – »Tu das nie wieder« –, und ich schwöre, ich rechnete schon damit, mich selbst zu sehen, wie ich aus der Tür trat – mit funkelnden Augen, bebenden Händen, auf der Suche nach dem Sinn hinter dem, was passiert war, während ich doch wusste, dass solche Dinge keinen Sinn ergaben.

Unerklärlicherweise schüttelte Ms. Buttergelber Mercedes nur ihren Kopf, grinste, als wüsste sie sogar, wie man mit Anmut stritt. Sie hatte ihr Haar heute zu einem gleichmäßigen Pferdeschwanz gebunden, und ihre Kleidung war wieder vollständig schwarz, eng und dehnbar, dazu trug sie Sneakers an den Füßen. Sie sah mich an. »Sie sind das.«

Ihre Worte überraschten mich, und ich fühlte mich nackt und exponiert, ein Kind in der Cafeteria, das nicht wusste, wo es sich hinsetzen soll. Ich musste etwas tun, also suchten meine Hände nach Hundekotbeuteln, doch da waren keine mehr in meinem Spender. Mist.

»Die Frau von gestern, nicht wahr? Kann ich Ihnen helfen?«

»Mein Hund«, sagte ich, als ich meine Stimme gefunden hatte, und nickte in Richtung Dusty. Er zog an der Leine, weil er Hallo sagen wollte. »Sorry, er hat – nun – auf Ihren Rasen, und ich habe die Tüten vergessen. Ich hätte ihn gar nicht erst in Ihren Garten laufen lassen sollen ...«

Sie marschierte den Pfad herunter, ihr Pferdeschwanz glich einem Pendel. Sie war aus der Nähe noch atemberaubender, ihr Lächeln breit und weiß, wie das Grinsen eines Kindes. Ihre Augen waren grau, ihre Augenbrauen blond, aber dicht, und sie war vermutlich älter als ich, fünf oder zehn Jahre vielleicht; es war schwer zu sagen.

»Nicht anspringen, Dusty«, sagte ich.

»Oh, schon okay.« Sie blickte von Dusty zu mir. Sie war ein paar Zentimeter größer als ich, und sie roch nach warmer Erde mit einem Hauch von etwas Beißendem. Sie hatte Dreckflecken an den Knien, und ein geflochtener grüner Plastikkorb stand vor dem überwuchernden Blumenbeet hinter ihr. Bevor sie gestritten hatte, hatte sie im Garten gearbeitet. »Sie haben das Cottage gemietet, oder?«, fragte sie. »Das Haus, das Jennifer –« Sie unterbrach sich abrupt. »Das Haus der Clarks, die nach Phoenix gezogen sind.«

Ich nickte. »Ja, genau.«

»Ich bin Vera.« Sie streckte ihre Hand aus. Ihre Finger waren kurz und ein bisschen wurstig, vielleicht die einzige Sache, über die sie sich Gedanken machte, wenn sie eine geistige Liste ihrer Fehler zusammenstellte. Wie ich und meine Aknenarben. Wurstfinger waren ein dekadenter Fehler. »Schön, dich nun wirklich kennenzulernen.«

Ich zögerte eine Sekunde, plötzlich nervös, bevor ich sagte: »Lucy.«

»Und wer ist das?«, fragte sie.

»Dusty.« Ich lächelte. Es war schwierig, nicht zu lächeln, wenn ich über Dusty sprach, sogar jetzt.

Veras Stimme wechselte in eine Tonlage, als würde sie mit einem Baby sprechen: »Bist du nicht der Allersüßeste mit deinem fluffigen weißen Köpfchen und der kleinen nassen Nase?« Sie blickte auf. »Junge oder Mädchen?«

»Junge.«

»Wer ist ein guter Junge?«, fragte Vera, als Dusty sich streckte, um ihr Kinn zu lecken. »Dusty ist ein guter Junge, das ist er.« Sie richtete sich auf, ihre Hose nun bedeckt mit Dustys weißen Haaren. »Wie lange bleibst du?«

Es war seltsam. Vor wenigen Minuten hatte sie sich mit wem auch immer im Haus angeschrien. Und jetzt benahm sie sich, als wäre nichts geschehen. Mein Wangenknochen glühte auf, nicht so sehr vor Schmerz als vielmehr wegen all dem, was damit zusammenhing. Konnte es so einfach sein? Konnte man sich streiten und rumbrüllen und dann rausgehen und die neue Nachbarin begrüßen?

Ich hob die Hand, um meine Wange zu verbergen. Die Sonne schien zu hell; es war die Art von Tag, der Geheimnisse aufdeckt, den Schnee wegschmilzt, unter dem die Leiche verborgen liegt, den dermatologisch geprüften Concealer durchdringt und etwas Scheußliches freilegt. »Ich bin mir noch nicht sicher«, sagte ich. »Erst mal nur von Monat zu Monat.«

Vera sah mir in die Augen, während sie ihr Gesicht verzog. Versuchte sie, den Bluterguss nicht anzusehen, oder hatte sie ihn nicht bemerkt? Ihr Gesicht klarte wieder auf, als gäbe es da einen Dimmer, der mit bloßem Willen gesteuert wurde. »Wie auch immer: hallo Nachbarin«, sagte sie. »Willkommen in Woodstock. Kommst du aus New York City?«

Widerstrebend nickte ich.

Vera lächelte nüchtern und blickte dann runter zu Dusty. »Oh, du musst diese Beutel hier draußen nicht nutzen. Niemand macht das.

Zwischen der Hirschscheiße und der Bärenscheiße fällt das kaum auf.«

Ich nickte, die Haut kribbelte bei dem Gedanken, dass Bären einfach so vorbeispazierten. Sie starrte mich an, als wartete sie darauf, dass ich etwas sagte. »Wir sollten gehen«, sagte ich und zog an Dustys Leine.

»Du solltest zu uns zum Essen vorbeikommen«, sagte sie plötzlich, das Lächeln wieder angedreht. »Du bist gerade erst angekommen, und ich weiß, dass du kein Gemüse im Haus hast. Es sei denn, du bist die Art von Mensch, die daran als Allererstes denkt, und in diesem Fall hasse ich dich. Bitte verrate uns im Übrigen, wie das so geht mit der Perfektion.«

Der Klang meines Lachens überraschte mich – es war lange her, dass ich es gehört hatte. Zu einem anderen Zeitpunkt, an einem anderen Ort wäre die Antwort leicht gewesen. Ich hätte vorgeschlagen, sich auf einen Drink zu verabreden, und wir hätten uns in einer Cocktailbar mit unverputzten Backsteinmauern und Bukowski lesenden Bartendern getroffen, hätten Mixgetränke mit so albernen Dingen wie Absinth und Eiweiß bestellt. Gegen Ende des Abends wären wir enge Freundinnen gewesen, hätten alles ausgetauscht von der Anzahl der Nächte, die wir pro Woche mit unserem Partner schliefen, bis hin zu den unerträglichen Schmerzen einer Blasenentzündung. In dieser Welt jedoch brachte mich der Gedanke aus der Fassung. Was, wenn Vera etwas über mich bei Facebook oder Instagram postete? Was, wenn es so lange her war, dass ich vergessen hatte, wie man neue Freundschaften schloss – ich hatte mich nur noch auf Davis und Ellie konzentriert und die Welt, die wir gemeinsam erschaffen hatten. Was, wenn mein innerer Kompass so kaputt war, dass ich restlos alle Sensoren dafür verloren hatte, wem ich trauen konnte?

»Ich war noch nicht einkaufen, aber ich …«

Vera unterbrach mich. »Gut. Dann muss ich dich nicht hassen. Komm vorbei. Halb neun. Du bist keine Vegetarierin oder isst nur glutenfrei oder reagierst allergisch auf andere wunderbare Sachen, oder?

»Ich weiß nicht …«

»Weißt du nicht, ob du allergisch bist, oder weißt du nicht, ob du kommen willst?«

Ich lachte wieder.

»Schau mal«, sagte Vera, »ich bin jemand, die immer etwas mehr kocht, als nötig ist. Wenn du ein warmes Mahl brauchst, komm vorbei. Du kannst John kennenlernen, meinen Mann, und ich verspreche, wir werden uns nicht anschreien wegen der Wäsche.«

Es schockierte mich, wie lässig sie ganz nebenbei zugab, dass sie mit ihrem Mann gestritten hatte. Es brachte mich dazu, mich zu fühlen, als wäre ich diejenige, die völlig verkorkst war, und nicht sie.

Vera zuckte mit den Schultern. »Und wenn du keine Lust hast, ist es auch nicht wild. Dann werden wir zu viel essen und zu viel trinken, und das ist alles deine Schuld.« Sie wies mit dem Kopf die Straße hinunter. »Ich geh jetzt laufen. Du musst dich jetzt noch nicht entscheiden. Egal, wir sehen uns hoffentlich um halb neun.« Sie drehte sich um und setzte sich in Bewegung, und ich sah zu, wie aus ihrem schnellen Gehen ein Laufen wurde. Sie war charmant, keine Frage, ein Rätsel von einer Frau. Ich sollte trotzdem nicht zu offen mit anderen umgehen im Augenblick. Ich wusste nicht mehr, wem ich noch trauen konnte.

Dusty zog an der Leine, er wollte hinter ihr her, aber es gab Sachen, die ich heute noch erledigen wollte, Dinge, die überprüft und vorbereitet werden mussten. Ich zog Dusty zu mir und drehte mich auf der Ferse um.

Ich machte einen Satz. Eine grauhaarige Frau stand da, Linien waren in ihre Mundwinkel geätzt, die Augen tief liegend und dunkelbraun, Augen, die einst sicherlich als wunderschön gegolten hatten. »'tschuldigung«, sagte ich. »Sie haben mich erschreckt.«

Sie trug einen weinroten Sweater, der zu warm sein musste für dieses Wetter, und ausgewaschene Jeans – sie sah aus, als wäre sie etwas über sechzig. Sie hatte einen mittelgroßen Hund an der Leine, der doppelt so groß war wie Dusty; er sprang auf uns zu und schnupperte an Dustys Nase.

»Das ist Dusty«, sagte ich, so lief das übliche Prozedere.

»Hat sie Sie beleidigt?« Sie zog die Lippen zusammen, als hätte sie etwas Bitteres gegessen.

»Bitte?«

Sie zeigte zur Straße, wo Vera noch in Sicht war, sie lief schnell, aufrecht, selbstbewusst. »Wegen des Hundes. Ich hab gesehen, dass er in ihrem Garten war und so. Sie mag keine Hunde. Zumindest ist sie nie freundlich zu Pepper.

»Oh«, stammelte ich und zog Dusty näher zu mir. »Sie schien nicht ...«

»Wenn sie Sie beleidigt, lassen Sie mich es wissen«, sagte die Frau. »Ich bin Maggie, ich wohne die Straße runter. Neben Ihnen, glaube ich. Wissen Sie, Nachbarn müssen aufeinander achtgeben.«

»Lucy«, bekam ich heraus. Ich ergriff ihre Hand, sie war klamm und kalt. Sie lächelte, und mir fiel auf, dass einer ihrer Zähne grau war, ein toter Zahn.

»Sie sollten sich in Acht nehmen vor ihnen«, sagte Maggie plötzlich.

Im Versuch, meine Hand zurückzuziehen, machte ich einen Schritt rückwärts. »Was?«

»Vera und John können sehr charmant sein«, sagte Maggie, als sie meine Hand aus ihrem Griff freigab. »Aber sie denken nur an sich selbst.«

3

Anfangs schienen nur kleine Dinge verloren zu gehen. Eine Rechnung für einen meiner Kunden. Die Reste eines teuren Essens, die ich aufwärmen wollte. Meine Lieblingssocken. Mein hellblauer Edding. Der Schal meiner Mutter. Verlegt, oder zumindest dachte ich das. Alles fand sich an einem anderen Ort wieder. Die Rechnung eingeklemmt unter einem Stapel Bücher. Die Essensreste vergammelten im Schrank statt im Kühlschrank. Die Socken ganz unten im Eimer mit Dustys Spielzeug. Der Edding war unerklärlicherweise in den Wäschekorb gefallen und mitgewaschen worden. Der ehrwürdige Seidenschal meiner Mutter – mit dreckigen Geschirrhandtüchern zusammengeknüllt, eine Ecke hatte eine Küchensauerei aufgesogen und war für immer verdreckt.

Dinge, so klein und so unbedeutend, dass ich mich fast fragte, ob ich den Verstand verloren hatte. Vielleicht war ich nur vergesslich, unzuverlässig, wie Davis immer andeutete.

Nur dass nie Dinge verschwunden waren, solange ich allein gelebt hatte – erst als ich bei ihm einzog.

Als der Nachmittag schnell in den Abend überging und der Regen leise auf das Dach meines neuen Cottages fiel, ging ich von Raum zu Raum, stellte fest, was wo war, und hielt es in meinem Notizbuch fest.

Wohnraum: Wanderkarte und *Geschichte der Catskills* (auf dem Couchtisch); Lexikon, ohne den Band H (im Regal) und so weiter. Küche: Teedose (vier Beutel Earl Grey, zweimal Minze), Notizblock (begonnene Einkaufsliste: Bananen, schwarze Bohnen, Kaffee), Besteckkasten (erstaunlicherweise ein komplettes Set), Messerschublade (sechs Messer, rote Plexiglasgriffe).

Vielleicht war dieses Verhalten immer schon da gewesen, unterschwellig, aber erst mit Davis trat es zutage – ein Versuch, das Unkontrollierbare zu kontrollieren. Ich begann, Dinge aufzuschreiben, um meinen Verstand zu schützen, um zu verstehen.

Und während ich das tat, wurde es langsam offensichtlich, wie ein Polaroid, das langsam an Schärfe gewann. Ich war nicht unzuverlässig. Mein Hirn war kein Sieb.

Es waren Bestrafungen. Kleine nur, klar. Passend zu meinen eigenen kleinen Vergehen. Dafür, dass ich bei einer Party nicht über einen von Davis' Witzen gelacht hatte. Dafür, dass ich ihn gebeten hatte, häufiger abzuwaschen. Dafür, dass ich ihm eine Notiz hinterlassen hatte – ja, geschrieben mit dem hellblauen Edding – wegen des Wasserhahns, der immer tropfte.

Der Regen hatte aufgehört, und es war nach sieben, als ich in den Schlafraum kam, den ich mir als Letztes aufgehoben hatte. Hier gab es keinen Krimskrams, nichts als Möbel. Ich warf das Notizbuch aufs Bett und schleppte meine Tasche zum Wandschrank. Eine schmale Kommode schmiegte sich darin an die Wand. Ich füllte die Schubladen mit schwarzen T-Shirts, Jeanshemden, leichten Sweatern und Jacken. Die kleinere Schublade für Unterwäsche war die oberste. Als ich versuchte, sie zu öffnen, klemmte sie, es knarzte, aber ich zog stärker, und etwas gab nach. Eine verstaubte Möbelbroschüre lag darin, vielleicht schon, seit das Ding hergestellt worden war – in den Fünfzigern, Sechzigern, wer weiß.

Als ich nach der Broschüre griff, fielen ein paar Fotos heraus, fünf Stück, glänzend. »Catskill Photo« war auf die Rückseite gedruckt. Jedes Bild zeigte den gleichen Mann. Es waren alles Nahaufnahmen, so nah, dass sie fast intim wirkten, braunes Haar und ein grau melierter Bart fingen das Licht auf. Der Mann wirkte robust, er hatte tief liegende Augen und ein ausgeprägtes Kinn, die Art von Mann, bei der man denkt: *Solche Männer gibt es heute nicht mehr.*

Ich schob die Fotos zurück in die Broschüre und warf sie in die Schublade. Ich tat meine BHs, Unterhosen und den Schal meiner Mutter hinein, dann schob ich die Schublade mit Wucht zu. Die Fotos waren ohne Bedeutung, die Reste eines vergessenen Lebens. Vielleicht der Freund der letzten Bewohnerin. Ich nahm mein Notizbuch und hielt sie trotzdem fest. Schlafzimmerschrank: fünf Fotos in der obersten Schublade (alle von einem Mann). Dann machte ich mit meinem Handy ein Foto von den Listen, die ich für jeden Raum erstellt hatte, nur für den Fall.

Ich setzte mich aufs Bett und atmete tief durch, versuchte mir einzureden, dass Davis mich hier niemals finden konnte. Ich hatte eine neue SIM-Karte, was bedeutete, dass ich eine neue Nummer hatte; meine Accounts bei den sozialen Medien waren gelöscht, mein altes E-Mail-Konto war nur noch über das VPN zugänglich, ein notwendiges Risiko wegen der Arbeit. Sogar mein neues Zuhause war wie ein Neustart – voller perfekt unpersönlicher Dinge, Sachen, die nicht einmal mir gehörten; hier könnte ich zu einem anderen Menschen werden.

Wenn ich Ellie wäre, würde ich ausflippen. Meine beste Freundin konnte keinen Tag aushalten, ohne etwas auf Instagram zu posten. Aber Ellie hätte vielleicht einen Weg gefunden, mit alldem anders umzugehen. Sie kam immer gut klar mit schwierigen Situationen; sie war eine Freundin, die wusste, wie sie auf mich eingehen konnte, die niemals über meine Eltern sprach, bis ich es selbst wollte, die mich einlud zu Mutter- oder Vatertag, um mich mit ereignislosen Buddy-Movies und Wein von allem abzulenken.

Trotzdem kann ich nicht sagen, wie sie mit alldem umgegangen wäre. Das hier war was anderes als die Sache mit meinen Eltern. Niemand wusste, was geschehen war, außer Davis und mir. Das machte ihn zu meinem einzigen Verbündeten. Sogar jetzt wollte ich ihn schon beinahe anrufen: *Babe, ist es nicht verrückt? Kannst du wirklich glauben, dass uns das zustößt?* Ich fragte mich, ob er das Gespräch annehmen würde, wenn das Telefon einfach … klingeln würde.

Stattdessen öffnete ich Instagram.

Ich tippte Davis' Usernamen in die Suche ein, und sofort war er da. Sein Account war öffentlich, aber er hatte nichts eingestellt in diesen drei Tagen. Der Gedanke daran, wie Davis sich eine Möglichkeit überlegte, es mir heimzuzahlen, ließ meine Haut sich zusammenziehen. Der Gedanke, wie er in unserer Wohnung dahinsiechte, *allein*, auch.

Ich überflog seine Posts: wir mit dem Hund im Park. Wandern in den Pocono Mountains mit Ellie, Schweiß auf unserer Stirn. Sonnenbaden in South Beach. Lachend über einen Insiderjoke. Anfangs habe ich immer gelacht, wenn ich mit ihm zusammen war.

Immer. Mein Finger schwebte über dem Message-Button – es gab so viel, was ich sagen wollte.

Ich hab gewonnen, du Arsch.
Hast nicht gedacht, dass ich es könnte. Aber ich hab's getan.
Ich vermisse dich, und ich hasse mich dafür.
Ich habe Angst, bin wie unter Schock.
Du wirst mich oder Dusty nie wiedersehen.
Bist du okay?

Wie aufs Stichwort drückte Dusty seine Schnauze gegen mich und sah mich mit seinen großen Hundeaugen an. *Das ist es nicht wert,* schien er zu sagen. *Das ist das Risiko nicht wert.*

Schnell schloss ich die App. Es war erst Viertel nach sieben, und die Stunden vor mir schienen sich endlos zu dehnen. Ich nahm mein Notizbuch und begann eine neue Liste, eine To-do-Liste.

- Lösung wegen des Geldes/Konto finden
- Telefon reparieren lassen
- richtiges Essen kaufen
- Futter und Leckerlis für Dusty kaufen
- neue Artikel anbieten
- bereits besprochene schreiben

Ich ließ den Stift fallen und schaute wieder auf meinem Handy nach der Uhrzeit. Es waren nur ein paar Minuten vergangen. Draußen machte der Wind »sssch«, und meine Haut kribbelte, die kleinen Härchen hatten sich aufgerichtet. Meine Augen sprangen zum Fenster – ich hatte das Gefühl, beobachtet zu werden –, und ich lugte durch die Vorhänge durch, aber da war niemand. Ich holte tief Luft. Ich war einfach paranoid; Alleinsein war nicht das, was ich in Brooklyn kultiviert hatte. Es hatte immer eine Presseparty oder ein Kneipenquiz in einer Kellerbar mit Ellie gegeben. Bevor ich Davis kennengelernt hatte, hatte ich eine endlose Reihe an Dates gehabt. Gute und schlechte, witzige und unerträgliche. *OkCupid* zuerst,

Tinder und *Bumble* kurz bevor ich Davis traf. Es gab so viele Möglichkeiten, unsere Zeit mit anderen Menschen zu verbringen. Brunch am nächsten Tag, um Geschichten über schlechte Dates auszutauschen.

Und dann Davis, eine Befreiung von alldem. Davis, der die endlose Abfolge von Profilen und Fotos unterbrach, die einem Stapel von Bewerbungen um den Job als fester Freund glichen.

Ich sah auf die Uhr. Nicht einmal eine Minute war vergangen.

Nimm einen Drink stand nicht auf der To-do-Liste, sollte aber.

Geh zum Essen bei potenziell coolen neuen Nachbarn stand da auch nicht.

Ich ging in die Küche, goss mir rund einen Fingerbreit Whiskey ein und schielte zu Dusty, forderte ihn heraus, mich zu verurteilen. Dann holte ich die Pizza aus dem Kühlschrank und starrte sie an. Was immer Vera kochen würde, es wäre deutlich appetitlicher. Dusty beäugte mich – nicht verurteilend, nur bettelnd.

Scheiß drauf, dachte ich. Ich nahm ein Stück vom Rand und warf es ihm zu. Normalerweise bekam er kein Menschenessen, aber es war schon okay. Heute Abend brachen wir beide die Regeln.

4

Sie sollten sich in Acht nehmen vor ihnen.

Maggies Worte hallten in meinem Kopf, als ich auf Veras Veranda trat, die Holzbohlen knarrten unter meinem Gewicht. Die Verandabeleuchtung war ausgeschaltet, eine der Glühbirnen war kaputt, und Mäusedreck lag vor der Haustür. Ich klopfte, aber nichts geschah; nach ungefähr einer Minute klopfte ich noch mal. Stille. Ich spähte nach drinnen, aber es war weitgehend dunkel, als wäre niemand zu Hause. Blinzelnd machte ich einen umgekippten Stuhl aus.

Was zur Hölle?

Ich klopfte ein drittes Mal, wartete und wollte schon gehen, als die Tür geöffnet wurde.

»Ich hoffe, du hast nicht zu lange gewartet«, sagte Vera, während sie mir einen knochigen Arm um meine Schultern legte und mich in eine kaum beleuchtete Diele führte. »Ich war kurz draußen auf eine Zigarette. Schlechte Angewohnheit, ich weiß. Dann habe ich auf mein Handy geguckt und gesehen, wie spät es ist. Tut mir leid. Ich bin eine fürchterliche Gastgeberin, was?«

Ohne auf eine Antwort zu warten, machte sie die Lichter an und entließ mich aus ihrem Griff. »Die Stromrechnungen sind unfassbar bei einem alten Haus, darum versuchen wir, kein Licht anzulassen, wenn wir nicht im Zimmer sind. Ich versuche, so zu tun, als wären wir altmodisch und nicht einfach geizig.« Sie sagte nichts zum umgekippten Stuhl, beugte sich nur hinunter und stellte ihn auf. Dann schloss sie die Tür hinter sich, ohne sich damit aufzuhalten, sie abzuschließen, eine Entscheidung, die mein Inneres sich winden ließ. »Egal, du bist absolut rechtzeitig. Die Lasagne ist so weit, dass sie aus dem Ofen kann. Ich hoffe, du hast Hunger!«

Im Licht nahm ich das Haus in mich auf, es war groß und geräumig in jeder Hinsicht, die mein Cottage nicht war. Eine wunderschöne Treppe beherrschte die Diele, der Wohnraum war auf der einen Seite, das Esszimmer auf der anderen. Ein intensiver Geruch lag in der Luft. Basilikum und Wärme. Meine Mom machte immer Auflauf, wenn es kalt oder ich krank war – Truthahn-Tetrazzini, mein Lieblingsessen –, wie ihre Mutter und davor deren Mutter. Eine lange Reihe von Frauen, die sich umeinander gekümmert hatten. Eine Reihe, die unterbrochen worden war, die Nabelschnur zerhackt von einem Moment auf den anderen – einfach so.

Ich betrachtete auch Vera. Sie trug ein schwarzes Trikot und einen seidigen kohlschwarzen Rock, der ihr fast bis zu den Knöcheln reichte, eine Abendvariante des Athleisure-Looks, den ich schon vorher gesehen hatte. An den Füßen trug sie Sandalen, die Fußnägel waren marineblau lackiert und leicht angeschlagen. Ihr Pferdeschwanz schlängelte sich über ihren Rücken.

Ich warf einen Blick in den Wohnraum, wo umgeben von Antiquitäten von der Art, die man bei Hausauflösungen kauft, eine Chesterfield-Ottomane vor einem dick gepolsterten Sofa stand. Dunkelbraune Holzbalken an der Decke und zu meinen Füßen der Hartholzboden – abgenutzt, aber schön. Ihr Heim bot vieles, auf das man neidisch sein konnte, aber wenig, um es zu hassen. Es war zusammengewürfelt und unvollkommen, alles andere als museumsartig, Staub auf den Sockelleisten und Krimskrams auf sämtlichen geraden Flächen: Werbepost, Wassergläser mit Lippenstiftspuren, Schuhe, die in die Ecke geschleudert worden waren.

Und Bücher, überall Bücher. Stapelweise im Flur, im Wohnraum in den eingelassenen Regalen. Kunst und Philosophie (Warhol, Kant); anspruchsvoll und unterhaltend *(Zähne zeigen, Bis(s) zum Morgengrauen);* Ta-Nehisi Coates lag auf Daphne du Maurier. Bücher bringen mich dazu, mich immer sicher zu fühlen. Plötzlich, und trotz allem, was passiert war, wünschte ich mir, ich hätte mehr aus meiner Kindheit mitgenommen, könnte die Bücher erneut lesen, die mir meine Mutter einst vorgelesen hatte.

»John«, rief Vera die Treppe hinauf. »Lucy ist da!« Nicht: »Lucy, die Nachbarin.« Oder: »Lucy, die Frau, von der ich dir erzählt habe.« Nur Lucy. Sie wartete nicht, bis jemand die Treppe heruntergeeilt kam, sondern führte mich durch den Wohnraum, wo ich einen feinen Hauch von Marihuana wahrnahm, in die Küche auf der Rückseite. Anders als der Rest des Hauses war sie klein und beengt, als hätte, wer auch immer die vorherigen Räume gestaltet hatte, vergessen, dass Menschen *kochen* müssen, und sie planlos reingeschoben. Alles war weiß gefliest – der Boden, die Rückwand –, besprenkelt mit Fugenkitt und Pastasoße, eine Fliese war durchzogen von Rissen in alle Richtungen, und eine schmale Kücheninsel war auf einer Seite mit noch mehr Wurfsendungen überhäuft, während die andere mit Gewürzdosen und einer leeren Ricottapackung bedeckt war.

»Ich hab das hier mitgebracht«, sagte ich und holte Davis' guten Whiskey aus meiner übergroßen Handtasche und reichte ihn ihr. »Er ist zwar schon geöffnet, ich weiß, ein bisschen unschicklich, aber er ist gut – versprochen.«

Veras Augen leuchteten auf. »Oh, scheiß auf Schicklichkeit«, sagte sie. »Ich liebe Unschicklichkeit, wirklich. Das ist wunderbar. Ich werde nun selbst ein bisschen unschicklich sein und darauf bestehen, dass wir gleich jetzt ein Glas trinken.« Ohne meine Antwort abzuwarten, schubste sie die Wurfsendungen zur Seite und platzierte die Flasche auf der Kücheninsel, nahm drei Gläser aus einem verwitterten Schrank und holte mit bloßen Händen Eis aus dem Kühlfach. Als sie den Kühlschrank schloss, sah ich eine Tafel auf deren Vorderseite mit einer To-do-Liste, die derart anders war als meine, dass es verrückt war. Es gab nur einen Punkt: *Rachel.*

Vera schob mir ein Glas zu, schenkte großzügig ein, und ich nahm es dankbar an; ich versuchte, nicht zu eilig einen Schluck davon zu nehmen.

»John!«, rief sie noch einmal. Schritte dröhnten aus der Diele heran.

Er kam rein, und ich hustete, würgte, als mir ein bisschen Whiskey in die Luftröhre geriet.

Braunes Haar. Grau gefleckter Bart. Ein starkes, wie gemeißeltes Kinn. Ein rot kariertes, kurzärmeliges Hemd, das Handy in der Brusttasche. Und das Gefühl, das mich überkommen hatte, als ich das angehobene Dielenbrett bemerkt hatte. Das Gewicht in meinem

Magen, das mir sagte, die Dinge seien nicht, wie sie schienen. Ob ruchlos oder harmlos, ich war ein Profi darin geworden, zu wissen, wann mehr hinter einer Sache steckte. Nicht durch den Journalismus, sondern durch Davis.

Ich blickte in das Gesicht des Mannes von den Fotos, keine Frage.

»Hallo«, sagte er, während er mich umarmte. Das traf mich so unerwartet, dass ich Whiskey über seinen Rücken verschüttete.

»Oje.« Ich zog mich zurück und wischte den Rand des Glases ab. »Das wollte ich nicht.«

Vera holte ein leinenes Küchenhandtuch und tupfte den Whiskey auf, fast wie aufs Stichwort. »John ist ein Umarmer«, sagte sie. »Ich hätte dich warnen sollen.« Sie lehnte sich vor, um ihren Mann zu küssen, doch sie verfehlte ihn knapp, sodass ihre Lippen auf seiner Wange landeten.

»Schuldig im Sinne der Anklage«, sagte John lachend. Seine Stimme war tief und kehlig, sie füllte den knappen Freiraum der kleinen Küche und erinnerte mich entfernt an die meines Vaters. »Wäre ein Handschlag besser?«

Ich nickte, als ich seine Hand drückte, die warm, rau war und mit Flecken übersät, die wie Farbe aussahen. »Ich umarme normalerweise auch gern, aber es hat mich einfach überrascht.«

Es ist nur so, dass fünf Fotos von dir in meiner Unterwäscheschublade versteckt waren.

Ich zeigte auf den Whiskey. »Bitte nimm dir einen, bevor ich tiefer in meine Umarmungsgeschichte eintauche.«

Beide lachten. Ein süßes Gefühl, eines, das ich lang nicht mehr gespürt hatte: wertgeschätzt zu werden von neuen Leuten.

Vera drückte John das dritte Glas in die Hand. »Auf die Nachbarn!«, rief sie.

»Und auf neue Freunde«, sagte John, eine Augenbraue hebend. »Besonders auf die, die uns guten Whiskey vorbeibringen.«

Ich hob mein Glas an den Mund, und wir tranken alle gleichzeitig.

Die Lasagne war hervorragend, Schichten aus Fleisch, Ricotta, Soße und Nudelplatten, wie meine Mom sie stets zubereitet hatte. Sie hatten keinen Salat dazu angeboten, hatten nicht so getan, als würden sie irgendetwas anderes machen als Pasta essen.

Vera schob sich eine ordentlich beladene Gabel in den Mund, während wir ihr versicherten, wie wunderbar das Essen war, Soße bekleckerte ihre Lippen. Vielleicht war das der Riss in ihrer Rüstung des perfekten Mädchens: Sie hatte nie gelernt, ordentlich zu essen.

Anders als Vera aß John vorsichtig, schnitt jede Nudelplatte in akkurate kleine Vierecke. »Vera hat mir erzählt, du kommst aus New York«, sagte er. »Lass mich raten – Brooklyn?«

»Ja«, sagte ich. »Wie kommst du drauf?«

»Dein Haar«, fiel Vera ein. »Total schick, aber widerspenstig. Ein typisches Brooklyn-Ding.« Sie schaufelte eine weitere Gabel mit Lasagne in ihren Mund, kaute heftig und schluckte schnell.

John lehnte sich in seinem Stuhl zurück und wandte sich an Vera. »Lass mich das klarstellen: Es gibt einen Unterschied zwischen Manhattan-Haar und Brooklyn-Haar?«

Sie verdrehte ihre Augen. »Oh, als ob du das nicht wüsstest.«

Ich musste lächeln. »Sagen wir mal, bei einem davon ist normalerweise ein Glätteisen involviert.«

»Ganz genau«, meinte Vera lachend. »Und du musst es mir aus meinen totenstarren Händen winden. Wir sind auch aus New York. Wir waren nur nie cool genug, um in Brooklyn zu leben. Wir sind alte Muffelköppe aus dem East Village.« Sie strahlte. »Warum bist du weggezogen? Hast du hier Familie?«

Ich schüttelte den Kopf, die Augen auf meinen Teller gerichtet.

»Woher kommst du denn ursprünglich?«, fragte sie.

Ich nahm einen Schluck von dem Wein, den John geöffnet hatte, sobald wir uns gesetzt hatten. Abgesehen von meinen Ängsten gab es keinen Grund zu lügen. »Nordwestpazifik, aber ich fahr da nicht mehr oft hin.«

»Wohnt deine Familie dort?«, drängte Vera.

Ich schluckte, meine Kehle verengte sich ein bisschen.

John legte seine Hand auf Veras, als wollte er sie stoppen.

»Was?«, fragte sie.

»Dräng doch nicht so, V«, sagte er und drückte ihre Hand. Seine

Stimme war freundlich, anders als die von Davis, wenn er mich korrigiert hatte. Seine Augen sprangen zu meinen, leicht zusammengezogen; irgendwie hatte er es gemerkt.

Vera wand ihre Hand unter seiner hervor. »Ich hab nicht gedrängt«, sagte sie. Ihre Gabel schlug gegen den Teller. »Moment. Hab ich?«

»Nein, nein, natürlich nicht«, sagte ich automatisch. Ich zeichnete mit dem Finger die Kante meines Tellers nach und atmete dann tief ein, wie ich es schon so oft getan hatte. »Es gab einen fürchterlichen Unfall während meines dritten College-Jahres«, sagte ich. »Ich verlor beide Elternteile. Ich war das einzige Kind, darum …«

Ihre Hand legte sich auf meine, warm und babyweich, aber ich zuckte bei ihrer Bewegung zusammen, und sie zog sie weg. »O nein, wie schrecklich«, sagte sie. »Ich wollte dich nicht aufregen.«

Für eine Sekunde wurde das Loch in mir, da, wo meine Eltern sein sollten, so groß, dass es sich anfühlte, als bestände ich aus nichts, so leer wie eine weggeworfene Weinflasche: außen hart, nicht einfach zu zerbrechen, aber mit kaum mehr als Luft und der dreckigen Neige darinnen. Ich betupfte meine Augen mit der Serviette, vorsichtig darauf bedacht, nicht das Dermablend zu verwischen, dann zwang ich mich zu lachen. »Tut mir leid, ich weiß nicht einmal, warum ich weine.«

Ich erwartete die übliche Reaktion – o, es tut mir leid, dass ich das angesprochen habe, ich wollte nicht neugierig sein –, aber zu meiner Überraschung wurden Johns Augen trüb. Sein Gesicht sackte in sich zusammen, sah plötzlich viel älter aus. Vera biss sich auf die Lippe.

»Es wird nicht einfacher, nicht wahr?«, fragte er und griff erneut nach Veras Hand.

Ich sah ihn an und hoffte, er würde fortfahren.

Er räusperte sich. »Meine Eltern starben innerhalb eines Jahres. Lungenkrebs«, sagte er. »Mom, als ich sechsundzwanzig war. Dad, als ich siebenundzwanzig war.«

Ich schüttelte den Kopf, sagte jedoch nichts, denn ich wusste, es gab nicht ein einziges Wort, das ausreichen würde. Worte waren dazu da, um zu beschreiben, um zu erklären, nicht um Trost zu spenden.

»Ich bin nicht das einzige Kind, aber mein Bruder war erst neunzehn.« Johns Augen durchdrangen den Abgrund. »Er wurde schizophren, kam für Jahre in ein Heim.«

»Oje«, sagte ich zum zweiten Mal heute Abend.

Vera lachte gezwungen auf. »Willkommen in der Nachbarschaft. Wir wissen, wie man das Leben leichtnimmt.«

Johns Kopf drehte sich zu ihr. »Ernsthaft, wenn ich Vera nicht kennengelernt hätte, ich weiß nicht, was ich getan hätte.« Er griff mit der Hand herüber, verflocht seine Finger mit ihren.

Mein Innerstes schmerzte; vor nicht allzu langer Zeit hatte ich das Gleiche gedacht. Anfangs hatte sich Davis beinah wie ein Heiler angefühlt, als mein ganz persönlicher emotionaler Balsam. Er war die Familie, die ich verloren hatte, die unbedingte Liebe, die ich erflehte.

Oder zumindest dachte ich, er wäre das.

Vera entwand ihre Finger und knibbelte an ihrer Serviette. »Wir sind so froh, dass du hierhergezogen bist«, sagte sie und wechselte schnell das Thema. »Die Frau, die zuvor in deinem Haus gewohnt hat, nun, wir waren uns ziemlich nahe – ich vermute, das waren wir alle.« Ihre Augen suchten kurz die von John. »Sie ist mitten in die Stadt gezogen, aber schon vorher …« Vera faltete ihre Serviette zu einem festen kleinen Rechteck, dann schüttelte sie es wieder aus. »Egal, ich hatte befürchtet, der oder die neue Bewohnerin würde nicht cool sein, aber sieh an.« Sie lächelte. »Jetzt bist du hier.« Ich merkte, wie ich rot wurde.

»Wollen wir in den Pavillon hinten gehen?«, fragte John, sich räuspernd und seinen Teller wegschiebend. »Wir haben immer noch eine halbe Flasche Wein, um unsere Sorgen wegzutrinken, und es ist nicht zu heiß draußen.«

»Lasst uns das machen«, sagte Vera mit heller Stimme. »Und ich verspreche, keine tiefgründigen Fragen mehr zu stellen.«

»Ich werde dich daran erinnern, V«, sagte John.

Da ich keinen Widerspruch erhob, schob John seinen Stuhl zurück, warf seine Serviette auf den Teller und stand auf.

»Dann wart ihr also mit meiner Vormieterin ebenfalls befreundet?«, fragte ich, als wir uns durch den Flur zum Wohnzimmer zwängten.

»Rachel?«, fragte er, der Name von der Tafel fiel an seinen Platz wie Eiswürfel in Whiskey. »Klar waren wir Freunde«, sagte er. »Sie war meine Nachbarin, genau wie du.«

5

Unter den Lichterketten des Pavillons lebten die beiden geradezu auf.

John wirkte auffällig markant, der Kiefer stark, die Augen hell. An ihn geschmiegt, war Vera eine Sirene. Eine Hexengöttin, ihr Haar fiel ihr jetzt ungebunden über die Schultern.

Sie beide waren nicht einfach schön. Sie waren diese Art Menschen, die dich dazu bringen, dich wie in die Highschool zurückversetzt zu fühlen, sie nahmen alles, was du dich seit deinem sechzehnten Geburtstag mühsam über Körperakzeptanz und Selbstliebe gelehrt hast, und schickten es direkt in die Hölle. Du kannst so schön sein, wie du es dir einreden willst, aber du wirst niemals so sein wie sie. Fröhlich, unbeschwert, verliebt. Die Art von Menschen, von denen du unbedingt gemocht werden willst.

Vera und John können sehr charmant sein. Aber sie denken nur an sich selbst.

Vera klopfte auf den Platz neben sich, und ich setzte mich hin wie angewiesen, hielt mich an meinem Glas fest.

»Was hat euch beide hergebracht?«, fragte ich.

Vera lächelte, und die beiden tauschten einen konspirativen Blick, als wäre es ihnen ein Vergnügen, ihre Geschichte zu erzählen, Kapitel eins ihres gemeinsamen Lebens. »Wir wollten immer eine Kunstgalerie eröffnen«, sagte Vera. »Aber wir konnten uns keine Räumlichkeit in New York leisten, darum haben wir uns irgendwann entschieden: Lass uns hierherkommen! Ich kümmere mich um die laufenden Geschäfte – ich habe Kunstmanagement am Pratt Institute studiert –, und John malt in seinem Häuschen-Schrägstrich-Studio in den Wäldern. Ich stelle seine Sachen aus, ebenso wie anderes.«

»Wow«, sagte ich. »Das klingt so idealistisch. Wie etwas, wovon Leute immer reden, es aber nie tun.«

Veras Lächeln wurde zögerlich, nur für einen winzigen Moment, und ich fragte mich, ob ich etwas falsch gemacht hatte.

»Ich bin mir sicher, es ist trotzdem schwer, New York zu verlassen«, fügte ich hinzu. »Neu anfangen und all das.«

Sie wechselten einen Blick, und John nahm einen ziemlich großen Schluck von seinem Wein.

Vera seufzte. »Das ist es, ja. Es kann schwierig sein, Leute kennenzulernen. Es gibt die Wochenendpendler, die in New York City und auf dem Land leben, und es gibt die Leute, die hier geboren und aufgewachsen sind. Mit denen, die dazwischen sind, so wie wir, passen wir nicht immer gut zusammen. Es ist ein bisschen einfacher, wenn du mitten in der Innenstadt von Woodstock lebst, aber schon ein paar Meilen weiter außerhalb ist es ganz anders. Als wir hergezogen sind, waren wir die Einzigen, die nicht in der Gegend aufgewachsen sind. Die Nachbarn wurden nicht richtig warm mit uns«, sagte sie.

Maggie kam mir in den Sinn. Es war nicht weit hergeholt, sich vorzustellen, dass eine Frau von hier, die in ihren Gewohnheiten festgefahren war, ein Paar aus Manhattan selbstbezogen findet. Vielleicht war das alles, was dahintersteckte.

Ich nahm einen Schluck Wein, suchte verzweifelt nach einem Weg, zurück auf sicheren Boden zu finden. »Gibt es Orte, die ich kennen sollte? Gute Restaurants? Bars?«

»Bars!«, sagte Vera lachend. »Ich sage es nur ungern, aber die Barszene hier in der Gegend ist wirklich unzureichend. Nichts, was du aus New York gewohnt bist. Kaum irgendetwas hat spät auf in Woodstock.«

»Es gibt die *Plattform*«, schlug John vor.

»Plattform?«

Er nickte. »Das ist tatsächlich ziemlich interessant. Viereckig. In einem alten umgebauten Bahnhof, mitten in der Innenstadt. Geöffnet bis zwei Uhr morgens, anders als die anderen Orte, die eher Restaurants mit Barbetrieb sind, so etwas, wo jeder hier in dieser Gegend hinkann.«

Ich machte mir eine geistige Notiz. »Seid ihr da öfter?«

Vera lachte, aber für eine Sekunde klang es fast bitter, und ihr Blick suchte den von John.

»Früher schon«, sagte er vorsichtig. »Aber, weißt du, wir werden älter. Gehören nicht zur Szene dazu.«

Ich lachte. »Ihr seid doch nicht alt.«

Vera biss sich auf die Lippe. »Ich bin neununddreißig.«

»Und ich bin gerade vierzig geworden«, fügte John hinzu.

»Oh, kommt schon, das ist nicht alt«, sagte ich.

Vera stupste ihren Mann an. »Sagt das Mädchen Mitte zwanzig.«

»Ich bin achtundzwanzig«, sagte ich und merkte, wie ich rot wurde. Vielleicht sah Vera das im trüben Licht.

»Nein, nein«, sagte sie. »Versteh mich nicht falsch. Du wirkst nicht übermäßig jung oder naiv oder so, nur, ich weiß nicht … liebenswert.« Sie zuckte mit den Achseln. »Ich weiß, dass wir nicht *so* alt sind, aber manchmal fühlt es sich so an. Egal, der Hauptgrund, warum wir nicht mehr so oft ausgehen, ist, dass wir versuchen, aufs Geld zu achten. John hat bislang nicht van-goght, darum bringen uns seine Bilder nicht so viel ein. Und erst kürzlich mussten wir unseren Assistenten in der Galerie entlassen und die Kosten reduzieren.«

»Van-goght?«

John grinste verwegen und wandte sich Vera zu. »Ich dachte, wir wären uns darüber einig, unsere Pläne über mein bevorstehendes Ableben nicht mehr mit unseren Gästen zu diskutieren. Mein Gott, Lucy hat uns gerade erst kennengelernt.« Er hob eine Augenbraue. »Die Sache ist die: Da meine Teilnahme an der Whitney Biennial sich nicht so bezahlt gemacht hat, wie ich gehofft hatte, haben wir angefangen, Witze darüber zu machen, dass ich verschwinden könnte, du weißt schon, ins Nichts abtauchen und bekannt werden.«

Ich lehnte mich ein wenig vor. Über das Untertauchenwollen wusste ich das eine oder andere. Einfach ins Nichts entschwinden, wo Davis mich niemals finden konnte. Nicht den kleinsten Beweis meiner Existenz zurücklassen. Keine kaputte Beziehung. Keine verlorenen Eltern. Nichts, weshalb mich irgendjemand bedauern müsste.

»Ich habe mal ein Buch darüber gelesen«, fuhr John fort, er lehnte sich zurück und entspannte die Schultern, während er einen Schluck Wein trank. »Ein schwedischer Künstler hatte seinen Tod vorgetäuscht, damit sein Werk im Preis stieg. Und, glaub's mir oder nicht, es hat funktioniert – so zehn Jahre lang zumindest. Wir haben angefangen, das van-goghen zu nennen. Er war zu Lebzeiten nicht berühmt, aber nach seinem Tod – du verstehst schon. Allerdings habe ich keine Lust, mir ein Ohr abzuschneiden.«

»Tja, auf jeden Fall würde es *mein* Leben sehr viel einfacher machen«, sagte Vera strahlend. »Ich hätte einen Star in meinem Portfolio.«

John drückte ihr Knie. »Der Porsche kauft sich nicht von allein, was, V?«

Sie drehte sich zu mir mit einem diabolischen Grinsen. »Wir lieben Kunst, aber Geld lieben wir noch mehr.«

Ich lachte, ihre Worte waren erfrischend. Eine ehrliche, hartherzige Liebe zum Geld, nicht dieser protestantische Mittelschichtsmist, der uns dazu zwingt, so zu tun, als würde es nicht die Welt regieren.

Meine Mom würde sich schütteln. Und plötzlich traf mich die Schwere des Verlusts meiner Mutter wie eine Ohrfeige – gemeinsam mit den Schmerzen der letzten Augenblicke. Ich stellte mir ihre spitzfindige Empörung vor: *Deine neuen Nachbarn haben* was *gesagt? Laut ausgesprochen?*

Vera schien der Wechsel in meinem Verhalten aufgefallen zu sein. »Dir ist klar, dass wir nur Witze machen, oder?«

»So bald werde ich nicht sterben«, fügte John hinzu. »Porsche hin oder her.«

»Natürlich«, sagte ich. Und dann, um die Stimmung nicht zu verderben: »Wenn ich eine Künstlerin wäre, würde ich vielleicht auch van-goghen.«

Während wir den Wein leerten, erzählten sie, wie sie sich vor fünfzehn Jahren kennengelernt hatten, damals, als John eine Kunstschule in New York besuchte und Vera als Assistentin in einer Galerie arbeitete. Es war beinah Liebe auf den ersten Blick gewesen, obwohl sie beide nicht an so etwas glaubten, nicht wirklich.

Ich ergänzte ebenfalls Stücke meiner Geschichte.

Vera fragte nach dem College, und ich erzählte ihnen, dass ich im Hauptfach Journalismus und im Nebenfach Informatik an der Universität von Washington studiert hatte. Ich überging das Video, das durch alle sozialen Netzwerke kursiert war: wie ich oben ohne betrunken in einer Spelunke getanzt hatte, jedem einen Lapdance gegeben hatte, der es wollte, wie ich einen Kerl an meinen Nippeln hatte lutschen lassen für einen Electric Blue Kamikaze Shot. Nach meiner Erfahrung waren Mitleid oder unterdrückte Entrüstung schlimmer als jede Delle in meiner Reputation; außerdem hatten wir im digitalen Zeitalter vermutlich alle irgendwelche peinlichen Momente, die irgendwo in der Cloud verborgen waren.

Und dann, aus der Bahn geworfen durch den Verlust meiner Eltern, New York. Ich zog dorthin, um als Journalistin zu arbeiten, ohne zu ahnen, wie sich »Journalismus« verändern würde zwischen damals und heute – es war schwierig, sich zu überwinden, nichtssagende Erfahrungsberichte und idiotische Listicles zu schreiben, aber es bezahlte die Rechnungen, alles von »Was ich mit Anfang zwanzig durch das Dating von Nerds lernte« bis »Sechzehn Apps, um deine Finanzen auf die Reihe zu kriegen«. Ich erzählte, dass ich mich manchmal fragte, ob mir irgendwann die Themen ausgehen würden, die ich für ein paar Hundert Dollar ausbeuten konnte, ob ich endlich ein Buch schreiben sollte, wie ich es mir immer vorgestellt hatte …

Unsere Gesichter verschwammen, als die solarbetriebenen Lichterketten nachließen, und vielleicht gab es nichts Besseres in der ganzen Welt, als Mitte September draußen in den Catskills zu sitzen mit neu gewonnenen Freunden und einer guten Flasche Wein.

»Es ist erstaunlich«, sagte Vera, während sie einen schwarzen Vaporizer aus der Tasche ihres Rocks holte. »Nach allem mit … nun, mit Rachel« – wieder sprangen ihre Augen zu John – »war ich so wild darauf, jemand Neuen kennenzulernen, jemand Geistesverwandten, weißt du. Ich habe an einem entsetzlichen Treffen von einem Buchklub in Woodstock teilgenommen. Ich habe mich bei Meetup.com registriert. Es war fürchterlich. Aber jetzt bist du hier. Eine großartige Frau aus Brooklyn – plopp – direkt neben mir. Stört es dich?«, fragte sie, als sie den Vaporizer einschaltete.

Ich schüttelte den Kopf, nahm einen Schluck Wein und konnte meine Neugier kaum unterdrücken. »Ich vermute, ihr seid keine Freunde mehr?«

»Hm?« Vera blickte auf.

»Eure Nachbarin«, sagte ich. »Rachel. Habt ihr euch zerstritten oder so was?«

»Oh«, sagte Vera, während John auf seine Hände hinuntersah. »Ich wechsle nicht die Straßenseite, wenn ich ihr in Woodstock begegne«, sagte sie. »Aber Freundschaften verändern sich, du kennst das. Leute enttäuschen dich.« Sie griff erneut in ihre Tasche, senkte den Blick. »Mist«, sagte sie. »Ich hab vergessen, das Gras mitzunehmen.«

Ich sprang auf, bemüht, meine Neugier wiedergutzumachen. »Ich kann es holen. Ich muss sowieso gerade ins Bad.«

John stand ebenfalls auf. »Ich komme mit. Du wirst es niemals finden in dieser Katastrophe einer Krimskramsschublade.«

Vera hielt ihr Glas hoch, sodass der Wein schwappte. »Bring noch mehr davon mit – nur ein bisschen.«

John und ich gingen zusammen los, und als die Grillen zirpten, schwankte ich ein wenig.

6

Ich sag dir, meine Frau ist schon jetzt besessen von dir«, sagte John, als er die Tür hinter uns schloss.

Der Wein hatte mit einem Mal meinen Kopf erreicht, und ich tastete nach der Wand, während sich mein Nackenhaar aufrichtete. »Was?«

John grinste wie ein Schuljunge, verschämt, und ich fühlte mich augenblicklich töricht. »Oh, ich meine nur, dass sie dich sehr mag«, sagte er. »Das ahne ich jetzt schon.«

Ich brachte mich an der Zierleiste an der Wand ins Gleichgewicht, zwang mich zu grinsen, und versuchte, wieder Leichtigkeit herzustellen. »Vor zwei Sekunden sagtest du noch ›besessen‹. Warum hast du mich so schnell runtergestuft?«

Wieder erklang das tiefe Lachen. »Na gut. Ich hebe es wieder zurück auf die Ebene der Besessenheit. Aber nur, weil du gefragt hast.«

Ich schlenderte zum Büfett, das überfüllt war mit ungespültem Geschirr. Das Chaos gab mir das Gefühl, ich müsste nicht so perfekt sein, als wären wir alle völlig okay und verkorkst. Ich sah John an, von dem ich wusste, dass er niemals seine Zeit damit verbringen würde, kreative Wege zu erdenken, um mich zu verarschen, der Verlust ebenso kannte wie ich, und der Gedanke traf mich schnell und dumm und völlig unangebracht – was, wenn da mehr zwischen uns war?

Ich fühlte, wie meine Wangen rot wurden. Ich hatte vor langer Zeit die Fähigkeit eingebüßt, Männer richtig einschätzen zu können, und außerdem war er verheiratet. »Ich muss ins Bad«, bekam ich heraus. Augenkontakt vermeidend, stolperte ich den Flur hinunter und öffnete die erste Tür auf der rechten Seite.

Ich betrachtete mich im gerahmten Spiegel. Meine Haare waren eine Katastrophe, die Locken standen ab, meine Lippen waren dunkel verfärbt vom Rotwein, aber der Bluterguss war noch überschminkt. Ich schwankte zur Toilette. Ich fühlte etwas, das ich aus der Zeit kannte, bevor ich Davis traf, ein Gefühl von »alles ist möglich«. Die Magie von Brooklyn, die Bars geöffnet bis vier Uhr nachts, auch länger, wenn man den Bartendern ausreichend Trinkgeld gibt, Menschen wechseln von der Nebenstraße zur Avenue, alle vibrierend vor Möglichkeiten. Es war ein Gefühl, das ich sehr lange Zeit nicht mehr gehabt hatte, eines, das ich ganz sicher nicht angesichts meiner neuen, verheirateten Nachbarn haben sollte, eines, das ich gegenüber niemandem haben sollte, nicht in meinem derzeitigen Zustand. Die Art von Gefühl, die dich in Schwierigkeiten bringt, die zu betrunkenen Aussetzern führt, die für die Nachwelt aufgezeichnet werden, aber es lockte mich dennoch. Fisch trifft Haken. Ich wusch meine Hände, rubbelte dann mit etwas Wasser den Wein von meinen Lippen und zähmte meine Locken. Ein Klopfen an der Tür ließ mich zusammenzucken.

»Bist du okay da drinnen?«, fragte John.

»Alles gut«, rief ich. »Bin gleich fertig.«

Er stand da, als ich die Tür öffnete, groß und stark in seinem Button-down-Hemd, wie der Brawny-Mann oder Meister Proper, nur mit mehr Haaren, oder einer von den Myriaden von Kerlen, die uns klarmachten, worauf wir bei einem Mann achten sollten. Ich fühlte, wie ich schwankte, und John streckte die Hand aus, um mich zu stützen, ergriff meinen Ellbogen. »Bist du wirklich sicher, dass du okay bist?«, fragte er.

Ich nickte, mich seinem Griff entwindend – niemand hatte mich seit Davis berührt.

Außerdem hätte ich nicht zulassen dürfen, dass ich so betrunken wurde, nicht am Anfang meines neuen Lebens, wenn ich noch nicht wusste, wem ich in der Welt vertrauen konnte.

»Weißt du«, sagte John und verlagerte das Gewicht von einem Fuß auf den anderen, offenbar spürte er den Wandel in meinem Verhalten, »ich wollte dich nicht verschrecken oder so, als ich sagte, dass meine Frau von dir *besessen* ist. Ich vermute, es klingt ein bisschen verrückt … aber wie sie sagt, sie war wild darauf, jemand Neues kennenzulernen. Sie war wirklich aus dem Tritt, nachdem sich alles verändert hatte.«

Rachel. Wieder blitzten die Fotos in meinem Kopf auf, schoben meine anderen Gedanken beiseite. Sie wirkten so intim, dass ich davon ausgegangen war, dass der Kerl auf den Fotos der feste Freund der Frau gewesen sein musste, die vor mir im Cottage gelebt hatte. Außerdem hatten Veras Augen jedes Mal John gesucht, wenn sie über ihre frühere Freundin gesprochen hatte.

Es konnte nicht sein, dachte ich. Sogar schon nach einem einzigen Abend konnte ich erkennen, dass John und Vera einander liebten. Sie strahlten es regelrecht aus.

»Ist etwas … *passiert* zwischen ihnen?«, fragte ich. »Also zwischen euch allen?«

John seufzte. »Weißt du, Vera neigt manchmal zu einer Schwarz-Weiß-Sicht der Dinge.«

»Was meinst du damit?«

Er öffnete das, was wohl die Krimskramsschublade war, und durchwühlte Ersatzschlüssel, Tüten voller Schrauben und losen Batterien, bis seine Hände ein Tütchen mit Gras fanden. Er antwortete, ohne mich anzuschauen: »Ich meine damit, dass sie denkt, es gebe gute Menschen und schlechte Menschen. Punkt.«

Also *war* etwas geschehen, wurde mir klar, der Gedanke ernüchterte mich. Etwas, das er eher vergeben konnte als sie. Ich bemerkte, dass ich diese Rachel hasste für das, was sie auch immer getan haben mochte.

Aber es konnte nicht *das* sein, sagte ich mir. Wenn diese beiden – beide wunderschön, klug und absolut bezaubernd – keinen Weg finden konnten, wie es miteinander funktionierte, wer dann?

Ich hob eine Augenbraue. »Und du nicht?«

»Ich denke, Menschen sind die Produkte ihrer Umstände. Wir reagieren auf das, was das Leben uns mit auf den Weg gibt. Weißt du, was ich meine?«

Ich erwiderte seinen Blick. Ich wusste, was er meinte, besser, als er sich es je vorstellen konnte.

»Was ich sagen will, ist, ich bin ein bisschen schneller darin, zu vergeben. Das ist der Mittelwesten in mir.« Er zögerte, atmete tief ein. »Egal«, fuhr er fort und führte uns zurück auf sicheres Terrain. »Meine Frau ist mein Ein und Alles«, sagte John. »Ich möchte nur, dass sie glücklich ist. Ich bin immer auf ihrer Seite.«

Als wir zurück zum Pavillon kamen, hatte ich meine Fassung zurückgewonnen. John füllte unsere Gläser nach, während Vera Gras in den Vaporizer bröselte. Als alles fertig war, sog sie den Rauch tief ein, pausierte und stieß schließlich eine große Dampfwolke aus, als wäre sie Gandalf oder Dumbledore. »Willst du auch?«, fragte sie.

Wider besseres Wissen nahm ich den Vaporizer entgegen. Ich war paranoid gewesen, stellte ich fest, und so konnte ich nicht weiterleben. Verschreckt von jeder Person, die ich kennenlernte. Immerhin war das mein neues Leben. Da durfte ich auch verdammt gutes Gras rauchen.

Ich nahm einen Zug, hustete ein paarmal, dann lehnte ich mich vor und reichte den Vaporizer weiter an John. Als ich mich zurücklehnte, kribbelte es überall, ich spürte meinen ganzen Körper – jedes Haar, jeden Zentimeter Haut. Als Davis und ich mal Haschkekse gegessen hatten, hatten wir derart guten Sex gehabt. So gut, dass die Zeit sich verlangsamt, und es ist alles da, um dich herum und in dir, so wundervoll, dass du nicht willst, dass es je wieder aufhört.

»Das ist gut, was?«, fragte John. »Vera weiß, wo man all die guten Sachen bekommt.«

»Sehr gut«, sagte ich und roch jeden einzelnen Duft des Waldes – moderige Erde, sonnengetrocknetes Gras und etwas Süßliches wie Zuckerwatte. Ich wischte mir das Haar aus dem Gesicht und schüttelte meine Strickjacke ab, der Wind hatte sich gelegt, und die Luft war weich und präsent, als wollte sie mich umarmen.

Ich dachte an das, was mit Rachel passiert sein mochte, und mir wurde etwas klar – Vera brauchte meine Freundschaft ebenso sehr wie ich ihre. Wenn ich mich an die beiden halten konnte, an Nächte wie diese, an meinen Neustart, dann, so fühlte ich, würde es irgendwie okay werden …

»O mein Gott, Lucy, was ist mit deiner Wange passiert?«

»Hm?« Ich erstarrte und ließ meine Hand sinken.

Meine Finger waren überzogen mit beige-orangefarbenem Dermablend. »Oh, ich …«

»Sie ist ganz blau und gelb. Was ist nur passiert?«, fragte Vera.

Johns Augenbrauen zogen sich vor Sorge zusammen.

»Nein … ich …«, stammelte ich. »Ich meine, ich weiß nicht genau, *was* geschehen ist, wie genau ich das bekommen habe …«

Sie begriff schneller als er. Weil sie eine Frau war, genau wie ich. Und wenn du einen scheißgroßen Bluterguss in deinem Gesicht hast und dafür keine glaubwürdige Erklärung liefern kannst, dann kann es nur eines bedeuten.

»Ich weiß, es klingt übel«, sagte ich. »Mist. Ich habe zu viel geraucht. Es ist nicht, wie es scheint. *Wirklich.*«

John lehnte sich vor. Ich glaube, das war der Moment, in dem er auch begriff.

Vera legte ihre Hand auf mein Bein. Das war mein Moment, sie abzuschütteln. *O mein Gott, hast du etwa gedacht … hast du? Herrje, sei nicht so dramatisch. Ich war in einer Bar, betrunken, bin mit einem Tisch zusammengestoßen, kannst du dir das vorstellen?! Du weißt schon, Brooklyner Nächte.* Aber ich hatte das Gefühl, ich würde einen Schritt hinterherhinken. Als ob der Wein und das Gras meine Geschichte durcheinanderbrächten.

»Es ist nicht so«, bekam ich heraus, aber in ihren Gesichtern konnte ich es bereits sehen: die Widerspiegelung meines Schmerzes, meiner Scham.

»Ich sollte gehen«, sagte ich, schob meinen Wein weg und erhob mich schnell, als die Welt anfing, sich zu drehen, griff ich nach dem Pfosten des Pavillons.

»Bist du okay?«, fragte Vera.

»Ja, es ist nur, es ist ganz schön spät«, sagte ich und versuchte, mein Gleichgewicht zu finden, meine bebende Stimme zu beruhigen.

Gegen meinen Protest bestand Vera darauf, mich nach Hause zu begleiten – nur damit ich sicher heimkam –; in meinem Cottage tatzte Dusty nach ihren Knöcheln, während ich in die Küche stolperte, um die Tür zu öffnen, damit er hinauskonnte.

Vera goss mir ein großes Glas Wasser ein. »Trink das«, sagte sie.

Ich schüttelte schwach meinen Kopf. »All das, es ist nicht so, wie du denkst.«

»Okay«, sagte Vera, obwohl ich sehen konnte, dass sie mir nicht glaubte. »Na gut. Aber du musst trotzdem Wasser trinken.«

Als das Glas leer und Dusty zurück war, führte sie mich in mein Schlafzimmer und zog den Quilt vom Bett.

»Ich hatte nur zu viel«, sagte ich, als ich aus meiner Jeans schlüpfte und ins Bett kroch. Vera verschwand und kam mit dem aufgefüllten Glas wieder. Meine Wasserfee.

»Danke«, sagte ich. Und dann: »Entschuldige.«

Vera stellte das Glas auf den Nachttisch und setzte sich auf die Bettkante, als wollte sie mich zudecken. »Es gibt nichts, was dir leidtun müsste.«

Wenn sie dort noch länger sitzen würde, dann würde ich weinen, das wusste ich. »Du solltest nach Hause gehen«, sagte ich.

Vera nickte, streichelte meinen Arm. »Du sollst nur wissen, dass du sicher bist hier bei uns«, sagte sie. »Du musst keine Angst mehr haben.«

7

Licht floss zu hell um die Kanten der Vorhänge herein, und Bilder der letzten Nacht fluteten meinen Kopf. Wie wir drei im Pavillon saßen. Veras Augen, als sie den Bluterguss entdeckte, obwohl ich mein Bestes getan hatte, um ihn verbergen.

Dusty drückte seine Schnauze an mich, und ich zwang mich aus dem Bett, ließ ihn durch die Hintertür hinaus, während ich gierig Wasser trank. Zurück im Schlafzimmer, wappnete ich mich und wagte einen Blick in mein altes E-Mail-Postfach. Und tatsächlich, eine Antwort von Ellie.

> Worum ging es in der E-Mail? Seattle? Was ist passiert? Und ich hab versucht, dich anzurufen. Es heißt, dein Telefon ist nicht erreichbar. Verdammte Scheiße, bist du okay? Ruf mich bitte an.

Mein Inneres verknotete sich, während ich auf ihre Worte starrte. Kein Wort von Davis – ich fragte mich, ob sie ihn gesprochen oder sogar gesehen hatte. Wie konnte ich ihr erklären, dass meine Unerreichbarkeit nichts mit ihr zu tun hatte – nur mit ihm? Mit seinen Aktionen und Gegenaktionen. Mit seiner Kontrollsucht. Selbst wenn ich ihr alles erzählte, würde Davis, so fürchtete ich, einen Weg finden, um alles zu erklären, so wie er es bei mir gemacht hatte.

Als er mich das erste Mal verfolgt hatte, hatte es ganz unschuldig gewirkt, da waren wir gerade mal sechs Monate zusammen. Nach einer langen Freitagnacht mit einem Freund fand ich nach dem Aufwachen drei verpasste Textnachrichten.

> Wo bist du?
> Wann kommst du nach Hause?
> Ich weiß, dass du heute allein unterwegs bist, aber ich mache mir Sorgen.

Ich fand ihn in der Küche, mein leichter Kater verschlimmerte meine Schuldgefühle. Er stand an der Theke und verquirlte Eier. »Es tut mir so leid«, sagte ich. »Ich hatte zu viel getrunken, und ich habe nicht mehr auf mein Handy geschaut.«

Davis' Hand hörte auf zu rühren. Er starrte mich an, vielleicht einen Herzschlag länger, als er es hätte tun sollen. Aber dann, ein Lächeln. »Schon okay, Babe, wirklich«, sagte er. »Ich habe mich in deinen Apple-Account eingeloggt und mithilfe von ›Mein iPhone suchen‹ gesehen, wo du bist. Ist das okay?«

Zu diesem Zeitpunkt lebten wir ein paar Wochen zusammen, und wir hatten einander unsere Passwörter offen mitgeteilt wie so viele Paare. Außerdem hatte ich seit Jahren niemanden gehabt, der mich im Auge behielt. Ellie war mein Notfallkontakt, aber ich war niemals der ihre. *Natürlich* war das okay.

Als er es ein zweites Mal tat, wurde ich zögerlich. Eine Woche später, wieder war ich mit Freunden abends unterwegs – dieses Mal hatte ich nicht vergessen, meine Nachrichten zu checken –, ging er wieder in meinen Account und sah nach, wo ich war. Ich dachte darüber nach, mein Passwort zu ändern und ihm das neue diesmal nicht zu sagen, aber das schien mir albern, paranoid.

Und dann, ein paar Monate später, die Überwachungskamera, auf dem Tisch neben der Tür. Das WLAN aktiviert und mit seinem Telefon verbunden. In seine Wohnung war mal eingebrochen worden, und wir lebten in Bushwick, das seinen Anteil an Verbrechen hatte. Es war nur eine Vorsichtsmaßnahme, nur ein neues spaßiges Gadget, es brachte ihm Vorteile bei der Mieterversicherung und so. Ich sagte mir selbst, ich würde mir Sorgen wegen Nichtigkeiten machen, dass Davis' Gründe harmlos waren, aber ich wusste auch von diesem Moment an, dass er mich beobachtete – oder zumindest konnte er mich beobachten, wenn er es wollte –, jedes Mal, wenn ich rausging oder zurückkam.

Kurz danach verstand ich, wie intensiv er mich im Auge behielt, wie tief wir verstrickt waren.

Jetzt huschten meine Hände über die Tastatur, im Wunsch zu erklären, was mir vorher nicht möglich gewesen war.

Seit so langer Zeit brannte ich darauf, Ellie die Wahrheit zu erzählen. Bei einem Brunch vor nur wenigen Monaten war ich ganz nah dran gewesen. Sie und ich hatten Grapefruit Mimosas und Huevos Rancheros bestellt, und ich versprach mir selbst an diesem Morgen, so hoffnungsvoll wie jemand, der täglich ein Päckchen raucht: *Heute ist der Tag, an dem ich aufhöre. Heute ist der Tag, an dem ich es Ellie erzähle.* Aber ein Schluck von dem Mimosa, und Ellie begann sofort, mich über ihre herrische Mutter und ihren Trottel von ihrem Vater auf den neuesten Stand zu bringen. »Sei dankbar für Davis«, sagte sie, bevor ich die Gelegenheit hatte, loszulegen. Ich konnte kein Wort mehr sagen.

Ich hatte von der Gutman-Familie gehört, lange bevor ich Davis kennengelernt hatte. Eine nervöse Mutter, die ihr Leben daransetzte, ihre Kinder zu kontrollieren. Eine endlose Abfolge von Kursen und außerschulischen Aktivitäten, als sie jünger waren, harte Regeln, als sie älter wurden: kein Essen nach acht Uhr abends. Treffen mit Freunden mussten drei Tage vorher genehmigt werden. Der Vater, der so tat, als kümmerten ihn die Regeln nicht, war der Grund für sie. Er schlug zu, wenn er wütend war. Die Misshandlungen hörten auf, als die Kinder in die Mittelschule kamen, aber was das mit der Mutter gemacht hatte, hörte nicht auf. Sie konnte ihren Mann nicht kontrollieren, also kontrollierte sie ihre Kinder. Das war zur Hälfte der Grund, warum es mir so einfach gefallen war, mich mit Ellie anzufreunden, als wir in einer Nische in dieser Bar strandeten während meiner ersten Woche in New York. Ihre Eltern waren am Leben, aber sie hasste sie. Ihre Welt war lange vor meiner zerbrochen.

Davis war mein fester Freund für drei Jahre, aber Ellies Bruder war er ihr ganzes Leben lang.

Ein paar Jahre nachdem wir uns angefreundet hatten, erzählte sie mir, ihr Bruder zöge nach New York. Ich war ihm nie begegnet, obwohl Ellie und ich uns so nahestanden – New York ist seltsam in solchen Dingen. Du kannst alles von jemandem wissen und niemals dessen Familie kennenlernen. Unsere Wohnungen waren einfach viel zu klein. Als Davis und ich uns zum ersten Mal küssten, zwei Monate nach seinem Umzug, auf dem Leinensofa in Ellies Wohnung, da dachte ich: *Wie glücklich ich bin!* Ich erstarrte in Ehrfurcht vor diesem Mann, der mich ganz anders behandelte, als er aufgewachsen war.

Als mir keine andere Wahl blieb, als mir einzugestehen, dass er zu Misshandlungen neigte, musste ich fast lachen. Wir beide waren solche Klischees. Er war zu seinem Vater geworden. Und ich, verzweifelt auf der Suche nach einer neuen Familie, hatte mich kopfüber in eine Liebesbeziehung gestürzt, bei der sämtliche Alarmsirenen losgingen, und das schon sehr früh. Es erstaunt mich immer wieder, wie unterschiedlich er und Ellie sind. Sie hatte das Feuer ihrer Kindheit ertränkt, mit Yoga, Gesprächstherapie, Wein. Davis aber …

Bei Davis war die Asche nie ausgeglüht, immer bereit aufzulodern beim kleinsten Anlass – Misstrauen, Eifersucht, *ich*.

Ich verließ das Haus vor dem Mittag, hielt beim Lebensmittelladen, um Sachen einzukaufen, die für eine Person leicht zuzubereiten waren, dann folgte ich der gewundenen Straße durch die ausgedehnten Waldflächen und an einer alten Kirche mit Buntglasfenstern vorbei in die Innenstadt von Woodstock.

Ich parkte in einer Seitenstraße vor einem heruntergekommenen Haus und einem Rinnsal von einem Bach. Der Ort war grün, fruchtbar. Ich ging zur Hauptstraße und kam auf einen offenen Platz, wo silberhaarige Damen im Kreis standen und auf Trommeln schlugen. Die ebenen Steintrottoirs waren voller Leute; ich entdeckte Brooklyner auf einem Wochenendausflug, eine umherstreifende Gruppe von Highschool-Schülern und ein süßes älteres Paar, das Hand in Hand herumbummelte. Ich ging weiter, vorbei an Peace-Zeichen, die auf das gleichnamige Festival verwiesen, Kleidungsgeschäfte, die bequeme Schuhe verkauften, und Straßenhändler, die Mondsteinringe verhökerten. Berge ragten hinter hell erleuchteten Ladenfronten auf, und eine kunstvolle Flagge hing über einem Secondhandladen. Es war idyllisch hier. Ein Traum.

Ich ging in einen Zoohandel, um ein paar Kaustäbchen für Dusty zu besorgen, dann verzog ich mich ins *Schoolhouse,* einem Restaurant einen Block weiter. Ich setzte mich an die Theke, und während ich auf die Speisekarte wartete, blickte ich mich um. Altholz, alte

Lampen, Craftbeer – einer dieser Orte, die man in jedem malerischen kleinen Städtchen findet.

Hinter der Theke verkündete eine Tafel die Tagesangebote, und auf einer Pinnwand waren die üblichen Mitteilungen angeschlagen. Angebote für Gitarrenunterricht, Informationen über anstehende Bürgerversammlungen und eine öffentliche Verlautbarung auf hellem orangefarbenem Papier.

Sicherheit bei Wanderungen!

Gehen Sie immer zu zweit los.
Nehmen Sie ausreichend Essen, Wasser,
Taschenlampen und Ersatzbatterien mit.
Denken Sie daran, sich IMMER
an- und abzumelden.

Ich musste fast lachen. Wenn Ellie, Davis und ich wandern gingen in den Poconos, hatten wir uns nirgendwo an- oder abgemeldet, und wir hatten definitiv keine Taschenlampe mit Ersatzbatterien bei uns gehabt – aber ich vermute, es gab eine Menge Dinge, die ich in meinem neuen Leben anders machen würde.

Eine junge Frau schob mir die Mittagskarte rüber, gedruckt auf braunem Packpapier und angeknittert vom häufigen Gebrauch. Sie war jung, hatte das College wohl hinter sich, aber sogar bei einem flüchtigen Blick wirkte sie bemerkenswert. Kupferfarbenes Haar, glatt wie Maisgrannen, sahneweiße Haut mit Sommersprossen, dunkler Eyeliner betonte ihre Augen, und Stecker umrundeten ihre Ohrmuscheln. Sie sah aus, als wäre sie mit einem Boot aus dem Irland des frühen zwanzigsten Jahrhunderts angelandet und hätte sofort im Einkaufszentrum Modeschmuck gekauft. »Der Grünkohlauflauf ist aus«, sagte sie, ihre Stimme rauchiger als erwartet. »Und auch die vegane Wurst. Aber wir haben stattdessen Hühnchen-Apfel-Würstchen. Ich weiß, das ist nicht dasselbe, aber –« Sie zuckte mit den Schultern. »Wollen Sie etwas trinken?«

»Kaffee, bitte.« Ich überflog die Speisekarte. »Ich kann auch gleich bestellen. Ich nehme die Eier Benedikt und Würstchen dazu«, fügte ich hinzu, plötzlich hungrig.

»Prima.« Sie riss ein Stück Papier ab, ging zur Küche und hängte es zu den anderen Bestellungen. Sie kam mit Kaffee zurück und schenkt mir ein, dann lehnte sie sich gegen die Theke. »Das Essen ist so in fünfzehn Minuten fertig.«

»Danke«, sagte ich und nahm einen Schluck Kaffee. Er war sehr heiß und weich im Geschmack, genau wie ich es mochte. Ich sah mich um. Sie war die einzige Bedienung, aber fast alle Tische waren leer – sie hatte nicht allzu viel zu tun. »Wissen Sie, wo hier in der Stadt eine Galerie ist?«

»Die JV Galerie?«, fragte sie.

JV. John und Vera. Ich nickte.

»Klar, die ist nur ein paar Blocks weiter, gegenüber der Bank.« Sie verschränkte die Arme, neigte den Kopf ein wenig. »Ich bin mir aber nicht sicher, ob die offen haben. Die haben die Öffnungszeiten eingeschränkt.«

»Ach wirklich?«

Sie wischte mit einem schmuddeligen Lappen über den Tresen, dann blickte sie mich an, als ob sie mir auf den Zahn fühlen wollte. »Warum fragen Sie?«

Ich fuhr mit dem Finger am Henkel der Tasse entlang. »Ich habe davon gehört und dachte, ich schau sie mir mal an.«

Das Mädchen hob eine Augenbraue. »Sie sind nur übers Wochenende hier?«

Ich zögerte, zog kurz in Betracht zu lügen, nur für den Fall. Aber wenn ich diesen Ort mochte, würde ich wiederkommen wollen – es gab nicht allzu viele Restaurants in der Stadt –, und mit Lügen würde ich Aufmerksamkeit auf mich ziehen. Außerdem war das mein Neustart. Es gab keinen Grund anzunehmen, dass Davis herausfinden konnte, wo ich war. Überhaupt keinen.

Ich schüttelte meinen Kopf. »Nein, ich bin gerade hergezogen.«

»Wo haben Sie von der Galerie gehört?«, fragte sie. »Denn die meisten Leute, die hier leben – sie gehen nicht wirklich dorthin.«

Ich atmete schnell ein, und das Mädchen schien mein Zögern zu spüren. »Kein Ding, wenn Sie es nicht sagen wollen.«

Ich atmete aus, fühlte mich albern. Sie war nur ein Kind, und ich verhielt mich argwöhnisch. »Meine neuen Nachbarn erwähnten, dass sie die Galerie führen. Ich wollte sie einfach mal sehen.«

»Wirklich?«, fragte sie. »John und Vera, hm?«

»Kennen Sie sie?«

Sie seufzte. »In so einer Stadt kennt fast jeder jeden.« Sie wischte erneut über den Tresen, dann hob sie eine Augenbraue. »Sie sollten sie vielleicht wirklich mal anschauen. Die brauchen Umsatz, besonders jetzt.«

»Was meinen Sie damit?«

Sie feixte. »Diese Stadt ist nicht so kunstversessen und fortschrittlich, wie sie gerne wäre. Die beiden haben hier keinen einfachen Stand. Die Leute von hier gehen dort nicht hin, ehrlich gesagt.«

»Oh«, sagte ich und dachte daran, wie Vera und John Woodstock gestern Abend beschrieben hatten. Dass ich die Stadt *idyllisch* genannt hatte. »Warum das denn?«

Ihre Lippen waren zu einer geraden Linie gepresst. »Sie tun's einfach nicht. Egal«, sagte sie und wechselte das Thema, »was machen Sie beruflich? Hier gibt es nicht viele Jobs.«

Wieder zögerte ich kurz – ich wollte nicht zu viel preisgeben. »Ich bin freiberuflich tätig. Ich kann überall arbeiten.«

»Grafikdesign?«, fragte sie.

»Nein, ich –«

»Fotografie?«

»Ich bin Autorin.« Ich platzte regelrecht damit heraus, dann nahm ich einen Schluck Kaffee. Das wurde langsam lächerlich. Warum sollte es wehtun, ihr das zu erzählen?

Das Gesicht des Mädchens leuchtete auf. *»Ist nicht wahr«*, sagte sie. »Ich wollte schon immer eine Autorin kennenlernen. Das möchte ich auch machen. Ich versuche, mich zwischen Romanen und Filmskripten zu entscheiden. Oder vielleicht eine Autobiografie – ich weiß, ich bin zu jung dafür, aber ich glaube, junge Leute haben mehr zu sagen, als die meisten denken.« Sie streckte eine Hand aus. »Ich bin übrigens Al.«

»Al«, wiederholte ich, erstaunt, wie fortschrittlich die jüngeren

Generationen mit ihren genderneutralen Spitznamen waren. Nicht Alice oder Allison, nicht einmal Allie. Nur Al.

Ich ergriff ihre Hand und bemerkte, dass sie darauf wartete, dass ich mich vorstellte. »Lucy.«

Sie zog ihre Hand zurück und zupfte an ihrem Haar. »Was schreiben Sie?«

»Meistens Artikel für Magazine«, sagte ich ein bisschen vage. »Erfahrungsberichte.«

»Das ist so cool«, sagte sie ohne eine Spur von Ironie. Eine Glocke erklang, und sie eilte hinüber zur Küche und kehrte mit meinem Essen zurück. Es roch nach Öl, Salz und Knoblauch, und für einen Moment war ich in dem Restaurant, das ich oft mit meiner Mutter und meinem Vater in Seattle besucht hatte.

»Danke«, sagte ich, verscheuchte die Erinnerung und zog den Teller zu mir heran.

»Wofür schreiben Sie?«

Ich zögerte, wollte nicht zu viel ausplaudern. »Alle möglichen Medien. Wer immer mich bezahlt.«

Sie grinste. »Vielleicht stoße ich ja mal auf was von Ihnen.«

Ich rang mir ein Lächeln ab. Ich wusste, dass das nicht geschehen würde.

»Wie sind Sie daran gekommen?«, fragte sie.

Bis ich fertig war mit essen, hatten wir alle unverfänglichen Themen besprochen, Sachen, die nicht direkt mit mir in Verbindung gebracht werden konnten: meine frühe Begeisterung für Jane Austen, Als Vorliebe für die Brontë-Schwestern, besonders für *Sturmhöhe,* und wie wichtig es war, *The Elements of Style* zu lesen.

Ich gab ein großzügiges Trinkgeld trotz meiner beschränkten Mittel, da ich mich daran erinnerte, wie es war, gerade erst anzufangen.

Draußen atmete ich die erholsame Bergluft ein. Ich fühlte mich besser als seit einer langen Zeit. Da war etwas an Al, die Art, wie sie in die Zukunft blicken konnte mit so viel Hoffnung und Möglichkeiten – die Welt des Schreibens als ihre sprichwörtliche Shakespear'sche Auster –, das auch mich hoffen ließ. Vielleicht würde sie nicht die gleichen Fehler machen wie ich, vielleicht könnte am Ende eine von uns das Schicksal wenden.

Die Gehwege waren immer noch voller Menschen, und während ich in Richtung des Maklerbüros ging, das mir Jennifer Moon genannt hatte, um dort meine Miete zu zahlen, versuchte ich herauszufinden, wer hier lebte und wer nur zu Besuch war.

Ein tätowiertes Paar mit einer französischen Bulldogge und zerrissenen Jeans: definitiv nur übers Wochenende hier.

Eine ältere Dame, exakt genauso gekleidet wie meine Nachbarin Maggie in einem übergroßen, gemütlichen und vielleicht etwas zu warmen, genoppten Sweater. Sehr wahrscheinlich eine Einheimische.

Das Büro von Ms. Moon war geschlossen. Ich folgte ihren Anweisungen und warf den verschlossenen Briefumschlag in den Briefkasten, dann warf ich einen Blick auf die Angebote, die im Fenster angeschlagen waren. All die Leben, die man zu leben wünschte, wie die Figuren von Sylvia Plath: eine Ranch im Frank-Lloyd-Wright-Stil, an einem Bächlein gelegen; ein Herrenhaus von 1820 mit sechs Schlafzimmern und dringendem Renovierungsbedarf; ein Einzimmercottage auf dem Overlook Mountain. Früher einmal hatte ich von alldem mit Davis geträumt. Wir hatten uns durch die Website von Trulia gestalkt, hatten überall nach Häusern gesucht – in den Berkshires, den Catskills, den Shawagunks, den Poconos. »Die Berge rufen uns, wir müssen folgen.« Wir haben allerdings nie an Woodstock gedacht. Zu hippiemäßig, zu möchtegern künstlerisch, hatte Davis gemeint. Zu aufgeblasen. Ich hatte ihm nie erzählt, dass Ellie und ich mal hier gewesen waren, Jahre bevor er nach Brooklyn gezogen war, und dass ich es heimlich liebte. Würde er es herausfinden?

Kurz stellte ich mir vor, wie er meine E-Mails liest, wie er den Garderobenständer ergreift, ihn gegen die Wand wirft. Wie er seine Wut an jemand – an etwas – anderem als mir ablässt. Dann stellte ich mir die Alternative vor, und ich rieb mir über den Nacken und drehte mich um, um weiterzugehen.

In diesem Moment krachte mein Körper in etwas hinein. Ich schnappte nach Luft und sah beim Aufblicken einen Mann mit langem, silbrigem Haar. Er stank nach Zigaretten. »Entschuldigung«, sagte ich schnell, als sich seine Augen in meine bohrten. »Ich wollte nicht …«

»Passen Sie auf, wo Sie hingehen«, knurrte er. Und dann, als er an mir vorbei war, grummelte er in seinen Bart, aber laut genug, damit ich es hören konnte: »Verdammte Wochenendtouristen.«

Mein Herz begann zu rasen in Erwartung einer Konfrontation. Ich holte tief Luft, aber der Mann war schon um die Ecke gebogen und außer Sicht.

Er ist nicht wichtig, sagte ich mir, als ich weiterging. Außerdem war ich keine Touristin. Ich lebte jetzt hier. Das war mein Neuanfang.

Ein paar Blocks später hatte sich die Menschenmenge ausgedünnt. Auf der anderen Straßenseite sah ich die *Plattform,* die Bar, die John erwähnt hatte. Sie war tatsächlich so kurios, wie er versprochen hatte, hellrot gestrichen mit einem grünen Metalldach.

Einen halben Block weiter war sie dann: die JV Galerie.

Mir war es egal, ob niemand dorthin ging, wie Al gesagt hatte, oder ob die Einheimischen sie hassten. Sie kam mir wie ein Leuchtturm vor, etwas, das mich an das erinnerte, was Vera gesagt hatte: *Du bist hier sicher bei uns.*

Durch die bodentiefen Fenster der Vorderfront blickte ich auf weiße Wände, schimmernde Holzböden, Leinwände, Fotografien und Skulpturen. Ein Schild verkündete: geschlossen.

Ich nahm einen tiefen, beruhigenden Atemzug. Ich war okay. Alles würde okay sein. Zumindest hatte ich sie an meiner Seite, und wenn ich sie das nächste Mal sah, hatte ich ein paar Geschichten parat, um den Bluterguss zu erklären. Ich würde das Gesicht wahren, und wir würden Wein trinken, und alles wäre gut.

Ich machte einen Schritt zurück. Ich sollte nach Hause gehen – ich wollte nicht, dass meine Lebensmittel verdarben.

Aber Tupfer von verblichener Farbe am unteren Ende der Fensterfront zogen meinen Blick an. Ich kniete mich hin, um näher heranzukommen. Der größte Teil der Farbe war abgekratzt worden, aber ich konnte die Worte entziffern.

Mein Blut wurde kalt.

DU VERDAMMTER PERVERSLING.

8

Ich versuchte immer noch, mich zu beruhigen, als ich in meine Straße einbog.

Das Graffito musste nichts bedeuten – nur Kinder, rebellische Jugendliche, jemand, der einen Streich gespielt hatte.

Diese Stadt war mein Neustart. Vera und John waren die ersten Freunde, die ich gefunden hatte. Und ich würde nicht zulassen, dass ein Schatten darauf fiel.

Aber als ich mein Haus erreichte, verkrampfte sich meine Brust,während mein Fuß das Bremspedal bis zum Boden durchtrat, um alles zum Halten zu bringen.

Ein Auto stand mit laufendem Motor vor meinem Cottage.

Mein Herz raste.

War das Davis? Konnte er mich wirklich gefunden haben?

Ein Teil von mir wollte Gas geben, weit wegfahren und alles vergessen – scheiß aufs Geld, das ich gerade im Büro abgeliefert hatte. Weglaufen. *Ein weiteres Mal.* Doch ich konnte nicht. Mein Leben war in der Hütte, Dinge, die ich brauchte.

Noch wichtiger: Dusty war auch dort drinnen. Hilflos und allein.

Ich zwang meinen Fuß, sich vom Pedal zu lösen, damit das Auto langsam weiterfahren konnte.

Während ich vorankroch, suchte ich das Fahrzeug nach einem Zipcar-Aufkleber ab, nach einer Nummernschildrahmung von Hertz, nach irgendetwas, das es als Mietauto auswies, denn Davis besaß kein Auto. Da war nichts. Es war einfach nur ein marineblauer Subaru mit normalen Nummernschildern.

Bitte sei nicht Davis, bitte sei nicht Davis.

Mein Fuß schwebte über dem Gaspedal, bereit, zuzutreten, falls notwendig, während ich langsam näher rollte …

Ich atmete aus. Hinter dem Fenster erkannte ich eine Frau.

Es war nicht er. Ich war nicht aufgespürt worden. Noch nicht.

Langsam bog ich in meine Auffahrt und stieg aus.

Ich blinzelte, als ich die Frau aus dem Auto aussteigen sah, mein Kopfschmerz vom Morgen kam zurück, begleitet von einem unguten Gefühl in der Magengrube.

»Sie sind zu Hause!«, sagte die Frau fröhlich, als sie auf mich zueilte. »Machen Sie sich keine Gedanken, ich bin gerade erst eingetroffen.« Ihr Körper war rund und weich, und sie trug eines dieser weiten, erdfarbenen Kleider, die unsere Kurven verdeckten, die Art von Kleid, für die man mindestens vierzig sein muss. Es gab sie in der Stadt zu kaufen. Im Sonnenlicht sah man ein Büschel grauer Haare in Habachtstellung auf ihrem Scheitel, das von ihrem restlichen rotbraunen Haar abstach. Ihre Augen hatten sich in meine versenkt, blassblau und durchdringend – die gleiche Farbe wie der Himmel.

»Entschuldigung, aber kenne ich Sie?«

Sie lachte, während sie am Halsausschnitt ihres Kleides zupfte. »Natürlich nicht. Ich hab das ganz falsch angefangen.« Sie streckte ihre Hand aus. »Ich hab hier mal gewohnt«, sagte sie, als sie meine Hand ergriff. »Ich bin Rachel.«

»Oh«, bekam ich heraus und zog schnell meine Hand zurück. So leibhaftig vor mir, sah sie nicht aus wie die Person, die ich mir vorgestellt hatte. Älter einerseits, auf jeden Fall Mitte vierzig, aber es war mehr als das. Durch die Art, wie John und Vera über sie gesprochen hatten, hatte ich mir so eine Art heißen Feger vorgestellt, eine Femme fatale. Diese Frau war durchaus attraktiv, vielleicht hatte sie früher mal die Aufmerksamkeit aller auf sich gezogen mit ihren unergründlichen Augen und dem tizianroten Haar, aber jetzt nicht mehr. Jetzt hatte sie sich optisch den anderen Frauen in Woodstock in einem gewissen Alter angeglichen, samt Amethystring und Birkenstocksandalen. Mein Blick stahl sich kurz zu ihren Füßen, um das zu bestätigen.

»Es tut mir leid, Sie zu behelligen, äh …« Sie hielt inne und hob eine Augenbraue.

Ich hatte keine Wahl. »Lucy.«

»Lucy«, wiederholte sie. »Es ist nur, ich habe einen Auftraggeber, der meinen Honorarscheck an diese Adresse geschickt hat. Ich habe den Nachsendeantrag bei der Post gestellt, als ich Ende Juli auszog, aber dessen Laufzeit betrug nur einen Monat. Ich habe meine neue Adresse ganz oben auf die Rechnungen geschrieben, aber der Mann hat offenbar keine Lust, das zu lesen, selbst wenn es in hellem Rot gedruckt ist. Ich könnte ihn bitten, den Scheck erneut zu schicken, aber ich hab schon mehr als einen Monat warten müssen und ich brauche langsam das Geld. Ich wollte Ihren Briefkasten nicht aufbrechen, wenn Sie nicht da sind. Das wäre gruselig«, sagte sie.

»Und eine Straftat«, fügte ich hinzu.

»Stimmt«, sagte sie grinsend. »Ich hab gedacht, vielleicht könnten Sie für mich mal nachsehen? Es ist fürchterlich unhöflich, Sie darum zu bitten, aber ich bin ein bisschen verzweifelt. Ich wollte John und Vera bitten, Sie deswegen anzusprechen, aber es schien einfacher, mich direkt an die Quelle zu wenden.«

Ich schüttelte eilig meine Trance ab. »Natürlich«, sagte ich. Ich ging zum Briefkasten und öffnete ihn. Tatsächlich war jede Menge Werbung für sie darin und auch ein schmaler weißer Umschlag, der entschieden nach einer Zahlungsanweisung aussah. Ich händigte ihn ihr aus.

Ihre blauen Augen leuchteten auf, sie glänzten, als wir zu unseren Autos zurückgingen. »O Gott, ich bin so erleichtert. Ich war drauf und dran, meinen Ex-Mann um einen Kredit zu bitten, was genauso schrecklich wäre, wie es klingt.«

»Kein Problem«, sagte ich.

»Ich bin Fotografin«, fuhr Rachel fort. »Es ist nicht gerade so, als flösse das Geld ohne Unterbrechung, wie aus einem Wasserhahn. Es ist mehr ein Tröpfeln. Verstehen Sie, was ich meine?«

Ich nickte, als ich zu verstehen begann – das erklärte die Fotos.

»Ich bin froh, dass Sie Ihren Scheck haben«, sagte ich, während ich den Kofferraum öffnete. »Ich sollte vermutlich die Sachen ins Haus schaffen. Lebensmittel.«

»Oh«, sagte sie. »Sie haben ja eine Menge Tüten. Lassen Sie mich Ihnen helfen.«

Ich schwieg. Ich war mir nicht sicher, ob ich eine Fremde in mein Haus einladen sollte …

»Das ist das Mindeste, was ich tun kann, nachdem Sie mir geholfen haben«, fügte sie hinzu.

»Klar«, sagte ich, meine Neugier gewann jetzt schnell die Oberhand. Es war ja nicht so, als wäre sie eine Kriminelle oder so was. »Also, wenn Sie das wirklich wollen.«

Wir ergriffen die Tüten, und sie folgte mir ins Haus.

Dusty kam herbeigelaufen, um uns zu begrüßen und die Pfoten gegen Rachels Beine zu stemmen. »Runter, Dusty!«, rief ich beim Hereinkommen. »Er liebt Menschen.«

»Und ich liebe Hunde.« Sie stellte die Tüten ab und hob ihn hoch, drückte ihn sich an die Brust.

»Wow«, sagte ich, als er an ihrem Hals schnüffelte. Normalerweise mag er das nicht – nicht einmal von mir.«

»Ich bin mit Hunden aufgewachsen. Immer mindestens drei Stück gleichzeitig. Auf einer Farm in Rochester. Ich schwöre bei Gott, die denken alle, ich bin eine von ihnen. Darum sagte mein Ex immer – egal.« Wie aufs Stichwort leckte Dusty wie wild ihr Kinn. Sie ließ das einen Moment lang zu, dann setzte sie ihn auf den Boden und griff wieder nach den Tüten, während sie sich umblickte. »Ich mag, was Sie aus diesem Haus gemacht haben«, sagte sie.

Ich feixte. »Haben Sie versucht, sich hier einzurichten?«

Rachel lachte. »Nicht wirklich. Ich habe den Waldhippie-Schick akzeptiert«, sagte sie. »Bis hin zu den buddhistischen Weisheiten. Ich habe hier gelebt, während ich knietief in meiner Scheidung steckte, das schien mir einfacher, als mich mit meinem Mann darüber zu streiten, wer den Eames-Stuhl bekommt, für den wir sowieso niemals so viel Geld hätten ausgeben sollen.«

Ein Lachen löste sich aus meiner Kehle. Sie war warmherzig, fröhlich und unglaublich unkompliziert, die letzte Person, von der man erwarten würde, dass sie in einen Kleinkrieg mit jemandem gerät. Ich ging in die Küche. »Sie können die Tüten einfach auf dem Tresen ablegen.«

Pflichtbewusst tat sie es, und ich folgte ihr zurück in den Hauptraum.

Sie drehte sich auf ihrem Absatz. »Watson, ich glaube, ich habe etwas entdeckt, das ich hier vergessen habe.« Sie ging Richtung Schlafzimmer, und ich stellte mir vor, wie sie die Kommodenschublade aufzog, die Fotos hervorholte und sie in einer der übergroßen Taschen ihres Kleides verstaute.

Stattdessen stoppte sie in der Türöffnung. »Der Quilt«, sagte sie und drehte sich zu mir zurück. »Bitte sagen Sie Maggie nicht, dass ich ihn hier zurückgelassen habe. Ich weiß nicht, ob Sie sie schon kennengelernt haben – die ältere Frau, die nebenan wohnt. Sie hat ihn mir zu Weihnachten geschenkt. Hatte ihn von einer Antiquitätenmesse oder so.«

»Ich habe sie gestern kennengelernt«, sagte ich. »Öh, wollen Sie ihn wieder mitnehmen?«

Sie zog eine Grimasse. »Nicht wirklich. Ich versuche, mein neues Heim minimalistisch zu halten – letztlich wurde mir der Eames-Stuhl zugesprochen –, und der Quilt passt besser hierher. Ich fürchte, dieses Kreuz müssen Sie nun tragen.«

Ich verbiss mir ein Lachen und atmete tief ein. *Ich sollte ihr von den Fotos erzählen, sie ihr geben,* dachte ich. Das war die ideale Gelegenheit. Aber etwas hielt mich zurück. Die Art, wie Vera jedes Mal John angesehen hatte, wenn sie Rachels Namen genannt hatte, es hatte regelrecht die Luft zwischen ihnen vergiftet …

»Haben Sie etwas dagegen, wenn wir Telefonnummern austauschen?«, fragte Rachel. »Nur für den Fall, dass noch mehr wichtige Briefe für mich hier eintreffen. Nicht die Werbung natürlich.«

»Natürlich«, sagte ich und holte mein Telefon hervor. Sie ratterte ihre Nummer herunter, und während ich sie noch eintippte, ploppte eine Nachricht von Vera auf meinem Bildschirm auf.

Wir hatten so viel Spaß gestern Abend, ich hoffe, es geht dir heute gut!

Ich wischte sie schnell weg, wie ein Kind, das bei etwas Ungehörigem erwischt wurde, dann speicherte ich Rachel in meinen Kontakten.

Als ich aufblickte, war ihr Gesicht für einen Moment undurchschaubar, dann aber grinste sie. »Ich sollte mich Ihnen vom Leib schaffen«, sagte sie und ging munter zurück in den Wohnraum. »Haben Sie vielen Dank.«

»Jederzeit wieder«, sagte ich und drehte mich, um ihr zu folgen. Ein Gedanke kam mir, schnell wie ein Blitz. »Oh, Rachel?«

Sie wirbelte herum. »Ja?«

»Es ist vielleicht ein bisschen seltsam, das zu fragen, aber ich war gerade in der Stadt und bin bei der Galerie vorbeigegangen, der von John und Vera. Da war ein fürchterliches Graffito auf dem Fenster – so was wie, nun, einer von beiden wurde Perversling genannt –, wissen Sie, worum es da geht?«

Rachels Augen weiteten sich, dann hatte sie sich wieder im Griff, fast dachte ich, ich hätte mich geirrt.

»Entschuldigung, ich …«

»Nein, schon gut«, sagte sie, während sie den Kopf schüttelte. »Das sind bestimmt nur Jugendliche.«

»Okay«, sagte ich und zwang mich zu lächeln, um die Spannung zu lösen. »Das hatte ich mir auch schon gedacht, ich wollte nur fragen.«

Sie nickte, und mit wenigen schnellen Schritten war sie draußen; Dusty winselte, als ich die Tür hinter ihr schloss.

Sobald ihr Auto außer Sicht war, ging ich ins Schlafzimmer und zog vorsichtig die Schublade auf. Unter meiner Unterwäsche und dem Schal meiner Mutter war John noch immer ordentlich verstaut.

Ich starrte die Fotos an, alle möglichen Dinge kamen mir in den Sinn: heimliche Porträtsessions, Liebesbriefe … *Irgendetwas* war geschehen, das die Freundschaft aus dem Gleichgewicht geworfen hatte, so viel war klar. War das deine kleine schmutzige Affäre? Waren es doch keine Jugendlichen gewesen? Hat es jemand herausgefunden und das Wort »Perversling« an die Galerie gemalt? Vielleicht Vera in einem Moment ehefraulicher Wut?

Nein, dachte ich. Das ergibt keinen Sinn. Vielleicht war es einfach nur eine Porträtsitzung gewesen. Ich zog vorschnelle Schlüsse.

Ich schob die Fotos vorsichtig zurück in die Möbelbroschüre – und erstarrte.

Ein, zwei, drei, vier.

Ich zuckte zusammen. Gestern waren es fünf. *Ich schwöre bei Gott, es sind fünf Fotos gewesen.*

Schmerz brannte ich meiner Brust, als ich mich vom Wandschrank wegdrehte und mich regelrecht auf mein Notizbuch stürzte. Ich hatte ganz eindeutig geschrieben: *Schlafzimmerschrank: fünf Fotos in der obersten Schublade (alle von einem Mann).*

Was zur verflixten Hölle?

Du wirst mich nicht verlassen, Lucy, du hast nicht den Mut dazu.

Zurück beim Wandschrank zählte ich sie erneut. Ich durchsuchte die anderen Schubladen, fand aber nichts. Ein Gefühl, so real und greifbar, als wäre es in mein Hirn geätzt. Zu wissen, dass es nur diese eine Möglichkeit gab, zu wissen, dass die Rechnung genau da auf meinem Schreibtisch gelegen hatte, der Schal um das Kopfende meiner Seite des Betts geschlungen war, aber dennoch auf eine Realität zu blicken, die langsam aus dem Gleichgewicht geriet.

Ich sank auf das Bett und starrte die Tapete an – das Muster ähnelte der in meinem Kinderzimmer in Seattle.

Ich brauchte nicht Ellie, noch nicht einmal Vera. Ich brauchte meine Mom. Mein Körper sehnte sich nach ihr, das Phantomkörperteil, das meine Mutter war, machte sich wieder bemerkbar. Diejenige, die du brauchst, wenn alles den Bach runtergeht, wenn du die Grippe hast, wenn du nicht befördert wurdest, wenn du deinen Freund verlassen hast und es sich anfühlt, als würdest du den Verstand verlieren.

Diejenige, nach der dich zu sehnen du nicht aufhören kannst, egal, wie oft du dir gesagt hast, dass du damit aufhören musst.

Mein Telefon klingelte, und ich sprang auf, der Klang war immer noch fremd, störend.

Veras Gesicht schaute mich an. Sie hatte ein Glas Wein in der einen und den Vaporizer in der anderen Hand. Auf dem Foto grinste sie mädchenhaft, ihr Kopf war gesenkt, sodass sie beinah ein Doppelkinn hatte. Dieses Foto hatte sie ausgewählt, damit ich es in meinem Handy speichern konnte, ein Foto, das jedem anderen peinlich gewesen wäre. Oder vielleicht war sie auch einfach betrunken gewesen

»Hi«, bekam ich heraus.

»Hey, Nachbarin.« Ihre Stimme klang hell. »Ich wollte dir eine Textnachricht schicken, aber dann dachte ich, anrufen ist doch einfacher. Wir wollen so in zwanzig Minuten wandern gehen, willst du mitkommen? Der Trinkrucksack ist gefüllt, und wir haben Müsliriegel und dunkle Schokolade. Alles, was du mitbringen musst, ist dein wunderbares Ich.«

Im Hintergrund hörte ich Johns Stimme: »Sag ihr, es wird eine entspannte Wanderung. Nicht zu schwer. Ausrüstung ist nicht nötig.«

»Ich weiß nicht«, sagte ich, meine Hände zitterten. Ich konnte nicht weggehen, bevor ich nicht das Foto gefunden hatte. Was, wenn Davis auf irgendeine unerklärliche Weise herausgefunden hatte, wo ich war? Mein Magen verknotete sich, und ich stellte mir vor, wie eine gallertartige Masse meinen Magen auskleidete, als mein Kopfschmerz mich daran erinnerte, dass genau das der Fall war.

Vera lachte. »Das hast du gestern auch wegen des Essens gesagt, und erzähl mir nicht, es hätte dir keinen Spaß gemacht.« Sie schien die Entdeckung meines Blutergusses vollständig abgetan zu haben. Ich war dankbar dafür, musste aber immer noch herausfinden, was hier vor sich ging. »Außerdem ist es eine ganz großartige Strecke. Ich weiß, dass sie dir gefallen würde.«

Ich setzte schon an, eine Entschuldigung zu murmeln – alles auf später zu verschieben, Arbeit, die erledigt werden musste, zu viel gegessen –, als meine Augen auf etwas Glänzendes fielen, das unter der Kommode hervorlugte. Ich eilte in den Wandschrank und griff danach. Das fünfte Foto.

»Lucy?«, hörte ich aus dem Telefon. »Bist du noch da?«

Erleichterung überrollte mich so heftig, dass ich beinah weinen wollte.

9

Wir fuhren in Johns Truck zum Startpunkt unserer Wanderung.

Er war dreckig, die silberne Karosserie war staubverkrustet, vermutlich von den Fahrten zu seinem Studio im Wald. Durch das hintere Fenster sah ich Kanthölzer, Sperrholzplatten und eine große Rolle in Plastik verpackten Stoff, die jedes Mal aneinanderstießen, wenn John Gas gab. Er erzählte mir, dass er seine Leinwände selbst herstellte – deutlich kostengünstiger, deutlich mehr Kontrolle. Während ich dort saß, den Geruch von abgestandenem Kaffee aus weggeworfenen Einwegbechern und den unverhüllten Gestank von Marihuana in der Nase, versuchte ich, mir Davis in einem Pick-up vorzustellen – er hatte immer einen VW gewollt, *das* war sein Traumauto – oder mit Kanthölzern oder einer Kreissäge.

Keine Frage, Davis wusste, was er mit seinen Händen machen konnte, aber nicht, um Dinge herzustellen, sondern um sie kaputt zu machen.

Während wir fuhren, kümmerte sich Vera um die Musik wie ein DJ in einem der Klubs, in die Ellie und ich in Bushwick gegangen waren, alle fünfundvierzig Sekunden wechselte sie zum nächsten Stück, blieb nur bei den Textzeilen, die ihr gefielen – Schmachtendes von Dinah Washington, Energiegeladenes von Katy Perry –, und übersprang den Rest. Sie sang laut und ein bisschen ausdruckslos, Johns Kopf wendete sich ihr so oft zu, wie es die Sicherheit erlaubte, seine Finger mit ihren verflochten, die beiden so eng verwoben.

»Fahr mal langsamer«, sagte Vera, als eine Abzweigung in Sicht kam. »Ich möchte zur Hütte. Meine Wanderschuhe sind da.«

John nickte, bog ab, und wir waren nun in einer Sackgasse.

»Das ist Johns Studio«, sagte Vera, als wir vor einer winzig kleinen Hütte hielten, sie war sogar noch kleiner, als ich sie mir vorgestellt hatte. Die Holzwände waren dunkelgrau gestrichen, ausgewaschen und zerlöchert vom Wetter oder von Käfern oder sonst was. Ein Dach, das aussah, als würde es nicht mehr lange durchhalten. Überall Bäume, Büsche und Schlingpflanzen. Das Ergebnis der sommerlichen Wachstumsphase.

Vera drehte sich auf ihrem Sitz um. »Ich lauf nur schnell rein und hol meine Schuhe. Bin gleich wieder zurück.«

Ich sah, wie sie über den Waldboden und in die Hütte flitzte, ohne sich damit aufzuhalten, sie aufzuschließen.

»Schließt du sie nicht ab?«, fragte ich und war kaum fähig, meine Überraschung zu verbergen. Ich konnte mir nicht vorstellen, auch nur irgendetwas nicht abzuschließen, egal, wie abgelegen es sein mochte.

»Nicht hier draußen«, sagte John sachlich. »Anfangs haben wir das gemacht, es aber irgendwann sein gelassen. Ich gebe Kunstkurse, und es hat sich gezeigt, dass es einfacher ist, sie offen zu lassen für den Fall, dass Schüler mir zuvorkommen wollen. Es ist nichts Wertvolles da drin, nur Leinwand und Farbe. Die fertigen Werke bewahre ich alle in der Galerie auf.«

Er zog sein Handy aus der Tasche, scrollte durch neue Nachrichten, während seine Finger gegen das Lenkrad tippten. Ich fragte mich plötzlich, was er wohl sagen würde, wenn ich ihm das Video aus meiner College-Zeit zeigen würde, ob er mich bedauern oder verurteilen würde oder ob er es einfach hinnehmen würde. Dann erinnerte ich mich daran, wie Davis reagiert hatte, obwohl ich ihm versichert hatte, dass es nicht von Bedeutung war – *Willst du mir sagen, dass diese Arschlöcher meine Freundin so zu Gesicht bekommen haben?* –, und ich schob den Gedanken beiseite.

»Gibst du die Kurse noch?«, fragte ich.

John blickte auf, fand meine Augen im Rückspiegel und schüttelte den Kopf. »Nicht wirklich.«

»Keine Lust mehr?«

Die Falten in seiner Stirn vertieften sich. »Nein, aber wie bei der Galerie ist die Nachfrage mal stärker, mal schwächer. Das Interesse hat nachgelassen. Seit dem Frühjahr habe ich keine Kurse mehr gegeben.«

Ich dachte an das Mädchen im Café – Al – *die Leute von hier gehen dort nicht hin*. Und das Graffito – *du verdammter Perversling*. Was war *geschehen*, das ihnen beruflich den Boden unter den Füßen weggezogen hatte? Konnte eine Affäre mit einer Nachbarin so große Auswirkungen haben? Galt Woodstock nicht als fortschrittlich?

Vera platzte in das Gespräch, in ihren Händen ein Paar schlammbespritzter Wanderschuhe. »Lasst uns losfahren.«

Wir kehrten auf dem Weg zurück, auf dem wir gekommen waren, bogen nochmals ab, und ich stellte mir John im Inneren des Studios vor, wie er Kurse gab, als Leute noch daran teilnehmen wollten. Malen, Zeichnen und so. Es klang reizvoll. Angenehm. Die Art von Leben, die man führen sollte. Die Art, von der ich geträumt hatte, nachdem alles verloren war.

Dann, für einen Sekundenbruchteil, stellte ich mir Rachel mit ihm zusammen in der Hütte vor.

Er trat vorsichtig auf die Bremse und bog ab. Die Straße zerkrümelte zu Kies, während hoch aufgeschossene Bäume ihre Arme um uns bogen. Sie lockten uns auf einen leeren Parkplatz; nicht ein weiteres Auto war zu sehen.

»Hier ist niemand.«

Vera drehte sich um. »Darum lieben wir diesen Wanderweg«, sagte sie. »Wir haben ihn immer für uns allein.«

Wir luden das Auto aus, Vera schulterte den Trinkrucksack, und ich griff nach einer Trinkflasche aus Metall, die mir die beiden geliehen hatten. John zog ein paar alte Schuhe an und band die Schnürsenkel, dann warf er einen Blick auf sein Telefon und wischte Benachrichtigungen weg.

»Er ist immer ultragut vorbereitet«, sagte Vera, während sie einen Blick auf sein Telefon warf.

Er schob es in die hintere Tasche seiner Jeans. »Ich habe *vielleicht* eine Offline-Karte der gesamten Gegend für Google Maps runtergeladen. Dafür sind nur unsere GPS-Daten notwendig, sodass wir uns nicht verlaufen, wenn wir kein Netz mehr haben.«

»Wir sind so oft hier gewesen«, sagte Vera. »Wir können uns gar nicht verlaufen.«

John schaukelte von den Fußspitzen auf die Hacken zurück und sah mich an. »Mein Dad hat mir immer gesagt, Vorsicht ist besser als Nachsicht. Eine Angewohnheit, die man nur schlecht abschütteln kann.« Er hatte recht. Deine Eltern haben dich niemals verlassen; ihre kleinen Weisheiten folgen dir, wo immer du hingehst, wie eine Wolke mit der Aufgabe eines Schattens. Ich liebte und ich hasste es, dass er das genauso wusste wie ich.

Wir hielten an einer Markierung, die den Startpunkt des Wanderwegs auswies, und Vera hob den Deckel einer Metallbox an, auf der »Bitte eintragen« stand. Sie holte ein Klemmbrett heraus, dessen Blätter zerknittert waren wie Tüll. Sie schrieb ihren Namen darauf, ebenso den von John, dann gab sie mir das Klemmbrett. »Trag deinen Namen ein.«

Mein Körper zog sich zusammen, während ich mich an die Notiz im Restaurant erinnerte. Es war albern, aber die Vorstellung, meinen Namen hier einzutragen, einen physischen Nachweis meiner Anwesenheit, machte mir Angst. Es spielt keine Rolle, rief ich mir ins Gedächtnis. Dieses Mal war ich vorsichtig gewesen. Ich hatte alle notwendigen Sicherheitsmaßnahmen ergriffen. Verdammt, ich hatte mehr als das getan.

Vera verengte die Augen zu Schlitzen. »Ist das ein Problem?«

»Siehst du, das meinte ich mit drängeln«, wagte sich John vor und stupste sie mit dem Ellbogen an.

Vera verdrehte die Augen, und ich wünschte mir, ich wüsste, wie es wäre, sich zu streiten ohne Angst.

»Gib her«, sagte ich, nahm das Klemmbrett und warf einen Blick auf das Blatt. Vera Abernathy und John Nolan. Sie hatte seinen Namen nicht angenommen – das gefiel mir. Schnell schrieb ich *Lucy King* auf das Blatt in schwer lesbarer Schrift. Ich fügte Datum und Zeit hinzu, genau wie es Vera getan hatte. »Ich habe so etwas schon gesehen«, sagte ich, als Vera mich ansah und versuchte, in mir wie in einem Buch zu lesen. »Ich hätte bloß nicht gedacht, dass tatsächlich jemand das ausfüllt.«

»Haben wir anfangs auch nicht«, sagte Vera, eine Hand am Riemen ihres Trinkrucksacks.

John machte zwei Schritte, er brannte darauf, loszugehen, und sie folgte ihm.

»Was hat sich verändert?«

Vor mir sah ich, wie Vera mit den Achseln zuckte.

»Letztes Jahr ist ein Mädchen verschwunden«, sagte sie, ohne sich die Mühe zu machen, sich umzudrehen. »Man hat ihre Leiche erst Wochen später gefunden, auf halbem Weg den Fluss runter.«

Ich war nach zwei Meilen erschöpft. Es lag gar nicht so sehr an der Distanz, sondern vielmehr am Klettern, so beständig und dauerhaft, dass ich kaum den Wechsel von Birkenhainen zu Farnen, von Bilderbucheichen zu plätschernden Bächen genießen konnte.

Vera und John hatten mir gesagt, das hier wäre ein recht einfacher Kletterpfad, aber ich war nicht ans Wandern gewöhnt, und außerdem tat mir mein Kopf wegen letzter Nacht immer noch weh, die Anstrengung verschlimmerte es nur. Sie gingen ganz locker voran, deuteten auf Schmetterlinge und Erdhörnchen und andere Lebewesen, um sie einander und auch mir zu zeigen.

»Bist du okay?« Vera drehte sich zu mir, eine Hand auf die Hüfte gestützt. Sie hatte einen dünnen Schweißfilm auf der Stirn, während ich durch und durch verschwitzt war. »Möchtest du Wasser?«

Ich nickte. Die Flasche, die sie mir geliehen hatten, war längst leer. Sie hielt mir die Tülle entgegen, und ich beugte mich hinunter, um zu trinken, als wäre sie eine Hundemutter und ich ein zu säugender Welpe.

John kniete sich hin, um seine Schnürbänder nachzuziehen, dann richtete er sich auf. »Ich hoffe, wir überfordern dich nicht«, sagte er. »Wir gehen inzwischen oft wandern, und Vera joggt auch noch. Ich glaube, wir haben uns nicht klargemacht, wie wenig Bewegung du in der Stadt hast. Mal abgesehen von diesen verdammten U-Bahn-Treppen.«

Ich war zu müde, um zu lachen. Ich hatte genug getrunken, und Vera bot die Tülle John an, doch er schüttelte den Kopf. »Okay, großer starker Mann«, sagte sie. Als sie sich mir zuwendete, meinte sie: »Das ist das Erbe von Wisconsin in ihm.« Sie lachte, und er stimmte ein, und ich erinnerte mich daran, dass er gestern Abend etwas Ähnliches gesagt hatte. Sie passten perfekt zueinander, nicht wahr?

Wasser schwappte in meinem Magen herum, mein Inneres fühlte

sich an wie eine Qualle. »Ihr solltet weitergehen«, sagte ich. »Ich möchte euch nicht aufhalten.«

»Das tust du nicht«, sagte John, obwohl wir alle wussten, dass das gelogen war.

Ein Aufflammen von Hitze in meinem Kopf. Ich mochte den Gedanken nicht, dass sie warteten; es würde mich nur unter Druck setzen, das Tempo zu erhöhen, und ich hasste das Gefühl, gehetzt zu werden. »Geht. Wartet einfach auf dem Gipfel auf mich, dann können wir gemeinsam runtergehen.« Meine Stimme hob sich ein bisschen. »Ich möchte lieber in meinem eigenen Tempo wandern.«

Sie tauschten einen Blick.

»Wirklich.«

Vera biss sich auf die Lippe, aber ihre Entschlossenheit schwand. »Nimm wenigstens den Trinkrucksack.« Sie streifte ihn ab und reichte ihn mir, dann schob sie ihre Hand in die von John. Schnell waren die beiden außer Sicht.

Ich war mir nicht sicher, wie weit es noch zum Gipfel war, aber es fühlte sich an, als bräuchte ich ewig, um dahin zu gelangen. Nasse, bemooste Blätter streiften mich, meine Waden schmerzten, und mein Atem kam in kurzen, wütenden Stößen. Mein Magen schien sich jeden Moment entladen zu wollen, und meine Seele sehnte sich nach der Sicherheit, die meine Mutter mir früher geboten hatte: Schutz vor den Gefahren des Wanderns, vor der Angst, aufgespürt zu werden, vor wütenden Männern, die mich verfluchten, weil ich nicht von hier stammte, vor dem Schmerz des Alleinseins, den ich zu gut kennengelernt hatte.

Ich fand sie auf einer Lichtung, sie standen dicht beieinander und unterhielten sich, als wären sie allein auf der Welt. Veras Lippen waren zu einer schmalen, geraden Linie gepresst, während John etwas sagte, das ich nicht verstehen konnte.

Ihre Augen entdeckten mich, und ihr Gesichtsausdruck hellte sich sofort auf. »Da bist du ja«, sagte sie, straffe ihren Pferdeschwanz und grinste zu breit. »Wir haben uns schon Sorgen gemacht.«

Ich stolperte den Rest des Wegs den Hügel hinauf und trank gierig Wasser aus dem Trinkrucksack. »Tut mir leid«, sagte ich keuchend. »Hab ich so lange gebraucht?« Mein Magen verknotete sich erneut.

»Keineswegs«, sagte John, seine Augen zuckten kurz zu seiner Frau. »Wir kennen den Weg nur einfach gut. Alte Hasen.«

Ich trat vor und blickte mich um. Berge türmten sich um uns herum auf, jede Schattierung von Grün, Wolken strichen über den Horizont wie gemalt. Ich schaute nach unten zu einem dahinhastenden Fluss. Meine Kehle fühlte sich geschwollen und belegt an. Es ging so tief hinunter. »Ist das der Gipfel?«, fragte ich.

Vera schüttelte den Kopf. »Der ist noch eine halbe Meile entfernt, aber das hier ist, nun, die Stelle.«

»Welche Stelle?«, fragte ich.

Sie zog am Träger ihres Tanktops und entblößte dabei ihren Sport-BH – heute neongrün. »Wo das arme Mädchen heruntergefallen ist. Es hieß, sie hätte einen Schritt nach vorn gemacht, um ein Foto zu schießen, und der Fels wäre abgebröckelt. Der Fluss ist direkt hier unten.«

»Darum bin ich lieber vorsichtig«, sagte John. »Darum das GPS und all das. Es ist so leicht, bei einer Wanderung verloren zu gehen. Man liest das immer wieder in den Zeitungen. Jemand will ein Foto machen, verlässt den Wanderweg, und das war's.«

Ich hatte Angst, näher an den Rand zu treten, aber ich konnte das Wasser im Flussbett rauschen hören. Blätter raschelten hinter mir, und ich zuckte keuchend zusammen.

Bevor ich mich wieder im Griff hatte, stellte ich mir vor, wie Davis dort stand, bereit, mich vom Felsvorsprung zu stoßen, es zu Ende zu bringen, mir die Strafe zuteilwerden zu lassen, die ich in seinen Augen sicherlich verdiente.

Vera kam näher und streckte eine Hand nach mir aus. »Was ist los, Lucy?«

Instinktiv wich ich vor ihr zurück.

»Bist du okay?«, fragte John, aber ich zog mich weiter zurück und schüttelte den Kopf.

»O Gott«, sagte sie. »Du bist ganz grün im Gesicht.«

Es kam ganz plötzlich. Ich beugte mich vor, die Hände auf die Knie gestützt.

Der Fluss rauschte am Rande meines Sichtfelds, und ich würgte – einmal, zweimal, dreimal.

Ich hab solche Angst, dachte ich, als mir Tränen in die Augen schossen und über die Wangen liefen. Ich musste mich noch mal übergeben.

John trat vor und drückte mir ein Taschentuch in die Hand. Und als es nichts mehr gab, das ich auswürgen konnte, half er mir, mich aufzurichten, seine Hand, stark und Halt gebend, stützte meinen Ellbogen, überzog ihn mit Hitze. Elektrische Stöße. »Was auch immer dir passiert ist«, sagte John. »Was auch immer *er* –« Seine Stimme wurde tiefer vor Wut, vor Beschützerinstinkt, aber dann holte er Luft und beruhigte sich. »Was auch immer es ist, jetzt wird alles wieder gut.« Er drückte sanft meinen Ellbogen. »Wir sorgen dafür.«

Vera schob sich heran und legte einen Arm um meine Schultern, bei Weitem nicht so stark wie John, aber genauso tröstlich. »John hat recht«, sagte sie mir ins Ohr, als weitere Tränen flossen. »Wie ich gestern Abend schon sagte, du bist bei uns sicher.«

Etwas Eigenartiges geschah in diesem Moment: Etwas, mit dem ich nicht gerechnet hatte, schob jeden störenden Gedanken beiseite.

Ich glaubte ihnen. Und nicht nur das, ich beschloss, ihnen die Wahrheit zu erzählen.

10

Vielleicht wäre alles nicht so schlimm geworden, wenn ich besser darauf geachtet hätte, Davis' Reizpunkte nicht zu triggern.

Vielleicht hätte ich dann nicht mitten im Wald gestanden in einer Stadt im Norden des Bundesstaats, saure Galle in meinem Mund, während ich versuchte, die Details einer kaputten, toxischen Beziehung meinen neuen Freunden zu erklären.

Aber es war von Anfang an vergeblich – es gab einfach viel zu viele Dinge, die Davis aufstießen.

Er mochte nicht kritisiert werden – niemand mag das, aber er hasste es regelrecht –, besonders nicht vor anderen.

Er mochte es nicht, wenn ich flirtete oder mich in einer Weise verhielt, die als Flirten durchgehen konnte, das schloss auch das Tragen von sexy Kleidung außerhalb unserer Wohnung ein, zu viel Mühe aufs Schminken zu verwenden, Bartender oder Kellner, die er für attraktiv hielt, zu lang anzulächeln, oder mich in Wortgeplänkel mit männlichen Kollegen zu verstricken, sogar wenn es nur um Arbeit ging.

Er mochte nicht, wenn ich über meine Ex-Freunde sprach. Nicht einmal über die unwichtigen, dummen. Nicht einmal als Witz.

Er mochte nicht offen über unser Sexleben sprechen. Obwohl es immer gut lief zwischen uns, in dieser Hinsicht waren wir unbestreitbar auf einer Wellenlänge: Dies sollte nur ihn und niemanden sonst angehen. Nicht einmal das kleinste Detail durfte mit anderen ausgetauscht werden.

Er mochte es nicht, wenn ich versuchte, ihn zu lenken, ganz egal, wie gering die Richtungsänderung war. Er wäre ein Erwachsener, sagte er. Er mache alles in seinem eigenen Rhythmus.

Er mochte es nicht, wenn ich irgendwo hinging, ohne ihm Bescheid zu sagen. Stunden, für die ich keine Rechenschaft ablegen konnte. Er war in dieser Hinsicht wie ein neugieriger Auftraggeber, der wissen musste, wie ich jede Minute verbrachte, von der er beschlossen hatte, dass sie ihm zustand.

Ich weiß, das klingt fürchterlich, wie eine Art Gefängnisstrafe, aber wirklich, das war es nicht. Sonst hätte ich ihn viel früher verlassen. Wie bei jedem Menschen, mit dem du all deine Zeit verbringst, lernst du, was den anderen auf die Palme bringt. Du versuchst, das so gut wie möglich zu vermeiden. Du wächst mit dem anderen zusammen, zu einem Paar. Du teilst deine Bedürfnisse mit.

Und das Gute war so gut. Der Sex, die emotionale Unterstützung, wie toll es war, zusammen zu sein. Einmal haben wir einen Ausflug zu den Niagarafällen gemacht, ganz spontan, nachdem wir festgestellt hatten, dass wir beide noch nicht da gewesen waren. Wir küssten uns andächtig, als das Wasser um uns herum wogte.

Aber ich bin ein Mensch. Und egal, wie sehr ich es auch versuchte, ich konnte nicht alles vermeiden, was ihn aufregte. Und im Lauf der Zeit, als unser zweites gemeinsames Jahr in das dritte überging, begannen seine Strafen schärfer zu werden, sie begannen körperlich zu werden.

Die Schrauben waren gelockert, an denen der Spiegel über meinem Bett hing – dieser antike, den mir meine Mutter geschenkt hatte. Er war so überzeugend, er half mir, meinen Kopf zu verbinden, er suchte über Yelp nach Geschäften, die zerbrochenes Glas ersetzen können. Ich fand den Schraubenzieher zwei Tage später zwischen den Socken, völlig deplatziert, fast als wollte er, dass ich ihn entdecke.

Ein anderes Mal wachte ich mitten in der Nacht auf. Ein heftiger Schmerz schoss durch meinen Arm. Davis lag neben mir, tief atmend, schlafend, zumindest dachte ich das. Am nächsten Morgen war an der Stelle ein gelbroter Bluterguss. Sein Gesicht war ausdruckslos, als ich ihn fragte, wie ich mir den zugezogen haben könnte. »Es ist dein blauer Fleck«, sagte er lachend. »Nicht meiner.«

Davis' Grausamkeit war niemals willkürlich, niemals etwas, das einfach so aus ihm herausbrach. Er fluchte weit weniger als der durchschnittliche New Yorker – und nie beleidigte er mich. In den Jahren, die wir gemeinsam verbrachten, erhob er kaum ein halbes Dutzend Mal seine Stimme gegen mich. Stattdessen schwelte seine

Wut, bis er einen Weg gefunden hatte, um sie zu kanalisieren. Er war stolz auf seine Selbstkontrolle. Er sah auf die herab, die nicht so waren, auf Leute wie mich.

Als ich im letzten Mai zum ersten Mal versuchte, ihn zu verlassen, nachdem ich zum vierten Mal morgens mit einem Bluterguss an meinem Körper aufgewacht war, war ich nicht dumm. Ich wusste zu dem Zeitpunkt, in welchem Ausmaß er mich beobachtete. Ich änderte mein Apple-Passwort und deaktivierte die verdammte Überwachungskamera. Ich verwendete auch meine Kreditkarte nicht. Dennoch hatte ich es unterschätzt, wie gut wir einander inzwischen kannten. In dem einzigen hundefreundlichen Hotel in Brooklyn, das ich gefunden hatte, in dem ich mich zwei Tage lang verborgen hatte, fand ich einen Werbeflyer für eine App – *Einfach herunterladen und freies High-Speed-Internet erhalten* versprach sie. Offensichtlich hatte Davis dies mit einer Familienfreigabe in Apple kombiniert, sodass sogar trotz meines neuen Passwortes unsere Downloads synchronisiert und geteilt wurden.

Als ich hinunter in die Lobby ging, um mit Dusty seinen Nachmittagsspaziergang zu machen, wie ich es immer um drei Uhr machte, warteten er und Ellie auf mich, die Sonne schien durch die Fenster, es war ein wunderbarer Spätfrühlingstag. Er kam auf mich zu, umarmte mich fest, fragte mich, wie mein Single-Urlaub zu Hause gewesen wäre, und sagte mir, er hätte Ellie mitgebracht für einen Überraschungsbrunch in einem hundefreundlichen Restaurant in der Nähe. Ich stand zu sehr unter Schock, um zu widersprechen, um ihm – und ihr – zu erklären, dass ich darüber nachdachte, ihn endgültig zu verlassen. Vielleicht wollte ein Teil von mir nachgeben, wollte, dass diese Geschichte stimmte. Seine Bestrafungen waren so klein, so unbedeutend, dass ich mir manchmal einzureden versuchte, dass sie gar nicht passiert wären. Und dass ich morgens neue Blutergüsse hatte – konnte ich wirklich sicher sein, dass sie von ihm stammten? Was, wenn ich begonnen hatte zu schlafwandeln und es nicht wusste? Was, wenn? Was, wenn?

Außerdem gab er mir so viel, wenn alles gut lief. Er war meine Familie, auch wenn es eine völlig dysfunktionale war.

Wir sind füreinander bestimmt, sagte er, als ich wieder in unserer Wohnung war, und dann später an dem Abend, sehr viel später, als wir dabei waren einzuschlafen: *Du kannst mich nicht verlassen, Babe. Niemals.*

Am nächsten Morgen wachte ich von einem Stoß auf, einem Klatschen, einem roten, heißen Schmerz im Gesicht. Davis drehte sich um und verließ das Zimmer, als wäre nichts passiert. Ich erwartete halb, dass er sich umdrehen und lächeln würde – *'tschuldigung, Babe.*

Und damit noch nicht genug. Als ich am nächsten Tag mit Dusty spazieren ging, das Gesicht mit Make-up bedeckt, riss seine Leine, und er verfolgte ein Eichhörnchen quer über zwei Fahrbahnstreifen. Ich konnte ihn Gott sei Dank wieder einfangen – ich kam beinah zu Tode, als ich mich in den Verkehr stürzte. Als ich jedoch die Leine untersuchte, sah es so aus, als hätte sie jemand zur Hälfte zerschnitten. Am gleichen Abend fand ich ein Taschenmesser in Davis' beiseitegeworfener Jeans, dasjenige mit der Gravur, das ihm sein Großvater geschenkt hatte. Als ich es mit dem Schnitt in der Leine verglich, wusste ich es, ohne jeden Zweifel.

Wenn ich wieder versuchte, ihn zu verlassen, würde Davis nicht nur mir wehtun – er würde einen Weg finden, mir das zu nehmen, was mir am meisten am Herz lag. Was bedeutete, ich durfte es nicht *versuchen* – ich musste es schaffen.

Ich erzählte Vera und John nicht alles, als wir mitten im Wald standen, als die Sonne auf den Wanderweg knallte, mein Magen immer noch aufgewühlt war, der Fluss weit unten toste. Ich konnte nicht die drei gemeinsamen Jahre mit Davis in einem einzigen Gespräch zusammenfassen. Ich erzählte ihnen nicht, was am Mittwoch geschehen war – das war noch zu nah, zu frisch –, obwohl mir die Bilder dennoch ins Gedächtnis schossen. Der heiße Schmerz auf meiner Wange. Wie ich mit zitternden Händen damit kämpfte, 911 zu wählen. Wie das Telefon gegen die Ziegelsteinwand in unserer Wohnung krachte.

Aber ich erzählte ihnen, worauf es ankam: dass er mich kontrolliert hatte, dass er mich verletzt hatte, dass er mir klargemacht hatte, dass ich ihn niemals verlassen konnte.

John streichelte meinen Rücken, Vera beeilte sich, näher zu kommen und uns alle enger zusammenzuziehen.

Vor allem aber erzählte ich ihnen, was ich wusste, tief in mir:

Egal, was geschehen war, Davis konnte *niemals* wissen, wo ich war.

Erst als ich wieder zurück war, als sie mich nach Hause gebracht hatten – meine Beine taten mir von der Wanderung weh, mein geschundener Magen bettelte nach Wasser, mein Herz war gleichzeitig leicht und schwer wegen der Erleichterung und der Scham, dass nun jemand Bescheid wusste –, brach meine Welt, die sich für einen Moment wieder zusammengefügt hatte, erneut auseinander.

Ich hatte meinen Computer genommen, die VPN-Verbindung aktiviert und mich in meinen alten E-Mail-Account eingeloggt, um nachzusehen. Um Bescheid zu wissen.

Und dort war, wovor ich mich gefürchtet hatte.

Was gleichzeitig das war, worum ich gebetet hatte.

Eine E-Mail von Davis.

Du wirst so nicht davonkommen. Ich schwöre bei Gott, ich werde dich finden.

11

Unser Abendessen sah beinah brutal aus in Veras und Johns großen Keramikschüsseln – *Coq au vin* in Rotweinsoße in der Farbe von Ochsenblut. Mit meiner Gabel trennte ich einen letzten Bissen Huhn ab. Saftig und köstlich, mit einem Hauch Säure.

Vera schob ihren Teller weg und lehnte sich in ihrem Stuhl zurück. »Das war vielleicht das beste Essen, das wir bisher von diesem französischen Restaurant geliefert bekommen haben. Was meint ihr?«

Ich nickte und zog meine Strickjacke enger, als eine Brise sich durch eines der Fenster schlich und es ein paar Zentimeter weiter aufschob. Während der letzten sechs Wochen hatte sich Woodstock ebenso verändert wie ich. Es wurde früher dunkel, die Luft war jetzt in der zweiten Oktoberhälfte frisch, aber noch nicht kalt, und die Blätter hatten angefangen, sich zu verfärben, sie überzogen die Landschaft mit Aquarellfarben.

»Das macht die zehn Dollar Lieferkosten fast wieder wett«, sagte John mit einem Lachen. »Ich mag mir gar nicht ausrechnen, wie viel wir in der letzten Zeit für Lieferessen berappt haben.«

Er hatte recht. Wir hatten uns ziemlich viel liefern lassen. Wenn Vera Lust hatte, machte sie Lasagne, ihr Meisterstück, oder John zauberte ein kunstvolles Mahl, ein Rezept mit vielen Handgriffen und Zutaten, wofür er so gut wie jeden Topf benötigte, der sich im Haus fand, während Mehlschwitze und gebratene Auberginen auf Gusseisen eintrockneten. Manchmal kochte ich für die beiden in meinem Haus einfachere Sachen wie die Truthahn-Tetrazzini meiner Mutter. John wollte immer wissen, welche Rezepte von meiner Mutter stammten und welche nicht.

Aber viel zu oft bestellten wir etwas. Das Steakhouse, das gebackene Kartoffeln in Folie anbot, das französische Restaurant, dessen Soßen so süchtig machten wie Crack. Chinesisches Essen in fettdurchtränkten Papierbehältern.

Ich hätte nie gedacht, dass unsere Beziehung sich so schnell intensivieren würde. Nach der Wanderung, bei der ich alles erzählt hatte, hatten die beiden mich zum Abendessen eingeladen, und ich bestand darauf, den Gefallen zu erwidern, und bevor wirs uns versahen, verbrachten wir die meisten Abende der Woche miteinander.

Wir gingen nie in die Stadt, obwohl ich es immer wieder vorschlug. Nicht in diese Bar, die *Plattform.* Nicht zum Brunchen ins *Schoolhouse.* Einmal fragte mich Al, die Bedienung dort, warum meine Nachbarn nie kamen, und ich sagte ihr, was sie mir erzählt hatten – dass es sich wie Arbeit anfühlte, wenn sie so in der Nähe der Galerie waren. Ihrem Gesichtsausdruck nach zu urteilen, schien Al es nicht zu glauben, und ich kann nicht behaupten, dass ich es tat. Da war zum Beispiel das Graffito, das mir immer noch seltsam vorkam, obwohl ich mir einzureden versuchte, das wären nur aufsässige Jugendliche gewesen. Und die Tatsache, dass die Einheimischen die Galerie mieden. Und dann die Art, wie Maggie, meine ältere Nachbarin, die immer ihre Hundegänge mit meinen abstimmte, still wurde, die Augen Unheil erwartend, wann immer ich meine Freundschaft mit Vera und John erwähnte.

Darüber hinaus sah ich außer mir keine Besucher – niemand kam, niemand ging. Sogar für ein Paar von kunstbegeisterten Introvertierten war das seltsam. Und Vera und John waren nun nicht wirklich introvertiert.

Und letzte Woche, als ich einmal rüberging, traf ich Vera und John an, wie sie auf die Reifen von Johns Truck starrten. »Billiges, unzuverlässiges Zeug«, meinte Vera, als ich sie darauf ansprach. Aber ich bin nicht dumm – sie sahen aus wie zerstochen.

Irgendetwas stimmte mit ihnen nicht, mit ihrem Leumund hier in der Stadt, so viel war klar. Es gab Menschen, die sie nicht mochten, aus welchem Grund auch immer. Aber trotz meiner Neugier belästigte ich sie nicht mit Fragen. Ich hatte zu viel Angst, sie zu verlieren, um nachzubohren.

Rachels Name verschwand von der Tafel – einfach getilgt –, und obwohl sich weiterhin Werbebriefe für sie in meinem Briefkasten ansammelten, kam sie nie vorbei, um sie zu holen. Wenn es eine

Affäre gegeben hatte, wenn sie diejenige gewesen war, die die Reifen zerstochen hatte, dann ging mich das nichts an. Und ich war nicht bereit, unsere vertrauten gemeinsamen Abende bei ihnen oder bei mir zu riskieren, um das herauszufinden.

Vera lehnte sich noch weiter in ihrem Stuhl zurück und nahm noch einen Schluck Wein. Sie saß mit übergeschlagenen Beinen da, ein Knie über das andere gehakt, ihre Hand lag auf dem Tisch, streifte kaum die von John. Er schob seine Hand näher, und ihre Finger verflochten sich, wie Puzzleteile – sie passten perfekt.

Das Leben war nicht perfekt. Ich will nicht so tun, als wäre es das.

Obwohl Davis mir nicht noch mal geschrieben hatte, hatte das meine Angst nicht versiegen lassen. Ich wusste, dass er Pläne schmiedete, während er auf den besten Moment wartete, um zuzuschlagen.

An vielen Morgen wachte ich verkatert auf, und mein Geld schwand schnell dahin. Ich schickte zwar immer noch Angebote an Auftraggeber und schrieb Artikel, aber mein Honorar wurde von den Verlagen auf mein Bankkonto überwiesen. Seit ich hergekommen war, hatte ich Angst, es zu nutzen, für den Fall, dass Davis einen Weg gefunden hatte, das nachzuverfolgen. Ich hatte vor, bald mal nach New York zu fahren, alles abzuheben und dann sofort wieder zurückzukehren, aber dennoch, so viel war es auch nicht. Der Wein und das Lieferessen, das konnte nicht ewig so weitergehen.

Als ich noch einen Schluck Wein nahm, fiel mein Blick auf Veras und Johns verschlungene Hände, ich konnte nicht anders.

Es gab noch etwas, das unser vorsichtig ausbalanciertes Dreieck bedrohte – stärker noch als das, was die Einwohner von Woodstock über ein snobistisches Paar aus Manhattan dachten. Sogar stärker noch als Davis.

Nämlich mich.

Es war unmöglich, damit aufzuhören, obwohl ich es versucht hatte. Wenn ich während der vergangenen sechs Wochen allein mit John gewesen war, hatte ich nicht anders gekonnt, als mir auszumalen, wie es wohl wäre, er und ich, zusammen. Ich stellte mir eine Welt vor, in der *ich* es war, nach der er die Hand austreckte, nachdem er einen Witz gemacht hatte, in der *wir* uns ins obere Stockwerk des Farmhauses zurückzogen, nicht sie.

Zum Beispiel letzte Woche in meiner Küche: Vera nebenan auf dem Sofa, John neben mir am Tresen, wo sie uns nicht sehen konnte. Unsere Hände hatten sich unabsichtlich berührt, als er mir die Teller reichte, und er hatte gelacht, heiter und tief, als er mich mit dem Ellbogen anstupste: »Ich bin mir ziemlich sicher, dass die Köchin nicht abwaschen darf.«

Ich drehte mich um, und er stand direkt vor mir; alle möglichen Fantasien schossen mir durch den Kopf.

Es war eine dumme Schwärmerei, eine Schulmädchenverschossenheit, wirklich, eine, die so schnell gewachsen war, dass ich feststellte, wie ich Mr. Darcys Worte in meinem Kopf wiederholte: »Ich war mittendrin, ehe ich wusste, wie mir geschah.« John hatte alles, wonach ich schon immer bei einem Mann gesucht hatte. Gleichzeitig zuverlässig und sexy.

Meine Gefühle wurden nicht erwidert, und ich war dankbar dafür. Für ihn war hier nichts weiter vor sich gegangen als die ganz normale Hilfe beim Abwasch. Er hatte nur Augen für Vera, nicht für mich. Und wer hätte dies nicht?

Aber dennoch dachte ich an ihn, an seine Nähe, daran, dass er nach Holzspänen und Orangenöl roch, als ich in jener Nacht meine Hand unter die Bettdecke streckte.

Manchmal fragte ich mich, ob es vielleicht gar keine Affäre gegeben hatte, ob Rachel einfach ebenfalls seinem Charme verfallen war. Ob Veras und Johns Freundin, diese herzliche, fröhliche, offensichtlich harmlose, geschiedene Frau, eine Schwäche für John entwickelt hatte, und ob dies das Trio auseinandergerissen hatte. Und ob ich mich an einem Abend, an dem ich zu viel Wein getrunken hatte und meine Gefühle offenlagen, verraten würde.

Das würde ich nicht, versicherte ich mir. Meine Liebe zu Vera war tief genug, um mich davon abzuhalten, alles preiszugeben. Vera, deren Ehrlichkeit erfrischend war, die sich mütterlich, aber nicht gängelnd verhielt, die ermutigend war, ohne dass es sich jemals vorgespielt anfühlte. Vera, die – sogar noch mehr als John – meine wahre Beschützerin war, diejenige, auf die ich mich vor allen anderen verlassen konnte. Veras Güte war wie ein Magnet, eine ionische Bindung. Er war mein Schwarm, aber sie war meine Liebe, eine Wärme tief in mir, so tröstlich wie Hühnersuppe, so süß und köstlich wie dunkle Schokolade. Sie war die Mutter, die ich nicht mehr hatte, die Freundin, der gegenüber ich ehrlich sein konnte – meine fehlenden Teile, all die Frauen gleichzeitig, die ich brauchte, die aber nicht mehr da waren. Wenn ich bei den beiden war, fühlte ich mich, als hätte ich wieder eine Familie. Jeder für sich waren wir merkwürdig – derangiert durch unsere Vergangenheit und unsere Vorlieben –, aber zusammen waren wir anders. Ganz. Sie hatten versprochen, mich zu beschützen, und bislang hatten sie ihr Versprechen gehalten.

Wenn ich nur einen Weg finden konnte, Zeit mit ihnen zu verbringen, ohne so viel Geld auszugeben. Ich nahm einen letzten Schluck Wein, leerte mein Glas.

Vera bemerkte das sofort. Sie griff nach der Flasche Pinot und goss nach.

»Übrigens«, sagte ich und versuchte, das Thema so behutsam wie möglich anzuschneiden, »ziemlich bald muss ich ein bisschen kürzertreten bei den Essensbestellungen und dem tollen Wein.«

John lehnte sich in seinem Stuhl zurück, das Holz knarrte. »So ein Zufall: Wir sollten das vielleicht auch tun.«

Vera legte den Kopf leicht zur Seite. »Du magst meinen hervorragenden Wein nicht?«

Ich zuckte mit den Schultern, zwang mich zu einem Lachen. Obwohl Vera und John immer sagten, dass sie Geld brauchten, hielt sie das nicht davon ab, es weiterhin auszugeben. »Natürlich mag ich ihn«, sagte ich und kratzte an etwas auf dem Tisch herum. »Aber du weißt schon, nur das Übliche, ich muss über die Runden kommen.«

Vera biss sich auf die Lippe. »Hast du keine Rücklagen?«

Ich zögerte mitten im Kratzen, streckte meine Finger. Ihre Direktheit überraschte mich mitunter immer noch. Johns Gesicht verzog sich, aber er hielt sie nicht auf. »So was wie ein Sicherheitsnetz?«

»Nicht wirklich«, sagte ich leise. »Und ich habe keine Eltern mehr, an die ich mich wenden könnte. Wir müssen nicht darüber reden.«

John fing meinen Blick auf. »Entschuldige«, sagte er. »Wir verbringen so viel Zeit zusammen, dass wir vergessen haben, was angemessen ist.«

»Ganz genau«, sagte Vera über seinen Einwand hinweggehend. »Wir haben fast jeden Tag miteinander verbracht. Ich denke, da könnten wir jetzt offen zueinander sein.«

»Es ist keine so große Sache«, sagte ich. »Ich kann nur nicht noch monatelang so weitermachen.«

»Du bist unser Gast«, warf John ein. »Der heutige Abend geht auf unsere Kappe.«

Ich schüttelte meinen Kopf. »Das müsst ihr nicht tun.«

»Wir wollen es aber«, sagte er. »Wirklich.«

Vera nickte, aber da war noch etwas anderes. Ein *Aber* schwang darin mit. Sie und John wechselten einen Blick. Er schüttelte fast unmerklich den Kopf und kratzte sich dann am Daumen. Plötzlich war da eine Wand, unsichtbar, aber undurchdringlich, die beiden auf der einen, ich auf der anderen Seite. Dieses Mal ging es nicht um die lang verlorene Rachel, dieses Mal ging es um mich.

»Wir sollten vielleicht auch«, begann Vera.

»Ach komm, V«, seufzte John. »Nicht jetzt. Nicht, wenn wir …«

»Sie hat es verdient, das zu erfahren«, schnappte sie.

Ihre Worte erschütterten mich, ich spürte, wie mein Puls schneller wurde.

Johns Lächeln verblasste, aber sein Blick durchschnitt mich, flehte darum, zu verzeihen, was immer er sagen musste. »Es tut mir leid, Lucy, wir wollten bisher noch nichts sagen.« Er räusperte sich. »Alles war so gut. Ich weiß, wir kennen uns gerade mal – wie lange? Zwei Monate? Wir sind uns so nahgekommen, und wir wollten das nicht kaputt machen.« Er biss sich auf die Lippe. »Aber da Vera nun mal angefangen hat …«

Genau genommen waren es weniger als zwei Monate, aber diese sechs Wochen schienen alles verändert zu haben.

John nahm Veras Hand, und die beiden sahen mich an. Ich weiß, das klingt verrückt, aber ich schwöre, für eine Sekunde dachte ich, sie würden mich fragen, ob wir nicht einen Dreier machen wollten. Die Wahrheit ist, ich kann nicht behaupten, nicht darüber nachgedacht zu haben. Die Wahrheit ist, ich hätte, ohne zu zögern, Ja gesagt.

Vera atmete tief ein. »Sieh mal, du musst dir keine Gedanken darüber machen, ob du noch länger so viel Geld ausgeben kannst – zumindest nicht mit uns.«

»Was?«

»John muss gehen«, sagte sie schließlich und zog ihre Hand aus seiner.

Mir viel zuerst nur der ausgelaufene Wein auf. Ich hatte mein Glas umgekippt, und die Flüssigkeit bildete nun eine Pfütze auf dem großen Walnusstisch, auf dem schon ziemlich viele Flecken waren.

»Entschuldigt«, sagte ich und richtete das Glas wieder auf, aber der Wein war bereits ein Volltreffer von der Größe eines Tellers.

»Mach dir keine Gedanken«, sagte Vera und warf eine ihrer Leinenservietten darauf. Die war jetzt sicher ruiniert.

»Ich versteh nicht. Was soll das heißen: gehen? Habt ihr euch getrennt oder so?«, fragte ich, die Worte so scharf, dass sie die Sicherheit zerschnitten, die wir geschaffen hatten.

Vera lachte. »Nein, natürlich nicht.«

»Weit gefehlt«, sagte John, als Eifersucht mich stach. Die beiden waren so unerschütterlich wie der Tisch – voller Flecken, weingetränkt, aber darin vereint.

Vera räusperte sich. »Ich fürchte, ich hab das falsch angefangen. Ich gehe auch.« Sie presste ihre Lippen aufeinander, als ob das Antwort genug war.

»Was?«, fragte ich, während mein Herz gnadenlos schlug. Sie hatte gesagt, sie beschützt mich, aber ich war austauschbar für sie, wie ein Behälter für Lieferessen. Wirf ihn weg, wenn du fertig bist – abwaschen ist nicht nötig.

Die beiden waren wie eine Familie für mich. Sie sollten es zumindest sein. Mein Traum, der endlich wahr geworden war, nach so viel Schmerz und Kummer.

Sie wechselten erneut einen Blick, tauschten unsichtbare Geheimnisse aus. Sie waren verheiratet, ein Team; ich war nur ein Anhängsel. Ich hätte nicht so naiv sein sollen. »Soll ich?«, fragte sie.

»Fahr fort«, sagte er, aber seine Schultern sackten zusammen.

»John und ich trennen uns *nicht*«, sagte Vera und nahm wieder seine Hand, drückte sie beruhigend. »Aber er muss weiter Richtung Norden.«

Norden? Ich fand, wir waren nördlich genug. »Aber warum? Um zu malen?« Die Worte klangen albern, sobald sie meinen Mund verlassen hatten. Ich kratzte mich an der Stirn, an verfilzten Babyhaaren, Tropfen von Schweiß.

»Nein, nein«, sagte Vera. Ein Lächeln erhellte ihr Gesicht, aber es war zu dünn. Gezwungen. Ich kannte sie gut genug, um den Unterschied zu erkennen. »Er muss für eine Weile aus Woodstock raus. Die Situation« – sie blickte ihn flüchtig an – »eskaliert.«

»Eskaliert?«

»Es gibt … nun, ich weiß, das klingt dramatisch, aber es gibt Leute, die mir wehtun wollen«, fügte John hinzu.

Ich starrte ihn an. Es klang wirklich dramatisch – natürlich tat es das –, aber gleichzeitig hatte ich so etwas erwartet, eine Erklärung, die alles miteinander verband – das Graffito, Maggies offensichtliche Abneigung gegenüber den beiden, ihr Zögern, in die Stadt zu gehen, die zerstochenen Reifen. War es mehr als eine Affäre? War es etwas Schlimmeres? John war ein so guter Mensch – so zuverlässig und stark –, es war schwer, sich vorzustellen, dass jemand ihm etwas antun wollte.

Vera atmete tief ein. »Die Einzelheiten sind unwichtig. Die Sache ist die, John muss für eine Weile verschwinden. Das ist das Beste.«

Meine Augen sprangen hin und her, das Wort *verschwinden* setzte sich in meinem Kopf fest. Ich war diejenige, die verschwand, nicht John. Auch nicht Vera.

»Nicht wirklich verschwinden«, fuhr Vera mit einem Lachen fort. »Ich komme nach, sobald ich das mit der Galerie geklärt und das Farmhaus bei Airbnb eingestellt habe. Wir hatten darüber nachgedacht, wie wir es dir am besten erzählen können, aber da du jetzt das Geld erwähnt hast, schien das der perfekte Moment zu sein, weißt du. Wir können dir sogar *helfen*. Du könntest die Dinge für uns managen, während wir weg sind. Die Galerie, das Farmhaus. Das Geld würde dir helfen, wieder auf die Füße zu kommen, und du hättest jede Menge Zeit, um zu schreiben.«

Ich starrte sie an – meine Freundin, meine Beschützerin, meine Vera. »Einfach so?«, fragte ich, meine Stimmlage war beschämend hoch. »Ihr geht? Und ihr wollt, dass ich *für euch arbeite?* Auch eine Art, mir das mitzuteilen.«

»Nicht *für uns* arbeiten«, sagte Vera. »Du hast nur gesagt, dass das Geld knapp ist. Wir wollten es dir erzählen, und wir dachten ...«

»Es ist spät.« Ich schob meinen Stuhl zurück, er verfing sich am Saum meines dehnbaren Rocks, den ich von Vera geliehen hatte. Ich ging schnell in die Küche, angelte meine Schlüssel aus dem Wirrwarr aus Essenspackungen und wendete mich zur Küchentür.

»Es tut mir leid, dass das so blöd gelaufen ist«, sagte John, der mir nachgeeilt war. »Wir wollten nicht, dass es so zur Sprache kommt.« Ich drehte mich um. Er stand nur wenige Zentimeter von mir entfernt, seine Stirn war mit Schweiß bedeckt. Ich hatte das schier unwiderstehliche Verlangen, ihn zu küssen, meine Träume wahr zu machen, sein Gesicht in meine Hände zu nehmen, die Bartstoppeln auf seinen Wangen zu spüren, unser Abendessen auf seiner Zunge zu schmecken. Um dann zu Vera zu laufen und ihr zu sagen, was ich getan hatte, um sie daran zu erinnern, dass, wenn sie meine Geborgenheit kaputt machen kann, ich auch ihre zerstören kann. Ich könnte es zumindest versuchen.

»Ich weiß nicht, was ich sagen soll«, erwiderte ich. »Wir sehen uns später.«

Innerhalb von Sekunden war ich aus der Tür. Es hatte zu regnen begonnen, ein leichtes Nieseln küsste meine Unterarme. Ich eilte die Auffahrt entlang, suchte mir meinen Weg durch die Dunkelheit, ignorierte das Geräusch des Windes im Gras, das Heulen der Coyoten, die Rufe der Eulen, den Geruch nach Ozon und Erde. Aus der Ferne hörte ich das Trommeln von Donner, das der Wind herantrug. Als ich bei meinem Cottage ankam, war ich außer Atem. Ich hatte das Verandalicht angelassen, dunstig gelb, Regentropfen überzogen mein Shirt, es war wie mit Blut besprenkelt. Ein weiterer Donnerschlag, der Regen hatte ihn im Fallen herangetragen.

Die Tür.

Sie war angelehnt, ein schmaler, aber nicht zu übersehender Spalt, eine klare, wie gelaserte Lücke im Holz. Mein Puls hämmerte wie Migräne, meine Kehle war unaushaltbar eng, ich stieß die Tür auf. »Dusty«, rief ich. Verzweifelt hieb ich auf die Lichtschalter. »Dusty!«

Leere. Ich bemühte mich, das Getrappel von Hundepfoten zu hören, und fürchtete, stattdessen menschliche Schritte zu hören, die von Davis. Nichts.

»Dusty«, rief ich lauter. Ich eilte ins Schlafzimmer, überflog mit Blicken den Raum und griff währenddessen nach dem Hammer meines Vaters. Die Laken waren so zerwühlt, wie ich sie vorhin zurückgelassen hatte, und mein Laptop war zugeklappt – hatte ich ihn nicht offen gelassen?

»Dusty!«, schrie ich, als ich zurück in den Wohnraum lief.

In der Küche tastete ich nach Licht.

Dusty saß aufrecht dort, blickte mich an, sein Schwanz glich einem Metronom. Ich stieß einen tiefen Seufzer aus, entleerte die Lungen. Die Hundeklappe hinter ihm schwang hin und her. Ich hatte ihm ganz offensichtlich beigebracht, sie richtig zu nutzen. Heiße Tränen füllten meine Augen, als ich mich niederkniete, um sein Kinn zu kraulen.

»Hast du mich vermisst?«, fragte ich ihn, und wie zur Antwort leckte er meine Hand. »Kommt alles wieder in Ordnung?« Er legte den Kopf zur Seite. Er wusste die Antwort nicht.

Ich ging zurück in den Wohnraum, verschloss die Haustür und überprüfte das zweimal. Sie schloss nicht richtig, wenn man sie nicht verriegelte, ich wusste das, ich tat es auch immer, egal, was passierte.

Mit meinem Notizbuch in der Hand glich ich jeden Gegenstand im Haus mit meinen Listen ab, wie ich es jeden Tag tat, seit ich hergekommen war, aber nichts fehlte. Ich musste vergessen haben, die Tür zu verschließen. Das war die einzige logische Erklärung.

Ich zwang mich zu atmen, putzte mir die Zähne, füllte Dustys Futter nach, trank Wasser und sank ins Bett, aber die Gedanken waren hartnäckig: Ich bekam das nicht allein hin; ich konnte hier nicht ohne die beiden bleiben. Sie hatte mir gesagt, das müsste ich auch gar nicht. Sie hatte mir gesagt, sie würden mich beschützen. Ich hatte mir versprochen, nicht dumm zu sein, ich würde niemandem vertrauen, dem ich nicht vertrauen sollte, aber sie hatten mich überredet, nicht mehr so auf der Hut zu sein – aber seht nur, was daraus geworden ist.

Sie waren meine Familie, die erste Familie, die ich seit Langem hatte.

In gewisser Weise fühlte es sich an, als hätte ich sie schon verloren.

12

Vera kam zwei Tage später, am Nachmittag.

Ich ließ sie herein, ohne etwas zu sagen. Meine Erleichterung, sie zu sehen, war tief in meiner Brust mit Wut vermischt über das, was Vera und John gesagt hatten und wie sie es gesagt hatten.

Sie nahm verlegen auf meinem Sofa Platz, faltete die Hände in ihrem Schoß, ihr Gesicht war rot. Dusty sprang hinzu, und sie tätschelte ihn kurz. Sie räusperte sich, und ich setzte mich ihr gegenüber. »Ich sag's ohne alle Umschweife: Es tut mir wirklich leid«, sagte sie. »Dass wir dich damit so überfallen haben neulich Abend.«

Ich zupfte einen Faden vom Knie meiner Jeans. »Es war seltsam, euch ein paar Tage lang nicht zu sehen«, sagte ich, ohne aufzublicken. »Mir war nicht klar, wie eng wir zusammengedrückt sind.«

Eigentlich hatte ich *zusammengerückt* sagen wollen, aber stattdessen war mir *zusammengedrückt* herausgerutscht. Ich vermute, ich wollte sie dafür verletzen, dass sie das Gleichgewicht durcheinandergebracht hatte, das wir ausbalanciert hatten, um mich daran zu erinnern, dass ich mich darauf nicht mehr verlassen konnte.

Sie ging darauf nicht ein. »Ich wollte dir Zeit geben.«

Ich zuckte mit den Schultern. »Okay.«

Vera zupfte an den Ärmeln ihres Shirts – schwarz wie immer und fast durchsichtig. »Du hast dich ja auch nicht gemeldet. Ich dachte, du wolltest vielleicht nicht reden, nachdem du so rausgestürmt bist.«

»Ich bin nicht *rausgestürmt«*, sagte ich und wendete meine Augen ab, als meine Stimme brach. »Es war spät. Ich war müde.«

Sie verließ den Platz auf dem Sofa, setzte sich neben mich und legte mir den Arm um die Schultern. Ich schüttelte ihn nicht ab; es tat so gut, sie so nah bei mir zu haben.

»Es tut mir leid«, sagte ich und versuchte, meine Stimme zu beruhigen. Ich fühlte mich dumm. »Es gibt nicht mehr so viele Menschen in meinem Leben. Ich habe keine Familie, und ich habe keinen Partner. Es war toll, Zeit mit euch beiden zu verbringen, und dann hast du mir den Teppich unter den Füßen weggezogen, hast mir erzählt, dass jemand John etwas antun will – was du bis dahin in keiner Weise erwähnt hast –, und hast mir nicht mal eine Chance gegeben, das zu verstehen, und dann hast du mich gefragt, ob ich auf euer Haus aufpassen könne … als ob ich dir egal wäre.«

Sie hielt mich fester, drückte meinen Kopf in die Mulde ihres Halses. Sie roch nach Wäsche. Ihre Lippen streiften meine Stirn, sie drückte mir einen Kuss auf den Haaransatz und strich mir langsam über den Rücken. »Das könnte nicht weiter von der Wahrheit entfernt sein, Lucy. Der Grund, weshalb wir dir das erzählt haben, ist, dass wir dich so gernhaben. Ich hätte das Geld nicht erwähnen sollen. Ich verstehe jetzt, wie verletzend das geklungen haben muss.«

Ich zog mich aus ihrer Umarmung. »Was genau hat John gemeint, als er sagte, ein paar Leute wollen ihm schaden? Und warum habt ihr mir nichts erzählt? Denkst du nicht, dass ich – vor allen anderen – so etwas verstehen würde?«

Sie rutschte von mir weg und starrte auf ihre Hände. »Ich wollte es dir nicht erzählen, weil ich Angst hatte, du würdest uns verurteilen.«

»Euch verurteilen?«, fragte ich. »Warte mal, hat das irgendwas mit Rachel zu tun?«

Vera blickte auf, ihre Augen zu Schlitzen verengt. »Nein«, schnappte sie. »Es hat nichts mit ihr zu tun. Es tut mir leid«, sagte sie, und ihr Ton wurde sanfter. »Ich sollte dir ebenfalls die Wahrheit erzählen. Vor rund einem Jahr begann John, Kunstkurse zu geben.«

»In der Hütte«, sagte ich.

Sie nickte. »Die ersten Male lief es wirklich gut. Sie waren deutlich besser als die sonstigen Hippie-Angebote hier. Die Leute mochten sie – meist Einheimische, aber manchmal nahm auch einer von den Wochenendhäuslern teil. Im Februar hatte er dann die Idee, Einzelstunden anzubieten. Ich glaube, eine der Kursteilnehmerinnen fragte danach, ein Mädchen, Claire – sie ging zur Highschool und wollte eine gute Mappe für die Kunsthochschule zusammenstellen. Ich unterstützte das, es schien einfach die natürliche Weiterentwicklung dessen, was er sowieso schon tat. Er gab auch weitere

Einzelstunden. Aber nach ein paar Monaten« – sie schluckte – »kamen Gerüchte auf, dass John und Claire …«

Ich zog die Augen zusammen, ein Gewicht presste gegen meine Brust. »Dass sie was?«

Vera zupfte am Ausschnitt ihres Tops, als ob ihr plötzlich heiß wäre. »Ich vermute, die Leute dachten: ›Warum gibt er die Stunden so weit draußen in der Hütte im Wald? Warum nicht in der Stadt?‹ Warum nicht in unserem Haus oder in der Galerie, wo ich war? Woodstock ist in manchem sehr fortschrittlich, aber gleichzeitig kann es sehr kleinstädtisch sein, besonders was die Leute angeht, die das ganze Jahr hier leben. Es ist eine eng verbundene Gemeinschaft. Abgeschottet. Die Leute reden. Manchmal reden die Leute eine Menge.«

Mein Herz schlug schneller. John war so nicht. John *konnte* so nicht sein. »Es gab Gerüchte, dass sie *was* waren, Vera?«

Langsam schloss und öffnete sie die Augen. »Ich weiß es nicht, Lucy. Es war nur Hörensagen, aber … na ja, du weißt schon.«

»Hat sie ihn … bezichtigt?«

Vera schüttelte schnell ihren Kopf. »Nein, aber trotzdem …« Sie presste ihre Hände auf die Knie. »Ich habe gehört, wie jemand über ihn sprach, in der *Plattform,* der Bar, von der wir dir erzählt haben – ich ging da früher zur Happy Hour hin, wenn ich in der Galerie fertig war –, vielleicht hatten sie nicht mitbekommen, dass seine Frau direkt neben ihnen saß, oder sie wussten es, und es war ihnen egal. Wie auch immer, ich fuhr nach Hause und *drehte durch.* Ich habe die Hälfte des Geschirrs in den Schränken kaputt gemacht. Gute Sachen darunter. Geschirr, das er von seiner Großmutter hatte, und all so was. Als John nach Hause kam, schwor er Stein und Bein, dass nichts passiert sei. Er wirkte entsetzt, dass ich überhaupt hatte denken können, dass er und ein so junges Mädchen und überhaupt. Ich hab ihn gefragt, woher das Gerede kam, und er meinte, er wüsste es nicht. Vielleicht ist bei ein paar von ihren Freunden die Fantasie durchgegangen. Die Hälfte der Leute in den Kursen war in ihn verknallt – du hast John ja gesehen, er ist ein gut aussehender Kerl.

»Aber das Mädchen hat nie gesagt, dass er irgendwas getan hätte …«

Vera seufzte. »Ihr Vater war fuchsteufelswild, er kam her und hat rumgeschrien, meinte, er wüsste, dass etwas passiert sei. Danach habe ich versucht, mit Claire zu sprechen, aber sie wollte nicht mit mir reden. Und dann – ich vermute, ein paar Leute haben das mitbekommen und gedacht, ich hätte sie bedrängt –, also ein *Opfer* bedrängt.« Sie hob eine Hand und ließ sie dann fallen. »Ich habe sie nicht bedrängt. Ich wollte nur verstehen. Ich habe nur mehrmals versucht, mit ihr zu sprechen, aber ihr Vater hat ein Kontaktverbot erwirkt – er ist Bauunternehmer, und einer seiner Kunden ist der hiesige Richter, darum konnte er das Verbot so schnell durchsetzen –, und dann machte das die Runde und wuchs an wie eine Lawine. Die Leute dachten, es wäre egal, ob Claire John nun beschuldigte oder nicht – sie ist ein Kind, und Millionen solcher Verbrechen werden nie zur Anzeige gebracht, was ich natürlich weiß. Ich bin ebenfalls Feministin. Ich wollte nur …« Ihre Stimme versiegte.

Ich wusste, dass die Worte, die mir durch den Kopf schossen, falsch waren. Man glaubt solche Geschichten. Man tut es einfach. Das macht man, wenn man eine gute Frau, ein guter Mensch ist. Ich erinnere mich, dass ich gelesen hatte, dass das Mädchen, das von diesem Filmregisseur vergewaltigt worden war, nicht wollte, dass der Fall offiziell aufgerollt wurde; ich hatte zu Ellie gesagt, dass es egal wäre – er verdiente eine Strafe, ganz gleich, was das Opfer dachte, was das Opfer sagte.

Aber das hier war etwas anderes. Es ging um John. Ich holte tief Luft. »Denkst du wirklich, dass das wahr ist?«

Vera presste die Lippen aufeinander. »Nenn mich schrecklich, aber ich kann nicht glauben, dass mein Ehemann eine Beziehung mit einer Sechzehnjährigen hatte.«

Ihre Augen musterten mein Gesicht, suchten nach meiner Reaktion, und ich wusste tief in mir: Ich glaubte, dass John ein guter Mensch war.

Während ich mehr als einen Monat lang versucht hatte, meine alberne Verschossenheit zu unterdrücken, hatte er niemals etwas getan, das auch nur im Entferntesten unangemessen war. Er liebte Vera, mehr noch: Er respektierte sie. Ich kannte widerliche, dumpfe

Männer. Davis. All diese schrecklichen Kerle am College. John war nicht wie sie.

Darüber hinaus erklärte das alles. Das Graffito. Die Art, wie Maggie mir eingeschärft hatte, mich in Acht zu nehmen vor den beiden. Die Reifen, die vermutlich von Claires Vater aufgeschlitzt worden waren. Es war keine Affäre, es war ein Gerücht.

»Ich glaube es auch nicht«, sagte ich schließlich.

Ein Lächeln breitete sich auf Veras Gesicht aus.

»Ihr wollt also wegen dieses Gerüchts weggehen?«, fragte ich.

Sie seufzte. »Wenn es nur das wäre, würde ich bleiben und mich bemühen, es erhobenen Hauptes durchzustehen. Es ist die Klage, die uns in Schrecken versetzt.«

»Klage?«

Sie sank in die Kissen, als würde sie darum beten, dass diese sie verschlangen, und Dusty kuschelte sich zwischen uns. »Claires Vater. Das Kontaktverbot war nicht genug. Er kommt immer wieder her, fährt die Straße rauf und runter. Er sagt, er hilft nur seiner Frau bei ihrer Arbeit, aber ich kenne die Wahrheit. Ich weiß, dass er uns Angst machen will. Sam Alby.« Sie schwieg und richtete ihre Augen auf mich. »Du hast ihn nicht gesehen, oder? Als du eingezogen bist oder so?«

»Nein«, sagte ich. »Ich habe nicht viele Leute hier auf der Straße gesehen.«

»Okay.« Sie seufzte. »Zuerst hat er von einem Strafverfahren gesprochen, aber dabei kam nie etwas heraus; dann begann er, von einer Zivilklage zu sprechen. Er hat noch keine Klage eingereicht – soweit ich es mitbekommen habe, spricht sein Anwalt noch mit Leuten in der Stadt, um Zeugen zu finden, die Johns Leumund zerstören können –, aber es wird bald geschehen. Es muss. Im Staat New York beträgt die Verjährungsfrist für emotionale Gewalt nur ein Jahr. Ich habe mit einem Anwalt gesprochen. Sie können nicht wegen Vergewaltigung klagen, aber wegen emotionaler Gewalt, und die Entschädigung kann dafür hoch sein. Sogar wenn er es nicht beweisen kann, sogar wenn Claire nicht aussagt, können wir trotzdem auf eine Menge Geld verklagt werden. Er hasst John, er glaubt, seiner Tochter wurde Gewalt angetan, und er wird nicht lockerlassen«, sagte sie. »Jeder Anwalt, der sein Geld wert ist, verlangt mindestens dreihundert Dollar pro Stunde. Wir beide haben zusammen nur zwanzigtausend an Ersparnissen. Das sind gerade mal sechsundsechzig Stunden, Lucy – ich habe das mehr als einmal nachgerechnet –, nicht mal zwei verdammte Wochen. Wir würden durch einen Prozess vollständig finanziell ruiniert werden, und sobald unser Erspartes weg ist, müssten wir eine zweite Hypothek aufnehmen, müssten zurückgreifen auf den kleinen Eigenanteil, den wir am Haus haben. Und wenn Sam Alby gewinnen sollte … das Haus, die Hütte, die Galerie, das läuft alles auf unser beider Namen. Er könnte uns alles wegnehmen. Das würde uns zerstören.«

Sie zupfte an ihren Haaren. »John hat eine Gegend eine Stunde westlich vom Lake George in den Adirondacks gefunden. Das ist wirklich abgelegen, nur Wälder und öffentlicher Grund. Er will dorthin, ohne jemandem zu sagen, wohin wir gehen. Wenn wir unser Erspartes nehmen und das Haus über Airbnb vermieten, wenn die Galerie ein bisschen mehr verkauft, wenn uns ein Coup gelingt, der sie bekannt macht, vielleicht können wir dann zurückkommen, wenn die Verjährungsfrist verstrichen ist, wenn die Dinge sich beruhigt haben … Schau mich nicht so an.«

»Wie denn?«, fragte ich.

»Als ob ich dumm wäre«, sagte sie. »Je mehr ich darüber nachdenke, je mehr John und ich darüber reden, umso mehr denke ich, dass das Blödsinn ist. Ich weiß, dass wegziehen, auch wenn John das Verschwinden *nennt*, die Klage nicht aufhalten kann. Wenn wir gehen, müssen wir richtig gehen. Wir müssen verdammt noch mal sichergehen, dass Sam uns niemals mehr schikanieren kann – und dass seine Anwälte uns nicht finden können. Manchmal glaube ich, das Arschloch wird erst aufhören, wenn John tot ist.«

Van Gogh. Der Name, die makabre Art, wie sie daraus ein Verb gemacht hatten, tönte in meinem Kopf. Ihr immer wiederkehrender Witz.

Dusty sprang vom Sofa und hinterließ überall weiße Haare auf Veras Leggins.

»Weißt du«, sagte sie und hob eine Hand, bevor ich weitere Fragen stellen konnte, »es tut mir leid, dass ich dich mit alldem überfalle, es ist nicht an dir, das Problem zu lösen. Ich hoffe nur, du kreidest uns das nicht an.«

»Natürlich nicht«, sagte ich. »Ich würde euch nie etwas übel nehmen. Es ist nur, ich verstehe nicht …«

Ihre Hand fand mein Knie und drückte es, vielleicht ein bisschen zu stark. »Lass uns nicht mehr darüber reden, okay? Versuchen wir einfach, so weiterzumachen wie immer. Du liegst uns am Herzen, Lucy, wirklich. Iss heute Abend mit uns. Wir können irgendwohin gehen, wo es nett ist. Vergiss Sam, wir können sogar irgendwo an einen *öffentlichen Ort* gehen. Es gibt ein Restaurant die Straße runter in Kingston, das heute Abend neu aufmacht. Es ist nur zwanzig Minuten entfernt, aber hey, es ist zumindest eine andere Stadt. Es könnte ein Vergnügen sein.«

»Du musst das nicht machen.«

»Ich möchte es«, sagte sie. »Bitte.«

Ich zögerte, in meinem Kopf drängten sich die Fragen. Fragen, die sie sehr wahrscheinlich nicht beantworten würde. Aber waren die Details im Augenblick überhaupt wichtig? Ich hatte ebenfalls Leichen im Keller, eine Menge sogar. Wir drei waren verbunden durch unsere heftigen Vorgeschichten. Es gab einen Grund, warum wir uns begegnet waren, und mir war das vielleicht klarer als ihnen. Sie waren das Beste, das mir je geschehen war, und ich verstand, tief in mir, dass sie gute Menschen waren. Unsere Freundschaft konnte nicht einfach *vorbei* sein, der unausgegorene Plan hin oder her. »Okay.«

Vera stand auf und strich sich Dustys Haare ab. »Vergiss alles, was wir besprochen haben. Ich seh dich heute Abend.«

Ich nickte, aber ich wusste genauso gut wie sie, dass ich nicht vergessen würde. Ich konnte nicht.

Das Restaurant war dunkel, eingerichtet mit viel Holz und gestrichen in einem Burgunderton, wie eine Szene aus *Der Malteser Falke.*

Die Kellnerin führte uns zu einer Nische in der Ecke, John und Vera schoben sich auf die eine Seite, ich auf die andere. Ich hatte John seit Tagen nicht gesehen, und mir fielen die Veränderungen an ihm auf, aufmerksam, wie eine Liebende es nun einmal ist. Seine

Augen waren aufgequollen, als hätte er nicht gut geschlafen. Sein Bart war ungepflegt und hätte getrimmt werden müssen.

Ich sah mich um und fragte mich, ob die Gerüchteküche so brodelte, wie es bei Vera geklungen hatte. Ich entdeckte eine Frau auf der anderen Seite des Restaurants, deren Kopf zu uns gedreht war, ihre Augen fixierten John. Gott, dachte ich. Vielleicht war es wirklich so schlimm.

Ich hielt meinen Blick geradeaus gerichtet, während die Kellnerin kam und wieder ging, während sie die Spezialitäten herunterrasselte, uns Wein brachte, unsere Bestellung aufnahm, Gerichte, die sich niemand von uns wirklich leisten konnte – Fettuccine mit Hummer für John, Lammkarree für Vera, gegrillter Seebarsch für mich.

Als die Speisekarten weg waren, blickte John auf, seine Augen inspizierten den Raum, bevor sie bei mir stoppten. »Vera sagte, dass sie dir alles erzählt hat.«

Vera stellte ihr Weinglas ab und stupste ihn an. »Ich habe dir gesagt, dass wir heute Abend nicht darüber sprechen werden.«

»Ich weiß«, sagte John. »Es ist nur – ich wollte dir danken, Lucy, dass du mir glaubst.«

Ich biss mir auf die Lippe und fühlte mich plötzlich schrecklich. Ich warf einen schnellen Blick durchs Restaurant, entdeckte eine weitere Frau, die uns anschaute, aber es war schwer zu unterscheiden, ob ich paranoid war oder nicht.

»Das ist nicht der Rede wert«, sagte ich, als ich mich John zuwandte. »Ich hoffe, du glaubst auch mir, falls es mal darauf ankommen sollte.«

»Natürlich würde ich das«, sagte John.

Ich atmete tief ein, wollte mehr sagen, wollte sagen, worüber ich nachgedacht hatte, seit Vera aus meinem Cottage gegangen war …

»Okay, das reicht«, sagte Vera und hob ihr Glas. »Prost. Darauf, all das hinter uns zu lassen.«

Wir erhoben unsere Gläser und stießen miteinander an. Wir verfielen wieder in die angenehme Vertrautheit unseres kleinen Trios und ließen die Paukenschläge der letzten Tage unangesprochen.

Erst als unser Essen serviert worden war, nach Rosmarin, Zitrone und erdiger, gerösteter Behaglichkeit duftend, und ich meinen ersten Bissen vom Fisch genommen hatte, hatte ich den Mut beisammen, auszusprechen, was mir auf dem Herzen lag. Ich schluckte und senkte meine Gabel. »Wie auch immer der Plan aussehen mag, ich möchte mit euch kommen.«

Vera erstarrte, die Gabel mit blutigem Lamm schwebte vor ihrem Mund. John griff nach seinem Wein.

Ich trennte mit meiner Gabel einen weiteren Bissen vom Fisch ab und nahm all die Courage zusammen, die ich hatte. »Ich weiß, das klingt seltsam, und ich weiß, ihr seid immer noch dabei, zu überdenken, was ihr machen wollt, und wir kennen uns erst seit kurzer Zeit, aber wenn ihr geht, dann habe ich keinerlei Bindungen mehr hier. Meine Bindung hier … seid *ihr*.«

Ihre Hände verschränkten sich, und Veras Mund öffnete sich, um das Urteil über mich zu verkünden.

Ein Krachen, eine Weinflasche traf auf ihren Teller, zerbrach ihr Glas, Lammknochen flogen – auf den Tisch, auf Johns Essen, in Veras Schoß.

Der Wein war überall, er tropfte von Veras Kinn, als wäre sie ins Herz geschossen worden, er überzog meinen Seebarsch, färbte den weißen Fisch purpurn.

»Gottverdammt«, rief Vera.

»Was zur *Hölle?*« John schaute auf und erstarrte.

Der Mann, der für das Chaos verantwortlich war, war groß, er hatte einen dicken Hals und Wurstfinger. Er sah aus, als wäre er Mitte fünfzig, sein graubraunes Haar war ausgedünnt, und er trug ein zugeknöpftes Jeanshemd, Haare wie Stahlwolle krochen aus seinen abgetragenen Manschetten heraus. Seine Augen fixierten allein John.

»O mein Gott, bitte entschuldigen Sie!«, rief unsere Kellnerin und eilte herbei.

»Das tut mir leid«, sagte der Mann zu ihr mit einem Bedauern, das fast komisch wirkte. »Ich bin auf dem Weg nach draußen gestolpert und habe dabei die Weinflasche umgekippt.«

»Ist schon okay, Sir«, sagte sie und betrachtete den Schaden, während alle uns anstarrten. Vera tupfte die Vorderseite ihres Shirts mit einer Serviette ab, ihr Blick war auf ihren Schoß gerichtete. »Lassen Sie mich jemanden zu Hilfe holen.«

Die Augen des Mannes verengten sich zu Schlitzen, sobald die Kellnerin außer Sichtweite war. Er wirkte verächtlich, angewidert, aber gleichzeitig entwaffnend ruhig. Er schaute weder Vera noch mich an, nur John.

»Sie war sechzehn, du Perversling«, sagte er, bevor er wegging.

13

Komm mit zu uns«, sagte Vera, sobald wir die Shadow Creek Road erreicht hatten. »Wir können den Abend nicht so enden lassen.«

»Natürlich«, sagte ich. John bog in ihre Zufahrt ein, und wir alle stiegen aus, immer noch ziemlich geschockt.

Sobald sie im Haus war, ging Vera ins obere Stockwerk, um sich umzuziehen, und John eilte in die Küche, um uns den dringend benötigten Drink einzuschenken.

Ich setzte mich auf die Couch, hörte Gläser klirren und lehnte mich zurück, sank tiefer in die Kissen.

Sie werden mich jetzt auf jeden Fall verlassen, dachte ich. *Keine Frage.*

Ich richtete mich auf, mein Körper war ganz steif, etwas aus den Eingeweiden des übervollen Sofas hatte sich in meinen Rücken gegraben. Ich drehte mich um, hob ein Kissen an und entdeckte darunter die Messingkante eines Bilderrahmens. Ich drehte das Bild um. Vera grinste, weich und sinnlich, als hätte sie einen Kurs zur Maximierung ihres Lächelns besucht. John blinzelte, als ob der Blitz ihn geblendet hätte. Und da war sie, zwischen den beiden, ihr kastanienbraunes Haar glänzte.

Rachel.

Ihr Lächeln war offen und frei, das harte Licht des Blitzes hatte Lachfalten in ihr Gesicht geschnitten. Sie sah glücklich aus. Sie alle drei taten es. Durch und durch. Was hatte sich verändert? Waren die Gerüchte zu viel für sie gewesen? Oder war tatsächlich etwas zwischen ihr und John vorgefallen?

»Du kannst mir das geben.«

Ich zuckte zusammen. Vera stand über mir und streckte eine Hand nach dem gerahmten Foto aus. Ihre Stimme war ungewöhnlich kalt, ihr Gesicht ausdruckslos. »Immer wieder tauchen Sachen in den Kissen auf«, sagte sie mit einem schwachen Lächeln. »Sie türmen sich zu hoch.«

»Ich wollte nicht herumschnüffeln.«

»Oh, es würde mir nichts ausmachen, wenn du das tätest, du kennst mich. Ich bin nur aufgewühlt wegen dieses Abends.« Ihre Finger umschlossen das Foto mit festem Griff. »Das ist unsere frühere Nachbarin, Rachel, von der wir schon erzählt haben.«

Ich weiß.

»Oh«, sagte ich stattdessen und räusperte mich.

Vera blinzelte schnell, mit der Hand umklammerte sie immer noch eine Ecke des Bildes, und ich fragte mich, ob ich ihr erzählen sollte, dass Rachel beim Cottage gewesen war, dass ich ihr ihre Post gegeben, Telefonnummern mit ihr ausgetauscht hatte.

Aber es war so viel heute Abend geschehen, dass es nicht der richtige Zeitpunkt dafür schien. Oder vielleicht wollte ich es auch nicht riskieren, Vera zu verletzen – oder, schlimmer noch, meinen Status bei ihr zu untergraben.

John kam herein, Gläser klickten aneinander. »Entschuldigt«, sagt er mit einem gezwungenen Lachen. »Probleme mit der Eiswürfelschale.«

Vera drehte sich auf der Ferse um und schritt zu einem Schränkchen in der Ecke des Zimmers. Sie öffnete die oberste Schublade, warf das Bild hinein und schloss sie fest, dann öffnete sie eine andere Schublade und suchte darin herum.

John ließ die Flüssigkeit in seinem Glas kreisen und schien plötzlich ganz fasziniert vom Eis darinnen zu sein.

Nach einem Moment kam Vera zurück und warf ein Blatt Papier und einen unbeschrifteten, geöffneten Briefumschlag auf den Couchtisch. Ich lehnte mich vor. Das Blatt hatte DIN-A4-Größe, in seiner Mitte waren Worte gedruckt in einer hässlichen Schrift, nur geringfügig besser als Comic Sans; mein Vater hatte sie für seinen Briefkopf verwendet. Für einen Moment hatte ich Rachel vollkommen vergessen.

GEHT ZURÜCK NACH BROOKLYN, IHR PERVERSLINGE

»Jesus«, sagte ich und wich zurück.

John blickte nicht auf, aber Vera räusperte sich. »Sam Alby, dessen Bekanntschaft zu machen du heute das Vergnügen hattest, weiß mit Sprache umzugehen, nicht wahr?«

»Er hat euch diese Nachricht hinterlassen«, sagte ich. Es war nicht wirklich eine Frage.

»Sehr wahrscheinlich«, antwortete sie. »Oder vielleicht war es einer seiner Loser-Freunde. Oder seine Frau, die sich, soweit ich weiß, hier umsieht. Du hast sie noch nie getroffen, oder?«

»Seine Frau? Nein, ich hätte nicht einmal ...«

»Das mit den Briefen begann im April, kurz nachdem die Kurse endeten«, unterbrach mich John. »Sie kommen inzwischen ziemlich regelmäßig. Diesen hier haben wir erst letzte Woche erhalten.«

Das Graffito schoss mir ins Gedächtnis. Es musste derselbe Kerl sein. »Habt ihr euch an die Polizei gewendet?«

Vera begann, mit den Fingern zu trommeln. »Wegen der Briefe, ja. Auch wegen der zerstochenen Reifen an Johns Truck. Dem Graffito an unserer Galerie. Und auch wegen des toten Kaninchens, das vor unserer Haustür lag.«

Ich schnappte nach Luft, wollte weiter zurückweichen, aber da war kein Platz mehr. »Ein totes Tier? O Gott.«

Vera nickte. »Vor ein paar Tagen erst. Zum Glück haben wir keinen Hund oder eine Katze oder etwas Ähnliches – ansonsten hätten wir das jetzt nicht mehr, da bin ich mir ziemlich sicher.«

Ich schloss meine Augen. Plötzlich wollte ich bei Dusty sein, ihn so dicht an mich drücken wie nur möglich.

Ich öffnete die Augen wieder. Vera kratzte sich am Mundwinkel. John starrte wieder in sein Glas. Er sah fast grün im Gesicht aus.

»Die Polizei kümmert sich nicht drum«, sagte Vera. »Die denken, es wären bloß betrunkene Jugendliche. Oder ein Jäger, der sich über die Antiwaffensticker auf unseren Autos geärgert hat.«

»Ich frage mich immer noch, wie die Wache auf diesen kreativen Gedankengang gekommen ist«, sagte John und blickte kurz auf, um mit Vera einen Blick auszutauschen.

»Wir wissen, dass er es ist«, sagte Vera fest. Sie nahm den Brief vom Tisch, faltete ihn und schob ihn sorgfältig zurück in den Umschlag, als hätte sie dies schon viele Male getan, dann legte sie ihn zurück in die Schublade. »Wir sind nicht mal aus *Brooklyn*. Nichts für ungut«, fügte sie mit einem schmalen Lächeln hinzu, kehrte zu ihrem Platz neben John zurück und legte beschützend eine Hand auf seinen Oberschenkel. »Aber ich vermute, das ist ihm egal. Der *Daily Freeman* bringt oft genug Artikel über Brooklyner, die hierherkommen, wahrscheinlich wirft er uns alle in einen Topf.« Sie streckte sich nach ihrem Drink, nahm einen vorsichtigen Schluck und drehte sich zu John. »Glaubst du mir jetzt?«

Er nahm einen Schluck, verzog aber den Mund, als ob der Whiskey irgendwie schlecht geworden wäre.

»Glaubt er dir was?«, fragte ich.

Vera seufzte. »Seit dem Kontaktverbot und dem Gerede von einem Prozess wissen wir, dass wir hier wegmüssen. Wenn wir bleiben, wird er uns irgendwann finanziell ruinieren. Andernfalls« – ihr Atem wurde zittrig, ihre Stimme brach fast – »andernfalls reicht es ihm vielleicht eines Tages nicht mehr, uns nur auf diese Weise zu schaden, und dann tut er John etwas an. Er hat schon die Reifen zerstochen. Wie schwierig ist es, die Bremsschläuche zu zerschneiden? Die Cops könnten niemals beweisen, dass es Alby gewesen war, sogar wenn sie ermitteln würden und auch auf diese Idee kämen.«

Sie tauschte kurz einen Blick mit ihrem Mann, dann sah sie wieder mich an. »Worin wir uns uneinig sind, ist, dass John hofft, dass es vorbei ist, wenn wir wegziehen und niemandem sagen, wohin, bis die Verjährungsfrist um ist – während ich denke, wir sollten … ich weiß nicht, ich denke, wir sollten etwas tun, das ein bisschen drastischer ist.«

Abrupt stellte John sein Glas ab. Er schluckte, sein Adamsapfel hüpfte auf und nieder, dann presste er seine Hände gegen die Knie, als flehte er sie an, nicht zu zittern. Er nickte Vera zu, dann wendete er sich mir zu, seine Augen fest auf mich gerichtet. »Du erinnerst dich an den Weg, den wir entlanggewandert sind, als wir uns gerade kennengelernt hatten?«, fragte er. »Veras Idee ist, tja … Ich weiß nicht, ob du dich erinnerst, aber ein Mädchen ist dort gestorben.«

»Wie könnte ich das vergessen?«, fragte ich und fühlte wieder, wie sich die Härchen in meinem Nacken aufstellten wie das Nackenhaar von Dusty. Das Wissen, dass wirkliche Sicherheit nirgendwo garantiert werden kann.

Vera lehnte sich langsam vor. »Wir möchten ehrlich zu dir sein, Lucy.«

»Ich dachte, ihr *wärt* ehrlich zu mir«, sagte ich. »Noch mehr Geheimnisse halte ich nicht aus. Das ist wie ein emotionaler Peitschenhieb.«

Sie nickte. »Worauf ich hinausmöchte: Kann das, was wir sagen, diesen Raum nicht verlassen? Scheiße, nicht einmal diesen Couchtisch?«

»Ihr könnt mir vertrauen«, sagte ich.

Veras Hände verschränkten sich eng in ihrem Schoß. »Ich hatte darüber nachgedacht, ob alles vorbei wäre, wenn John, nun, *tatsächlich verschwinden* würde.«

»Das hattest du mir schon erzählt«, sagte ich.

»Nein, wenn es wirklich so aussehen würde, als wäre er weg«, fuhr sie fort. »Wenn er und ich zu dieser Stelle gingen und er dann vom Weg abkäme – er ist im Wandern erfahren genug, um sich zurechtzufinden – und ich der Polizei sagte, er wäre dort runtergestürzt, würden sie mir bestimmt glauben. Sam Alby hätte dann keine andere Möglichkeit mehr, als alles sein zu lassen.«

Mein Blick sprang zwischen den beiden hin und her, während ich es zu verstehen versuchte.

»Es ist nicht so weit hergeholt, wie es klingt«, sagte John. »Sie haben Wochen gebraucht, um das Mädchen zu finden. Sie war ziemlich weit flussabwärts, noch hinter der Stelle, wo der Fluss in den Hudson fließt. Es ist schrecklich, aber Vera denkt, deshalb wäre es glaubwürdig. Wenn man mich nicht findet, nehmen die Leute an, ich wäre ertrunken …«

»Moment«, sagte ich, der Mund hatte mir offen gestanden. »Das meint ihr nicht ernst – deinen Tod vorzuspielen?«

Es war lächerlich, wie aus einem Film noir. Menschen machten das nicht im wirklichen Leben.

Sie tun es doch.

Vera sah mich an, und Schweigen senkte sich zwischen uns, keiner von beiden widersprach mir. »Van Gogh«, sagte ich schließlich.

Vera lachte. »Ja, Van Gogh«, sagte sie und blinzelte zu schnell. »Ich habe dir bislang nichts erzählt, weil ich mir nicht sicher war, ob

John mitmachen würde.« Ihre Augen sprangen zu ihrem Mann. »Machst du's?«

John biss sich auf die Lippe. »Ich glaube nicht, dass ich noch eine Wahl habe.«

Vera drehte sich wieder zu mir. »Bist du jetzt völlig entsetzt?«

Ich schwieg. Zum ersten Mal seit Jahren hatte ich Macht über andere, nicht andersherum. »Warum erzählt ihr mir das jetzt?«

Vera sprach zuerst: »Du bist für uns wie ein Familienmitglied. Wir schulden dir die Wahrheit.«

Ich presste die Lippen aufeinander. »Wie sollte das funktionieren?«

John kratzte sich am Kinn. »Du hast es gesehen, der Weg ist nicht weit weg von meiner Hütte. Veras Idee ist, dass ich dorthin gehe, warte, bis es dunkel ist, und dann mitten in der Nacht aufbreche nach Lake George. Es ist nicht völlig wasserdicht. Vera muss ein Auto organisieren mit Nummernschildern, die nicht mit mir in Verbindung gebracht werden können …«

Vera unterbrach ihn. »Ich bekomme das hin, mach dir keine Sorgen. Ich kenne einen Typen, eigentlich ist er Künstler, aber er hat weitere Möglichkeiten, um an Geld zu kommen.« Sie drehte sich zu mir. »John würde an dem Abend hochfahren, aber ich bliebe hier. Ich würde trauern, die Galerie weiterführen und versuchen, seine Werke zu verkaufen. Schließlich würde ich das Farmhouse und die Hütte zum Verkauf anbieten, unser bisschen Eigenkapital herausholen, jemanden anstellen, der sich um die Galerie kümmert, und zu John stoßen, wenn alles gut läuft und sein Tod als Tatsache anerkannt wird.«

»Und dann?«, fragte ich.

»Ich bin immer noch ich«, sagte Vera. »Ich habe noch Kontakte in Manhattan. Ich habe meinen Beruf. Johns Bilder würden sich verkaufen, besonders nach so einem tragischen Unfall. Sam Alby bliebe nichts mehr zu tun. Er hätte niemanden mehr, den er verklagen oder bedrohen könnte. Ich könnte sogar von Zeit zu Zeit wieder herkommen. Wie sollte er mich davon abhalten?«

John strich sich mit den Händen durchs Haar. »Sie hat recht. So drastisch die Idee ist, so zögerlich ich war, mich mit ihr anzufreunden, es würde ein Neustart sein.«

»Aber was, wenn dich jemand erkennt?«, fragte ich. »Wenn der Unfall in den Nachrichten kommt?«

Vera sah mir in die Augen. »Ich habe daran gedacht, aber es sterben mehr Menschen auf Wanderungen, als du denkst. So etwas hat normalerweise nur kurzen Nachrichtenwert. Vielleicht mit Foto, vielleicht ohne. Aber selbst, wenn eines dabei ist: Es ist meist ein verschwommenes Bild von Facebook, falls nicht die Familie ein besseres bereitstellt. Und selbst wenn du oben bei Lake George fünfzig Meilen Richtung Westen gehst, bist du immer noch weitab vom Schuss. Da ist es nicht wie hier, hierher kommen nicht alle zwei Sekunden Leute aus New York – das ist quasi Kanada. Dort gibt es Orte, die so weit weg von allem, so abgeschottet und ländlich sind, dass ich mir keine Sorgen mache, dass ihn jemand erkennen könnte, vor allem nicht, wenn er seinen Bart abrasiert und den Haarschnitt ein bisschen ändert. John könnte sich etwas Neues aufbauen. Weit weg von allen.«

Tief in mir fühlte ich ein Ziehen, denn sie hatte recht. Ständig kamen Leute aus Brooklyn her. Davis hatte sich zwar nie für Woodstock interessiert, aber es gab keine Garantie, dass er nicht seine Meinung änderte. Der Gedanke, noch schwerer aufzuspüren zu sein, war verlockend. Ich wettete, dass es oben in den Wäldern Gegenden gab, wo man nicht einmal auf Autos traf, nur Hektar für Hektar freies Land, wo Dusty einfach … laufen könnte. Aus unserer kleinen Dreisamkeit könnte eine richtige Familie werden.

»Es gibt dort ein Areal, einen Wald unter Naturschutz – die Ortschaften darin sind so klein, dass sie kaum mehr sind als ein Punkt auf der Landkarte. Und es ist so günstig dort. John könnte mit Bargeld zahlen. Er müsste einen anderen Pass verwenden, aber ich denke, auch das könnte ich organisieren«, sagte Vera, während John dazu nickte. »Es klingt verrückt, aber ich denke, es könnte wirklich funktionieren.«

»Es wäre besser, als so weiterzuleben«, fügte John hinzu. »Besser, als nicht in die Öffentlichkeit gehen zu können, ohne eine Szene heraufzubeschwören.«

Ein Gedanke wie ein Messer traf mich, scharf und aufdringlich.

»Es würde nicht funktionieren«, sagte ich.

Vera sog Luft ein. »Was meinst du damit?«

»Jeder weiß, dass ihr Probleme habt. Wie du sagtest, die Leute reden.« Ich ließ das Messer tiefer schneiden, den Gedanken weiter vordringen. »Habt ihr nie alte Filme gesehen?« Meine Mom und ich hatte sie alle gesehen, jeden Noir, den wir in die Hände bekommen konnten. »Du bist seine Frau«, sagte ich zu Vera. »Wenn du den Leuten erzählst, dass du gesehen hast, wie dein Mann von einem Felsen gefallen ist, wird dir niemand glauben. Sie vermuten, dass du mehr als jeder andere wütend bist wegen … wegen allem.«

»Ich weiß das, aber komm: Ich habe eine weiße Weste. John und ich haben nie öffentliches Aufsehen erregt. Und außerdem liebe ich ihn«, sagte Vera und drückte seine Hand. »Jeder, der uns kennt, kann das sehen.« Ihre Augen leuchteten. »Ich habe zu ihm gehalten während alldem. Zählt das nichts?«

Sie hatte keine Ahnung, wie tief Leute sinken, um einander wehzutun, wie Liebe schnell in Gewalt umschlagen kann. »Du kannst nicht die Zeugin sein«, sagte ich. »Zumindest kannst du nicht die einzige sein.«

»Was willst du damit sagen?« John runzelte die Augenbrauen.

»Wenn ihr deinen Tod vorspielen wollt, dann braucht ihr einen Zeugen, der unbelastet ist, der nicht mit dem Angeklagten verheiratet ist, der nicht persönlich und finanziell bis über beide Ohren in all das verwickelt ist.«

Sie starrten mich an und warteten.

»Ihr braucht mich.«

14

Am nächsten Morgen erwachte ich mit hämmernden Kopfschmerzen. Im grellen Licht des Tages wirkten die Diskussionen des vergangenen Abends wie an den Haaren herbeigezogen, Whiskey-beflügelte Hirngespinste.

Aber während ich zur Küche ging, Kaffee kochte und Dusty durch die Hundetür hinausnötigte, ging ich den Abend noch einmal durch: Wie ein provisorischer Plan unter uns entstand, der aufstieg wie Dampf auf den Straßen von Manhattan. Ich, ihre Zeugin. Ich, daran beteiligt. Ich, gemeinsam mit ihnen.

Ich nahm einen bitteren Schluck Kaffee und hoffte, dass er direkt in mein Gehirn drang. Doch auch wenn ich ihnen helfen wollte, konnte ich das riskieren? Ich war so vorsichtig gewesen. Ich hatte die ganze Sache durchgezogen. Davis wusste nicht, wo ich war. Sollte ich wirklich das alles aufs Spiel setzen für so einen abwegigen Plan?

Gegen zwei wurde mein Kater besser, und ich verließ das Cottage mit Dusty an der Leine für einen richtigen Spaziergang. Auf der Straße wendete ich mich nach links, weg von Veras und Johns Haus.

Maggies Haustür ging auf, sobald ich daran vorbeigegangen war. »Lucy«, rief sie eifrig. »Dein Timing ist perfekt.«

»Willst du mit Pepper raus?« Ihre praktischerweise auf meine abgestimmten Hundegänge waren ein bisschen zur Gewohnheit geworden, und solange ich Vera und John nicht erwähnte, verliefen sie ziemlich reibungslos. Maggie war ein bisschen anhänglich, aber sie war harmlos, sie wollte nur eine Freundin.

»Nein«, sagte sie und schüttelte den Kopf, doch sie lächelte dabei wie ein Kind im Süßigkeitenladen. »Komm für eine Sekunde rein.« Sie deutete auf Dusty. »Bring ihn mit.« Sie drehte sich um, bevor ich widersprechen konnte. Ich nahm Dustys Leine enger und folgte ihr.

Ihr Haus war klein, aber reizend, außen Backstein, innen voller Muster und Drucke. Es war so eingerichtet, wie man es erwarten konnte – Chintz-Kissen auf roséfarbenen Sofas, blau-weiße Teetassen aus Porzellan gut sichtbar ausgestellt, orientalische Teppiche neben geschnitzten Holzmöbeln, an den Ecken angestoßen. Als hätte sich jemand im Antiquitätenladen verirrt und nur die Kreditkarte gehabt, um wieder herauszufinden – der Quilt, den sie für Rachel erstanden hatte und der immer noch auf meinem Bett lag, hätte hier gut hergepasst.

Und plötzlich war sie da, als ob meine Gedanken sie herbeigeholt hätten – Rachel, die in der Tür zu Maggies Küche stand.

»Lucy, das ist Rachel. Rachel, Lucy.« Maggie blickte mir in die Augen. »Sie ist die Frau, die vor dir in deinem Haus gewohnt hat. Ich wollte, dass ihr beide euch kennenlernt.«

Rachel trug durchsichtige Schichten über dunkelroten Leggins, ihr Haar war zu einem Knoten im Nacken gesteckt. Dusty lief begeistert auf sie zu, als träfe er eine lang vermisste Geliebte wieder. Wir lächelten beide, und Maggie, deren Kopf zwischen uns hin und her schoss, legte eine Hand an die Hüfte. »Wartet mal. Ihr habt euch schon mal gesehen.«

»Kurz«, sagte Rachel und kniete sich hin, um Dusty zu streicheln. »Als Lucy gerade eingezogen war. Ich hatte einen wichtigen Brief vermisst.«

»Du hättest mich fragen können«, sagte Maggie, ihre Stimme klang plötzlich hohl. »Ich wäre rübergegangen und hätte ihn für dich geholt.«

Rachel hob Dusty hoch und tätschelte ihn. »Ich wollte dich nicht belästigen.«

»Oh«, sagte Maggie. »Du weißt doch, wenn du irgendetwas brauchst … Ich meine, es ist nicht so, dass du Vera fragen müsstest. Nicht nach alldem.«

Rachel presste die Lippen fest aufeinander. Für einen kurzen Moment sah sie mich an, als wartete sie auf eine Reaktion, dann setzte sie Dusty behutsam auf den Boden. »Ich weiß, dass ich mich immer auf dich verlassen kann, Maggie«, sagte Rachel.

Maggie drehte sich lächelnd zu mir, stolz darauf, dass sie und Rachel Freundinnen waren. »Möchtest du mit uns Tee trinken?«

»Danke«, sagte ich. »Aber wir sollten wirklich eine Runde drehen.«

»Gut, dann nächstes Mal.« Maggies Blick sprang nervös zwischen uns hin und her, als könnte eine von uns jeden Moment aus ihrem Leben verschwinden. »Rachel kommt jeden Donnerstag her. Wir wollten dich einladen, wenn ihr euch kennengelernt habt.«

»*Jeden* Donnerstag?«, fragte ich.

»Wenn ich kann«, sagte Rachel schnell. »Es gibt einen wundersamerweise noch nicht geschlossenen Laden für Fotobedarf rund eine Meile die Straße hoch. Ich lasse meine Filme dort entwickeln, und auf dem Rückweg schau ich manchmal hier vorbei.«

Die beiden folgten mir zur Tür, Dusty wollte noch nicht so recht weg.

»Nächstes Mal«, sagte Maggie wieder.

»Ja«, echote ich. »Nächstes Mal. Es war schön, Sie wiederzusehen, Rachel.«

Maggie schloss die Tür hinter mir, und ich nötigte Dusty zurück auf die Straße. Am Ende der Einfahrt hörte ich meinen Namen. Ich drehte mich um und sah Rachel, ihr Top wehte im Wind.

»Entschuldigung«, sagte sie. »Ich habe Maggie gesagt, ich müsste Sie noch was wegen eines Briefes fragen.«

»Oh, ich habe nichts Wichtiges mehr entdeckt. Nur jede Menge Werbung.«

»Nein, darum geht es nicht«, sagte Rachel. »Ich wollte nur nicht, dass Sie nach Maggies Anspielungen denken, Vera und ich wären sonst wie verfeindet. Maggie mag es, die Dinge etwas dramatischer aufzubauschen, als sie sind.«

Ich zog die Augenbrauen zusammen. »Was ist dann zwischen euch passiert?«

Sie trat von einem Fuß auf den anderen. »Ehrlich, es war alles ein großes Missverständnis.«

»Ging es um …«

»Sehen Sie«, sagte Rachel. »Ich möchte nicht die Einzelheiten ausbreiten, ich wollte Sie nur wissen lassen, dass ich Vera gegenüber keinen Groll empfinde. Ich hoffe, dass wir uns eines Tages aussprechen können. Darum erzählen Sie ihr bitte nichts – so selbstbewusst, so erstaunlich Vera ist, sie schert sich wirklich darum, was andere von ihr denken. Ich hoffe, Sie bringen sie nicht dazu zu glauben, dass ich hier über sie lästern würde. So ist es nicht. Sie müssen ihr auch nicht sagen, dass ich mit Maggie befreundet bin. Ich bin mir nicht sicher, ob sie das mögen würde.«

Ich nickte, doch Rachel sah mich an und wartete auf eine weitere Bestätigung. »Machen Sie sich keine Gedanken. Ich werde nichts sagen.«

Sie grinste. »Danke. Vielen, vielen Dank.« Dann drehte sie sich um, tapste über die Wiese und verschwand in Maggies Haus.

Dusty wollte weiter, er zog mich zu Rachels marineblauem Subaru, den ich noch gar nicht bemerkt hatte. Ich schalt mich selbst dafür – ich sollte mehr auf meine Umgebung achten. Davis hatte sich zwar nach seiner ersten E-Mail nicht mehr gemeldet, das bedeutete aber nicht, dass ich in Sicherheit war.

Während Dusty in dem Wäldchen, das Maggies Land vom Nachbargrundstück trennte, sein Geschäft verrichtete, warf ich verstohlen einen Blick zurück. Ich hatte das ausgeprägte Gefühl, dass Rachel nicht hier sein sollte, schon gar nicht wöchentlich. Es war zu nah bei Vera und John, zu nah bei dem, was auch immer zwischen ihnen passiert war. Was, wenn ich ihr auf der Straße begegnete? Oder wenn sie beschloss, vorbeizuschauen, um nach der Post zu sehen? Was, wenn Vera uns sah? Wenn sie herausfand, dass ich Rachel kannte, sei es noch so flüchtig, und dass ich in all der Zeit, die wir miteinander verbracht hatten, nicht daran gedacht hatte, es zu erwähnen? Es würde sie wütend machen – das wusste ich. Und außerdem hatte ich jetzt zugestimmt, ein Geheimnis für Rachel zu bewahren. Ich mochte das ganz und gar nicht.

Vera sah die Welt in Schwarz und Weiß, hatte John gesagt. Was, wenn sie dachte, dass ich sie allein dadurch betrog, dass ich mit Rachel sprach? Was, wenn sie sich von mir abwendete?

Ich schüttelte den Gedanken ab, zerrte an Dustys Leine, drehte mich um und machte mich auf den Weg zurück zum Cottage. Ich war dumm gewesen. Vera und ich waren Freundinnen. Und Rachel und ich kannten einander kaum.

Außerdem würden Vera und John wegziehen.

Wer weiß – ich vielleicht auch.

Ich verbrachte den restlichen Nachmittag allein, schrieb ein paar Angebote und stellte einen Artikel fertig, mit dem ich vor Wochen beauftragt worden war und der ganz passend schien – »13 Wege, um deine Daten zu schützen, ohne auf Big Tech zu verzichten«. Vera rief mich um vier an, aber ich ignorierte das. Sie rief erneut um fünf an, und da beschloss ich, dass es besser wäre, das Haus zu verlassen, nicht dass sie uneingeladen rüberkam, wie wir es uns angewöhnt hatten. Ich war noch nicht so weit, dass ich mit ihr reden konnte: Wenn sie mich fragen würde, ob ich tatsächlich gemeint hatte, was ich gestern Abend gesagt hatte, dann wüsste ich nicht, was um alles in der Welt ich sagen sollte.

Al begrüßte mich mit einem Lächeln, als ich das *Schoolhouse* betrat und einen freien Platz am Tresen wählte. Das Restaurant war herbstlich dekoriert mit Kürbissen und falschen Spinnweben. Ich blickte auf mein Telefon, um nach dem Datum zu sehen – 30. Oktober. Morgen war Halloween, und ich hatte nicht einen Gedanken daran verschwendet. In einem anderen Leben hätte ich ein Paarkostüm mit Davis geplant – Prinzessin Leia und C-3PO war unser bestes gewesen –, aber in diesem Leben wollte ich nichts damit zu tun haben. Gespielte Furcht war nur spaßig, wenn es nichts gab, vor dem man sich wirklich fürchten musste.

Sie wischte meinen Platz ab und füllte ein Glas mit Wasser. »Ich habe das Buch von Stephen King fertig gelesen, das du mir gegeben hast.«

»Und?«, fragte ich. *Das Leben und das Schreiben,* Kings Ausflug ins Sachbuch, hatte mir die Augen geöffnet, und ich hatte es ihr letzte Woche im Buchladen die Straße runter gekauft. Eine Art Extra-Trinkgeld.

Al schob mir die Karte zu. »Alles, was er sagt, ergibt so viel Sinn, aber in Creative-Writing-Kursen erfährt man davon nichts. Dort heißt es immer nur ›show, don't tell‹ oder so.«

Ich warf einen Blick auf die Karte und erinnerte mich an meine Creative-Writing-Lehrerin im zweiten Jahr auf dem College. Die einzige Weisheit, die sie uns weitergegeben hatte während unserer Short-Story-Workshops, während derer sie nicht einzuschlafen versuchte, war, »aus dem Herzen zu schreiben«. Das ist wunderbar in der Theorie, aber als Ratschlag unbrauchbar. »Daran erinnere ich mich nur zu gut«, sagte ich. »Darum ist es wichtig, solche Sachen zu lesen.«

Al lehnte sich gegen den Tresen und verschränkte die Arme. Sie trug ein gestreiftes Shirt in verschiedenen Schattierungen von Burgunder und einen beerenfarbenen Lippenstift, den meine Mom trashig gefunden hätte – zusammen mit ihrem kupferfarbenem Haar war sie das perfekt Abbild des Herbstes. »Ja, vermutlich. Egal. Das Gleiche wie immer?«

»Bitte.«

Al entzog mir die Karte und gab die Bestellung an die Küche weiter. »Sag mal, wann bringst du denn mal deine Nachbarn mit?«

»Sie mögen nicht in die Stadt kommen«, sagte ich.

»Das weiß ich. Aber man sollte denken, dass John sich hier würde zeigen wollen. Und sich nicht von dem verschrecken lassen würde, was die Leute sagen – oder von einer blöden Kontaktsperre.«

Ich hob eine Augenbraue. Das war das erste Mal, dass sie Details dessen erwähnte, was Vera und John passiert war. »Ich vermute, das bedeutet, du weißt von alldem?«

»*Jeder* weiß davon«, sagte Al und verdrehte die Augen. »Kleine Stadt, du weißt schon.«

Sie eilte den Tresen hinunter, um eine Bestellung anzunehmen, und ich blieb zurück und starrte auf die Risse in der hölzernen Tresenoberfläche, während mir klar wurde, dass John und Vera recht hatten – es war unmöglich, dass sie weiterhin so taten, als wäre alles normal.

Ich hob mein Glas an die Lippen und fragte mich erneut, ob es einen Weg gab, wie der Plan funktionieren könnte. Das war der Moment, in dem ich eine vertraute Stimme hinter mir hörte.

Der Moment, in dem alles, was ich so sorgfältig aufgebaut hatte, in sich zusammenbrach.

15

Vieles macht man instinktiv:
Die Hand heben, um einen Schlag abzuwehren.
Die Augen beim Anblick von Blut abwenden.
Sich umdrehen, wenn deine beste Freundin deinen Namen sagt.
Trotz des Schocks klang ihre Stimme so lebendig wie immer. Ein Klang, der mir in den Knochen steckte.
Ellie starrte mich an. »Heilige Scheiße.«
Al starrte ebenfalls, die Augenbrauen fragend zusammengezogen, aber sie wendete ihren Blick schnell ab.
»Was machst du hier?«, fragte Ellie. Ihr dunkelblondes Haar steckte unter einer gestrickten Kappe. Ihre Wangenknochen traten deutlicher hervor, als hätte sie die zehn Pfund, die sie immer hatte verlieren wollen, in den letzten anderthalb Monaten tatsächlich abgespeckt.
Meine Augen huschten durchs Restaurant auf der Suche nach Anzeichen von Davis.
»Ellie«, sagte ich und verschluckte den Namen, sobald ich ihn gesagt hatte, meine Zunge war angeschwollen in meinem Mund.
»Was machst du hier?«, fragte sie erneut.
Dunkelheit kroch von den Rändern heran und trübte meine Sicht. Um mich herum führten Menschen ihr Leben weiter, durchstöberten die Speisekarte, bestellten Craftbeer.
»Was machst *du* hier?«, fragte ich, während mir zu spät klar wurde, dass ich eigentlich in Seattle sein sollte; ich hätte niemals versuchen sollen, mich so offen zu verstecken.
Sie blinzelte. »Wir sind hier für ein langes Wochenende.«
»*Wir?*« Ich hielt mich am Tresen fest, umklammerte ihn so stark, dass meine Knöchel weiß hervortraten, und stellte mir vor, wie Davis sich draußen herumdrückte und jeden Moment hereinkam. *Hey, Babe.*
»Ich und mein Freund«, sagte sie. »Derjenige, von dem ich dir

erzählt hätte, wenn du auch nur eine meiner E-Mails beantwortet hättest. Wenn du nicht *deine Telefonnummer geändert* hättest und verschwunden wärst.«

Ich lockerte meinen Griff und versuchte zu verstehen. Sie hatte einen Freund, also war er die andere Hälfte ihres Furcht einflößenden *Wir*. Ein Teil von mir wollte die Arme um sie werfen und sie bitten, mir alles zu erzählen. Sie war während der letzten Jahre von einem schlechten Date zum nächsten getaumelt, hatte sich akribisch durch eine Abfolge von Kerlen gearbeitet, die sich nicht binden wollten, wie eine gläubige Katholikin, die den Rosenkranz betet. *Du hast so ein Glück*, hatte sie mir immer gesagt. *Du hast so ein Glück, dass du Davis hast.*

»Seid nur ihr beide hier?«, fragte ich stattdessen mit schriller Stimme. Al wischte inzwischen den Tresen ab, sie versuchte, nicht herzustarren, aber sie lauschte ziemlich offensichtlich auf jedes unserer Worte.

»Ja, nur wir«, sagte Ellie. »Er ist zurück in die Airbnb-Wohnung in Kingston, weil er noch Arbeit hat, und ich bin hier in die Stadt gekommen, um ein Bier zu trinken. Die nächstgelegene Bar hatte fürchterliche Bewertungen auf Yelp, darum bin ich hergekommen.« Ihre Augen schossen Dolche auf mich ab. »Das ist meine Geschichte. Wie lautet deine? Warum bist du nicht in Seattle?«

Schweiß kribbelte im Haaransatz auf meiner Stirn. Ich musste ruhig bleiben und *denken*. »Setz dich«, sagte ich und zog den Stuhl neben meinem hervor. »Trink dein Bier. Ich erklär es dir.«

Ellie wirkte verwirrt, als wäre sie gerade aus einem seltsamen Traum erwacht, aber sie hängte ihren Mantel über die Rückenlehne des Stuhls und gab Al ein Zeichen. »Zwei IPAs«, sagte sie. »Bitte.«

»Bekommen Sie«, antwortete Al und tat so, als wäre alles wie immer, als würde nicht direkt vor ihren Augen ihre Möchtegern-Schreibmentorin wegen ihres Verbleibs gegrillt und als Lügnerin bezeichnet werden.

Ellie legte beide Hände auf den Tresen. »Ich versteh es nicht«, sagte sie, und ihre Stimme brach. »Hasst du mich vielleicht?«

»Nein«, sagte ich. »O Gott, natürlich nicht. Ich liebe dich.«

»Warum dann?«, fragte Ellie.

Die Küchenglocke erklang, und Al brachte mir meine Rühreier, ein Gericht, das ich so oft gegessen hatte. Jetzt drehte mir der Geruch den Magen um.

»Ich wusste gar nicht, dass du einen Freund hast«, sagte ich, während mein Hirn rotierte und versuchte, darüber nachzudenken, was ich ihr erzählen konnte, wie ich die Situation retten konnte. Al brachte uns zwei kühle Biere, ihre Augen suchten meine in der Hoffnung auf Antworten.

Ellie nahm einen großen Schluck und setzte das Glas geräuschvoll ab. »Jup«, sagte sie. »Ich habe einen Freund. Sein Name ist Andre, wir haben uns über Tinder kennengelernt. Ich dachte erst, das ist nur eine kurze Affäre, aber jetzt machen wir Wochenendausflüge.« Ihre Stimme wurde schneidend. »Er ist großartig, aber das interessiert dich ja nicht.«

»Klar interessiert es mich, das schwöre ich dir. Es tut mir leid«, sagte ich. »Ich weiß, dass ich nicht die beste …«

»Du warst in *keiner* Hinsicht die Beste«, sagte Ellie, und ihre Augen begannen zu glänzen. »Ich versteh's einfach nicht. Du und Davis habt euch getrennt. Das ist bizarr und kam überraschend, aber okay, so was passiert. Aber warum hast du nicht mehr mit *mir* gesprochen? Warum? Nur weil ich seine Schwester bin? Mal ganz abgesehen davon, dass du deine *Telefonnummer* geändert hast? Mein Gott, ich bin deine beste Freundin. Ich kenne dich viel länger, als er es tut. Und jetzt bist du hier, und ich fühle mich, keine Ahnung, als ob ich den Verstand verliere.«

»Du verlierst nicht den Verstand«, bekam ich heraus. »Nichts von alldem ist deine Schuld. Und du bist meine beste Freundin«, sagte ich, und mir wurde im gleichen Moment klar, dass das nicht stimmte, nicht mehr. Meine Freundschaft mit Ellie – etwas, das immer so unproblematisch und gut gewesen war – war eines der vielen Dinge, die Davis mir genommen hatte, und dafür hasste ich ihn. »Es ist nur …« Ich nahm einen Schluck von meinem Bier und versuchte verzweifelt, mich zu beruhigen. Der Schaum klebte am Glas wie Seife, und das Bier schmeckte bitter und schal.

»Du lebst jetzt hier.« Das war eher eine Feststellung als eine Frage. »Hier bist du die ganze Zeit gewesen, oder? Du warst nie in Seattle.«

Statt zu antworten, nahm ich noch einen Schluck.

»Wo wohnst du?«, fragte sie.

»Warum?«

Ihre Augen weiteten sich. »Herrje, was ist mit dir?«

»Tut mir leid.« Meine Augen suchten den Raum ab und stoppten beim Ausgang. »Es ist nicht wichtig, wo ich wohne, okay?«

Ellie leerte ihr Glas, als würde sie plötzlich verdursten. »Warum hast du mich angelogen?«

Ich riss die Ecke meiner Serviette ein. »Weil es mir einfacher schien«, sagte ich schließlich.

»Leichter?«, fragte Ellie. »Was soll das denn heißen?«

Ich sah sie an, meine ehemals beste Freundin, und ihre Fragen sprangen in meinem Kopf umher wie die Zahlenbälle beim Lotto, und in diesem Moment, während sich Angst in mir aufbaute, traf ich eine Entscheidung. Es war der einzige Weg. Es war die einzige Chance, dass sie mich schützen würde, dass sie nicht direkt zu ihm liefe. »Ich wollte nicht, dass Davis herkommt, okay?«

»Aber warum?«, fragte Ellie. »Menschen trennen sich. Ich weiß das. Warum muss es so ablaufen?«

Ich riss noch ein Stück aus meiner Serviette und ließ es auf den Tresen fallen. Ich wollte es nicht. Nicht hier, nicht vor Al, jung und naiv und vielleicht derzeit die einzige Person auf Erden, die dachte, dass ich mein Leben hinbekomme. Ich wollte nicht, dass sie mich so sah, dass sie begriff, was aus mir geworden war. Aber ich hatte keine Wahl. Das war vielleicht meine einzige Chance, um Ellie von dem abzuhalten, was sie, wie ich wusste, sofort tun wollte. Danach gab es kein Zurück mehr. Aber ich betrog mich selbst, wenn ich dachte, es gäbe einen Weg zurück. »Ich hatte Angst.«

Ellies Augenbrauen zogen sich zusammen. »Was meinst du damit, du hättest Angst gehabt?«

Ein Teil von mir fühlte mit ihr. In gewisser Weise war sie sogar noch naiver als meine Kellnerin mit dem kupferfarbenen Haar. Ellie wollte daran glauben, dass die Welt so war, wie sie sie sah. Sie wollte nicht überrascht werden.

Aber der andere Teil von mir? Der wollte die Luke aufstoßen und sie – *heftig* – ins Gesicht schlagen. Angesichts ihres Vaters und ihrer

Mutter sollte Ellie das eine oder andere über Kontrolle wissen. Sie hätte es damals mitbekommen sollen; sie sollte es jetzt mitbekommen. Es war ganz offensichtlich, sie musste nur hinsehen.

»Es gibt etwas, das ich dir erzählen muss«, sagte ich. Mit der Gabel stocherte ich in den Eiern, die Sauce Hollandaise begann schon zu gerinnen; das Essen sah jetzt aus wie gelber Eiter, die Farbe, die der Bluterguss angenommen hatte, der so lange auf meiner Wange zu sehen gewesen war. Eine Erinnerung an all das, was passiert war. Alles, was ich so verzweifelt versucht hatte, hinter mir zu lassen.

»Was?«, fragte Ellie nicht unfreundlich. »Bitte, erzähl mir einfach, was los ist. Ich halte das nicht aus, das Ungewisse, die Versuche, das zu begreifen.«

Ich nahm einen Schluck von meinem Bier, um den Mut aufzubringen. »Ich hatte Angst, dass Davis mir was antut«, sagte ich.

Ihre Augenbrauen flogen hoch, und sie schwieg einen Moment, bevor sie wieder den Mund aufmachte. »Was meinst du damit, dir was *antut?*«

Ich warf einen Blick auf Al, wollte sie dazu bringen, wegzugehen, das andere Ende des Tresens zu putzen, eine Bestellung aufzunehmen. Dann senkte ich die Stimme. »Ich …«, stammelte ich. »Schau, ich hatte versucht, ihn zu verlassen, aber ich konnte nicht.«

»Was redest du denn da? Was soll das heißen, du hast *versucht,* ihn zu verlassen?«

»Er hat mich verfolgt«, sagte ich. »Er hat mich verfolgt, seit ich bei ihm eingezogen war. Mithilfe meines Telefons. Mit dieser dämlichen Überwachungskamera. Darum habe ich meine Telefonnummer geändert. Ich hatte keine Wahl.«

Ellie schüttelte den Kopf. »Das kann nicht dein Ernst sein. Davis würde so etwas niemals tun. Die Kamera war da wegen der Einbrüche, Herrgott noch mal. Du musst das falsch verstanden haben.«

»Hör dir doch mal selbst zu«, sagte ich. »Darum habe ich dir nie etwas davon erzählt.«

»Das kann nicht sein«, sagte Ellie, während sie um Luft rang und sich ihre Augen mit Tränen füllten. »Wenn es wirklich so wäre, dann hättest du … ich hätte …« Ihre Stimme wurde leiser, als ob der

Rest ihres Satzes in einem trüben Bassin aus Nichtverstehen und Schuld versickerte.

Ich wollte es nicht verwenden; es war eine Versicherung, nur für ihn gedacht. Aber ich wusste, ich musste es tun, wenn ich wirklich wollte, dass sie mir glaubte. Es gab keine Worte, die so viel aussagten wie dieses Foto – außerdem war ich mir nicht sicher, ob ich es schaffte, all die Details auszusprechen. Ich holte mein Telefon hervor und scrollte durch die Fotos.

»Was machst du da?«, fragte Ellie. Ihre Stimme zitterte vor Angst.

Ich fand es innerhalb von Sekunden. Das eine, das ich gemacht hatte, nur für den Fall. Das eine, das sie zerschmettern würde, wie er mich zerschmettert hatte.

Ich drehte des Telefon so, dass sie das Foto sehen konnte, und ihr Kinn klappte herunter, als sie mein Gesicht ansah, zur Hälfte bedeckt von einem dunkelroten Bluterguss, mein Gesichtsausdruck gequält, meine Welt zerstört. Dann schob sie ihren Stuhl zurück, stand auf und suchte Halt am Tresen. »Ich … Es tut mir leid«, stammelte sie. »Es tut mir leid. Ich versteh's nicht, ich versteh's einfach nicht. Ich kann nicht … Ich kann das nicht.«

»Bitte, Ellie. Erzähl Davis nicht, wo ich bin. Wenn ich dir je wichtig war, wenn ich dir immer noch wichtig sein sollte, wenn unsere Freundschaft dir etwas bedeutet, dann behalte dieses Geheimnis für dich«, sagte ich mit unsicherer Stimme. »Ich flehe dich an.«

Meine ehemals beste Freundin starrte mich für einen Moment an, dann zwang sie sich zu nicken. Ihr Gesicht war aschfahl, Tränen liefen ihr über die Wangen.

»Okay«, sagte sie. »O Gott. Okay.«

Dann nahm sie ihre Sachen und ging.

Ich blickte wieder aufs Telefon, auf den Bluterguss, auf all die Farben, und ich war froh, dass ich das Foto gemacht hatte. Ich war froh, dass ich es hatte, um es vorzuzeigen.

»Bist du okay?«, fragte Al, sobald Ellie weg war.

Ich schob ihr ein paar Geldscheine zu, mehr, als nötig waren, um die Rechnung zu bezahlen. Dann stand ich auf, bevor sie weitere Fragen stellen konnte.

»Nein«, sagte ich. »Ich bin es nicht.«

Ich bemerkte das Auto hinter mir erst, als ich auf der kurvigen zweispurigen Straße war, der vorletzten Abzweigung vor meinem Zuhause. Ich wurde langsamer, als ich mich der Shadow Creek Road näherte, und das Auto bremste gezwungenermaßen ebenfalls ab. Am Stoppschild hielt ich für eine Minute, als würde ich einen Blick auf mein Telefon werfen, aber es fuhr nicht an mir vorbei.

Mit angehaltenem Atem fuhr ich an und bog ab. Das Auto bog ebenfalls ab.

Ich erreichte das Farmhaus und bog rasch links in Veras und Johns Auffahrt, statt meine zu nehmen. Das Auto fuhr weiter, ohne anzuhalten, und mein Atem kehrte zurück, war aber viel zu schnell.

Selbst wenn das Auto nichts zu bedeuten hatte, konnte ich doch nicht leugnen, was gerade geschehen war. Ich war entdeckt worden. Bleiben war keine Option mehr. Ellie würde es Davis irgendwann erzählen, das wusste ich.

Ich stolperte aus dem Wagen auf die Auffahrt und eilte so schnell, wie ich nur konnte, zur Veranda.

John war vor Vera an der Tür. »Was ist passiert? Du siehst verängstigt aus.«

Innerhalb kurzer Zeit stand auch Vera in der Tür.

Ich blickte von ihm zu ihr, und ich wusste intuitiv, was ich sagen musste.

»Wir ziehen das durch.«

16

Gegen zehn Uhr morgens wollten wir mit unserer Generalprobe beginnen.

Es war Halloween, ironischerweise ein guter Tag, um Unfug auszuhecken, um einen makabren Plan auszuführen, der Büchern und Filmen vorbehalten bleiben sollte.

Obwohl ich so schnell wie möglich loslegen wollte, hatte Vera darauf bestanden, zunächst eine Übungswanderung zu machen. Sie wollte nichts übereilen. Sie wollte nichts vermasseln. An diesem Abend wollte sie in New York City das Auto besorgen, mit dem John wegfahren würde.

Wir wollten es so bald wie nur irgend möglich durchziehen.

John fand einen Platz im hinteren Bereich des Parkplatzes, der heute voller war als sonst. *Wahrscheinlich Leute aus der City, die die verfärbten Blätter sehen wollen,* dachte ich. Ich dachte an Ellie, die nur zehn Meilen entfernt in Kingston war. Ich versuchte, nicht an Davis zu denken.

Ich zog den Reißverschluss meiner Kapuzenjacke zu, als wir aus dem Truck ausstiegen. Das Wetter war innerhalb von vierundzwanzig Stunden umgeschlagen. Letzte Nacht hatte es den ersten richtigen Kälteeinbruch gegeben; die Atempause, die wir gehabt hatten, die Nächte voller Grillengezirpe im Pavillon, waren wie ein weit entfernter Traum.

Am Startpunkt griff sich Vera das Klemmbrett mit den Meldebogen und blätterte durch die Seiten. Sie kümmerte sich um alles, obwohl es John war, der verschwand, nicht sie. Vielleicht waren Frauen von Natur aus besser darin, ein Verschwinden vorzubereiten; vielleicht hatten sie mehr Gründe dafür.

»Was suchst du?«, fragte ich und schob meine Hände in die Taschen, damit sie warm blieben.

Ihr Blick traf mich, bevor er wieder auf das Klemmbrett zurückkehrte, Namen überflog, Seite um Seite. »Wir müssen wissen, wann am meisten los ist«, sagte Vera, ohne noch mal hochzublicken. »Wenn wir auf jemanden treffen, der im gleichen Tempo unterwegs ist wie wir, funktioniert der ganze Plan nicht. Morgens ist relativ wenig los«, fügte sie hinzu. »Vor allem unter der Woche. Ab Mittag wird es voller.« Sie blätterte um. »Wir sollten am frühen Abend losgehen, dann muss John nicht so lange auf die Dunkelheit warten. Freitags«, fuhr sie fort, »sind viele Leute schon früh da, aber gegen Nachmittag werden es weniger.«

»Das sind nur die, die hier starten«, sagte John und fuhr mit dem Finger die Liste entlang. »Der Weg führt hin und wieder zurück, Leute werden zurückkommen, wenn wir gerade losgehen.« Er zeigte auf eine Gruppe von Namen. »Fünf Leute haben sich vor einer Stunde eingetragen. Wir werden ihnen vermutlich über den Weg laufen.«

»Stimmt«, sagte Vera. »Wir sollten, sagen wir mal, einer Person begegnen. Idealerweise kommen wir hier an, wenn Leute noch zurückkommen, aber nicht so spät, dass niemand mehr da ist.« Sie ging die Blätter noch einmal durch. »Mittwochs ist so gut wie niemand unterwegs«, sagte sie. »Aber dann würde uns auch niemand sehen. Montage sind relativ leer, aber es gibt zumindest ein paar Wanderer – lange Wochenenden und so. An den letzten beiden Montagen waren nicht mehr als sieben oder acht Menschen am Nachmittag da.«

»Also Montag«, sagte John.

Vera zögerte; gedanklich überschlug sie, ob sie bis dahin alles organisieren konnte. Sie sah mich an. »Ist das okay für dich?«

Zwei Tage. Ich konnte zwei Tage durchhalten. Ich betete, Ellie würde das auch tun. Dass sie gemeint hatte, was sie gesagt hatte, als sie genickt und kraftlos »okay« gesagt hatte auf mein erbärmliches Betteln hin.

Ich nickte. »Montag soll es sein.«

Die Wanderung war so anstrengend wie beim ersten Mal, und als wir die Stelle erreichten, an der das Mädchen abgestürzt war, war ich außer Atem. Ich spähte über die Kante, beäugte das unten dahinfließende Wasser und stellte mir John vor, wie sein Körper gegen die Felsen in der Mitte schlug, vom Wasser wer weiß wohin mitgerissen. Es war eine Vorstellung, es war fiktiv – etwas, das niemals wirklich geschehen würde, aber ich konnte sehen, wie es sich vor mir abspielte.

»Es ist in Ordnung, sich das auszumalen«, sagte Vera, die sich nah zu mir gelehnt hatte.

Ich zuckte zusammen.

»Ich weiß, dass es morbid ist«, fuhr sie fort, »aber wenn wir es vor uns sehen können, werden wir viel glaubhafter sein, wenn wir der Polizei davon berichten.«

»Hey«, sagte John. »Gewöhn dich nicht *zu sehr* an den Gedanken von meinem Tod.«

Vera drehte sich auf der Ferse um. Streng sagte sie: »Du musst das ernst nehmen.«

»Das tue ich.«

Sie verschränkte die Arme. »Ich mache keine Witze, John.«

Er verlagerte das Gewicht von den Fußspitzen auf die Fersen, schwankte vor und zurück, reumütig wie ein Kind, das sich schlecht benommen hatte. »Ich weiß. Vermutlich ist es ein bisschen zu real geworden. Aber ich verspreche, ich nehme es ernst. Ich muss das.«

»Ja«, sagte Vera. »Gerade du solltest das wissen.«

Der Plan lautete, dass John seine Kamera über die Kante warf, seinen Rucksack und die Wasserflasche dort zurückließ (abzüglich eines kleinen Beutels mit den wichtigsten Dingen: Eiweißriegel, eine zweite Jacke, eine robuste Taschenlampe, ein Ersatzakku fürs Telefon, eine neue SIM-Karte, damit sein Handy nicht zurückverfolgt werden konnte) und vom Wanderweg abwich. Er würde vier Meilen bis zur Hütte gehen müssen. Dort würde er seinen Bart abrasieren und eine Baseballkappe aufsetzen, Geld und Kleidungsstücke einpacken, deren Fehlen der Polizei nicht auffallen würde. Gegen Mitternacht oder danach würde er mit dem Auto so lange fahren, bis er weit genug weg war, um in einem schäbigen Hotel absteigen zu können, in dem man bar bezahlen konnte. Sobald er in Sicherheit war, sobald Vera und ich unsere Aussagen gemacht hatten, würde er anrufen und Vera mitteilen, wohin genau es ihn verschlagen hatte. Aus der Fassung gebracht durch den Unfalltod meines neuen Freundes und Nachbarn, würde ich die Stadt verlassen. Die Polizei hätte meine Telefonnummer für den Fall, dass sie weitere Fragen hätte, aber ich wäre weit weg von Woodstock. Weit weg von Davis.

War der Plan wasserdicht? Nicht wirklich. Aber besser, als mit meinen begrenzten Ressourcen allein wegzugehen. Außerdem war das der einzige Weg, um mit ihnen zusammenzubleiben.

Wir wanderten bis zur Lichtung, verließen dann den Pfad und erreichten eine Baumgruppe und eine Felsplatte aus Blaustein. John konnte hier unterkriechen, falls er einen Regenguss abwarten musste. Das Versteck war vollständig verborgen, unmöglich zu erkennen, selbst wenn man nur wenige Schritte entfernt stand – John war sich sicher, dass er hier nicht entdeckt werden würde.

Wir folgten unseren Spuren zurück zur Lichtung und choreografierten dann jeden Schritt durch, um die Lügen, die Vera und ich erzählen mussten, zu minimieren. John würde vorweggehen, ich wäre die Zweite, und Vera würde hinterherhinken. Kurz bevor wir den Felsen erreichten, würde er uns mitteilen, dass er vorausgehen wollte, um ein paar Fotos zu machen. Ein paar Minuten später sollte ich ihm folgen.

Es war essenziell, dass ich ihn fallen sah – das war die eine Lüge, die nicht den Hauch einer Wahrheit enthalten würde, die eine, die ich dennoch voller Überzeugung erzählen musste: *In dem Moment, als ich auf die Lichtung kam, hörte ich ihn schreien. Ich sah, wie er ausrutschte und abstürzte.*

»Wir werden sofort versuchen, die Polizei zu rufen«, sagte Vera. »Es könnte allerdings sein, dass wir erst wieder ein Netz haben, wenn wir weiter unten sind.«

Ich nickte. »Wir sollten schnell gehen, vielleicht sogar rennen. Das wäre hilfreich, wenn wir die Polizei anrufen. Du weißt schon, Adrenalin.«

»Ja«, sagte Vera. »Gute Idee.«

John schwieg und nestelte am Riemen seines Rucksacks herum. Er sah blass aus, fast krank. »Ich hasse das«, sagte er. »Ich will euch beide nicht in Gefahr bringen.« Seine Stimme war ernst, seine Augen dunkel vor Sorge. »Wenn ihr wegen mir Probleme bekommt, könnte ich damit nicht leben.«

»Nun, du wirst nicht mehr am Leben sein, offiziell zumindest, also musst du dir darüber keine Gedanken machen«, sagte Vera. Aber der Witz zündete nicht, nicht bei ihm, nicht bei mir. Sie lächelte gezwungen. »Mach dir keine Sorgen. Wir werden keine Probleme bekommen«, sagte sie. Dann stellte sie sich auf ihre Zehenspitzen und küsste ihn auf den Mund.

Ich konnte nicht anders, als mir vorzustellen, ich stünde auf meinen Zehenspitzen und täte dasselbe.

Vera fuhr mit dem Zug nach New York, sobald wir von unserer Wanderung zurück waren. Sie würde ihr Bestes geben, um mithilfe ihres Freundes ein Auto für John zu besorgen, das nicht zurückverfolgt werden konnte.

Da sie unterwegs und ich allein war, machte ich mir ein einfaches Abendessen. Ich aß, während ich etwas auf Netflix guckte und Wein trank – immerhin waren Binge-Watching und Trinken aus Nervosität besser als Stille, besser, als darauf zu warten, dass Davis plötzlich vor der Tür stand.

Es klingelte an der Tür, als mein Teller leer war. Dusty bellte aufgeregt.

Mein Puls raste. Vielleicht war es nur jemand, der Süßigkeiten sammelte, obwohl ich das Verandalicht ausgelassen hatte, um mir das Halloween-Volk vom Leib zu halten – was aber, wenn es Davis war?

Ich saß stocksteif, erstarrt, und versuchte, vollkommen still zu sein. Ich betete, wer auch immer es war, würde einfach wieder gehen.

Es klingelte noch einmal, und kurz danach meldete sich mein Telefon: eine Nachricht von John.

Ich bin's nur

Mein Herzschlag beruhigte sich, während ich zur Tür ging und als ich sie öffnete.

John lächelte und hielt eine Flasche Whiskey hoch. Sein Atem roch bereits ein bisschen danach.

»Ich bin froh, dass nur du das bist«, sagte ich.

Er verstand die Anspielung und nickte. »Möchtest du Gesellschaft?«, fragte er und lehnte sich lässig gegen den Türrahmen. Sogar seine Manierismen beruhigten mich in gewisser Weise. Er richtete sich wieder auf. »Also, ich kann auch wieder gehen, wenn du mitten beim Essen bist. Oder wenn es zu seltsam ist. Weißt du, Vera dachte nur, es wäre gut, wenn ich bei dir wäre, für den Fall, dass deine Freundin deinem Ex etwas erzählt hat – nicht dass wir denken, sie täte das. Nur für den Fall, dass du Gesellschaft möchtest.«

»Es ist nicht seltsam«, sagte ich. Die Enge in meiner Brust ließ ein bisschen nach. »Komm rein.«

Ich klappte meinen Laptop zu, brachte meinen Teller und das Weinglas in die Küche und kehrte mit Eis und zwei Gläsern für den Whiskey zurück. »Glaubst du, Vera kann ein Auto auftreiben?«, fragte ich.

»Ich denk schon. Ihr Künstlerfreund – ich erinnere mich an ihn – war immer schon ein bisschen zwielichtig, er weiß, wie man so etwas organisiert. Sie bleibt zur Sicherheit über Nacht – falls sie morgen weitersuchen muss, weil sie heute keinen Erfolg hat.«

Unsere Augen trafen sich, kurz nur, die Logistik machte plötzlich alles so real.

»Übrigens«, sagte John und brach das Schweigen, während er die Gläser extra vollgoss, »das ist der gute Stoff. Vera hat vorgeschlagen, dass ich ihn mitbringe, damit wir ihn austrinken, bevor …«

»Es wird auch in den Adirondacks Whiskey geben.« Für einen kleinen Augenblick gab ich mich der Vorstellung hin, wie wir in einer lauschigen kleinen Hütte saßen, so hübsch wie die, an der wir vorbeigefahren waren, was Jahrzehnte her zu sein schien. Zusammengekuschelt vor dem Feuer, die wundervolle Natur um uns, Vera auch.

Er zuckte mit den Schultern. »Sicher?«

Ich lachte. »Alkohol kennt keine Grenzen.«

John lächelte, kleine Fältchen kräuselten sich in seinen Augenwinkeln, und er kratzte sich am Bart. »Ja, *vermutlich.*« Mir kam der schrecklich aufdringliche Gedanke, mit meinen Fingern durch seinen Bart zu streichen, ihn zu mir zu ziehen und am nächsten Morgen mit kleinen Kratzern am ganzen Körper aufzuwachen.

»Und du kannst mehr malen«, sagte ich schnell. John und ich waren nie wirklich allein gewesen, und ich musste mich mit Worten schützen. »Du kannst den ganzen Tag nichts anderes machen als zeichnen und malen, damit die Besitzerin der schicken Galerie Geld verdient.«

Er legte den Kopf zur Seite. »Ja, um überall vollständig entfernt zu werden. Vielleicht sollte ich auch aufhören zu essen und zu trinken. Einen auf Marina Abramovic machen.«

Ich lachte, und er stimmte ein, aber sein Lachen war ein bisschen weniger überzeugend. Er sank zurück in die Kissen, sein Körper sackte zusammen.

»Bist du nervös?«, fragte ich.

Er zuckte mit den Schultern. »Nicht mehr, als ich sein sollte.« Seine Augen wanderten nach unten, in seinen Augenfältchen spiegelte sich das Licht. Dusty sprang auf seinen Schoß, und John kraulte ihn kurz vor dem Schwanzansatz auf dem Rücken. Er wusste genau, wo Dusty gern gekrault wurde, genau wie ich. »Vielleicht bin ich nur traurig. Ich liebe es hier«, fuhr er fort. »Hier fühle ich mich zu Hause. Ich möchte nicht gehen, aber ein Teil von mir ist froh, dass ich nicht mehr auf diese Art angeschaut werde, als wäre ich ein Monster.«

In meinem Herzen wusste ich, dass er keines war. Er war nur ein Mann, der zu naiv war, um zu verstehen, wie manche Dinge wirkten. Nicht für eine Sekunde hatte ich geglaubt, dass irgendetwas zwischen ihm und einer Sechzehnjährigen vorgefallen war. Aber hierzubleiben und seine Unschuld zu beteuern war unmöglich, nicht nach den Drohungen. Vielleicht war es auf verquere Weise für alle das Beste und sein Tod eine Erlösung, sogar für das Mädchen. Schließlich kursierten auch über sie Gerüchte.

»Du bist kein Monster«, sagte ich schließlich und erlaubte mir, ihn anzusehen, ihn ganz wahrzunehmen. Sein abgetragener Sweater, die von der Arbeit gezeichnete Jeans. Die raue Haut an seinen Fingerknöcheln und die Nagelbetten, die niemals ganz frei von Farbe waren. Er war ein Bild von einem Mann, stolz auf jedes seiner vierzig Jahre. Er war alt genug, um der Vater einer Sechzehnjährigen zu sein – es wäre zumindest nicht unmöglich.

Ich räusperte mich. »Hast du irgendetwas verpasst, oder bedauerst du irgendwas – also, so als Toter.«

Ein Lächeln hob seine Mundwinkel. »Ich bin sicher, da gibt es einiges«, sagte er, und weil die Wildheit des Whiskeys bereits durch meine Venen pumpte, machte ich mir vor, er spräche über mich, davon, dass er bedauerte, nichts mit mir gehabt zu haben.

Noch ein zudringlicher Gedanke, verrückt und falsch – die Hände nach ihm auszustrecken, nach seinen aufgerauten Händen, seinen breiten Schulten statt nach meinem Whiskey.

Das erste Glas war so rasch leer – der Whiskey war so gut –, fast als hätte es ein Leck.

Das zweite Glas war auch bald weg, wir beide tranken zu schnell, uns war schmerzlich bewusst, dass dies wahrscheinlich für eine lange Zeit der letzte Abend von gewisser Normalität war. Für ihn vielleicht der letzte überhaupt.

»Was vermisst du am meisten an New York City?«, fragte John und lehnte sich vor, um uns zum dritten Mal nachzuschenken.

Oder war das *eigentlich* schon das vierte Mal?

Ich blickte in mein Glas und dachte zurück. »Dass man so vielen Leuten innerhalb eines Tages begegnen konnte und doch vollkommen anonym blieb. Und du?«

»Den Geruch nach Brot in unserem alten Block. Ich ging immer Kaffee und Zigaretten holen, und alles roch nach Hefe.«

»Du hast geraucht?«, fragte ich. »Obwohl – du weißt schon, die Krebserkrankung deiner Eltern und so.«

»Ich weiß, es war unverantwortlich«, sagte John. »Aber im East Village taten das alle während der Nullerjahre.«

»Nullerjahre.« Ich lachte und nahm einen Schluck. »So ein dämlicher Name für diese Zeit.«

»Tja, es war eh eine höllische Zeit. Und anders als du war ich alt genug, um das richtig wahrzunehmen.«

»Also eigentlich ein total alter Mann«, sagte ich.

John hob eine Augenbraue. »Na ja, ich krieche im Affenzahn auf den Tod zu.«

Ich grinste. Die Luft im Cottage, die sich so drückend angefühlt hatte, seit ich Ellie begegnet war, war angenehmer dank seiner Anwesenheit. Unsere Arme waren nur Zentimeter voneinander entfernt, und – noch ein unbotmäßiger Gedanke – wenn ich mich noch etwas näher sinken lassen würde, würden sie sich berühren.

Er stellte sein Glas ab und drehte sich mir zu. »Willst du eigentlich Kinder?«

Meine Augenbrauen zogen sich zusammen. »Das kam jetzt unerwartet.«

»Tod, Geburt«, sagte er und fummelte an einem der Bündchen seines Sweaters herum. »Zwei Seiten einer Medaille.«

Ich erkaufte mir Zeit durch einen weiteren Schluck. Die Wahrheit war, dass ich mir Kinder fast verzweifelt gewünscht hatte. Eine Zeit lang schienen Kinder eine Möglichkeit zu sein, sogar sehr wahrscheinlich. »Ich weiß nicht«, sagte ich und blinzelte ein plötzliches Gewicht auf meinen Augen weg. »Und du?«

Die Stimmung hatte sich verändert – seine Augen blickten entsetzlich, unaushaltbar traurig. Es war ein zarter Glanz in ihnen, fast als würde er gleich anfangen zu weinen.

Ich zwang mich zu lachen. »Du hast damit angefangen!« Der Witz klang völlig falsch, er vergiftete die Luft wie ein ätzender Geruch. »Entschuldige.«

»Ist schon okay. Ich habe damit angefangen, ja. Wir wollten Kinder, ja. Und dann wieder nicht«, sagte er und musterte die Wand, als wären dort Antworten zu finden. »Es ist kompliziert.«

Er lehnte sich vor und goss sich nach, obwohl sein Glas noch nicht leer war.

»Soll ich Musik anmachen?«, fragte ich.

John schüttelte den Kopf, und ich bemerkte die Schweißperlen auf seiner Oberlippe. »Es ist komisch, als wir herzogen, konnte ich die Stille nicht aushalten«, sagte er. »Und jetzt halte ich schon den geringsten Lärm nicht mehr aus. Die Grillen. Ein vorbeifahrendes Auto.« Er ließ sich zurücksinken, lehnte seinen Kopf gegen die Kissen und blinzelte ein paarmal, das Glas immer noch in der Hand.

Draußen war das Brummen eines langsam vorbeifahrenden Autos zu hören. Seine Lichter besprenkelten den Raum mit Schatten.

»Geht es dir gut?«, fragte ich und schob mich auf dem Sofa ein bisschen näher an ihn heran.

Er richtete sich auf und blinzelte wieder, als würde er versuchen, klarer zu sehen. »Ja, es ist nur wieder alles hochgekommen«, sagte er.

Ich nickte. »Bei mir auch.«

»Ich glaube, der gute Stoff ist ganz schön stark.« Das hielt ihn nicht davon ab, noch einen Schluck zu nehmen. Er blickte mir in die Augen. »Wir hatten eine Fehlgeburt.«

»Oh.« Instinktiv rückte ich weg.

Sein Kopf fiel in seine Hände. »Ja.«

Mein Kopf fühlte sich an wie Schweizer Käse, aber ich versuchte, mich darauf zu konzentrieren, das Richtige zu sagen. »Habt ihr – äh – hattet ihr es lange versucht?«

»Wir haben es eigentlich gar nicht versucht. Unser Timing war immer schlecht. Vera wollte es abtreiben.« Er starrte geradeaus. »Ich wollte das nicht«, sagte er, und seine Stimme brach. »Ich wollte es nicht, es war doch unser Baby.«

»Aber ihr habt nicht …«

»Nein, aber sie wollte es wirklich. Vielleicht komme ich darüber nicht hinweg. Ich *bin* ein Monster«, sagte er und kratzte wieder seinen Bart. »Ich hätte sie niemals unter Druck setzen dürfen. Ich hätte Vera in die Klinik fahren sollen, ihre Hand halten, ihre Wünsche respektieren. Aber dann haben wir das Kind trotzdem verloren.« Er blinzelte einmal, zweimal, als versuchte er, Tränen zu unterdrücken. »Sie ist nie darüber hinweggekommen. Als es geschah, war sie in der achtzehnten Woche. Man sah nur wenig, aber wir *wussten* es. Ich glaube, das war das erste Mal, dass ich miterlebt habe, dass sie zugenommen hat. Sie bekam Akne wie ein Teenager, ihr Haar war so verdammt dick. Es war – *er* war – ein Junge. Laut Internet so groß wie eine Avocado. Ich kam rechtzeitig nach Hause und fuhr sie ins Krankenhaus – vier Stunden waren wir da. Und dann die Therapie.« Er umklammerte sein Glas. »Ich habe ihr da durchgeholfen. Alles vergebens. Manchmal fühlt es sich an, als wäre es gerade erst passiert.«

»O Gott«, zwang ich mich zu sagen. Mir wurde plötzlich klar, dass unsere Gesichter kaum mehr als dreißig Zentimeter voneinander entfernt waren. »Das ist schrecklich.«

»Ich wollte es noch mal versuchen, aber sie war dagegen.«

»Für *immer* dagegen?«, fragte ich.

»Wie können wir das wissen?« Er blickte hinunter auf seine Hände, dann sah er wieder mich an. »Es ist so heftig«, sagte er.

Für eine Sekunde verlor ich den Faden und konnte mich nicht mehr daran erinnern, was so heftig war, das Baby oder dessen Verlust oder dass sie niemals eines haben würden? Oder zu verschwinden und den eigenen Tod vorzuspielen? Es geriet alles durcheinander, die Details. Wie die Puzzles, die ich in Seattle immer mit meinem Vater gemacht hatte.

»Bevor ich sie kennenlernte, habe ich mir das immer vorgestellt.«

Das. Ich verstand nicht, was *das* war. Gott, war ich betrunken.

»Ein Baby«, erinnerte mich John. »Eine Familie.«

»Ja«, sagte ich. »Eine Familie.« Es war wie auf einer Dinnerparty, die Namen der Gäste schwammen vorbei und zerplatzten wie Blasen. Ich blinzelte und versuchte, etwas zu erkennen, meine Augenlider waren schwerer als vorhin.

»Ich liebe Vera«, sagte John. Ich konnte ein »Aber« heraushören, eingebettet in seine Whiskey-getränkten Worte.

»Aber manchmal denke ich, wir versuchen gegenseitig, aus uns Menschen zu machen, die wir nicht sind. Es ist erbärmlich.«

Ich war mit einem Mal sehr müde, doch ich versuchte, wach zu bleiben. Ich musste ihm sagen, dass ich es verstanden hatte, musste ihm etwas sagen, das so wahr war, dass ich es ihm nur in diesem Geisteszustand mitteilen konnte.

Ich würde ebenfalls alles für eine Familie tun.

»Manchmal wünscht sich ein winziger Teil von mir, dass Davis mich findet, nur damit ich ihn wiedersehen kann. Er war meine erste Familie, meine einzige Familie, seit ich meine Eltern während der College-Zeit verloren hatte. Und sosehr ich ihn auch hasse, ich vermisse ihn auch.«

»Das ist so falsch«, sagte John. Er schaute mich an, wartete auf eine Reaktion, aber mein Körper wollte nur noch schlafen. Dann lächelte er, ein Grinsen, das langsam stärker wurde, ein Grinsen, das Verstöße gegen die Regeln versprach.

»Manchmal«, sagte er, »wollen wir etwas, von dem wir wissen, dass es falsch ist.«

Atem gelangte in meine Kehle. Etwas hatte sich verändert. Etwas Großes.

John lehnte sich vor, sein warmer Atem kitzelte meine Lippen.

17

Als ich aufwachte, spürte ich sofort, dass etwas anders war. Das Bett war warm. Es roch waldig und aromatisch, abgestanden und salzig, der unverwechselbare Geruch von männlichem Schweiß. Meine Augen fielen auf Dusty, der zwischen uns zusammengerollt lag, und mein erster Gedanke war Davis. Es war ein so selbstverständlicher Geruch, mit dem ich so oft aufgewacht war. Dann erwachte auch mein Hirn.

John lag mit offenem Mund in meinem Bett.

Ich trug BH und Unterhose und lag auf der Decke. Er war vollständig angezogen.

Mir schossen – wie Magenschläge – Bilder durch den Kopf wie von einem kranken, perversen Film.

Er lehnte sich vor, ich wich nicht aus. Unsere Lippen fanden sich, gierig, und für einen Moment war es ekstatisch, es war alles, was ich mir erträumt hatte, es war Schuld, und ich entzog mich dem nicht und er ebenso wenig, und dann … nichts.

Mein Kopf hämmerte, und mein Magen verknotete sich. Es war ein Kuss gewesen. Es war nur ein Kuss gewesen. Oder?

Ich hatte dieses schreckliche Gefühl, das ich auch an diesem Morgen im College gehabt hatte, als ich mich nicht mehr richtig an das erinnern konnte, was passiert war – ich wusste nur, dass ich am Arsch war.

Ich war so was von am Arsch.

Dieses Mal gab es kein Video, nichts, das durch jedes Netzwerk gejagt wurde, nichts, das anderen einen Grund gegeben hätte, mich zu verurteilen oder zu bedauern, aber spielte das überhaupt eine Rolle? Es war passiert. Ich hatte sie betrogen.

Ich sprang aus dem Bett, eilte zur Kommode, zog eine Schublade heraus und griff nach Tanktop und Shorts. Für einen Moment erlaubte ich mir, ihn anzusehen, wie sein Mund offen stand im Schlaf, wie sein Haar ausgebreitet auf meinem zweiten Kissen lag … das war etwas, was ich mir so oft ausgemalt hatte, von dem ich jedoch nie gewollt hatte, dass es wirklich passiert.

»John«, sagte ich. »John, wach auf.«

Seine Augen öffneten sich blinzelnd. Das Licht war hell, und mit einem Schlag wurde mir bewusst, dass die Gardinen im Schlafzimmer offen waren, als würden sie darauf warten, dass Vera oder sonst jemand vorbeikam und ihn in meinem Bett entdeckte.

Ich lief zum Fenster und zog sie zu, ein brutaler Kopfschmerz wütete hinter meiner Stirn.

»O Gott. Was hab ich …« Er blickte an sich herunter auf seine Kleidung, dann zu mir, seine Augen zogen sich zusammen, im Versuch zu verstehen. »Es ist nichts passiert, außer …«, sagte er, und der Rest des Satzes blieb höhnisch in der Luft hängen. »Es ist nichts *wirklich* passiert. Es war ein dummer Fehler, nur eine unbedachte … Scheiße. Es tut mir leid. Wir hätten das niemals zulassen dürfen.«

Es traf mich wie ein Schlag – dass er es auch gewollt hatte, dass er es sich vorgestellt hatte. Das machte mich glücklich wie ein Schulmädchen, doch es war zweischneidig. Ich liebte Vera. Er vermutlich auch.

»Hast du einen Filmriss?«, fragte ich.

Sein Gesicht war bleich, seine Stirn schweißbedeckt, aber er schüttelte den Kopf. »Ich weiß nicht. Ich glaube nicht. Es war einfach viel Alkohol. Nichts ist passiert. Wir haben uns geküsst und sind irgendwie hier gelandet, und ich – äh – nun, wir – haben dich ausgezogen, aber ich erinnere mich daran, dass du wieder zu Sinnen gekommen bist und mich weggestoßen hast, und irgendwann sind wir dann eingeschlafen.«

»Also hast du einen Blackout«, sagte ich. »Du kannst dich nicht an alles erinnern.«

»Vielleicht ein bisschen«, sagte er und wurde rot.

Ich sah ihn an. Er trug immer noch seinen Sweater, sogar seine Schuhe.

Es kam in Schüben – ich, wie ich ihm half, mir mein Kleid über den Kopf zu ziehen, und wie ich mich dann im Spiegel über der Kommode sah, mich an Vera erinnerte, ihn wegstieß. Dann wieder Dunkelheit.

Er hatte recht. Er musste recht haben.

Blut rauschte in meinen Ohren, Säure stieg aus meinem Magen auf – ich lief ins Badezimmer, sank so hastig auf die Knie, dass ich mir wehtat, und warf den Deckel von der Toilette hoch, sodass er gegen den Wassertank schlug. Mein Erbrochenes war braun und bitter. Es kam in drei Schüben; ich spuckte und versuchte, alles herauszubekommen.

»Bist du okay?«

Ich stand auf und wischte mir mit dem Handrücken den Mund ab. Ich brachte es nicht über mich, ihm in die Augen zu sehen, mein Gesicht brannte vor Scham.

Zu schwärmen, sogar zu flirten war eine Sache. Sie zu betrügen war etwas ganz anderes.

»Du solltest gehen«, sagte ich leise. »Vera wird bald zurück sein.«

»Natürlich«, sagte John. »Es tut mir so leid.«

Ich sah hoch, fand seine Augen, und er blickte nicht weg. Für eine Sekunde war – im Dunst des Morgens und in dem Geruch nach Schweiß – alles da. Ungesagte Worte. Gefühle, die nicht gezeigt werden konnten – sollten.

»Das wird niemals wieder passieren«, erklärte John feierlich. »Niemals.«

Er drehte sich um und ging aus dem Cottage, die Tür schloss sich leise hinter ihm, und Dusty wollte ihm hinterher, wollte, dass er blieb.

Das war der Moment, in dem es mich durchzuckte – John hatte den Riegel nicht zurückschieben müssen, um rauszugehen.

Meine Kopfhaut kribbelte bei dem Gedanken, was das bedeutete: Die ganze Nacht über war die Haustür nicht verschlossen gewesen.

Ich versuchte, wieder einzuschlafen, die Augen zu schließen und all das zu vergessen, was geschehen und was nicht geschehen war, aber ich konnte nicht. Es wurde halb neun, neun, halb zehn, Gedanken quälten mich, der Kopf hämmerte, ich hielt die Augen gegen die Decke gerichtet, als könnte ich dort Antworten finden.

Irgendwann schlief ich ein, aber ein Pochen an der Tür weckte mich. Ich blickte auf mein Telefon. Es war fast drei Uhr.

Ich zwang mich aus dem Bett, schleppte mich durch den Wohnraum und linste durch die Vorhänge. Vera.

Meine Wangen brannten, ich wollte verzweifelt zurück in mein Bett und die Decke über mich ziehen, um darunter zu verschwinden, aber sie hatte mich schon gesehen. Langsam öffnete ich die Tür.

»Das hat ganz schön lang gedauert«, sagte sie und lächelte keck. Sie trug ein langärmeliges schwarzes Kleid, um ihren Hals war ein silberner Schal geschlungen.

»Ich war im Bad«, bekam ich heraus.

Ihre Hand landete auf ihrer Hüfte. »Lässt du mich reinkommen?«

»Ja«, sagte ich. »Natürlich. Willst du Kaffee? Tee oder was anderes?«

»Schon okay.« Sie setzte sich aufs Sofa. »Gott, du siehst schrecklich aus.«

»Danke«, sagte ich und versuchte, mich normal zu verhalten.

Lachend warf sie den Kopf zurück. »John hat mir erzählt, dass ihr gestern Abend ordentlich gebechert habt. Das also passiert, wenn ich euch beide ermutige, Zeit miteinander zu verbringen. Ich hoffe, ich muss mir wegen nichts Sorgen machen.«

Ich zwang mich zu einem schnellen Lachen, als wäre die Idee absurd, doch mein Herz hämmerte.

»Das war gar nicht so einfach«, sagte sie, »aber heute Morgen habe ich ein Auto bekommen. Einen 92er Camry, der erstaunlicherweise noch fährt. Vor einer Stunde bin ich zurückgekommen.«

Ich nickte und versuchte, mich auf die Details zu konzentrieren, alle Gedanken an die letzte Nacht wegzudrängen.

Vera fiel es dennoch auf. »Bist du in Ordnung?«, fragte sie. »Du hast nichts von Davis gehört, oder? Oder von Ellie?«

»Nein«, sagte ich ruhig und versuchte, mich zusammenzureißen. »Mir geht es gut. Ich bin nur nervös, glaube ich … wegen morgen.«

Vera verschränkte die Hände in ihrem Schoß. »Darum bin ich hergekommen. Ich weiß, dir ist es genauso wichtig wie mir, aber ich wollte sicherstellen, dass wir alle an einem Strang ziehen. Mit dem Auto sind die Dinge nun endgültig in Bewegung. Wir fahren morgen gegen zwei los, damit wir nicht später als drei auf dem Pfad sind. Bist du auch brav dabei?«

War ich brav? Wohl alles andere als das. Ich hatte sie betrogen, auch wenn wir uns gezügelt hatten. Was wir getan hatten, war Betrug genug.

Aber die Welle war dabei, sich aufzubauen, sie wuchs höher und höher, und alles, was jetzt noch fehlte, war, dass sie mit Macht auf den Strand traf.

Außerdem konnte ich nicht hierbleiben. Ellie würde es Davis erzählen, falls sie es noch nicht getan hatte. Es war nur eine Frage der Zeit.

»Natürlich«, erwiderte ich und schaffte es zu lächeln. »Natürlich. Ich bin bereit.«

18

Veras Handschrift war ruhig, als sie ihren Namen auf das Blatt setzte. Die Luft war frisch und scharf, sie machte ihr Gesicht noch etwas blasser. Ihr goldenes Haar war zu einem unglaublich akkuraten Knoten gebunden, als wollte sie nachher noch zu einer Ballettaufführung.

Ich hingegen war ein einziges Durcheinander. Meine Locken hatten sich nicht bezähmen lassen, und meine Hand zitterte vor Aufregung, als ich das Klemmbrett entgegennahm, eine Aufregung, die ich seit dem gestrigen Aufwachen neben John in meinem Bett, seit dem Entdecktwerden durch Ellie am vorgestrigen Nachmittag nicht beruhigen konnte – seit sich dies alles in die schreckliche Erwachsenenversion eines Versteckspiels gewandelt hatte.

»Bist du okay?«, fragte Vera mit erhobenen Augenbrauen.

»Prima«, log ich und trug schnell meinen Namen ein. »Alles gut.«

Ich sah zu, wie John sich eintrug, seine krakelige Unterschrift war zittrig. Seine Augen trafen auf meine für einen Moment, als er das Klemmbrett an Vera zurückgab, seine Lippen waren aufeinandergepresst, als müsse er Worte zurückhalten.

Ich blickte nach unten, sein Blick war zu viel. Ich fragte mich, was er dachte oder ob ich das überhaupt wissen wollte, während Schuldgefühle in meiner Brust lärmten.

Vera warf einen Blick auf die restlichen Namen, nichts ahnend von den Energieströmen, die John und mich verbanden. Sie berichtete uns, dass eine Person gegen halb zwei losgegangen war; vielleicht trafen wir sie auf unserem Weg nach oben. Wenn alles gut lief, konnte sie als Zeugin dienen und beteuern, dass John hier gewesen war, falls jemand das überprüfen wollte.

Danach hatte ich keine Gelegenheit mehr, Johns Gesichtsausdruck zu deuten, nach Gefühlen zu suchen, nach Antworten, was wir als Nächstes tun sollten. Er übernahm die Führung, und obwohl ich direkt hinter ihm war – Vera bildete die Nachhut –, blickte er nicht zurück, als wir mit unserem Aufstieg über moosbedeckte, schartige Felsbrocken begannen. Ich war mir nicht sicher, ob er laserartig auf das konzentriert war, was er zu tun hatte, oder ob er so vermeiden wollte, mich noch einmal anzuschauen.

Ich versuchte mich abzulenken, betrachtete die Natur um uns herum. Die Bäume waren noch nicht vollständig kahl, doch es war schon lange genug Herbst, sodass überall zu unseren Füßen jede Menge Blätter lagen; knackende Zweige, knisternde Blätter, das Krachen eines Astes schufen eine nachmittägliche Kakofonie. Ich behielt meine Hände in den Taschen meiner Kapuzenjacke, meine Wasserflasche hing an einem Karabiner an meinem Gürtel. Ich musste mich ganz natürlich verhalten. Da Vera die Nachhut bildete, konnte sie uns beide sehen, jede unserer Bewegungen, als wären wir Schauspieler in einem Stück. Ich zwang mich dazu, tief einzuatmen, mich darauf zu konzentrieren, einen Schritt vor den anderen zu setzen.

Sie würde niemals davon erfahren. Sie durfte es niemals erfahren. Dafür liebte ich sie zu sehr.

Nach mehr als einer Stunde erreichten wir eine kleine Lücke im Baumbestand, durch die wir nach unten gucken konnten. Der Fluss war eine Macht – Bewegung und Kraft, Strudel und Schaumkronen –, sicherlich schnell genug, um einen Körper mitzureißen. Ein Geräusch des Schäumens und Krachens stieg von ihm auf und erfüllte das Tal, wütend und machtvoll, aber auch irgendwie melodisch – weißes Rauschen.

Um ihn herum Farben: Burgunder und brennendes Orange, Aubergine und Goldrute, wie man sie sonst nur als Farbmuster sah. Patchwork-Hügel breiteten sich vor uns aus wie der Quilt, den Maggie Rachel geschenkt hatte, dunkle, gedeckte Farbtöne, wo Wolken die Sonne verdeckten, hell und lebendig, wo sie es nicht taten.

Ich zuckte zusammen, als es hinter mir knisterte, ein Geräusch, als würde uns jemand folgen. »Mach dir keine Gedanken, das ist nur ein Tier«, sagte John und drehte sich zum ersten Mal um, um mich anzusehen.

»Tut mir leid, ich bin nur …«

Er schüttelte den Kopf, als ob er keine Erklärung von mir benötigte. Natürlich brauchte er keine. Sein Gesicht wirkte so schmerzerfüllt, wie meines ohne Zweifel auch war, Nervosität kombiniert mit Scham, Furcht – Begehren? Plötzlich wollte ich ihn berühren, um die Wärme seiner Haut zu spüren.

»Los, Lucy«, unterbrach Vera meine Gedanken. »Es könnte bald anfangen zu regnen, und wir müssen vorankommen.«

»Ja«, sagte John, und der Ausdruck des Verstehens verschwand von seinem Gesicht. »Wir sollten weitergehen.«

Es begann zu nieseln, Tropfen schlichen sich durch das dünne Blätterdach. Rund fünfzehn Minuten später überholten wir den Wanderer, der sich vor uns eingetragen hatte, ein älterer Mann mit einem Wanderstab, einer Kappe, die ihn als einen Vietnamveteranen auswies, und einer hellen orangefarbenen Weste. »Frohes Lustwandeln, Leute«, sagte der Mann in einer fast aggressiven Gesprächigkeit, während sein Wanderstab sich in den moosigen, dunklen Grund bohrte, der durch den leichten Regen aufgeweicht war und das Unterholz penetrierte.

Wir nickten zurück. »Ihnen auch.« »Passen Sie auf sich auf.« »Vorsicht bei dem Regen.«

Erinnere dich an uns drei, wenn die Polizei anruft. Erinnere dich daran, dass es rutschig war an diesem Tag, dass der Mann an der Spitze einen Fotoapparat um den Hals trug.

Zwanzig Minuten später drängten sich die Bäume dicht und verwachsen um uns. Mein Haar klebte von der Feuchtigkeit an meiner Stirn; um uns das Geräusch von herabfallenden Steinen, ein Eichhörnchen oder ein Waschbär kroch durchs Unterholz, dazu der Geruch von Verfall und Verwesung. Darüber hinaus war da das brennende Wissen, dass John in wenigen Kehren weiter vorn verschwinden würde. Dass alles, was passiert war, ungeklärt bliebe.

Und wieder das Gefühl, dass jemand hinter uns war.

Wie aufs Stichwort hielt John an und drehte sich zu uns um. »Ich werde ein bisschen schneller gehen«, sagte er, »um Fotos zu machen, solange das Licht noch so diffus ist.« Er versuchte, ein Lächeln zu erzwingen, aber sein Kinn zitterte, sein Bart war voll und dick. »Ihr beide haltet mich nur auf«, fügte er hinzu. Seine Worte klangen seltsam und gestelzt, aber Vera hatte auf diesem Text bestanden, darauf gepocht, dass es besser funktionieren würde, wenn wir möglichst wenig lügen, wenn wir der Polizei die Dinge berichten würden, die passiert und die gesagt worden waren. Verbogene Wahrheiten waren besser als gerade Lügen.

»Sei vorsichtig«, sagte ich, was nicht zwingend zum Skript gehörte, aber das war das, was ich herausbekam.

»Viel Spaß«, sagte Vera, eine bessere Schauspielerin als ich. »Mach ein paar gute Bilder.«

John machte ein paar Schritte vorwärts, erreichte Vera, und ich blickte mich um, um mich zu vergewissern, dass niemand in der Nähe war.

Seine Hand legte sich auf ihre Hüfte, als er sie innig küsste. Ihre Arme umschlangen ihn, und ich blickte zur Seite, um ihnen diesen Moment zu lassen, mein Inneres wand sich, kämpfte. Sie passten so gut zueinander, und doch: Warum hatten wir uns geküsst? Warum hatte er die Nacht in meinem Bett verbracht? War John eine eigene Spielart der verdrehten Wahrheit?

»Herrgott!« Johns Stimme war schrill, teuflisch. »Was zur *Hölle* sollte das denn?«

Mein Kopf schoss herum, um zu sehen, was passiert war. Vera hielt ein neongrünes Teppichmesser in einer Hand, und aus der Innenseite von Johns Unterarm, kurz vor dem Ellbogen, sickerte ein wenig Blut.

Er riss seinen Arm weg. »Bist du verrückt geworden?«

»Es tut mir leid, aber du musst einen Beweis hinterlassen, dass du runtergefallen bist.«

Sie holte eine extragroße Bandage hervor, packte sie aus und schlug sie um die Wunde, eine vorübergehende Blockade. »Dir wird nichts geschehen. Das wird fürs Erste reichen, und wenn du im Wald bist, kannst du es richtig verbinden mit dem Erste-Hilfe-Päckchen in deiner Tasche.«

»Warum hast mir nichts davon gesagt?«

»Weil du Blut hasst«, sagte sie sachlich. »Du wärst niemals damit einverstanden gewesen.«

Ich sog Luft ein, bereit, sie anzuschreien, zu protestieren – aber wie hätte ich das anstellen sollen? Ich hatte gesehen, wie John sich mal beim Gemüseschneiden verletzt hatte. Er war nicht in Ohnmacht gefallen oder so, aber das Blut hatte ihn panisch gemacht – ich erinnerte mich gut an seine Reaktion, weil sie so sehr im Kontrast stand zu seinem sonst so burschikosen Charakter.

Außerdem brauchten wir Beweise – natürlich taten wir das. Vera hatte an all das gedacht, was John und ich nicht bedacht hatten.

»Bist du okay?«, fragte ich John stattdessen.

Er nickte und presste die Finger auf die Bandage, die Augen auf Vera gerichtet. »Tja, ich vermute, jetzt wird es real. Beweis. Kein Zurück mehr.«

»Kein Zurück mehr«, wiederholte sie. »Nachdem du deinen Rucksack und die Wasserflasche abgelegt hast, musst du dafür sorgen, dass ein paar Steine und Dreck vom Felsvorsprung fallen. Mach das nicht mit den Füßen – das ist zu gefährlich –, nimm die Kamera dafür. Schlag sie einfach ein paarmal gegen die Kante, sodass es aufgewühlt aussieht, als wärst du ausgerutscht. Dann beschmier die Kamera mit Blut und lass sie über die Felsenkante fallen. Achte darauf, dass sie gerade nach unten fällt, sodass sie auf den Felsen am Ufer landet, nicht im Wasser. Wir wollen nicht, dass sie mitgerissen wird. Sie ist der einzige Beweis, dass du gefallen bist.«

Er nickte wie ein pflichtbewusster Schüler.

Sie schob das Teppichmesser in ihre Tasche. »Jetzt geh«, sagte Vera.

John lehnte sich vor, gab ihr einen letzten Kuss, und dann wendete er sich zu mir um.

Er näherte sich mir langsam, und mein Herz begann zu rasen, als mir aufging, was er vorhatte. Er öffnete seine Arme weit und zog mich in eine Umarmung. Er fühlte sich so warm an, so stark und beschützend, und ich dachte daran – wieder einmal –, wie er in meinem Bett ausgesehen hatte, wie schuldig ich mich gefühlt hatte.

»Blute sie nicht voll«, sagte Vera nachdrücklich.

John zog sich zurück, doch dabei wisperte er mir etwas ins Ohr, so leise, dass Vera es nicht gehört haben konnte: »Ich seh dich bald.«

Er drehte sich um, eine Hand auf die Bandage gedrückt, und wir sahen zu, wie er losging, um die Biegung herum, außer Sicht.

Panik durchzuckte mich, Paranoia – was, wenn ich ihn nie wiedersah?

Ich suchte in Veras Gesicht nach ähnlichen Gefühlen, aber ich fand nichts.

»Lass uns eine Trinkpause machen«, sagte sie.

Nickend hakte ich meine Flasche von meinem Gürtel ab und begann zu trinken. Ich war nicht besonders durstig, die Kälte hatte mich ausnahmsweise vor zu viel Hitze bewahrt, aber ich trank dennoch, begierig, etwas zu tun.

»Warte, dein Rucksack ist offen.« Sie schloss den Reißverschluss, dann zog sie mich völlig unerwartet an sich heran und griff mit ihren Händen nach meinem Gesicht, umfasste meine Wangen. »Das ist echt, Lucy«, sagte sie. »Wir dürfen das nicht vermasseln.«

Ich sah ihr in die Augen und war so sicher wie nie zuvor. »Das werde ich nicht.«

Ich ging allein vorneweg, wie wir es geplant hatten. Es waren genau drei Biegungen zwischen mir und der Lichtung, den blanken Klippen und Felsen, die den Anschein erwecken würden, als hätten sie John verschlungen. Ich kam um die erste Kehre, und die Bäume schienen sich enger um mich zu schließen, als wollten sie mich drücken, wie Vera es gerade getan hatte. Ich schaute zurück. Schon konnte ich sie nicht mehr sehen, obwohl ich wusste, dass sie direkt hinter mir war. Ich stellte mir John vor, allein und blutend.

Ich kam um die zweite Biegung, der Pfad wurde ein bisschen breiter, Licht lugte durch die Bäume, besprenkelte den Boden, der sich gewandelt hatte von Steinen zu dichten, dicken Wurzeln, die sich zu meinen Füßen wanden wie Schlangen. Ich ging den Pfad entlang, und vor der nächsten Biegung wartete ich, ging in Gedanken mein Skript durch. *In dem Moment, als ich auf die Lichtung kam, hörte ich ihn schreien. Ich sah, wie er ausrutschte und abstürzte.*

Ich hielt den Atem an, lauschte auf Schritte. Nichts, gar nichts außer dem Rauschen des Flusses unten, dem Gezwitscher eines Singvogels.

Dann hörte ich ihn schreien.

19

Das Echo hallte durch die Wälder, aber ich zwang mich, in Gedanken zu zählen, statt direkt auf die Lichtung zu laufen. Ich stellte mir alles vor: wie er aus der Deckung der Bäume tritt, Steine geraten unter ihm ins Rollen, die Kamera in seiner Hand, als er fällt, sein Rucksack und die Wasserflasche das Einzige, was er zurücklässt. Wir waren uns alle einig gewesen, dass es so besser war; wenn Vera und ich beobachten würden, wie John im Wald verschwindet, würden wir unsere Geschichten vielleicht falsch erzählen.

Also wartete ich, zählte bis zwanzig, und dann, als hätte ich plötzlich Gefahr gespürt, rannte ich los.

Die Lichtung war leer, niemand war zu sehen, aber ich entdeckte seinen Rucksack, vielleicht zwanzig Meter entfernt. Ich raste den Weg entlang, über Steine, Efeu, herabgefallene Blätter der Stelle entgegen, Nieselregen nässte mein Gesicht; ich tat – für einen Moment nur – so, als entspräche meine Geschichte der Wahrheit, als hätte ich ihn wirklich gesehen. Ich ließ es zu – nur ein kleines bisschen –, bestimmte Gefühle zu spüren: allein zu sein, einen geliebten Menschen verloren zu haben. Gefühle, die ich gut kannte, die der Verlust meiner Eltern in mein Herz geprägt hatte.

Von Nahem wirkte alles noch erschreckender, als ich erwartet hatte.

Ich rief nach Vera, worauf wir uns vorher verständigt hatten, dann betrachtete ich die Szene vor mir. Der Rucksack und die Wasserflasche standen aufrecht, sie waren mit Regentropfen bedeckt – gehorsame Haustiere, die auf die Rückkehr ihres Besitzers warteten.

Es gab kein Blut – John musste darauf geachtet haben, dass er nicht tropfte –, aber die Steine und Schotter an der Felskante waren zerpflügt. Es sah so echt aus, so wirklichkeitsnah. Ich trat näher. In dem bisschen Gras und Schlamm direkt vor den Steinen sah man … Fußspuren. Es mussten Johns sein.

Vera hatte ihm eingeschärft, vorsichtig zu sein, aber was, wenn er zu tief ins Inszenieren hineingerutscht war?

Was, wenn …

Ich drehte mich um, suchte nach Fußabdrücken von John, die den Wanderpfad verließen, aber es lagen überall zu viele Blätter, um etwas zu sehen – da war nichts. Das war nur logisch, natürlich. Er hätte darauf geachtet, nur dorthin zu treten, wo der Boden bedeckt war, als er in den Wald verschwand, darauf bedacht, keinerlei Spuren zu hinterlassen. Meine Ohren kribbelten, ich lauschte auf Blätterrascheln, auf Bewegungen von John, aber ich hörte nichts.

Ich ging einen Schritt näher heran, achtete darauf, nicht in den Schlamm zu treten, um die Fußabdrücke nicht zu zerstören, und betrachtete sie. Sie waren sorgfältig platziert worden, als wäre er wirklich der Kante zu nahe gekommen, während er Fotos machte – die Arbeit eines Künstlers, sein Schwanengesang. Ich streckte die Hand aus und wollte mit meinen Fingern über die Spuren fahren, diese Abdrücke von John; ich war unsicher, wann ich ihn wiedersehen würde.

»Was tust du da?«

Ich sprang hoch, meine Füße wirbelten lose Steine auf, und ich konnte hören, wie sie hinunterfielen. Ich schluckte, meine Kehle war eng. »Es sieht nur so real aus. Wenn er wirklich gefallen wäre, würden wir es nicht mal sehen können.«

»Ganz genau«, sagte Vera. »So soll es sein.«

Ihr Blick war stahlhart, als hätte ich sie irgendwie enttäuscht.

»Ich kann nichts hören«, sagte ich. »Meinst du, wir sollten uns versichern, dass er okay ist? Bevor wir …«

Vera schüttelte entschieden ihren Kopf. »Das können wir nicht, Lucy«, sagte sie. »Wir müssen uns an den Plan halten.«

»Okay«, sagte ich leise und wiederholte dann, wie um es zu bekräftigen: »Okay.«

Ihr Blick wurde weicher, und die alte Vera kam wieder zum Vorschein. »Es geht ihm gut, das verspreche ich dir, er weiß genau, was er da draußen tut …«

»Aber ich habe ihm kaum Zeit gelassen, alles vorzubereiten.«

»Es ist okay, Lucy«, sagte Vera. »Er ist gut darin. Er kümmert sich um seinen Part – wir müssen uns um unseren kümmern.« Sie holte ihr Telefon heraus, rieb damit an ihrem Shirt, um die Regentropfen abzuwischen, und tat dann so, als wollte sie den Notruf eintippen. »Kein Netz«, sagte sie wie ein Roboter.

Ich nickte knapp und wollte zum Fluss hinuntersehen, doch ich wusste, dass ich das nicht tun sollte.

Vera trat näher an mich heran, und obwohl ihre Augen ernst blickten, war auch Freundlichkeit in ihnen. Ihr Haar war von Tropfen übersät, es leuchtete regelrecht. »Kannst du das durchziehen, Lucy? Wenn nicht, dann brechen wir es ab. Wir können John heute Abend in der Hütte aufsuchen. Wir können so tun, als wäre nichts geschehen. Wir können zurückgehen zu …«

»Ich will es nicht abbrechen.«

»Bist du dir absolut sicher?«, fragte Vera. »Denn es gibt kein Zurück, wenn wir jetzt weitermachen. Du verstehst das, oder?«

»Ich verstehe es.«

Vera nahm meine Hand in ihre, kalt und feucht wegen des Wetters, und drückte sie. »Danke«, sagte sie. »Ich liebe dich. Und jetzt lass uns dorthin zurückkehren, wo wir anrufen können, bevor es dunkel wird.«

Wie vereinbart rannten wir, folgten unseren Spuren zurück über eine Blätterschicht, gefestigt durch den Regen, Vera behände voran, während ich versuchte, nicht über Wurzeln und Steine zu stolpern.

Bei der Lücke im Baumbestand stoppte sie und blickte auf ihr Handy. »Ich hab ein Netz.«

»Ich auch.«

Wir standen wie Statuen an derselben Stelle, an der ich die Farben betrachtet hatte, aber die Sonne war fast untergegangen, alles war diesig verhangen wie in einem Fiebertraum. Sehr lang würde es nicht mehr hell sein. Wir hatten Taschenlampen, ebenso auch John. Immer noch konnte ich das Gefühl tief in mir nicht abschütteln, dass etwas schiefgegangen war. Dass John in Gefahr war, dass das hier nicht funktionieren würde.

Ich hörte ein Prasseln weiter oben, und mein Puls wurde schneller, aber Vera achtete nicht darauf. Sie hob ihr Telefon an ihr Ohr. »Ja, hallo, ich glaube, o Gott, mein Mann …« Ihre Stimme brach, sie verfiel in ein Klagen. »Ich glaube, mein Mann ist von einem Felsvorsprung gestürzt. Wir sind wandern. Gott, er war direkt vor uns, und dann, und dann muss er angehalten haben, um ein Foto zu machen und …«

Sie verstummte, ihre Augen fixierten eine Lücke in den Bäumen, die einen Blick auf Gestrüpp freigab, ihr Atem war schwer vom schnellen Laufen. »Ich weiß die Adresse nicht«, sagte sie mit angespannter Stimme. Sie schrie jetzt beinah. »Wir sind auf dem Platte-River-Weg, der Weg startet bei dem Parkplatz an der …« Sie sah mich an.

»Chapel Road.«

»Chapel Road«, sagte sie, und ich war mir nicht sicher, ob sie das tatsächlich vergessen hatte oder ob sie schauspielerte. Kurz stellte ich sie mir vor, wie sie in Sportkleidung nach einem Nachmittagslauf vor dem Spiegel stand und übte, den Notruf zu wählen, wie ich die Spezialitäten des Restaurants geübt hatte, in dem ich bedient hatte, als ich gerade nach New York gezogen war.

»Nein, wir sind jetzt nicht auf dem Parkplatz, bitte, ich, nein, wir können ihn nicht sehen … ja, ja, ich warte. Beeilen Sie sich. Gottverdammt, bitte beeilen Sie sich.«

Ohne das Gespräch zu beenden, gab sie mir ein Zeichen, und wir gingen weiter den Pfad zum Parkplatz hinab. Wieder umschlossen uns die Bäume und verdunkelten den Boden um uns. Als ich in meinem Rucksack nach der Taschenlampe suchte, nervös wegen des Gedankens, in der herannahenden Dunkelheit zu wandern, stießen meine Finger gegen ein zusammengeknautschtes Stückchen Papier. Seltsam. Ich hatte den Rucksack gestern Abend ausgeleert; da hätte außer der Taschenlampe und einer zweiten Jacke nichts drin sein sollen. Vorsichtig entfaltete ich es.

Mein Atem stockte. Wassertropfen vom Blätterdach der Bäume hinterließen Flecken auf dem Papier. Es war seine Handschrift, Kratzfüße, wie ich sie auf der Tafel am Kühlschrank gesehen hatte, nicht elegant und geschwungen wie ihre. Seine Buchstaben waren dick, klein und unverwechselbar.

Es tut mir leid wegen dieser Nacht. Bitte erzähl Vera nichts. Ich melde mich bald bei dir.

Ich faltete das Papier so schnell wie möglich zusammen. Als wäre ich erwischt worden, begannen meine Hände zu kribbeln, Schweiß stach mich im Nacken. Ich schob die Notiz in meine Tasche und beeilte mich, aufzuschließen. Fünf Minuten später beendete Vera das Gespräch. Sie würden Ranger und Polizisten vom New York State Department of Environmental Conservation schicken, berichtete sie.

Die Ranger, gekleidet in jägergrüne Uniformen mit kakifarbenen Hüten, trafen als Erste in offenen Geländewagen ein. Sie würden alles unternehmen, was ihnen möglich war, um ihn zu finden, versprachen sie, während Vera weiterhin vorgab, verzweifelt zu sein, und ich meinen Mund hielt, um nichts Falsches zu sagen, und ich mich gleichzeitig fragte, was passieren würde, wenn die Ranger John auf seinem Weg zur Hütte entdeckten, Bargeld und Verpflegung in seinem zweiten Rucksack.

Es war vollständig dunkel, als die Polizisten eintrafen, nicht in einem Geländewagen, sondern in einem Polizeiauto mit eingeschalteter Warnleuchte, was dem Parkplatz einen gespenstisch klubartigen Anstrich gab; die hohen Gräser und Wegweiser wirkten wie tanzende Schattenmenschen, wenn der kreisende Schein sie traf.

Vera schwankte, als eine Frau aus dem Polizeiauto stieg und sich uns näherte. Sie trug die gleiche jägergrüne Uniform, aber ihr Waffengürtel und ihr breitkrempiger Hut unterschieden sie von den Rangern. Angesichts ihrer großen braunen Augen und ihrem ordentlichen Haarknoten im Nacken schienen ihr Hut und ihre Ausrüstung zu groß für sie zu sein, als würde deren Gewicht sie niederdrücken. Hinter ihr stieg ein kurzer, stämmiger Mann auf der Beifahrerseite aus und kam langsam auf uns zu.

»Ich bin DEC Officer Parker«, stellte sich die Frau vor, ihre Stimme klang rau, aber warm. »Und das ist DEC Officer Roberts.«

»Mein Mann«, sagte Vera tränendurchsetzt. »Mein Mann, er …«

»Haben Sie den Notruf gewählt, Ma'am?«, fragte Parker.

»Er ist einfach …« Ihre Stimme brach, und sie zeigte auf mich. »Sie hat es gesehen. Er ist einfach …«

Parker sah mich an. »Ich weiß, dass die Ranger bereits nach ihm suchen, aber können Sie uns erzählen, was passiert ist, Ma'am?«

Ich spürte, wie mein Atem sich beschleunigte und mein Puls raste, aber wir waren uns darüber einig gewesen, dass das normal wirken würde. Wir waren extrem hohem Stress ausgesetzt gewesen. Wenn mein Körper nichts davon gezeigt hätte, *das* hätte unnatürlich gewirkt. Ich atmete tief ein, als mir klar wurde, was genau wir hier taten. Das waren keine Park Ranger, das war eine Polizistin, und ich würde sie gleich anlügen: »John war vorausgegangen, um ein paar Fotos zu machen, und gerade als ich die Lichtung betrat …« Ich verstummte, um keuchend Luft zu holen, dann starrte ich nach unten, als wäre ich paralysiert von meinen Füßen. »Ich hörte ihn schreien. Ich sah, wie er ausrutschte und von den Felsen stürzte.« Den Blick weiterhin nach unten gerichtet, scharte ich alles, was ich je gefühlt hatte, jeden, den ich je verloren hatte, meine Mutter, meinen Vater, Davis, Ellie, um mich herum. Dann wischte ich mir mit dem Handrücken über die Augen und schaute auf.

»Und als Sie über die Kante geblickt haben, konnten Sie ihn da sehen, Ma'am?«

Vera schaltete sich ein: »Nein, denn da ist ein gottverdammter Fluss. Es muss dort mehr als dreißig Meter runtergehen. Wir müssen dorthin, wir müssen …« Sie brach abrupt ab, als wüsste sie nicht, *was* wir tun müssten.

Officer Parker trat zurück und tauschte sich flüsternd mit ihrem Partner aus, und ich fühlte, wie sich die Härchen in meinem Nacken aufrichteten. Ich malte mir aus, wie die beiden hier und jetzt einen Lügendetektor hervorholten, mir alle möglichen Fragen stellen würden und Parkers bislang freundliches Gesicht mich direkt anschauen würde: *Ich glaube, Sie lügen, Lucy.*

Stattdessen sprangen ihre Augen zur Straße, wo gerade ein weiterer offener Geländewagen eintraf, gefahren von einem jungen Ranger, dessen struppiges Haar unter seiner Kappe hervorsah. Parker drehte sich wieder zu mir um. »Können Sie uns dahin bringen, wo Sie ihn haben fallen sehen?«

Die Fahrt im Geländewagen war holprig, Luft wehte uns ins Gesicht. Der Ranger und Officer Parker saßen vorn, Vera und ich hinten, dennoch hielt ich meine Augen auf die Bäume und den Weg gerichtet, ich wagte es nicht, Vera anzuschauen, aus Angst, ein falscher Blick würde uns verraten. Ich stellte mir John vor, wie er dort draußen wartete. Konnte er die Sirenen hören? Das Rattern der Geländewagen über Steine, Äste und Wurzeln? Wie weit war er inzwischen gekommen? Konnte er im Dunkeln die vier Meilen wirklich bewältigen? Konnten die Ranger ihn entdeckt haben? Der Plan wirkte mit einem Mal wahnsinnig.

Außerdem war da diese Nachricht, die in meiner Tasche verborgen war. Die Nachricht, die erneut anzuschauen ich mich nicht traute, während es mich gleichzeitig verzweifelt danach verlangte: *Bitte erzähle Vera nichts.*

Unsere glückliche neue Familie, unsere so dringend notwendige Flucht, begann mit einem Betrug.

»Hier«, sagte Vera auf der Lichtung, und der Geländewagen bremste so abrupt, dass meine Knie gegen den harten Plastiksitz vor mir stießen.

»Hier lang«, sagte Vera; die Taschenlampe von Officer Parker wirkte wie ein Leuchtturm.

Da waren sie, der Rucksack und die Wasserflasche, noch genauso, wie wir sie zurückgelassen hatten. Parker ging in die Knie, dann richtete sie sich wieder auf. Aus einem Matchbeutel holte sie eine Kamera hervor, die ungefähr so groß war wie die von John, und machte eine Reihe von Fotos. Dann verstaute sie sie wieder und zog einen großen braunen Beweismittelbeutel aus Papier und eine Zange heraus, die einer riesigen Pinzette glich. Gekonnt manövrierte sie Johns Wasserflasche in den Beutel, faltete ihn oben um und stellte ihn neben sich.

Ihre Taschenlampe fiel auf die Fußspuren und die aufgewühlten Steine – immer noch erkennbar, der Regen war nicht stark genug, um sie zu verwischen. Sie drehte sich zu mir um. »Ist er hier runtergestürzt?«

»Soweit ich sehen konnte, ja.«

Sie nahm erneut die Kamera, kniete sich vorsichtig hin und machte weitere Fotos, bevor sie aufstand. »Können Sie mir erzählen, was genau geschah?«

Mein Atem ging schnell, der Puls war erhöht, als ich auf den Rand der Lichtung zeigte. »Ich war ein bisschen hinter John, und in dem Moment, als ich auf die Lichtung kam, hörte ich ihn schreien, und ich sah, wie er ausrutschte und an der Kante dort abstürzte.«

Übelkeit traf mich, ein Kitzeln in der Kehle. »Und dann kam Vera zu mir, und wir schauten über die Kante, aber wir sahen ihn nicht. Wir konnten ihn nicht sehen.«

»Wie lang standen Sie da, bevor Ms. Abernathy eintraf?«, fragte Parker.

Ich zuckte mit den Schultern. »Vielleicht eine Minute«, erwiderte ich. »Ich rief nach ihr, aber ich weiß nicht, ob sie mich gehört hat. Ich weiß es nicht, es ist schwer zu sagen.«

»Vielleicht ein paar Minuten«, fügte Vera hinzu. »Ich brauchte einen Moment, um zu ihr zu kommen. Ich weiß nicht – ich hörte einen Schrei, aber ich konnte sie deswegen nicht verstehen. Es war so windig. Gott, ich hätte niemals gedacht …« Sie sah zur Seite.

Parker suchte die Umgebung mit ihrer Taschenlampe ab. Als sie nichts weiter entdeckte, nahm sie Johns Rucksack und ihren Matchbeutel, ihr Gesichtsausdruck war neutral. »Also gut. Fahren wir dort unten hin.«

Vera und ich stiegen wieder in den Geländewagen. Er sprang röhrend an, und dann waren wir unterwegs, nicht zurück zum Parkplatz, sondern hinunter zum Fluss.

Wo John nicht sein würde, wie Vera und ich wussten.

20

Ich hatte es geschafft. Das dachte ich, als ich am nächsten Morgen aufwachte. Ich hatte eine weitere Nacht in meinem kleinen Cottage überstanden, eine weitere Nacht, ohne dass Davis mich gefunden hatte. Wenn alles nach Plan ging, musste ich nur noch ein oder zwei Nächte durchhalten.

Ich rief Vera an, aber sie nahm nicht ab. Darum ging ich hinüber, musste aber feststellen, dass niemand zu Hause war, und ein fürchterlicher Gedanke traf mich – was, wenn auch sie weg war? Was, wenn die beiden dort draußen waren, irgendwo in der Wildnis? Was, wenn sie mich benutzt und dann zurückgelassen hatten, gelangweilt von meiner Gegenwart, bevor unsere Familie eine Chance gehabt hatte, neu anzufangen?

Das war nicht möglich, sagte ich mir. Vera würde wiederkommen, wo auch immer sie hingegangen war. John würde anrufen. Und bald wäre ich dort, wo Davis mich nicht finden konnte. Und Ellie auch nicht.

Gegen ein Uhr war sie immer noch nicht zurück. Inzwischen hatte es angefangen zu schneien. Ich saß am Fenster, beobachtete die Flocken, malte Kreise auf der eiskalten Glasscheibe und hoffte, Veras Auto zu entdecken, als ich einen Streifenwagen auf der Straße herannahen sah. Er wurde langsamer, und zur gleichen Zeit schoss mein Puls hoch. Der Wagen hielt vor meinem Cottage.

Ich schob eilig die Vorhänge zu, während mein Hirn zu verstehen versuchte. Es musste sich um etwas ganz Normales handeln, nur ein paar weitere Fragen. Officer Parker hatte gestern Abend die Kamera am Ufer gefunden, ganz dicht am Wasser; sie war unwiederbringlich kaputt vom Sturz und mit Johns Blut überzogen. Es gab nicht das geringste Zeichen von John, und wie wir es gehofft hatten, lautete die Ausgangsvermutung, dass John während des Sturzes oder kurz danach zu Tode gekommen und dann vom Fluss mitgerissen worden war. Ein Fahndungsaufruf nach ihm wurde herausgegeben, aber wir wussten, dass das nichts bringen würde.

Ein Klopfen erschütterte die Tür, und Dusty bellte wütend.

Ich öffnete und stand Officer Parker gegenüber sowie einem Mann, den ich nicht kannte. Er war groß und trug einen leicht zerknitterten Anzug, sein runder Bauch wölbte sich unter dem Button-down-Hemd.

»Miss King«, sagte Parker.

»Hi«, bekam ich heraus. Mein Blick sprang zu dem Mann und dann wieder zu ihr. »Gibt es was Neues?«

Parker antwortete nicht, aber ihre Augen schauten warm. »Das ist Detective McKnight«, sagte sie. »Können wir reinkommen?«

Mit nervös zitternden Fingern ließ ich sie herein und bot Kaffee an. Parker bestand darauf, dass sie nichts wollte, aber McKnight nahm das Angebot an, nachdem er mich mit festem, aber schwitzigem Handschlag begrüßt hatte.

Während ich in der Küche stand und den Kaffee zubereitete, rotierte mein Hirn. Wieder versicherte ich mir, dass das alles nur Routine war, eine ganz normale Folgebefragung.

Als der Kaffee durchgelaufen war, holte ich zwei Becher aus dem Schrank, aber einer rutschte mir aus der Hand, als würde mir Wasser durch die Finger rinnen, und zerbrach sofort beim Auftreffen auf die Bodenfliesen. Ich sah Johns Kamera zerbrechen, und auch John.

»Sind Sie okay da drinnen?«, fragte der Detective.

»Alles gut. Nur eine Sekunde«, rief ich zurück, obwohl er nur den kahl werdenden Kopf hätte wenden müssen, um zu sehen, was vor sich ging. Ich schob Dusty mit dem Fuß beiseite, fegte die Überreste des Bechers zusammen und warf sie in den Müll, als wären es Beweise meiner Lügen.

Die Becher und die Schale mit dem Zucker klirrten leise, als ich sie in den Wohnraum trug, dies verriet das Zittern meiner Hände. Ich stellte einen Becher vor den Detective und verschüttete ein bisschen Kaffee. Er tupfte ihn weg mit einer schon einmal benutzten Serviette, dann gab er vier Würfel Zucker hinzu. »Wir sind hier, weil wir ein paar Folgefragen haben, und Sie sind die einzige Zeugin.«

Zeugin. Das Wort jagte Schauer über meinen Rücken, obwohl ich genau das war.

»Okay«, sagte ich. »Wie auch immer ich Ihnen helfen kann.«

McKnight lächelte, aber das war nur aufgesetzt. »Was würden Sie sagen, wie nah stehen Sie Mr. Nolan und Ms. Abernathy?«

Das brachte mich aus dem Gleichgewicht. Ich hatte gedacht, er würde mich erneut zu den gestrigen Geschehnissen befragen. Ich zupfte am Ärmel meines Shirts, hörte dann aber sofort damit auf. »Wir sind gute Freunde«, sagte ich.

»Und wie lange kennen Sie sie schon?«

Ich faltete meine Hände im Schoß. »Seit September, seit ich eingezogen bin. Weil wir Nachbarn sind, haben wir uns kurz danach kennengelernt.«

McKnight holte einen Notizblock hervor und nickte.

Mein Mund füllte sich mit Speichel, und ich nahm einen Schluck Kaffee.

Parker saß regungslos da, die Hände auf den Knien.

»Und wo haben Sie vor September gelebt?«, fragte er.

Ein tiefer Atemzug. »Brooklyn.«

»Okay.« Er nickte jetzt nicht einmal, als wäre das die naheliegendste Antwort der Welt. Seine Augen waren wachsam – sie passten nicht zu seinem runden, teigigen Gesicht. »Was hat Sie in diese Gegend verschlagen? Eine ziemlich große Veränderung, oder? Die meisten Leute – zumindest Leute in Ihrem Alter – kommen nur übers Wochenende her. Wie ist das mit Ihrer Arbeit?«

»Ich arbeite von zu Hause aus«, sagte ich.

»Was machen Sie?«

Ich zögerte nur kurz. »Ich bin Autorin.«

Er rang sich ein Lächeln ab. »Kann ich schon mal was von Ihnen gelesen haben?«

Ein Kloß bildete sich in meinem Hals, aber ich schluckte ihn hinunter. »Nichts Großes. Ich habe kein Buch geschrieben oder so. Hauptsächlich Online-Artikel.«

»Toll«, sagte er mit ausdrucksloser Miene. »Also hatten Sie einfach Sehnsucht nach Bergluft? Und haben dafür all Ihre Freunde in Brooklyn zurückgelassen?«

»Ich habe eine unschöne Trennung hinter mir.«

Er nickte, seine Schultern lockerten sich. »Können Sie uns noch einmal erzählen, was genau gestern geschehen ist?«

Das zumindest wusste ich auswendig. »Ja«, sagte ich und sah Parker an. »Wie ich Ihnen schon gesagt habe: Wir waren wandern, eine Tour, die wir schon mal gemacht hatten, und John ging vorneweg, um Fotos zu schießen. Ich hörte einen Schrei – ich meine, ich betrat die Lichtung, und dann hörte ich ihn schreien und sah, wie er ausrutschte und abstürzte.« Mein Herz hämmerte, es schlug meinen Brustkorb wund wegen dieses dummen Fehlers.

McKnight nahm einen Schluck Kaffee und warf erneut einen Blick auf seinen Notizblock, aber dort stand kaum etwas geschrieben, nur ein paar Kritzeleien, die ich nicht entziffern konnte. Parker blieb vollkommen still. Er sah zu ihr und dann wieder zu mir. »Ja, ich weiß, was Sie Officer Parker und den Rangern vom DEC erzählt haben«, sagte er. »Ich habe den vorläufigen Bericht gelesen. Aber ich möchte das alles noch mal hören, vielleicht ein bisschen detaillierter.«

»Wollen Sie, dass ich die Farbe der Blätter beschreibe oder so was?«

Die beiden starrten mich an.

»Entschuldigung«, sagte ich. »Gestern war ein entsetzlicher Tag, und nun wollen Sie, dass ich ihn noch mal durchlebe. Es ist nur, ich weiß nicht, was Sie von mir hören wollen.«

»Es ist schon okay«, sagte Parker. »Was geschehen ist, war schrecklich. Was Sie und Ms. Abernathy durchmachen mussten.«

»Das stimmt«, nahm McKnight den Faden auf. Er kratzte sich am Kinn, an einer Einkerbung, die vielleicht mal ein Aknepickel gewesen war, und jetzt war es eine Narbe, die nicht mehr wegging. »Ich glaube, was ich herausfinden möchte, ist, ob Sie sich dessen sicher sind, was Sie gesehen haben.«

»Ja.«

»Aber Sie haben ihn nicht unten im Fluss gesehen, als Sie über die Kante geschaut haben.«

»Nein«, sagte ich. Vertrauen in unsere sorgfältig geschmiedete Geschichte wallte auf. »Es waren rund zwanzig Meter bis zur Felskante der Lichtung. Ich bin gelaufen, aber als ich die Kante erreichte, konnte ich nichts als Wasser sehen. Es war windig und diesig, darum war die Sicht sowieso nicht gut.«

»Ich verstehe«, sagte McKnight und notierte etwas. Dann sah er mir in die Augen. »Warum hat Mr. Nolan Fotos gemacht, wenn die Sicht so schlecht war?«

Ich seufzte. Jetzt befand ich mich auf festem Boden. John hatte mir erklärt, was ich auf diese Frage antworten sollte. »Das diffuse Licht ist sogar gut für Fotos. Solange keine Wassertropfen auf die Linse fallen, ist Nieselregen eine gute Voraussetzung für eine Foto-Session.«

McKnight lächelte. »Hey, ich bin kein Fotograf, ich muss so was fragen.«

Ich sank ins Sofa und spürte, wie sich Erleichterung in meinem Bauch ausbreitete. Er glaubte mir.

»So«, sagte McKnight. »Nur um das klarzustellen. Angesichts der Tatsache, dass es nieselte und die Absturzstelle zwanzig Meter entfernt war, wie Sie sagen, sind Sie da absolut *sicher,* dass Sie sahen, wie Mr. Nolan ausrutschte? Es kann nicht sein, dass Sie einen Schrei gehört, aber nichts gesehen haben, dann den Rucksack und die Wasserflasche gefunden und eins und eins zusammengezählt haben?«

»Nein«, sagte ich, ohne zu zögern. »Ich bin mir sicher.«

Er wechselte einen Blick mit Parker. Dann wendete er sich mir zu mit einem Lächeln, das fast ein Grinsen war. »Ich weiß, Sie halten mich vermutlich für einen Pedanten wegen dieser Fragen, aber ich muss die Fakten abklären.«

»Natürlich.«

»Und manchmal geraten Dinge durcheinander. Besonders wenn es, wie Sie sagen, regnet. Es war eine Stresssituation. Eine Menge passierte gleichzeitig. Es geschah so schnell. Aber Sie haben ihn gesehen? Sie haben wirklich gesehen, wie er fiel?«

»Ja.«

»Okay.« McKnight verstaute seinen Notizblock in seinem Jackett. Er blickte Parker an, lange genug, dass sie das Gesicht verzog, dann schaute er mich an. »Miss King, es tut mir leid, Ihnen das sagen zu müssen, aber wir haben die Bestätigung, dass Mr. Nolan tot ist.«

Panik durchzuckte mich. »Was? Wie?«

McKnight starrte mich an und wartete. Als ich nichts weiter sagte, erwiderte er: »Wir haben seine Leiche heute Morgen gefunden.«

Nein, dachte ich und schüttelte den Kopf. *Nein, das kann nicht sein.*

»Was?«, fragte ich noch mal. Mein Gesicht wurde heiß, in meinen Augen brannten Tränen, ich spuckte die Worte regelrecht aus: »O Gott. Das ist nicht … es kann nicht.« Ich schüttelte den Kopf. »Nicht John.«

Bilder schossen mir durch den Kopf. John, wie er einen Unfall hat auf seinem Weg durch die Dunkelheit, sein Körper zerschmettert, seine Knochen klamm und kalt, wie die Park Ranger ihn in der Nacht fanden. Er würde das hinkriegen, das hatten sie beide gesagt, sie hatten mir das versprochen.

Dann traf es mich wie ein Schlag. Der Sturz, den wir inszeniert hatten, was, wenn er gar nicht inszeniert war? Was, wenn der Schrei, den ich gehörte hatte, echt gewesen war? Was, wenn er so darin vertieft war, den Fall vorzutäuschen, dass er *tatsächlich* ausrutschte, in den Fluss stürzte, mitgerissen wurde?

O Gott, John. O Gott, nein. Er hätte das nicht tun sollen. Wir hätten niemals …

»Herrgott«, bekam ich heraus. »Wurde er irgendwo angespült?« Säure brodelte in meinem Magen. Alles begann sich um mich zu drehen.

McKnight hob seine Augenbrauen und klopfte auf den Notizblock in der Brusttasche seines Jacketts. »Ich verstehe, warum Sie das fragen, da Sie ihn ja *fallen* sahen.« Er verstummte, um seine Eröffnung vorzubereiten: »Aber wir haben ihn nicht im Fluss gefunden. Oder im Wald. Um ehrlich zu sein, haben wir ihn nicht einmal im Zuständigkeitsbereich des DEC gefunden. Ich bin für Ulster County zuständig. DEC Officer Parker ist nur hier, um mir die Ermittlung zu übergeben.«

Ermittlung. Ich schnappte nach Luft. »Aber wenn es nicht im Wald war, dann ist es nicht John. Es *kann nicht* John sein.«

McKnight legte den Kopf leicht schräg, als versuchte er, eine fremde Sprache zu verstehen. »Miss King …« Seine Stimme verklang.

Tränen flossen aus meinen Augen. Ich konnte das Bild nicht aus dem Kopf bekommen, wie sein Körper gegen die Felsen schlug. Ich hatte Vera gesagt, wir sollten nach ihm sehen. Ich hatte ihr gesagt, dass ich mir Sorgen mache. Es konnte nicht sein. Es konnte einfach nicht sein. Es war ein Fake, etwas, das wir inszeniert hatten. *Es ist nicht echt,* wollte ich schreien. *Es ist verdammt noch mal nicht echt.*

Nichts davon hatte je echt sein sollen.

McKnight räusperte sich.

»John Nolan ist in seinem Studio gefunden worden, in der Nähe des Clavereck Creek. Ms. Abernathy hat ihn heute Morgen entdeckt.«

21

Das kann nicht sein«, sagte ich. Meine Stimme brach. »Das ist nicht möglich.«

»Nun, es tut mir leid, das zu sagen, aber es ist möglich. *Genau* das ist passiert.«

»Es kann nicht sein«, sagte ich verzweifelt. »Nein, Sie müssen sich irren. Es … es *kann nicht* sein.«

McKnight schlug das Revers seines Jacketts zurück und suchte etwas in der Innentasche, während Parker regungslos dasaß, die Hände auf den Knien. Er holte ein zerknautschtes Päckchen Taschentücher hervor und warf es auf den Tisch neben die Zuckerschale.

»Er ist es, Miss King. Ms. Abernathy hat ihn identifiziert.«

Ich schüttelte meinen Kopf heftiger, als könnte ich so seine Worte vertreiben, während die Hoffnungen, die ich mir gemacht hatte, zerbrachen, während ihre Fundamente Risse bekamen. »O Gott, o Gott, nein. *Wie?*«

Parker warf McKnight einen verstohlenen Blick zu, ihr Gesicht wurde bleich.

McKnight musterte mich weiterhin und ignorierte meine Frage.

»Nein«, wiederholte ich, als ihr Schweigen anhielt, und bevor ich mich zurückhalten konnte, schüttelten mich weitere Schluchzer, Tierlauten gleich. »Nein, Sie *irren* sich.«

Das konnte nicht schon wieder geschehen.

Ich konnte nicht jemanden verlieren, der mir am Herzen lag … nicht schon wieder.

Ich hatte bereits so viel verloren.

Außerdem war der Plan gut gewesen; da war keine undichte Stelle; keine Möglichkeit zu sterben.

Nein, nein, nein, nein, nein.

McKnight tappte mit dem Fuß auf den Boden. »Ich bin überrascht, dass es so ein Schock für Sie ist, da Sie ihn doch von den

Felsen haben fallen sehen. Hatten Sie erwartet, dass er so einen Unfall überlebt?«

Ich hatte keine Worte. Ich konnte nur den Kopf schütteln, ich spürte, wie Tränen über meine Wangen rannen.

Er schob mir die Taschentücher entgegen, aber ich wollte sie nicht anfassen. Er machte sich nichts aus mir oder aus John oder aus Vera oder aus uns dreien. Ihm ging es nur darum, mich in eine Falle zu locken, mich kleinzumachen, mir ein Bein zu stellen.

Ich suchte in Parkers Gesicht nach Antworten, aber sie sah hinunter auf ihre Hände.

»Sie müssen das nicht beantworten«, sagte McKnight, als würde er mir einen Gefallen tun. »Aber der Grund, warum ich so hartnäckig danach frage, was Sie gesehen haben …«

Eben noch hatte ich mir die Augen gewischt, doch jetzt erstarrte ich. Da kam noch etwas, das erkannte ich jetzt. Seine Trumpfkarte, die er zurückgehalten hatte, um auf den richtigen Augenblick zu warten, seit er das Cottage betreten hatte. Während ich Kaffee gekocht, die Tasse zerbrochen und ihm Zucker gereicht hatte, hatte er sie die ganze Zeit zurückgehalten.

»Die Sache ist die: Sein Körper weist nicht eine einziges Zeichen eines Sturzes auf.« Er blinzelte, einmal, zweimal. Parker blickte auf, ihre Augen voller Empathie, Verständnis. *Sie können es uns sagen.* Guter Cop, schlechter Cop.

»Ich würde gern wissen, warum Sie uns angelogen haben, Miss King.« McKnight sagte es so gelassen, als ob eine Antwort existierte, die ich ihm einfach so geben konnte. »Sie können es uns sagen. Wirklich.« Er blickte zu Parker, dann wieder zu mir. »Wir können das gleich hier aus der Welt schaffen.«

Mein Atem ging plötzlich schnell, mein Puls war gnadenlos. Ich fühlte, wie ich von oben bis unten rot wurde, Wärme und Schuld fluteten jeden Zentimeter meiner Haut, während meine Gedanken rotierten: *Wie?* Wir waren in Eile gewesen, aber vorsichtig. Aber warum war Vera dorthin gefahren heute Morgen? Der Plan war, zu warten, bis John sich meldete. Was hatte sich verändert?

Ein anderer Gedanke traf mich und vertrieb die an Vera: Ellie.

Was, wenn sie Davis sofort alles erzählt hatte, ihn angerufen hatte, sobald sie aus dem Restaurant raus war? Was, wenn Davis *doch* mit ihr in Kingston gewesen war und sie gelogen hatte? Was, wenn er uns entdeckt hatte – John und ich zusammen, die Vorhänge offen, damit jeder uns sehen konnte? Die Tür offen, danach bettelnd, dass jemand hineinschlich. Ich hatte gedacht, Davis würde *mich* finden, *mich* verletzen, aber was, wenn er einen anderen Weg entdeckt hatte, um mich zu bestrafen? Was, wenn es das war? Der ultimative Schlag? Jemand, den ich mochte. Der Mann, mit dem ich nach ihm zusammen war.

»Erklären Sie, was Sie gesehen haben«, sagte McKnight.

Ich schüttelte den Kopf.

»Miss King«, drängte er.

»Ich … ich … es hat geregnet.«

»Und?«

»Ich vermute, ich könnte mich geirrt haben.«

McKnight nickte, als hätte er das erwartet. »Haben Sie Mr. Nolan denn schreien gehört?«

Es war eine Erleichterung, nicht lügen zu müssen. »Das habe ich.«

»Aber Sie haben ihn nicht gesehen?«

Ich schüttelte den Kopf. »Ich glaube, ich hörte den Schrei, und dann sah ich seinen Rucksack und – ich weiß nicht, ich habe es angenommen.«

Parkers Blick zog sich zusammen, für einen Moment war die Maske des guten Cops vergessen. *Du hast mich angelogen. Du hast mir direkt ins Gesicht gelogen.*

McKnight verschränkte seine Arme und ließ sich entspannt ins Sofa sinken, als wäre er hier zu Hause. »Freut mich, dass wir das klären konnten. Aber jetzt – das ist wichtig: Hatte Mr. Nolan Feinde?«

Feinde? Mist. Was hatte Vera ihnen erzählt? Was, wenn sie mich bei der Identifikation von Johns Leiche verraten hatte? Nein, das konnte nicht sein.

Aber wenn sie nach Feinden fragten, dann bedeutete es, dass es ernst war. Dies konnte eine Mordermittlung sein.

Ich presste meine Hände auf die Knie. »Es gab angeblich Gerüchte über John«, sagte ich. »Ich weiß nicht viel darüber, weil ich hier noch nicht so lange lebe, aber ja, es gibt Leute, die ihn nicht besonders mochten.«

»Jemand Bestimmtes?«, frage McKnight.

Sam Alby schoss mir in den Sinn, wie er Wein über Vera vergossen hatte, wie er sie mit Briefen bedroht hatte, mit toten Tieren, zerstochenen Reifen. Aber wenn ich McKnight von Alby berichtete, würde er dann nicht eins und eins zusammenzählen und unseren Plan durchschauen? Das konnte ich nicht riskieren, nicht, bis ich mit Vera gesprochen hatte, um unsere Aussagen abzustimmen. »Das müssen Sie Vera fragen.«

McKnight starrte mich einen Moment lang an, dann richtete er sich auf dem Sofa auf und nahm einen letzten Schluck Kaffee. »Das war hilfreich«, sagte er, obwohl wir beide wussten, dass es das nicht war. »Vielen Dank für Ihre Zeit, Miss King.«

Parker richtete sich ebenfalls auf und schob ihren kaum berührten Kaffeebecher von sich.

McKnight lehnte sich über den Couchtisch und drückte mir eine Visitenkarte in die Hand, blass cremefarben und altmodisch. »Wenn Ihnen noch irgendetwas einfällt, lassen Sie es mich wissen.« Er verlagerte das Gewicht, als wollte er aufstehen.

»Warten Sie«, sagte ich, meine Gedanken rasten mit einem Mal. Ein Hoffnungsschimmer, ein winziger Raum in meiner Brust, weil ich nicht glauben wollte, dass es Davis gewesen war, dass ich in meiner Selbstsucht dieses Unglück über sie gebracht hatte, vor ihrer Haustür abgelegt, in Packpapier gewickelt, die Haut voller Blutergüsse. Ich wollte nicht glauben, dass ich der Grund war, warum John gestorben war. Vielleicht war die Frage nach *Feinden* einfach Routine. Vielleicht wollten sie herausfinden, ob hier falsch gespielt wurde oder nicht.

»Was?«, fragte McKnight. »Haben Sie noch etwas?«

»Sind Sie absolut sicher …« Ich stockte, verstummte.

»Sind wir uns sicher worin, Miss King?«

»Dass jemand ihn absichtlich verletzt hat?«, fragte ich und brach erneut in Tränen aus.

Er starrte mich an, dann nickte er. »Genau davon sind wir überzeugt. Dies ist eine Mordermittlung.«

Ich schüttelte den Kopf, ich wollte nicht, dass es wahr war.

»Oh«, fuhr McKnight fort und holte seinen Notizblock noch einmal hervor, als wäre ihm gerade noch etwas eingefallen. »Was haben Sie gestern Abend gemacht?«

»Gestern Abend?«

»Nachdem Sie bei Officer Parker Ihre Aussage gemacht hatten.«

Ich schluckte, meine Kehle verengte sich. »Vera hat mich nach Hause gefahren, und ich bin den ganzen Abend hiergeblieben. Ich bin früh ins Bett.«

»Wann?«, fragte er.

»Ich weiß nicht. Vielleicht so gegen neun.«

»Haben Sie irgendjemanden gesehen?«

»Nein, natürlich nicht. Es war so anstrengend gewesen. Ich bin nach Hause gekommen, hab ferngesehen, und dann brauchte ich Schlaf. Ich konnte kaum etwas machen, nach dem, was passiert war.«

»Gut«, sagte McKnight. »Nun, Sie müssen zur Wache kommen und eine offizielle Aussage machen. Und wir brauchen Ihre Fingerabdrücke, für den Fall, dass sie auf einem Beweisstück sind, das wir auf der Lichtung gefunden haben, Routinesachen. Wie wäre es mit morgen, elf Uhr vormittags? Ist das okay für Sie, Miss King?«

»Ja«, sagte ich und nickte automatisch. »Ja, natürlich.«

»Sehr gut«, sagte McKnight, ein falsches Lächeln breitete sich auf seinem Gesicht aus wie ein Virus. »Dann sehen wir Sie morgen.«

Ich folgte ihnen zur Tür. »Warten Sie«, sagte ich, während Dusty sie aufmerksam beobachtete.

»Woher wissen Sie das?«, fragte ich.

Er hob die Augenbrauen. »Wissen wir was?«

»Dass es Mord war.«

Parker atmete hörbar aus. Im Tageslicht, das durch die offene Haustür fiel, wirkte ihr Teint fast grünlich.

»Mr. Nolan wurde erstochen«, sagte McKnight. »Mit sechs Stichen.«

22

Würgend beugte ich mich über die Toilette, aber es kam nichts mehr, nur noch Spucke und Galle.

Die Stirn gegen das kalte Porzellan gelehnt, erinnerte ich mich, wie John hier gewesen war und gesehen hatte, wie ich genau dasselbe tat, vor nur wenigen Tagen. Es machte mich krank, dass das das letzte Mal gewesen sein sollte, dass ich ihn gesehen hatte, krank vor Alkohol, Schuld und Scham.

Ich konnte nicht glauben, dass ich ihn nie wiedersehen würde.

Ich stand auf, wusch meine Hände und spritzte mir Wasser ins Gesicht, dann schleppte ich mich ins Schlafzimmer. Ich öffnete die oberste Schublade der Kommode, schob den Schal meiner Mutter beiseite und holte Johns Nachricht hervor, die ich gestern Abend bei den Fotos versteckt hatte. Ich strich mit den Fingern über seine Handschrift.

Bitte erzähl Vera nichts. Ich melde mich bald bei dir.

Was war bloß schiefgegangen?

Ich lag den ganzen Nachmittag im Bett und starrte an die Decke. Ich wusste, dass ich Vera hätte anrufen, zu ihr hätte rübergehen, sie hätte umarmen sollen, aber die Schuldgefühle waren zu groß, das Gefühl, dass ich das verursacht, diese Tragödie über sie gebracht hatte.

Davis raste durch meine Gedanken. Sein blondes Haar, seine dicke Intellektuellenbrille, sein Körper – weit entfernt von Übergewicht, aber weich durch seinen Schreibtischjob als Grafikdesigner. Er gehörte nicht zu denen, die oft ins Fitnessstudio gingen, und das hatte ich an ihm gemocht. Er schien nicht der Typ zu sein, der zu einem Mord fähig war, aber er hatte auch nicht wie jemand ausgesehen, der *mir* etwas antun würde.

Konnte er es wirklich gewesen sein?

Ich erinnerte mich an einen Tag aus unserer Anfangszeit. Wir hatten in Unterwäsche auf Davis' Sofa gesessen, noch bevor ich eingezogen war, unsere Beine waren wie eine Brezel umeinandergeschlungen, auf dem Tisch stand eine Glaspfeife, darum herum Marihuanaasche wie schwarze Schneeflocken. »Könntest du es verzeihen, wenn dein Partner dich betrügt?«, fragte er mich.

»Gibt es etwas, das du mir beichten willst?«

Er umfasste meine Wade und drückte sie. »Natürlich nicht. Nur rein hypothetisch.«

Ich presste die Lippen aufeinander. »Solange du das nicht als Maßstab für spätere Betrügereien nimmst …«

»Ich würde dich *niemals* betrügen«, sagte er. »Indianerehrenwort.«

Ich lachte, ein offenes, lautes Lachen, wie man nur lacht, wenn man bis über beide Ohren in Liebeshormonen versunken ist. »Ich würde es möglicherweise dann verzeihen, wenn es etwas Einmaliges ist und keine ausgewachsene Affäre und wenn derjenige – nicht du, denn du würdest mich ja nicht betrügen – es mir von sich aus sagt und ich ihm nicht hinterherschnüffeln müsste. Und du?«

Seine Hand streichelte die Rückseite meines Beins. »Ich würde dir vergeben«, sagte er. Dann gefror das Streicheln. »Aber ich müsste den Kerl umbringen.«

Ich lachte wieder. Damals fühlte es sich witzig an.

Heute fühlten sich meine Hände klamm an, und mein Magen verdrehte sich zu Knoten. Was wenn?

Was, wenn er mich gefunden, mich gesehen hatte, uns auf der Wanderung gefolgt war und dann – *irgendwie* – John verfolgt hatte?

Es war nicht möglich, es war nicht –

Mein Magen drehte sich um, als mir einfiel, wie Dustys Leine fast durchgeschnitten worden war mit dem Taschenmesser, das Davis immer bei sich trug, das er benutzte, um Kartons von Amazon oder die Kochbox zu öffnen.

Was, wenn er das benutzt hatte?

Eine plumpe Waffe, die Klinge so kurz, dass er *sechs Mal* hatte zustechen müssen, um John zu töten?

Mit zitternden Fingern wählte ich Ellies Nummer und betete, dass ich falschlag – aber niemand nahm ab.

Ich wählte die Nummer noch mal. Und noch mal und noch mal.

Nach wer weiß wie vielen »Hi, hier ist Ellies Mailbox« warf ich das Handy aufs Bett und schüttelte den Kopf. Es war egal. Für eine Sekunde kümmerte es mich nicht mehr. John war weg. Ich würde nie wieder etwas von ihm hören. Niemals würde ich ihn in unserem kleinen Versteck in den Adirondacks treffen. Ihn niemals küssen oder umarmen oder mich selbst zerfleischen wegen meiner Gefühle für ihn. Niemals würde ich ihm erzählen können, wie ich mich in den letzten Tagen gefühlt hatte. *Sorry, but not sorry. Das darf niemals wieder geschehen, aber ein Teil von mir ist froh, dass es passiert ist. Ich habe mich in dich verliebt, aber Vera liebe ich auch. Es gibt keine Lösung – aber alles, was zählt, ist, dass ich keinen von euch beiden verlieren möchte.*

Bitte erzähl Vera nichts.

Ich hörte draußen ein Geräusch und sprang aus dem Bett. Ich machte hektisch das Licht an, wischte mir über die Augen, dann näherte ich mich der Tür. Maggie. Ein Teil von mir wollte sich wieder umdrehen, sich unter der Decke verkriechen, um alles – und jeden – auszublenden, aber sie hatte mich bereits gesehen.

Langsam öffnete ich die Tür. »Hi«, sagte ich.

»Geht es dir gut?«, fragte sie, den Blick voller Sorge. »Ich habe gesehen, dass die Polizei da war.«

»Ich …« Ich brachte kein Wort heraus. Tränen traten mir in die Augen.

»Ach du meine Güte«, sagte Maggie. Sie eilte herein, ohne auf meine Einladung zu warten, und umarmte mich.

Sie führte mich zum Sofa, und ich ließ mich matt darauf sinken. Sie setzte sich neben mich, und Dusty sprang auf ihren Schoß.

»Lucy, was ist passiert?«, fragte sie.

Ich starrte sie an und blinzelte Tränen weg.

John war tot. Erstochen. Scheiße.

»Bist du verletzt?«, fragte sie. »Hat dich jemand … hat dich jemand angegriffen?«

»Nein«, brachte ich heraus. »Es ist nur …« Ich holte tief Luft.

»Wir waren gestern wandern«, sagte ich mit unsicherer Stimme. »Nur eine normale Wanderung, die wir oft machen, und John ist abgestürzt.«

»Was?«, fragte Maggie. Ihr Mund stand offen. »Was meinst du damit: Er ist abgestürzt?«

Ich war dabei, es zu vergeigen. Ich musste mir eine neue Geschichte zurechtlegen. »Also er ging voraus, um Fotos zu machen, und verschwand dann. Wir konnten ihn nicht finden, aber wir haben seinen Rucksack gefunden, und deshalb dachten wir, er sei abgestürzt, und haben die Polizei gerufen. Seine Kamera lag unten am Flussufer, darum ...«

»Oh, Lucy«, sagte sie und zog die Augenbrauen zusammen. »Ist er – geht es ihm gut?«

»Nein«, sagte ich, rückte von ihr ab und versuchte, meinen Atem zu beruhigen. »Die Polizei denkt ...« Ich biss mir auf die Lippen und fragte mich, ob ich ihr alles erzählen sollte – auch wenn das jetzt kaum noch eine Rolle spielte. »Sie denken, jemand habe ihn ermordet. Heute Morgen haben sie seine Leiche gefunden.«

Sie keuchte, und Dusty, der von einer zur anderen sah, begann zu winseln.

»Ermordet?«, fragte sie. »Hier?«

Ich nickte schwach.

Es war nicht schwer zu verstehen, was sie meinte. Solche Dinge passierten nicht hier in dieser winzig kleinen Stadt, die Stunden von New York entfernt lag.

Nicht hier, wo alles sicher war – nicht Menschen wie John.

»Aber warum denken sie – wie können sie – geht es Vera gut?«

»Vera ist okay«, sagte ich, aber im gleichen Moment wusste ich, dass ich log. Vera war zwar am Leben, aber sie war alles andere als okay. Und dies würde noch eine lange Zeit anhalten. Vielleicht sogar für immer. Und das war alles meine Schuld. »Ich meine, sie ist in Sicherheit, ja.«

»Wie können sie wissen, dass es Mord war? Kann es nicht ein Unfall gewesen sein?«

»Ich weiß es nicht«, sagte ich, die Lüge fiel mir leicht. Ich ertrug es nicht, die Details zu berichten. Erstochen. Es war zu intim, zu persönlich. Sie hatte ihn ja nicht einmal gemocht. »Sie wollten es nicht sagen.«

»Ach du meine Güte«, sagte Maggie. »Das ist – das ist ja schrecklich.«

Ihre Augen fixierten einen Punkt irgendwo weit weg, und mit einem Mal konnte ich es sehen: Etwas arbeitete in ihr, Dinge fügten sich ineinander.

»Was?«, fragte ich. Sie blickte immer noch weiter in die Ferne und vermied es, mich anzusehen. Ich griff nach ihrem Arm. »Maggie, was ist?«

»Nichts«, sagte sie und schüttelte meine Hand ab. »Nur – jemand wurde ermordet. Jemand aus *unserer* Straße. Das ist entsetzlich, nicht wahr?«

»Gibt es da etwas, das du weißt, etwas, das du mir sagen musst?«

Die Wolken, die ihre Augen verdunkelt hatten, waren weitergezogen, und sie sah mich wieder an.

»Nur, dass es mir leidtut«, sagte sie. »Ich weiß, wie sehr du ihn gemocht hast.«

Erst nach sieben Uhr abends ging ich zum Farmhaus. Es war fürchterlich, meine Taschenlampe erschuf überall Schatten, machte aus jedem einzelnen Grashalm etwas Großes und düster Drohendes. Ich beeilte mich und versuchte, die ruchlose Geräuschkulisse der ländlichen Nacht auszublenden.

Veras Auto stand in der Auffahrt, ebenso Johns Pick-up, aber im Haus leuchtete kein Licht. Ich klopfte dennoch und wartete.

Ich wollte schon gerade wieder gehen, als Vera die Tür öffnete. Ihre Augen waren verquollen, die Wangen eingesunken. Sie sah aus wie ein Geist, ein Phantom ihrer selbst, und sie roch durchdringend nach Zigaretten. Wenn ich ihr so das erste Mal begegnet wäre, wäre sie mir nicht aufgefallen.

Ich öffnete die Arme, und sie fiel hinein, brach regelrecht zusammen. Sie fühlte sich so schmal und knochig an, sie zitterte am ganzen Körper, als ihr Kopf gegen meine Schulter schlug.

»Es tut mir so leid«, flüsterte ich. Sie zitterte heftiger.

Ich weiß nicht, wie lange wir so dastanden, aber irgendwann löste Vera sich aus unserer Umarmung. Sie vermied es, mich anzusehen. Sie bat mich hinein, und ich folgte ihr in den Wohnraum; ohne mir einen Drink anzubieten, setzte sie sich auf die Couch. Ich nahm neben ihr Platz und fragte mich, ob dies das erste Mal war, dass wir hier zusammen waren, ohne dass Alkohol unser Gespräch vereinfachte.

Nach einem Moment starrte sie mich an. »Hat John dir irgendwas erzählt?«

Mein Puls beschleunigte sich. Sie wusste davon. Von der Nacht, was wir getan und was wir nicht getan hatten.

»Was meinst du?«

»Irgendwas muss sich verändert haben«, sagte Vera und kratzte sich so heftig unter dem Ohr, dass es Spuren auf ihrer Haut hinterließ. Ihr Atem kam stoßweise, und ihre Hand machte sich weiter unter ihrem Ohr zu schaffen. Als sie sie schließlich wegnahm, waren Blutspuren unter ihrem Nagel; ein schmales rotes Rinnsal floss ihren Hals herab. Reflexartig zog ich ein Taschentuch aus der Packung, die ich in meine Tasche gestopft hatte, und drückte es ihr in die Hand. Vera hielt es sich an den Hals. Ich betrachtete sie, erkannte, wie sie litt; sie zerbrach unter der Trauer, und für einen Sekundenbruchteil fragte ich mich: Warum war sie heute Morgen zur Hütte gefahren? Gab es Dinge, die sie *mir* nicht erzählte? Dinge, die sie wusste, die sie mir aber nicht anvertrauen wollte?

Konnte sie in irgendeiner Weise …

Der Gedanke machte mich krank, aber er kam trotzdem auf.

Hatte sie John und mich gesehen? Konnte sie so wütend geworden sein, dass sie ihren Plan änderte und …

»Vera«, fragte ich so vorsichtig, wie es mir möglich war. »Warum warst du dort? Du solltest doch warten, bis er mit dir Kontakt aufnimmt.«

Sie versteifte sich. »Er ist mein Mann, Lucy, und ich wusste – ich bin heute Morgen früh aufgewacht und, Gott, ich hatte so ein *Gefühl*«, sagte sie. »Ich hatte ein entsetzliches, furchterregendes Gefühl. Ich weiß nicht, warum, aber ich wusste, dass etwas falsch war, und ich – ich hatte recht.«

Ihre Schultern sackten herab, und Schluchzer schüttelten sie.

Wellen von Übelkeit rollten über mich hinweg, ich spürte, wie Säure meine Kehle hinaufstieg. Ich fühlte mich schuldig, diese Frage gestellt zu haben, sie auch nur für eine Minute verdächtigt zu haben. Sie liebte ihn, sie war seine Frau, und jetzt hatte sie ihn verloren.

»Ich habe ihn gefunden, er lag da«, fuhr Vera fort, ihre Augen verengten sich, als sie wieder begann, sich zu kratzen, diesmal am Hals. »In einer Lache aus Blut. Es war entsetzlich. Aber noch schlimmer war, dass er … blau war.«

Während ich versuchte, die Bilder zu vertreiben, nahm ich ihre Hand, verschränkte meine Finger mit ihren und drückte sie.

»Du weißt *wirklich* nichts?«, fragte sie.

Ich löste ihre Hand aus meiner. »Nein«, sagte ich sanft. »Nein, natürlich nicht.«

War das die Wahrheit? Ich wusste, dass Davis wütend war, dass er es mir heimzahlen wollte, dass er inzwischen sehr wohl wissen konnte, wo ich war. Dass er ein Messer bei sich hatte – immer.

Der vorsichtige, hartnäckige, perfektionistische Davis. Mord war eine Eskalation, aber keine Unmöglichkeit.

»Ich bin genauso schockiert wie du«, sagte ich. »Das musst du mir glauben.«

Sie nickte, Tränen flossen aus ihren Augen. »Das tue ich. Ich …« Sie verstummte. »Ich verstehe nur nicht, was passiert ist. So war das alles nicht geplant. Es hätte nur noch uns geben sollen. Es hätte …« Sie rang nach Luft. »Es hätte ein neuer Anfang für uns sein sollen.«

Ihr ganzer Körper zitterte, und ich umarmte sie wieder, zog sie nah zu mir. Dann, plötzlich, blickte sie hoch. »Du gehst nicht weg, oder?«

»Was?«

»Davis«, sagte sie. »Ich weiß, du wolltest unbedingt hier weg, aber du musst verstehen, dass du mir das jetzt nicht antun kannst. Ich bin verloren ohne John. Du *musst* bleiben.«

Panik überrollte mich, lähmte jeden Körperteil. Vera konnte doch nicht ernsthaft glauben, dass ich bleiben würde, oder? Nicht, wenn Davis da draußen war, Davis, der rausgefunden hatte oder es zumindest bald rausfinden würde, wo ich war.

Nicht, wenn ich davon ausging, dass er womöglich …

Ich blinzelte langsam. Nun brauchte ich einen neuen detaillierten Plan, nachdem der, den ich hatte, zerschlagen war.

»Ich bin hier«, sagte ich schließlich. »Ich habe der Polizei versprochen, morgen zum Revier zu kommen, um eine Aussage zu machen. Mach dir keine Sorgen.«

Veras Seufzer kam von tiefem Herzen, war so voller Erleichterung, sodass ich es nicht ertragen konnte, weiterzusprechen. Natürlich musste ich gehen; das müsste ihr doch klar sein. Ich musste nur noch ein oder zwei Nächte bleiben, alles andere würde verdächtig wirken, und ich hätte McKnight auf meinen Fersen, bevor ich die Stadt auch nur verlassen hatte. Wenn ich irgendetwas Suspektes tat, etwas, das mich zu einer Verdächtigen machte, wer weiß, wie lange er mich anhalten würde zu bleiben?

Aber danach …

Ich würde auf eine baldige Gedenkfeier drängen – *True-Crime*-Dokumentationen hatten mich gelehrt, dass die Leiche für unbestimmte Zeit nicht freigegeben werden würde – und dann gehen. Zurück in den Westen, nach L.A. – ach verdammt, vielleicht sogar nach Seattle –, zurück dorthin, wohin ich von Anfang an hätte gehen sollen.

»Ich kann bei dir bleiben«, bot ich an, selbst viel zu verängstigt, um allein zu sein.

Vera nickte. »Ich habe gehofft, dass du das vorschlagen würdest. Bleib heute Nacht hier – bitte. Ich brauche dich jetzt mehr denn je.«

23

In dieser Nacht schliefen wir eng aneinandergeschmiegt, Vera, Dusty und ich – ein seltsames Trio.

Veras Gästezimmer war vollgestellt mit Johns Arbeitsmaterial, darum schlug ich vor, dass ich auf der Couch übernachten könne, doch Vera bat mich, bei ihr im Bett, auf Johns Seite, zu schlafen. Obwohl es befremdlich war, willigte ich ein; Dusty kuschelte sich zwischen uns, als wäre dies unsere neue Familie.

Am nächsten Morgen eilte ich zurück zu meinem Cottage. Ich hielt die Luft an, als ich den Schlüssel ins Schloss steckte. Ich prüfte alle Eingänge, um mich zu versichern, dass niemand drin gewesen war, sah unter dem Dielenbrett im Schlafzimmer nach, ob alles Wichtige noch da war. Mein Herz hämmerte, als ich mich fragte, ob ich nicht einfach wegfahren sollte. Scheiß auf die Polizei und ihre Fragen. Dads Hammer und Moms Schal einpacken und *weg*.

Stattdessen duschte ich und machte mich fertig, während ich mir einredete, dass ich das durchstehen würde. Während der nächsten Tage vorsichtig sein. Hin und wieder einen Schulterblick wagen. Jedes Schloss prüfen. Der Polizei keinen einzigen Grund geben, mich zu verdächtigen.

Smarter sein, als Davis mich einschätzte.

Kurz vor elf parkte ich vor der Wache, einem einstöckigen Gebäude rund eine Meile von der Hauptstraße entfernt.

Es sah aus, als wäre der Komplex in den Fünfzigern gebaut worden, eingeschmiegt zwischen Parkplatz und Wald. Ich parkte in der Nähe der Rückseite, meine Hände zitterten, während ich den Parkplatz genauer inspizierte. Nur eine Ausfahrt, die Straße, auf der ich hergekommen war. Wieder verdrängte ich den Wunsch zu fliehen, einfach wegzufahren, mich in einen Menschen im Schatten zu verwandeln. Möglichst schnell weg von hier – und weg von Davis. Das würde bald geschehen, sagte ich mir, aber nicht jetzt. Ich musste vorsichtig sein. Ich wusste das.

Ich nahm mein Handy und wählte erneut Ellies Telefonnummer. Aber wie jedes Mal in den letzten vierundzwanzig Stunden ging der Anruf direkt auf die Mailbox. Sie kannte meine neue Nummer nicht – vielleicht überprüfte sie sie –, doch ich hoffte, sie dennoch zu erreichen, um von ihr in empörtem Ton die Worte zu hören, nach denen ich mich sehnte: »Nein, ich habe ihm nichts erzählt. Das hatte ich dir schließlich versprochen, oder?« Um mir zu beweisen, dass ich paranoid war, dass Davis nichts mit Johns Tod zu tun hatte, dass es jemand anders gewesen sein musste. Vielleicht Sam Alby – oder irgendjemand, ein verrückter Serienkiller, der tief im Wald lebte, wie man es immer in Filmen sieht, und der sich in Johns unverschlossener Hütte versteckt hatte. Falscher Ort, falsche Zeit.

Noch ein vergeblicher Anruf, dann warf ich das Telefon in meine Tasche und ging über den Parkplatz.

Innen erinnerte nichts an das Polizeirevier in Brooklyn, wo ich mal den Diebstahl einer Lieferung hochwertiger Bettwäsche angezeigt hatte. Das Revier war zwar kleiner gewesen, aber erfüllt von einer Kakofonie von Arbeitsgeräuschen. Summer und Funkgeräte, das volle Programm. Hier war es so still, dass man eine Stecknadel hätte fallen hören können. Eine Frau in Uniform am Empfangstresen drückte auf den Tasten eines PCs herum, flehte förmlich, aus diesem Elend befreit zu werden. Parker war nirgendwo zu sehen, aber das war auch nicht zu erwarten gewesen. Sie war vom DEC, dem Department of Environmental Conversation, zuständig für das Gebiet, wo wir gewandert waren; nicht für Ulster County, wo Johns Hütte stand, nur wenige Meilen entfernt, aber eine andere Gerichtsbarkeit.

Die Polizistin blickte auf. »Kann ich Ihnen helfen?«

»Mein Name ist Lucy King«, bekam ich heraus. »Detective McKnight hatte mich gebeten, um elf Uhr herzukommen.«

Sie tippte weiter; dann sagte sie, ohne aufzuschauen: »Sie können Platz nehmen, Miss King.«

Das war fünfzehn Minuten, bevor er auftauchte, was mir fünfzehn Minuten gab, um zu üben, was ich vorhatte zu sagen: *Ich hörte einen Schrei, dann betrat ich die Lichtung. Ich habe John nicht gese-*

hen, aber ich sah seinen Rucksack und die Wasserflasche. Darum habe ich gedacht, er wäre dort abgestürzt. Das war nicht das, was ich Parker oder McKnight gestern mitgeteilt hatte, aber ich dachte, an der Aussage festzuhalten, würde mir nichts nützen.

McKnight kam herein. Er nickte mir zu, dann drehte er sich wieder um. Ich wartete eine halbe Sekunde zu lang, bevor mir klar wurde, dass ich ihm folgen sollte.

Er führte mich über einen staubigen Flur, ausgelegt mit Linoleum. Dann in einen Raum mit Glasfenster und einem Tisch in der Mitte, genau wie im Fernsehen. Ich zwang mich, einen tiefen, beruhigenden Atemzug zu nehmen. Das war nur eine Formalität, wie er es genannt hatte.

»Kaffee?«, fragte er, als ich mich setzte. »Bitte.«

Wenige Minuten später kam er mit zwei dampfenden Styroporbechern zurück und warf ein paar Päckchen Zucker und Kaffeeweißer auf den Tisch. Er deutete auf die Kamera in einer Ecke. »Wir sind dazu verpflichtet, die Befragung aufzuzeichnen.«

Das war eine Aussage, keine Frage. Er setzte sich.

»Also gut«, sagte McKnight und kam direkt zur Sache. »Warum erzählen Sie mir nicht noch einmal, was genau am zweiten November geschehen ist?« Er warf einen Blick in seine Notizen. »Vor zwei Tagen.«

Ich habe mal eine Spionageserie gesehen, in der einer der Agenten einem Informanten gesagt hatte, um glaubwürdig zu lügen, müsste man nur auf die Nasespitze des Gegenübers blicken – für den anderen würde es dann so aussehen, als schaute man ihm in die Augen. Ich berichtete also – langsam, akribisch – Schritt für Schritt, und als ich zu den fraglichen Geschehnissen kam, tat ich genau das. Die Augen auf die knubbelige Spitze von McKnights Nase gerichtet, sprach ich meinen Text so ruhig wie möglich und hob leicht die Stimme bei dem Versuch, jedes Beben meiner Stimme zu unterdrücken. »Ich hörte einen Schrei, und ich betrat die Lichtung. Ich habe John nicht gesehen, aber ich sah seinen Rucksack und seine Wasserflasche. Ich nahm an, er sei abgestürzt.«

McKnight trommelte mit den Fingern auf dem Tisch. »Also haben Sie ihn *nicht* stürzen sehen?«

»Nein.«

»Warum haben Sie das nicht gesagt?«

Mach's nicht zu kompliziert. Das hat mein Vater immer gesagt.

»Es ging alles so schnell. Ich war durcheinander.«

»Aber jetzt sind Sie nicht durcheinander?«

»Nein.«

McKnight lehnte sich auf seinem Stuhl zurück und verschränkte die Arme vor seiner Wampe. Ich schätzte, dass er über hundertzwanzig Kilo wog. Er kippelte auf den beiden hinteren Beinen seines Stuhls – ich hätte geschworen, dass der gleich unter ihm zusammenbrechen würde.

Er ließ sich mit dem Stuhl wieder nach vorn fallen, und die Vorderbeine schlugen auf dem Linoleum auf, was mich zusammenzucken ließ.

»'tschuldigung«, sagte er und griff nach seinem Becher. »Nachschlag. Wollen Sie auch?«

Ich hatte meinen Kaffee kaum angerührt. »Nein, danke.«

»Okay. Geben Sie mir eine Sekunde.«

Aus der »Sekunde« wurden zehn Minuten. Fünfzehn. Meine Hände wurden klamm; ich wischte sie an meiner Jeans ab.

Bis er zurückkam, hatte ich mich halbwegs beruhigt. Meine Geschichte war erzählt, mein Part war abgeschlossen. Es war seine Aufgabe, alles Übrige auszuleuchten, die staubigen Ecken, die verborgenen Brüche. Er setzte sich und lehnte sich zurück. Er war es, der herausfinden musste, ob Davis – oder Sam Alby – oder jemand anderes – das getan hatte. Ich musste für meinen Schutz sorgen.

»Miss King, wissen Sie, ob Mr. Nolan seiner Frau treu war?«

Fuck.

»Ich denke schon«, sagte ich, während unsere gemeinsame Nacht wie ein Film in meinem Kopf ablief. »Warum?«

McKnight lehnte sich vor. »Wir haben mit ein paar Leuten in der Stadt gesprochen. Ich denke, Sie wissen, dass Mr. Nolan nicht gerade ein Anwärter für den Menschen des Jahres war.« Er grinste schwach über diesen Witz.

Ich nickte nur.

»Es gibt Gerede über, nun … außereheliche Aktivitäten. Fällt Ihnen dazu etwas ein?«

Ich fuhr mir mit der Zunge über die Zähne. Mein Mund war auf einmal unerträglich trocken. »Ich habe gehört, dass es Gerüchte über ihn gegeben hat«, sagte ich. »Wegen der Kunstkurse und der Privatstunden und so.«

McKnight nickte. »Ja, ich bin mir sicher, dass Sie von den Gerüchten gehört haben.« Er faltete die Hände auf seinem Bauch. »Wenn das mit Claire Alby wahr ist, tja, dann ist das eine beunruhigende Anschuldigung. Das Alter, Sie wissen schon.«

Schweigen breitete sich zwischen uns aus, und ich hatte das Bedürfnis, es zu vertreiben. »Er und Vera, sie sind verrückt nacheinander. Er würde nicht … Ich glaube nicht, dass es wahr ist.«

McKnights Augenbrauen schossen hoch. »Wirklich? Eine Frau wie Sie. Eine Feministin, stimmt's?«

»Ja«, sagte ich und fühlte mich sofort verurteilt. Seine Definition von Feminismus unterschied sich garantiert sehr deutlich von meiner, darauf hätte ich gewettet.

»Ihr Frauen glaubt euch gegenseitig doch eigentlich immer«, sagte er. »Oder?«

»Wurde John wirklich von jemandem beschuldigt? Soweit ich weiß, ist das doch nur Kleinstadtklatsch.«

Er legte seinen Kopf ein bisschen schräg. »Und eine Unterlassungsklage gegen Ms. Abernathy. Wie auch eine potenzielle Anklage durch Claire Albys Vater.«

Ich biss auf die Innenseite meiner Wange. »Ich versteh nicht, was Sie von mir hören wollen.«

McKnight hob eine Hand. »Nichts. Vielleicht haben Sie recht. Vielleicht ist alles, was über ihn geredet wird, nur Klatsch. Aber so oder so beschäftigt es mich. Ist es nicht seltsam, dass solche Geschichten einfach so aus dem Nichts auftauchen? Ob nun mit ihr oder mit einer anderen: Vielleicht war Mr. Nolan seiner Frau nicht so treu ergeben, wie Sie anzunehmen scheinen. Könnte das sein?«

Er hat nicht. Wir haben nicht. Nichts ist passiert. Die Erinnerung, wie unsere Lippen sich trafen, Vergnügen und Schuld in einem.

»Ich versteh nicht, warum Sie *mich* fragen und nicht Vera«, sagte ich. »Er war mein Freund, ja, aber ich kann nicht so tun, als wüsste ich die Einzelheiten anderer Leute Ehe.«

McKnight lehnte sich auf seinem Stuhl zurück. »Damit haben Sie recht. Eine Ehe dauert lang und hat viele Höhen und Tiefen. Waren Sie je verheiratet?«

Ich schüttelte den Kopf.

»Hatte ich auch nicht gedacht.« Er schenkte mir ein Lächeln, dem ich kein bisschen vertraute – seine Vorderzähne waren zu lang, sein Zahnfleisch zu rot, so als würde er mich jeden Augenblick verschlingen. Er trommelte mit seinen dicken Fingern auf dem Tisch und wartete. »Gibt es noch etwas, das ich wissen sollte?«

Davis kam mir in den Sinn, aber der Gedanke, ihm diesen Namen auf einem Silbertablett zu servieren, die Polizei geradezu zu bitten, in meiner Vergangenheit herumzustochern, meinen gegenwärtigen Aufenthaltsort zu verkünden – das war zu gefährlich. Was, wenn Ellie ihm gar nichts davon erzählt hatte? Was, wenn ich mich irrte? Ich konnte das nicht riskieren.

»Was ist es?«, fragte McKnight.

»Nichts.«

»Sind Sie sicher, Miss King?«

Ich presste meinen Kiefer zusammen. »Ich bin mir sicher.«

»Sie und Mr. Nolan«, sagte McKnight. »Sie waren nur Freunde?«

Hitze überzog meine Wangen und verriet mich. Ich sollte in solchen Sachen besser sein, wie Vera, die fähig war, von jetzt auf gleich Trauer in ihre Stimme zu legen, die fähig war, die Notruf-Performance ihres Lebens hinzulegen, eine Performance, die nun in die Wahrheit umgeschlagen war.

»Miss King.«

»Ja«, sagte ich. »Wir waren nur Freunde. Ich bin auch mit Vera befreundet, erinnern Sie sich?«

McKnight zog einen Kugelschreiber aus seiner Tasche und klickte zweimal drauf. »Ja, Ms. Abernathy hat das erwähnt. Wir haben daraufhin mit einigen Ihrer Nachbarn gesprochen, und sie alle stimmen ihr dahin gehend zu, dass Sie alle drei sehr eng waren.«

Meine Gedanken wanderten zu Maggie. Konnte sie so etwas gesagt haben, mich so einfach in Zweifel ziehen? Sie, die mich gerade gestern noch getröstet hatte?

»Ja«, sagte ich. »Waren wir. Sind wir.«

Er steckte den Stift weg. »Die meisten Frauen, die ich kenne, zumindest Frauen in Ms. Abernathys Alter, wären vermutlich nicht so glücklich, eine Frau wie Sie ständig in der Nähe zu haben.«

»Eine Frau wie ich?«

Er hob eine Augenbraue. »Jünger. Sie wissen schon.«

Meine Augen weiteten sich. Manchmal könnte ich schwören, dass Männer unfähig waren, etwas anderes in Frauen zu sehen als Objekte. Für McKnight war ich ein Beweisstück. Etwas, das er für seinen Fall analysieren musste. »Was meinen Sie denn damit?«

Er warf seine Hände in die Luft. »Meine Frage ist, ob Ms. Abernathy damit einverstanden war, dass Sie sich immer in der Nähe ihres Mannes herumgedrückt haben.«

Ich hatte das Gefühl, ich wäre geohrfeigt worden, und für eine Sekunde lang war ich wieder auf dem College, erinnerte mich daran, wie ich zum ersten Mal das dämliche Video sah. Erinnerte mich daran, wie man verurteilt werden konnte – zack!, einfach so –, letztendlich ist es immer deine Schuld. Nicht die der Typen, die dich anstacheln, oder von denen, die Fotos von dir wie Pornos herumzeigen. Nein, du bist schuld, und zwar so lange, bis das Gegenteil bewiesen ist; bei Männern ist das anders.

»Miss King?«

Ich spuckte die Worte regelrecht aus. »Ich habe mich nicht in seiner Nähe *herumgedrückt*. Ich habe Zeit mit ihnen verbracht. Wir waren Freunde. Das ist alles. Ich würde niemals etwas tun, das Vera verletzt.«

Das war zur gleichen Zeit wahr und gelogen. Ich hasste mich dafür.

»Lassen Sie mich noch deutlicher werden«, sagte McKnight und ließ seine Worte zwischen uns stehen, während mein Herz mordgierig hämmerte. »Hatten Sie und Mr. Nolan eine Affäre?«

»Nein«, sagte ich fest. »Nein, natürlich nicht. Wie ich sagte: Wir waren Freunde. Gute Freunde.«

Da war wieder dieses Lächeln – falsch, ungläubig. Ich konnte nicht anders: Ich erinnerte mich an den Geruch von John in meinem Bett, an die Nachricht in meinem Rucksack, an all die Male, die ich aus Träumen von ihm aufgewacht war.

McKnight schob seinen Stuhl nach hinten und stellte die Kamera aus. »Das war's fürs Erste, Miss King. Vielen Dank, dass Sie hergekommen sind. Wir wissen das wirklich zu schätzen. Ein Polizist wird noch Ihre Fingerabdrücke nehmen, bevor Sie gehen.«

Ich stand auf, suchte kurz Halt am Tisch, dann ging ich zur Tür.

»Oh, und Miss King?«

»Ja?«

»Fahren Sie vorsichtig, ja? Es ist Regen vorausgesagt, und ich weiß ja, dass Sie Probleme haben mit der Sicht, wenn das Wetter verrücktspielt.«

24

Als ich wieder zu Hause war und die Tür hinter mir fest verschlossen hatte, ging ich sofort ins Badezimmer, um mir die Tinte von den Händen zu waschen.

Ich machte das Licht an und stoppte kurz, das Bild brannte sich mir ins Hirn.

Der Hahn lief, ein dünnes Rinnsal floss ins Becken.

Mit bebendem Magen drehte ich das Wasser ab, meine Gedanken schossen zurück zu dem Wasserhahn aus der Vorkriegszeit in unserem alten Badezimmer in Brooklyn. Er klemmte, und Davis hatte die Angewohnheit, ihn nicht richtig zuzudrehen, sodass er tropfte. Es machte mich wahnsinnig, und eines Tages klebte ich im Scherz ein Post-it auf den Badezimmerspiegel, darauf eine Nachricht, geschrieben mit dem hellblauen Edding: *Denk dran, den Wasserhahn ganz zuzudrehen!*

Danke, Babe!, antwortete er auf einem anderen Post-it, und kurz danach erzählte ich Ellie und unseren Freunden, wie es war, mit ihm zusammenzuleben, von unseren passiv-aggressiven, aber süßen Botschaften füreinander; wir alle lachten darüber.

Als ich am darauffolgenden Wochenende meine Wäsche aus dem Waschsalon abholte, schrie mich die Besitzerin an, ich hätte ihre Maschine ruinieren können, denn, wie ich feststellen musste, war genau dieser Edding in meine Schmutzwäsche geraten. Meine Kleidung konnte ich wegwerfen: nicht wasserlösliche blaue Farbe auf all meinen weißen Sachen. Als ich ihn damit konfrontierte, schwor Davis Stein und Bein, dass ich den Stift selbst in meiner Tasche vergessen haben musste – *Gott, Lucy, für was für einen Wahnsinnigen hältst du mich? Wer würde denn so etwas machen?*

Nach unserem Streit bemerkte ich, dass der Wasserhahn weiterhin tropfte. Ein winzig kleines »Fick dich« nur für mich. Eine Erinnerung daran, dass ich – sollte ich ihn kritisieren, ihn um etwas bitten – dafür zahlen musste. Seine Unterschrift.

War das der Beweis, dass Davis zurück war? Hatte *er* John getötet und mir dieses Zeichen hinterlassen, um mich wissen zu lassen, dass er da gewesen war, nur für den Fall, dass ich nicht von selbst draufkam?

Oder war ich diesmal wirklich so paranoid, wie er immer behauptete? Hatte all das Chaos, die Trauer, die Angst und die Scham, John zu verlieren – und zu lieben –, mein Hirn durcheinandergebracht?

Ich fühlte mich, als würde ich auseinanderbrechen, unfähig, oben und unten zu unterscheiden. Wenn Davis wirklich hier gewesen war, hatte er in diesem Punkt letztlich doch Erfolg gehabt.

Mit einem Mal klopfte es an der Tür, und ich sprang instinktiv auf, jeder Muskel meines Körpers war angespannt, Blut schoss mir in den Kopf.

Vielleicht ist es Vera. O Gott, lass es Vera sein. Bitte lass es nicht Davis sein. Bitte lass mich nicht recht haben.

Ich drehte den Wasserhahn zu, rannte ins Schlafzimmer und packte den Hammer meines Dads, als es erneut klopfte, dieses Mal dringlicher.

Ich erreichte die Tür, zog den Vorhang zurück und schaute nach draußen.

Erleichterung durchströmte mich, mein Puls beruhigte sich auf der Stelle, mein Körper wurde regelrecht schlaff.

Ich legte den Hammer beiseite und öffnete die Tür. »Rachel?« Ihr Mantel war von einem moosigen Grün, über dem sie einen bunten Paschmina mit Quasten um ihren Hals geschlungen trug, der im Wind wogte. Im diesigen, dunstigen Licht schimmerten ihre wenigen grauen Haare wie zartes Silber. In den Händen hielt sie eine durchsichtige Vase mit gelben Rosen, die mit Ripsband und Zwirn gebunden waren.

»Es tut mir leid. Ich falle nur äußerst ungern einfach so bei Ihnen ein, aber Maggie hat mir erzählt, was mit John passiert ist und …« Sie verstummte, dann hob sie die Vase wie ein Angebot. »Ich habe Blumen gekauft, aber Vera ist nicht zu Hause und auch Maggie nicht, und ich wollte sie nicht einfach auf der Veranda stehen lassen. Es wird bald regnen, und dann wären sie ruiniert, und ich wollte ihr keine ruinierten Blumen schenken nach, nach …« Sie hielt mir die Vase entgegen, als könne sie es nicht mehr ertragen, sie im Arm zu halten. Sie war bleich geworden und sah aus, als wäre ihr schlecht.

Als ich die Blumen nahm, quetschte Dusty sich zwischen meinen Beinen hindurch und beschnüffelte Rachels Knöchel voller Freude, sie wiederzusehen. »Sind Sie okay?«, fragte ich.

Sie hielt sich am Türrahmen fest. »Ja«, sagte sie, aber ihre Stimme schwankte. »Nein. Ich weiß es nicht.«

Ich streckte die Hand nach ihrem Arm aus, und sie zog sie nah zu sich heran. So konnte ich sie nicht allein lassen. »Kommen Sie rein«, sagte ich.

»Nein, das sollte ich lieber nicht. Sie haben ihn auch verloren. Eigentlich sollte ich nicht hier sein …«

»Kommen Sie einfach rein«, sagte ich. »Setzen Sie sich, wärmen Sie sich auf.«

Widerstrebend gab sie nach, und im Bestreben, meine Nerven zu beruhigen, machte ich uns beiden Tee mithilfe der Beutel, die in der Küche zurückgelassen worden waren, folglich mal ihr gehört haben mussten. Dusty rollte sich auf ihrem Schoß zusammen, sobald sie sich gesetzt hatte, und bettelte um Streicheleinheiten.

Ich nahm einen Schluck, aber der Tee war zu heiß. Meine Zungenspitze wurde taub.

»Es tut mir leid, hier so reinzuplatzen«, sagte sie. »Ich weiß, dass es ein bisschen zu früh für Blumen ist, aber ich – es war so ein Schock, als Maggie mich gestern angerufen hat. Ermordet … mein Gott. Hier in Woodstock. Ich meine, ich weiß, dass einige auf ihn wütend waren, nach dem … aber *Gott,* Mord.« Sie zupfte an einer vom Wind zerzausten Locke, bevor sie ihre Hand in Dustys Fell vergrub. »Ich war mit ihm befreundet, müssen Sie wissen, und ich konnte nicht einfach herumsitzen, allein zu Hause, und mich fragen, wie dieser Kerl, wie er …« Ihre Stimme brach. »Ich musste *irgendetwas* tun.«

»Welcher Kerl?«, fragte ich. »Sam Alby?«

Rachel schüttelte den Kopf. »Ich weiß es nicht. Ich weiß nur, dass Sam sehr wütend war, nachdem das mit Claire passiert war. Ich denke, er war der Erste, der mir in den Sinn kam.«

Ich nickte, und auf eine verquere Weise hoffte ich, dass sie recht hatte. Dass es Alby gewesen war, dass die Polizei ihn verhörte – ihn verhaftete –, und zwar genau jetzt. Dass Ellie ihr Versprechen gehalten und Davis nichts erzählt hatte. Dass die Entsetzlichkeit dessen, was geschehen war, nicht durch mich verursacht worden war.

»Es tut mir leid«, wiederholte sie. »Ich will nicht Detektiv spielen, das versichere ich Ihnen. Ich stehe nur unter Schock.«

»Es ist in Ordnung«, sagte ich. »Wirklich. So geht es uns allen.«

»Danke.« Sie machte es sich auf dem Sofa bequem und nestelte an ihrem Paschmina. Es war schwer, sich vorzustellen, dass sie und Vera befreundet gewesen waren – sie wirkten so unterschiedlich: Vera war in all den Punkten präzise, perfekt, streng, in denen Rachel weich und nachgiebig schien.

»Sie waren bei ihm an dem Tag, an dem – an dem es geschah?«, fragte Rachel und streckte die Hand nach ihrem Tee aus. »War es so etwas wie ein Wanderunfall?«

Ich nickte. »Ja, Vera war auch dabei. Wir beide waren da.«

»Gott, es muss schrecklich gewesen sein. Dieser Wanderweg. Die Stelle ist Angst einflößend.«

Meine Augenbrauen zogen sich zusammen, und Rachel bemerkte sofort meine Verwirrung.

»Tut mir leid«, sagte sie. »Mein Ex meinte immer, ich hätte einen siebten Sinn für solche Sachen. War es nicht auf dem Wanderweg, den die beiden *immer* nahmen? Der von der Chapel Road abgeht? Wir sind den, o Gott, unzählige Male gewandert. Als Maggie sagte, er wäre auf einer Wanderung verschwunden, also bevor er gefunden wurde, hatte ich angenommen …«

Ich schluckte langsam und sah ihr in die Augen. »Entschuldigung, ja, genau da war es. Ich hatte vergessen, dass Sie miteinander befreundet waren.«

Rachel blinzelte Tränen weg. »Wir *waren* gut befreundet, und es ist verrückt, wie schnell sich das ändern kann. Ich wünschte, ich könnte die Art Freundin sein, die Vera jetzt braucht.« Sie sah mich an, hob ihren Becher an die Lippen und hinterließ Lippenstiftspuren am Rand. »Ich bin froh, dass sie Sie hat.«

Ihre Worte klangen flach. Sie schluckte und nahm noch einen Schluck Tee. »Vielleicht haben Sie sich gefragt, warum wir nicht mehr befreundet sind. Falls Vera es Ihnen noch nicht erzählt hat.«

»Ich habe mich das tatsächlich gefragt«, sagte ich. »Aber Vera würde es mir nicht erzählen.«

Mit dem Handrücken wischte sich Rachel Tränen aus den Augen. »Es kursierten Gerücht über uns, wissen Sie, so absurd das klingt, ich und John.« Sie lachte bitter und blickte auf ihre Hände. »Er und ich arbeiteten gemeinsam an einem Projekt, und wir standen uns nah, ich habe nie – wir haben *nie* –, falls Sie das je gedacht haben, sollte es Ihnen oder Vera je in den Sinn gekommen sein, dann möchte ich, dass Sie wissen, dass das nicht stimmt. John war wie ein Bruder für mich, das schwöre ich bei Gott. Ich hätte niemals, *niemals* etwas tun können, das sie verletzt.«

Sie sah auf, als wollte sie mich um Verzeihung bitten, die ich ihr aber nicht gewähren konnte, und Johns Worte vom ersten Abend hallten durch meinen Kopf.

Vera neigt manchmal zu einer Schwarz-Weiß-Sicht der Dinge.

»Was geschah dann?«, fragte ich.

Rachel stellte ihren Becher ab. »Als die Leute zu reden begannen über ihn und Claire, da habe ich vermutlich nicht so reagiert, wie Vera es erwartet hatte.«

»Was meinen Sie damit?«, fragte ich.

Sie presste die Lippen zu einer schmalen Linie zusammen. »Ich meine, dass ich es geglaubt habe, was über John und Claire erzählt wurde. Vera nicht.«

»Oh«, sagte ich, und meine Teetasse fiel mir aus den Händen, heißes Wasser und Teeblätter ergossen sich über den Fußboden. Rachel sprang auf, eilte in die Küche und holte ein Handtuch. Bevor ich irgendetwas tun konnte, war sie auf den Knien, wischte die Pfütze auf und sammelte den entzweigebrochenen Becher ein.

»Es tut mir leid«, sagte ich. »Sie müssen das nicht tun.«

Sie stand auf und schüttelte den Kopf. »Es muss Ihnen nicht leidtun. Davon hat niemand etwas. Was geschehen ist, ist geschehen. *Shit*«, sagte sie und blickte mir in die Augen. »Ich wollte Sie nicht aufbringen. Ich wollte nur, dass Sie Bescheid wissen. Und falls Vera den Verdacht hat, den leisesten Verdacht, dass etwas zwischen mir und John passiert sei … falls sie Sie je fragt, dann hoffe ich, dass Sie ihr die Wahrheit sagen. So etwas ist nie geschehen.«

»Okay«, erwiderte ich und wischte Feuchtigkeit aus meinen Augen. Ich war diejenige, die Vera betrogen hatte, nicht Rachel, und doch war ich diejenige, die in Veras Gunst stand. Das war nicht fair, und die Erkenntnis schmerzte.

»Warum haben Sie geglaubt, was die Leute über das Mädchen gesagt haben? Über Claire? Sie und John waren Freunde. Und außerdem gab es Gerüchte über Sie, von denen Sie wussten, dass sie eindeutig falsch waren. Haben Sie wirklich gedacht …«

Rachel schluckte und nahm vorsichtig Platz, während sie die beiden Hälften meiner Tasse zwischen uns auf den Tisch legte. Auf den Knien ihrer Jeans entdeckte ich Dustys weiße Haare. »Anfangs nicht. Wie Sie sagen, es gab diese Gerüchte über John, und das Ganze klang *grotesk*. Doch später erfuhr ich Dinge über die beiden, die meine Meinung änderten. Und wenn ich daran denke, wie viel er über sie gesprochen hat … ›Claire ist eine *wirkliche* Künstlerin‹, hat er immer gesagt. Im Rückblick scheint es, als wäre er, ich weiß nicht, besessen von ihr gewesen. Es war seltsam.«

»Und *was* haben Sie herausgefunden?«, fragte ich mit schnell klopfendem Herzen, die Büchse der Pandora eine Versuchung. »Was hat Ihre Meinung geändert?«

Rachel stand abrupt auf. »Es tut mir wirklich leid. Ich hätte niemals herkommen und schlecht über John sprechen sollen, gerade jetzt, da er tot ist. Ich weiß, dass das falsch ist.« Sie nahm ihre Tasche, und ich folgte ihr zur Haustür.

»Es muss da etwas gewesen sein«, sagte ich. »Etwas, das Ihre Meinung geändert hat.«

Sie räusperte sich. »Es war immer nur Gerede, Gerede, das ich hier vor Ihnen nicht wiederholen sollte. Nicht jetzt, da er tot ist. Bitte geben Sie Vera die Blumen.«

Rachel öffnete die Tür, und ein kalter Windstoß fegte herein; bevor sie ging, drehte sie sich zu mir um. »Die Sache ist die, ich habe mir immer gesagt, dass ich solche Geschichten glauben würde. Ohne Wenn und Aber.«

»Aber Claire hat ihn nie beschuldigt«, sagte ich nun unerwartet defensiv.

Rachel seufzte und zog den Mantel enger um sich. »Glauben Sie mir, das musste sie gar nicht.«

»Was meinen Sie damit?«, fragte ich.

»Es ist egal. Alles, worauf es ankommt, ist, dass Vera nicht damit umgehen kann«, sagte sie, »nicht, wenn es um ihren Ehemann geht.«

Ich bewahrte die Blumen nicht auf.

Nachdem Rachel gegangen war, zerbrach ich jede einzelne. Dornen zerkratzten mir die Haut. Dann vergrub ich sie tief im Müll unter der abgelaufenen Milch und Essensresten. Ich fühlte mich schrecklich, aber ich konnte nicht zulassen, dass Vera von Rachels und meinem Kennenlernen erfuhr – zumindest nicht jetzt, kurz bevor ich ging; es würde sie zu sehr verletzen. Die Blumen würden sie nur zusätzlich aufregen.

Ich rief Ellie wieder an, drei Mal, ohne eine Nachricht zu hinterlassen. Geduldig hoffte ich auf ihren Rückruf. Dann sah ich die Rechnungen für Freelance-Aufträge durch und überschlug, wie viel Geld sich noch auf meinem Konto befinden müsste, wenn ich die Gelegenheit hatte, es abzuheben. Ich hatte immer noch zu viel Angst, zur Bank zu gehen, selbst wenn Ellie Davis *nichts* erzählt hatte, aber sobald ich die Stadt verlassen würde, müsste ich kurz zurück nach New York. Meine Bank wäre der erste Anlaufpunkt. Ein paar Tausend müssten auf dem Konto sein. Nicht gerade viel, aber besser als nichts.

Als das meiste erledigt war, als ich die Gegenstände unter dem Bett überprüft und mich versichert hatte, dass jedes Fenster fest verschlossen war, zog ich mich um, legte Dusty die Leine an und ging zu Vera.

Der Schornstein rauchte, er stieß Rauchwolken aus wie ein außer Atem geratener Läufer – ein sicheres Zeichen, dass sie zu Hause war, und unwillkürlich fragte ich mich, wer jetzt das Holz hackte, als sie auch schon herauskam.

Vera sah noch schlimmer aus als gestern, ihr Haar war schlaff und fettig, unter ihren Augen waren Ringe, als hätte sie seit Jahren nicht mehr geschlafen. Sie führte mich in den Wohnraum und setzte sich. »Du warst heute bei der Polizei.«

»Ja.«

Eine nervöse Stille breitete sich zwischen uns aus, ungewöhnlich und fremd. Die Abwesenheit Johns war deutlich zu spüren, sie hing wie der Geruch von Tabak in der Luft. »Was haben sie dich gefragt?«, wollte Vera wissen.

»Ich will dich nicht aufregen.«

Sie streckte den Rücken durch. »Ich rege mich bereits auf, Lucy. Du musst mich nicht beschützen. Worum ging's?«

Ich schwieg und zupfte an der Haut meines Daumens herum.

»Gott, sag es einfach!«

Sie hätte nicht brüllen müssen – hätte mich nicht anbrüllen müssen. Aber ich hätte nicht überrascht sein sollen. Das war eine dieser kleinen Veränderungen, wie Holzhacken, die unwichtig schienen und doch alles bedeuteten.

»Sie haben mich nach diesem Mädchen gefragt – Claire?«

Vera nickte.

»Sie denken, die Gerüchte entsprechen der Wahrheit. Alles, was sie mich gefragt haben, drehte sich darum, ob John untreu war.«

Vera sagte kein Wort, sondern stieß Luft durch die Nase aus. Gleich darauf lachte sie kalt und freudlos auf. »Also jagt die Polizei auch diesen Gerüchten hinterher? *Darüber* wollten sie mit dir sprechen? Das ist typisch.«

»Was meinst du damit?«

»Erinnerst du dich, was du zu mir gesagt hast?«, erwiderte Vera und verschränkte die Arme. »Du hast mich damit aufgezogen, dass ich nicht genug Filme gesehen hätte.«

Ich schüttelte den Kopf. »Ich kann dir nicht folgen.«

»Die *Ehefrau*«, sagte sie. »Es ist immer die Ehefrau … stimmt's?«

»Ja, aber …«

»Wenn sie aus mir die hintergangene Frau machen, dann ist das ein Motiv, Lucy. Das und dieser Prozess. Zusammengenommen ergibt das verdammt viel. So, ja, natürlich, das ist typisch. Das ist eine naheliegende Schlussfolgerung. Das bedeutet, sie machen ihren Job nicht.« Ihre Stimme schwankte. »Es bedeutet, dass niemand dabei ist, herauszufinden, was John *wirklich* zugestoßen ist. Dass niemand ermittelt, wer ihm das angetan hat, wer ihn *ermordet* hat.«

Ich starrte sie an – meine Beschützerin, meine Freundin. Für einen Sekundenbruchteil fragte ich es mich wieder. Konnten die Gerüchte über Claire wahr sein? Konnte Vera John und mich gesehen haben – war das der Tropfen, der das Fass zum Überlaufen gebracht hatte? Woraufhin sie morgens zur Hütte gegangen war, angeblich, um sich noch mal von ihm zu verabschieden, und dann ausgerastet ist?

Nein. Wenn Vera John hätte verlassen wollen, dann hätte sie es viele Male tun können. Sie war mit ihm durch dick und dünn gegangen, diese Fehlgeburt – sie wusste nicht, dass ich davon erfahren hatte –, und als John hier in der Stadt in Ungnade gefallen war – das alles. Ich hatte gesehen, wie sie einander liebkosten. Yin und Yang. Vera hatte sogar dann zu ihm gehalten, als ihre Pflicht als Frau von ihr verlangt hatte, diesen Gerüchten zu glauben. Als Rachel, seine Freundin und Kollegin, das nicht getan hatte. Sie liebte ihn. Das wusste ich. Sogar im Zorn hätte sie ihn nie verletzt. Nicht so.

Sie sah mir in die Augen. »Glaubst du wirklich, dass John mir untreu gewesen ist?«

Ich sah ihn in meinem Bett. Wie Johns Lippen sich auf meine pressten. »Nein«, sagte ich, und es war nur zur Hälfte gelogen. »Nein, natürlich nicht. Aber Vera«, sagte ich und wusste, dass ich es riskieren musste, »vielleicht siehst du das auch falsch.«

Ihre Augen zogen sich zusammen – wütend? –, und für eine schreckliche Sekunde fragte ich mich, ob sie mich verdächtigte. Dann wurde ihr Blick weicher, und ich wusste, es war in Ordnung. Selbst wenn ihr der Gedanke gekommen war, so war er doch schnell wieder verschwunden. »Was meinst du?«

»Sie haben ausdrücklich nach Claire Alby gefragt«, erwiderte ich. »Vielleicht ist Sam Alby ihr Hauptverdächtiger. Wäre das nicht einleuchtend? Ich habe ihn der Polizei gegenüber nicht erwähnt, weil ich wusste, dass du das schon getan hast. Ich wollte nicht, dass es so aussieht, als wüsste ich zu viel, für den Fall, dass sie unser Vorhaben rekonstruieren können, aber natürlich wissen sie von ihm. Du hast mehrfach Anzeige erstattet.«

Vera nickte, als würde sie mir nicht so richtig glauben.

»Vielleicht ist das eigentlich ein gutes Zeichen«, sagte ich und klammerte mich an die Hoffnung, dass Davis es nicht gewesen war, dass es nicht meine Schuld war. »Vielleicht suchen sie an genau der richtigen Stelle. Alby muss gewusst haben, wo die Hütte ist, weil es ihn so wütend gemacht hatte, dass seine Tochter dort mit John allein gewesen war. Vielleicht hat er von dem Unfall gehört, ist dorthin gefahren, hat John gefunden und …« Ich konnte es nicht ertragen, den Satz zu Ende zu bringen.

Vera schwieg, ihre Augen glänzten. »Wenn du es so sagst, klingt es sinnvoll. Ich hätte vorher daran denken sollen. Ich – es ist so schrecklich, John zu verlieren, und dann wühlen sie sofort in meiner Ehe herum, treten alles in der Öffentlichkeit breit. Das ist nicht fair, Lucy. Das ist uns gegenüber nicht fair. Gegenüber dem, wer wir sind.«

Ich schüttelte den Kopf. »Du hast recht.«

Erneut liefen ihr Tränen über die Wangen, und dann wusste ich es, tief in meinem Herzen.

Vera hatte es nicht getan. Sie hätte es nicht tun können. Und ich sollte sie nie wieder verdächtigen.

Den restlichen Nachmittag verbrachten wir mit Vorbereitungen. Sie widersprach nicht, als ich eine baldige Trauerfeier vorschlug, Trauer um John nach unseren Vorstellungen, nicht nach denen der Polizei, und gemeinsam entschieden wir uns für den übernächsten Tag. Wir suchten kein Bestattungsunternehmen auf, wie es immer im Fernsehen zu sehen ist. Wir blätterten keine laminierten Bücher mit Blumen und Särgen durch. Wir erledigten das alles online wie zwei wahrhaft moderne Frauen. Ich rief bei einem Unternehmen an, das ich über Yelp entdeckt hatte, und half Vera, die Todesanzeige zu formulieren. Sie würde in der morgigen Ausgabe des *Daily Freeman* abgedruckt werden. Immer und immer wieder sagte sie: »Ich bin dir so dankbar, dass du bleibst. Ohne dich hätte ich nichts davon geschafft.«

Als wir fertig waren, redeten wir nicht über John, die Polizei oder über das, was in den letzten Tagen passiert war. Stattdessen setzten wir uns auf die Couch und entschieden uns für einen Netflix-Abend, verschlangen Filme ohne besondere Handlung, ohne den Hauch einer Liebesgeschichte oder familiäre Verstrickungen. *Film noir* war schließlich nicht mehr lustig, wenn man das Gefühl hatte, in einem zu leben. Vera und ich waren keine unschuldigen jungen Mädchen in schemenhafter Ausleuchtung mit Korkenzieherlöckchen und dunkel umrandeten Lippen. Wir waren wahre Menschen, und unsere Welt brach auseinander.

Während wir die zweite Komödie aus den Achtzigern sahen, bestellte ich Pizza und zwang Vera dazu, ein bisschen was davon zu essen. Wir entschieden uns dann für *Die unglaubliche Reise in einem verrückten Flugzeug*, und Dusty kuschelte sich zwischen uns. Fast fühlte es sich so an, als wären wir wieder eine Familie, obwohl ich wusste, dass diese Familie nicht lange zusammenbleiben würde.

Als wir müde wurden, überprüften wir jedes Schloss in ihrem Haus erneut, und ich folgte ihr anschließend ins Schlafzimmer, dicht gefolgt von Dusty.

Vera schlief als Erste ein, und während ich ihrem Atem lauschte, begann ich, Pläne zu schmieden, packte geistig meine Sachen zusammen, addierte das Geld auf meinem Bankkonto und versuchte, nicht an den Mörder dort draußen zu denken – an Sam Alby, der über seine nächsten Schritte nachdachte.

Oder an Davis. Wie er irgendwo dort draußen auf der Wiese wartete. Wie er mich beobachtete, uns beobachtete.

Wie er die Optionen abwog, seine Rache gegen mich am besten vollenden zu können.

25

Die Aufbahrungshalle roch nach Putzmitteln auf Kiefernbasis. Ein unberechenbarer Schweißtropfen bahnte sich über die faltige Stirn des Pfarrers. Dieses Ausrufezeichen von Körperschweiß wirkte unhöflich und aufmüpfig, als wäre ihm John vollkommen egal, als wollte er einfach sein Ding durchziehen.

»Der Herr hat Pläne für jeden von uns«, sagte der Pfarrer, während Vera ein Schluchzen unterdrückte und ich ihr ein Taschentuch in die Hand schob. Ich hasse es, wenn jemand so etwas sagt, als wären wir alle Teil eines kosmischen Plans; das sagen doch nur Leute, die in der Lotterie des Lebens das große Los gezogen hatten.

Während er weitermonologisierte, konzentrierte ich mich auf das Foto von John, das auf einer Staffelei stand. Wir hatten es gemeinsam ausgesucht, hatten uns durch seine Fotos bei Facebook geklickt, bis wir auf dieses gestoßen waren: John, lachend, die Augen weit geöffnet, in dem Flanellhemd, das er oft zu Hause getragen hatte. Vera hatte für den Beginn der Gedenkfeier ein Zitat von Keith Haring ausgesucht.

Der Pfarrer verließ das Podium, und Vera stand auf, um ihrerseits zu sprechen. Sie nahm das Taschentuch, das ich ihr gegeben hatte, wischte damit unter ihren Augen entlang und ging nach vorn. Als sie am Rednerpult stand, schwieg sie einen Moment und atmete tief durch, während sie mit zitternden Händen ein Blatt Papier entfaltete. Ihre Fingernägel waren blassgrau lackiert, ihr Haar zu einem perfekten Knoten geschlungen; sie trug ein anthrazitfarbenes Wollkleid, das an der Taille eingefasst war, ich hatte geholfen, es auszusuchen. Alles an ihr schien stärker hervorzutreten – ihre Wangenknochen stachen durch ihren bleichen Teint hervor, ihre Augen waren verquollen und groß, ihr Haar war straff zurückgebunden. Wie sie so vor uns stand, ließ sie selbst tiefe Trauer wunderschön wirken – eine moderne Grace Kelly.

»Ich habe John in New York City kennengelernt«, sagte sie,

während ihre Augen durch den Raum irrten. »Ich weiß, dass viele das behaupten, aber bei uns war es Liebe auf den ersten Blick.« Mit unsicherer Stimme stolperte Vera durch ihre Geschichte, die die beiden mir gemeinsam erzählt hatten, wie sie sich in Chelsea getroffen hatten, wie sie sofort gefühlt hatten, dass etwas geschehen war. Sie schilderte, wie sie John durch das Kneipenspiel des Abends gelotst hatte, und wie er sie dafür umso mehr geliebt hatte. Sie sprach darüber, wie es war, mitzuerleben, wie er sich im Lauf der Jahre weiterentwickelte, wie seine Stärke wuchs, sei es beim Malen, beim Holzhacken oder dabei, ihr jeden Tag zuzuhören. Sie sprach darüber, dass John in so jungen Jahren seine Familie verloren hatte, über seine Trauer. Seine Familie, die natürlich nicht da war, die Eltern tot, sein Bruder – Vera hatte sich die Zeit genommen, ihn anzurufen –, der ohne Begleitung nicht hatte anreisen können.

Während sie sprach, blickte ich mich unauffällig um. Es waren nur wenige Menschen da, vielleicht rund zwanzig, die meisten kannte ich nicht, vermutlich waren es alte Bekannte aus Manhattan.

McKnight saß in einer der hinteren Reihen, die Augen geradeaus gerichtet. Er richtete sich leicht auf, und ich atmete schnell und flach.

Direkt hinter ihm, ganz hinten, war Sam Alby. Ich starrte auf seinen dicken Hals, sein grau meliertes Haar war für den Anlass ordentlich gekämmt. In meiner Brust erwachte Ärger – wann war er reingekommen? Ich konnte nicht fassen, dass er es wagte, sich überhaupt hier blicken zu lassen.

In derselben Reihe, ein, zwei Armlängen entfernt, saß die Kellnerin aus dem Restaurant.

Ich lächelte, froh, ein bekanntes Gesicht zu sehen, aber sie bemerkte mich nicht.

Rachel war nicht zu sehen.

Ich drehte mich wieder nach vorne. Ich hatte das seltsame Gefühl, dass niemand hier John gekannt hatte, nicht so gut wie Vera, und dass sie uns seine Lebensgeschichte erzählte, als wäre er eine Figur in einem Buch oder ein spleeniger Mensch aus Manhattan, der in der *New York Times* porträtiert wurde. Das schloss auch mich ein. Ich hatte nicht gewusst, dass sein Lieblingsessen – trotz seiner lukullischen Neigungen – Käsetoast gewesen war. Oder dass die beiden oft darüber gestritten hatten, wie man ein T-Shirt am besten zusammenlegt.

»Es war ein Geschenk, vierzehn Jahre mit ihm zusammen zu sein«, sagte Vera, die Augen auf die letzte Zeile ihrer Notizen gerichtet. »Ich kannte ihn besser als jeder andere.«

Sie faltete das Blatt zusammen und schaute auf, der Blick mit einem Mal fokussiert. »Er war nicht perfekt. Niemand ist perfekt«, fuhr sie in scharfem Tonfall fort. Ich presste meine Lippen aufeinander, ruhig, stoisch, doch innerlich in Aufruhr: Ich hatte mich ihr gegenüber nicht richtig verhalten. Ich hatte ihre Ehe nicht respektiert.

Vera räusperte sich. »Aber ganz gleich, was andere über ihn denken, das hat er nicht verdient.«

Tränen schossen mir in die Augen. Als Vera zurück zu ihrem Platz ging und sich an mir vorbeidrückte, spürte ich den Schmerz bis in die Knochen: Sie hatte recht, so ungeheuer recht. Mir war es egal, was Rachel gesagt hatte, welche Zweifel sie hatte säen wollen – John hatte das nicht verdient, nicht im Geringsten. John war ein guter Mensch. Abgesehen von dieser einen dummen Nacht mit mir, war er ein guter Mensch gewesen.

Als die Gedenkfeier vorbei war, ging Vera wieder nach vorne, um die Menschen zu begrüßen, die John die letzte Ehre erwiesen. Ich wandte mich in die entgegengesetzte Richtung und fand einen Platz an der hinteren Wand.

McKnight wählte die linke Seite und beobachtete uns, sein Notizbuch beulte seine Brusttasche aus. Ich wusste, dass er herausfinden musste, was geschehen war, aber dennoch war es geschmacklos, eine Gedenkfeier als Arbeit zu betrachten, bei der man sich Notizen machen musste.

Ich lehnte mich an die Wand und betrachtete die Reihe mir unbekannter Leute, die mit Vera sprechen wollten. Die Gedenkfeier war vorbei, doch bis Mittag blieb Zeit für jene, die John die letzte Ehre erweisen wollten. Ich fragte mich, was sie wohl zu Vera sagten, in welchem Verhältnis sie zu John gestanden hatten …

»Mist, ich bin zu spät.«

Ich zuckte zusammen, drehte mich um und sah Rachel; sie hatte Schweiß auf der Stirn, die Wangen waren gerötet. Meine Augen huschten zu Vera, und ich drehte mich um, weil ich nicht wollte, dass sie mich mit Rachel sah, die ungerührt weitersprach. »Ich war mir nicht sicher, ob Vera mich hier sehen wollte, und während ich mich das fragte, entschied ich, dass das egal war. *Ich* wollte herkommen.« Sie richtete den Kragen ihres Kleides, locker drapiert wie gewöhnlich, doch schwarz entsprechend dem Anlass. »Ich weiß nicht, wie ich Vera gegenübertreten soll, aber ich weiß, dass ich mich von John verabschieden will. Haben Sie ihr die Blumen gebracht?«

Ich nickte unwillkürlich, dann warf ich wieder einen Blick auf Vera, die zum Glück mit den wartenden Menschen beschäftigt war.

»Was hat sie gesagt?«, fragte Rachel.

»Sie hat sich bedankt«, log ich. »Aber sie hat eine Menge Blumen bekommen.« Eine weitere Lüge. »Vielleicht vermengen sie sich alle für sie.«

Rachel sah mir in die Augen, als würde sie sich fragen, wer außer ihr Vera Blumen schickte. Aber dann sagte sie: »Wie geht es Ihnen?«

»So gut es eben geht«, antwortete ich und wünschte, sie würde aufhören, mit mir zu sprechen.

»Und Vera?«, fragte Rachel. »Isst sie? Schläft sie?«

Es traf mich wie ein Schlag, wie sehr Rachel sich um ihre alte Freundin sorgte. Das war nicht nur Gerede. In ihren Augen erkannte ich aufrichtige Besorgnis. Die gleiche Art, wie meine Mutter mich angesehen hatte, als ich jünger war. Die gleiche Art, wie sie mich angesehen hatte, bevor …

»Sie schläft«, antwortete ich. »Essen eher weniger.«

»Na ja, ich bin froh, dass sie zumindest etwas Ruhe findet.«

Das war ich auch, aber ich musste dieses Gespräch beenden. Ich trat einen Schritt zur Seite, um etwas Abstand zwischen uns zu bringen, aber Rachel schien das nicht zu bemerken. Ich flehte um eine Unterbrechung, etwas, das sie von mir ablenken würde, damit Vera nicht sah, wie wir hier beieinanderstanden, als wären wir alte Freundinnen …

»O Gott«, sagte Rachel.

»Was denn?«, fragte ich.

»*Sam* ist hergekommen?«

»Oh«, sagte ich. »Ja, das hat mich auch überrascht.« Ich machte einen weiteren Schritt zur Seite.

»Und seine Tochter«, fuhr Rachel fort und presste die Lippen aufeinander.

Für eine Sekunde vergaß ich mich. »Seine Tochter? Sie meinen Claire, das Mädchen, das …«

Rachel nickte. »Dort drüben in der Ecke.«

Mein Blick folgte Rachels, aber das einzige Mädchen, das ich sah, war Al aus dem Restaurant. Sie stand vor Johns übergroßem Foto, in ihrem kupferfarbenen Haar fing sich das Licht. Ich schüttelte den Kopf. »Nein. Das ist Al. Ich kenne sie aus dem *Schoolhouse*.«

Rachel drehte den Kopf zu mir. »Al? Ist das ihr Spitzname? Wäre nachvollziehbar, oder? Al, wie Alby? Aber so oder so, das ist definitiv Claire.« Und dann, um es unmissverständlich zu machen: »*Sie* ist das Mädchen, um das es bei alldem geht.«

Ich konnte kaum klar sehen.

Nicht Rachel, wie sie auf Vera zuging, wie deren Körper sich straffte, versteifte, als ihre frühere Freundin versuchte, sie zu umarmen. Nicht McKnight, der in seiner Ecke an der Wand lehnte und uns alle beobachtete, jeden Einzelnen von uns verdächtigte. Nicht Sam Alby, der noch immer an seinem Platz saß, allein seine Anwesenheit schon eine Bedrohung.

Doch egal, wohin ich sah, meine Augen kehrten immer wieder zu dem Mädchen zurück, das ich als Al kennengelernt hatte, welches wie erstarrt vor Johns Foto stand, gefangen, als sähe sie zum ersten Mal einen Monet im Louvre. Oder vielleicht, dachte ich bitter, einen Van Gogh.

Sie hatte mich angelogen. Hatte mir absichtlich einen Spitznamen genannt, der mich irreführen sollte. Hatte jedes Detail ihrer Beziehung zu John oder Vera weggelassen. Sie hatte mich nach meinen Nachbarn gefragt – mehr als einmal –, aber ich hatte nie eins und eins zusammengezählt. Wie auch?

Alby stand auf, fuhr sich mit den Händen über die Seiten und ging dann auf sie zu. Er griff nach ihrer Schulter und flüsterte ihr etwas ins Ohr. Sie drehte den Kopf weg und schüttelte ihn ab.

Er drehte sich um und ging forsch den Mittelgang hinab.

Ein oder zwei Minuten später wendete sie sich von Johns Foto ab und ging ihrerseits den Gang entlang.

»Claire«, sagte ich, als ich ihr hinausfolgte, den steingepflasterten Pfad entlang, der zum Parkplatz führte. Es war immer noch früh, noch nicht einmal elf Uhr, aber der Himmel war von einem verschwommenen Weiß, als läge ein Schleier über dem Horizont und verdeckte die Sonne. Sie ging schneller, und ich lief, um sie einzuholen. *»Claire.«*

Sie ging weiter.

»Al?«

»Was?« Sie drehte sich auf dem Absatz um und stand mir gegenüber.

»Was ist denn nun richtig?«, fragte ich. »Claire oder Al?«

In dem milchigen Licht wirkte sie ätherisch, eine Heldin aus einem Brontë-Roman, die übers Moor sah und sich nach dem älteren Mann sehnte, von dem sie dachte, dass sie ihn vielleicht liebte. »Spielt das eine Rolle?«

»Das ist dein Vater? Du bist …« Meine Worte verflüchtigten sich wie Wassertropfen in der Luft. »Du – du hast John gekannt … Warum hast du mir nicht deinen richtigen Namen genannt?«

»Man sagt beides zu mir, okay?«, erwiderte sie. »Das war schon so, als ich jünger war. Inzwischen ist es einfacher, mich als Al vorzustellen.«

»Okay«, sagte ich. »Es tut mir leid. Ich – ich versteh es nur einfach nicht.«

Claire stützte eine Hand an der Hüfte ab. »Was begreifst du nicht?« Für einen Moment klang sie wie eine dickköpfige, hormongesteuerte Teenagerin, die dachte, sie wüsste alles besser. Wie ich in ihrem Alter.

»Du hättest es mir sagen können. Gott, ich dachte, du bist auf dem College. Ich hatte ja keine Ahnung.«

Sie presste die Lippen zusammen. »Vielleicht wollte ich mich einfach über das Schreiben mit dir unterhalten und nicht über diesen ganzen Mist. Vielleicht wollte ich nicht, dass du mich fragst, wie's mir geht, wozu sich hier jeder gezwungen sieht, selbst wenn er nichts von mir weiß. Rein gar nichts.«

»Okay«, sagte ich. »Ich hab's verstanden. Aber du hast mich gefragt, warum sie nie mitkämen – John und Vera –, du hast mich das gefragt, obwohl du die Antwort wusstest.«

Sie zuckte mit den Schultern. »Ich wollte sehen, wie viel du weißt.«

»Du hättest mich geradeheraus fragen können. Ich wäre ehrlich gewesen.«

Sie atmete tief ein. »Ich kann die ganzen Gerüchte nicht mehr hören, okay? Wenn ich kann, vermeide ich es, darüber zu reden. Es ist egal, ob du John gekannt hast oder ob er dein Freund war oder was auch immer. Das, was geschehen ist, geht dich nichts an«, sagte sie. Sie blickte zur Aufbahrungshalle, die nun immer mehr Leute verließen. »Und es ging auch meinen Dad nichts an. Oder meine Mutter. Oder Vera. Oder sonst jemanden in dieser Stadt, okay?«

»Ich weiß, es ist nur …«

Sie begann, sich wegzudrehen.

»Warte«, sagte ich.

Claire verschränkte die Arme und seufzte, als ob dies alles sie ermüden würde. Sie sah mir in die Augen und beschwor mich, zu verstehen: »Das ist wie bei dir, mit deiner Freundin, die ins Restaurant gekommen ist – was sie gesagt hat und was du ihr erzählt hast, das geht allein dich was an.«

26

Als ich wieder im Cottage war und die Tür fest hinter mir verschlossen hatte, eilte ich sofort ins Schlafzimmer und wand mich aus Kleid und Strumpfhose.

Ich konnte immer noch nicht glauben, dass Al Claire war.

Sie hatte so harmlos gewirkt. Aber ich sollte nicht so überrascht sein. Letztlich bestanden wir alle aus Lügen, jeder Einzelne von uns. Die Wahrheit lag irgendwo tief in unserem Herzen, und mit jedem Jahr, das vorbeiging, legten wir eine Schutzschicht um sie, wie bei einer Zwiebel. Um zur Wahrheit zu gelangen, musste man jede Schicht einzeln abziehen. Oder man nahm ein Messer und schnitt tief hinein, unter Tränen, weil ihre Ausdünstung uns in die Augen stach. Claire war jung und naiv – sie hatte weniger Schutzschichten als ich –, aber das bedeutete nicht, dass sie nicht angefangen hatte, diese Schichten auszubilden, dass sie nicht die große Lektion des Erwachsenwerdens gelernt hatte: dass niemand dich beschützt, außer du dich selbst.

Ich warf das Kleid auf mein Bett und vertrieb Claire – Al – aus meinen Gedanken.

Zeit zu packen. Zeit, so schnell wie möglich zu verschwinden.

Doch während ich mir einen Sweater über den Kopf zog, fiel es mir auf – da war kein Schnaufen, kein schwerfälliges Tapsen. Kein Dusty.

Ich versuchte, ruhig zu bleiben, schlüpfte in eine Jeans, ging durch die Küche und rief seinen Namen. Vielleicht war er nur zum Pinkeln hinausgegangen. Ich drehte den Türknopf, und ein Schwall kalter Luft schoss herein, als ich in den Hinterhof trat, die Steine kalt unter meinen nackten Füßen. Im Hof war er nicht.

»Dusty«, rief ich lauter. Mein Herzschlag ging schneller, als ich ins Schlafzimmer zurückkehrte, auf die Knie fiel und unter das Bett schaute. Nichts.

»Dusty«, rief ich noch einmal. Im Wohnzimmer suchte ich unterm Sofa, unter den Decken.

»Dusty«, schrie ich, Verzweiflung mischte sich in meine Stimme. Ich lief in den Hinterhof, durchsuchte ihn nochmals. Tränen traten mir in die Augen, als ich seinen Namen wiederholte – nichts.

Ich zog Schuhe an und zog die Tür hinter mir zu, machte mich auf den Weg die Auffahrt hinunter. »Dusty!«

Ich lief die Straße entlang, Eis und Frost bissen meine Knöchel. Ich eilte zu Maggies Haus – vielleicht hatte sie ihn oder – o Gott – Davis gesehen. Als ich ihren Windfang erreichte, war ich außer Atem. Ich klopfte drei Mal laut.

Innerhalb von Sekunden öffnete Maggie die Tür. »Lucy«, sagte sie. »Ich war …«

»Dusty!«

Sein kleiner Fellkörper eilte auf mich zu, dann kratzten seine Pfoten an meinen Knöcheln. Ich kniete mich hin, zog ihn in meine Arme und brach in Tränen aus.

»Oje«, sagte Maggie.

»Er war bei Ihnen?«, fragte ich, während Dusty das Salz von meinen Wangen leckte. »Warum?«

»Ich sah ihn die Straße runterrennen«, sagte sie. »Zum Glück war ich schnell genug draußen, um ihn herzurufen.«

»Warum sind Sie nicht zu mir gekommen?«, fauchte ich. »Oder haben eine Nachricht hinterlassen.«

Sie versteifte sich, machte einen Schritt zurück und streckte eine Hand nach der Tür aus.

»Es tut mir leid«, sagte ich. »Ich bin gerade erst nach Hause gekommen, und Dusty war nicht da, und …«

»Ich hab genau das getan. Ich bin direkt zu Ihnen gegangen, aber Sie waren nicht da. Dann fiel mir ein, dass Sie noch bei der Gedenkfeier sein mussten. Im *Daily Freeman* hieß es, dass sie bis Mittag dauern würde«, sagte Maggie. »Ich wusste nicht, dass Sie so früh zurück sein würden.«

Dusty wand sich, doch ich drückte ihn noch fester an mich.

»Es ist nicht meine Schuld, dass er weggelaufen ist«, sagte sie mit geschürzten Lippen. »Und angesichts der Umstände ist es kein Wunder, dass er das getan hat. Sie müssen vorsichtig sein.«

»Was meinen Sie damit?«

Sie schlüpfte in ein Paar Crocs und zog ihren Mantel an. »Kommen Sie«, sagte sie. »Ich zeige es Ihnen.«

Sie führte mich zurück zu meinem Cottage, und als wir das Grundstück erreichten, eilte sie zum Zaun auf der Rückseite. Sie beugte sich vor und deutete auf eine Stelle, wo der Boden eingesackt war, wodurch eine schmale Lücke unter dem Zaun entstanden war. »Ich habe das entdeckt, als ich mit ihm herkam, um Sie zu suchen.«

»Sie denken, Dusty ist durch *das* entkommen?«, fragte ich.

»Oh, auf jeden Fall«, sagte sie, und ihre Augen weiteten sich. »Bei kleinen Hunden wie ihm lässt sich der Brustkorb zusammendrücken. Sie können sich in kleinste Räume quetschen. So werden sie gezüchtet. Es sieht aus, als wäre der Boden dort etwas erodiert, vielleicht durch den Matsch nach Schnee oder Regen. Er hat vielleicht ein Eichhörnchen gesehen und es gejagt.«

Meine Augen erforschten die Öffnung, mein Atem stockte, mein Körper wurde taub.

Davis war subtil. Wenn er mir wirklich eins auswischen wollte, würde er so etwas tun, etwas so Unauffälliges, das so harmlos schien, dass es mich wahnsinnig machen würde – wie dieser verdammte Wasserhahn. Wenn Dusty verletzt worden wäre – Gott, wenn er gestorben wäre –, dann hätte ich nicht um ihn getrauert: Ich wäre von Gewissensbissen gequält worden, weil ich gedacht hätte, es wäre meine Schuld.

»Sie müssen den Zaun immer überprüfen, wenn Sie einen Hund mit freiem Zugang zum Hof alleine lassen wollen. Besonders wenn er nicht gut gehorcht.«

»Vielen Dank«, sagte ich und klammerte mich an seinen kleinen Körper. »Ich sollte wieder reingehen. Er hatte einen ziemlich aufregenden Tag.«

Ich wandte mich zur Tür, aber sie räusperte sich.

»Übrigens«, fuhr sie fort, »war Rachel da? Bei der Gedenkfeier, meine ich.«

Ich nickte.

»Gut«, sagte sie. »Ich hatte befürchtet, sie würde sich nicht trauen hinzugehen, aber ich weiß, dass es ihr wichtig war.«

»Nochmals danke, Maggie«, sagte ich und scheuchte sie quasi

weg, darauf brennend, meine Sachen zu packen. Mich auf den Weg zu machen.

»Und wenn Sie noch irgendwas brauchen«, sagte Maggie.

»Ich weiß, wo ich Sie finde.«

Sobald sie gegangen war, eilte ich zum Wandschrank und zog meinen Koffer hervor. Ich zog die Schubladen heraus, holte stapelweise Sweatshirts und Jeans hervor und stopfte sie hinein.

Ich kam bei der obersten Schublade an, zog sie heraus und fing an, meine Unterwäsche in den Koffer zu werfen.

Ich erstarrte, während es in meinem Kopf zu rotieren begann.

Der Schal meiner Mutter, den ich in dieser Schublade aufbewahrt hatte, seit ich hergekommen war. Umrandet von einem blauen Streifen, mit Rosenknospen, mit dem Fleck, den Davis verschuldet hatte …

Er war weg.

Ich riss die Schublade heraus, zog so heftig, dass ein Stückchen Holz absplitterte, und drehte sie um. Unterhosen und BHs und die alte Möbelbroschüre fielen zu Boden wie Konfetti.

Der Schal war nicht da.

Ich warf die Schublade auf den Boden; sie machte einen fürchterlichen Lärm, der Dusty verängstigte. Mit zitternden Fingern griff ich nach der Broschüre. Mein Herz schlug schmerzhaft, meine Hände bebten.

Sie war leer. Die Fotos von John waren weg.

Und was noch erschreckender war: Die Notiz, die er mir hinterlassen hatte, war auch weg.

Ich war nicht verrückt, und ich war nicht paranoid. Etwas war geschehen. Sosehr ich es hatte vermeiden wollen, war es doch eingetreten. Das war mehr als ein tropfender Wasserhahn, mehr als eine Lücke unter dem Zaun. Das hier war real, fassbar. Ein Beweis.

John war tot, verdammt noch mal. Vielleicht war es Sam Alby gewesen. Vielleicht hatte nichts davon mit mir zu tun. Aber vielleicht, vielleicht …

Wenn du mich je betrügst, werde ich ihn töten müssen.

Wer wusste außer Davis, was mir dieser Schal bedeutete? Für jeden anderen wäre er nichts als ein altes, verdrecktes Ding. Was, wenn Davis John getötet, ihn mit dem Messer erstochen hatte, das er immer bei sich hat, dann zurück zum Cottage geschlichen war, Dusty in Gefahr gebracht und den Schal meiner Mutter mitgenommen hatte, damit ich die Botschaft verstand? Und obendrein noch die Fotos und die Nachricht eingesteckt hatte, um mich fertigzumachen?

Ich griff nach meinem Telefon und versuchte ein weiteres Mal, Ellie anzurufen, ich musste einfach auf Nummer sicher gehen.

Nach dem fünften Klingeln nahm sie ab. »Können Sie mal *aufhören,* mich anzurufen? Setzen Sie mich auf die ›Nie-wieder-anrufen‹-Liste und lassen Sie mich in Ruhe.«

»Ellie«, sagte ich. »Ich bin's.«

Ein schnelles, scharfes Einatmen.

»Du bist das? Mann, das wusste ich nicht. Bist du okay?«

Ich schluckte, meine Lippen bebten, als ich mit mir kämpfte, diese eine Frage zu stellen. »Hast du es ihm erzählt?«, fragte ich, die Worte brachen aus mir heraus. »Hast du Davis erzählt, wo ich bin?«

Schweigen spannte sich zwischen uns auf. Ein Seil.

»Ellie, sag es mir. Bitte.«

»Was willst du von mir hören?«, fragte sie.

»Du hast es versprochen«, sagte ich flehentlich. »Du hast versprochen, es nicht zu tun.«

»Er ist mein Bruder«, erwiderte sie.

»Ellie.«

»Er ist mein Bruder, ich musste es tun.«

Ohne ein weiteres Wort legte ich auf.

Davis war hier, er hatte mich gefunden, und ich durfte keine weitere Sekunde vergeuden.

Es war an der Zeit zu verschwinden.

27

Ich stemmte die Bodendiele auf, ein Splitter bohrte sich schmerzhaft in meine Haut, dann blickte ich auf meine Sachen – mein Leben, all das, was mich ausmachte, nur eine Handvoll Dinge. Wenigstens leichtes Reisegepäck.

Ich überprüfte alles zweimal, dann packte ich es in dieselbe Tragetasche, mit der ich hergekommen war, damals im September, und stellte sie neben meinen Koffer, der randvoll mit meiner Kleidung war.

Dass der Schal meiner Mutter weg war, nagte an mir – mir fiel es schwer, ohne ihn wegzugehen –, aber ich konnte es nicht ändern.

»Was meinst du, Liebling?«, fragte ich Dusty und versuchte, ein bisschen Leichtigkeit in meine Stimme zu zwingen, um ihn nicht zu sehr aufzuregen. »Bist du bereit für ein weiteres Abenteuer?«

Ich sah nach der Uhrzeit auf meinem Handy. Kurz nach Mittag. Vermutlich räumte Vera zusammen mit den Leuten vom Bestattungsinstitut noch alles auf. Wenn ich jetzt ging, würde sie es gar nicht mitbekommen. Ich hatte zwei verpasste Anrufe, beide innerhalb von fünf Minuten, mit der örtlichen Vorwahl 845. Ein Teil von mir wollte zurückrufen, nur um zu sehen, wer es war, aber der andere Teil fürchtete, es könnte Davis sein, der irgendwie an meine neue Nummer gekommen war und mich von einer Bar im Ort anrief – oder von einem öffentlichen Fernsprecher, falls es so etwas noch gab.

Ich war zu verängstigt, um es herauszufinden, darum ignorierte ich die Anrufe, schob das Handy in meine Tasche und trug meinen Koffer und Dustys Transportkiste nach draußen zum Auto. Ich ließ den Motor an, damit er warm lief, öffnete den Kofferraum, warf meine Sachen hinein und ließ die Klappe offen, während ich den Hundekorb auf den Rücksitz stellte.

Wieder im Haus, ging ich ein weiteres Mal durch das Cottage. Meine Angst rumorte in mir, nervös kontrollierte ich, ob alle Herdplatten aus waren, ob ich nichts Wichtiges in den Schubladen vergessen hatte. Wehmut traf mich, scharf und bitter, wie ein Schlag in den Magen.

Erneut ging ich weg, gerade als dieser Ort angefangen hatte, zu einem Zuhause zu werden.

Mein Telefon klingelte und vibrierte in meiner Tasche. Wieder die gleiche Nummer. Mit bebenden Händen drückte ich das Gespräch weg, während ich mir vorstellte, dass Davis am anderen Ende der Leitung war. Ich klappte den Laptop zu und schob ihn in die Hülle, dann leerte ich meine Tragetasche, überprüfte den Inhalt noch mal auf Vollständigkeit und packte alles wieder zurück. Mein Puls raste, als ich mir einen letzten Überblick verschaffte. Dann legte ich Dusty an die Leine und schlüpfte in meinen Mantel.

Als ich draußen war, schloss ich die Tür zweimal ab, steckte die Schlüssel in meine Handtasche und eilte zum Auto, Abgas qualmte aus dem Auspuff wie Rauch. Ich klappte den Kofferraum zu und schob Dusty vorsichtig in seinen Korb. Er winselte, sein Blick verriet pure Angst. *Ich auch,* dachte ich. *Ich auch.*

»Fahren Sie weg?«

Ich schreckte hoch und schlug mit dem Kopf gegen den Türrahmen. Ich fluchte und rieb die Stelle, während ich mich langsam hinausschob und mich umdrehte.

»Sie haben doch nicht etwa vor, die Stadt zu verlassen, oder?«, fragte McKnight.

Dusty begann zu bellen, die Stimme eines Mannes verschreckte ihn. Er scharrte aufgeregt in seinem Korb.

»Nur für ein paar Tage.«

»Wohin?«

»Freunde treffen … in Brooklyn«, sagte ich unsicher.

Er verschränkte die Arme. »Ich habe Sie dreimal angerufen.«

»Ich kannte die Nummer nicht«, sagte ich. »Ich dachte, es wäre womöglich mein Ex.«

»Ich hatte gehofft, Sie bei der Gedenkfeier abzupassen, aber Sie waren vorher weg.«

Ich zuckte nur mit den Schultern.

McKnight legte den Kopf ein wenig schräg, genauso wie Dusty, wenn er versuchte, mich zu verstehen. »Ich hatte gehofft, Sie könnten zum Revier kommen. Gibt es eine Möglichkeit, dass Sie Ihre Fahrt verschieben?«

»Ich denke nicht, dass ich das kann.« Ein Kloß hatte sich in meinem Hals gebildet.

Er blinzelte. »Wir müssen *unbedingt* heute mit Ihnen reden.«

»Also muss ich kommen?«, fragte ich. »Ich muss alles ausfallen lassen deshalb? Wollen Sie mich verhaften oder so was, wenn ich es nicht tue?«

Wieder legte McKnight seinen Kopf leicht zur Seite. »Gibt es einen Grund, warum ich Sie verhaften sollte, Miss King?«

Fuck.

Er schob seine Hände in die Taschen. »Ich denke, es wäre besser für uns beide, wenn Sie mir zum Revier folgten. Nach Brooklyn zu flüchten würde im Augenblick keinen guten Eindruck machen.«

Wut durchströmte mich, meinen Bauch, meine Knochen, und ich wünschte, ich könnte ihn angreifen, niederschlagen, ins Auto steigen und Vollgas geben, während ich wendete, aber er stand regungslos da, stoisch, herausfordernd.

»Lassen Sie mich nur Dusty hineinbringen«, sagte ich ergeben.

McKnight verschränkte die Arme. »Ich warte solange.«

Ich nahm Dustys Korb und meine Tragetasche, kehrte ins Cottage zurück, warf die Tasche auf den Couchtisch und befreite Dusty. Glücklich lief er durch den Raum, als wäre ihm eine Galgenfrist gewährt worden. Ich sah aus dem Fenster, dort draußen stand McKnight und wartete wie eine Statue. Schnell zog ich eine Schublade heraus, entnahm ihr eine Rolle Isolierband und kniete mich vor die Hundeklappe.

Es musste sich um eine Routinebefragung handeln, versicherte ich mir, während ich breite Streifen Isolierband abriss und quer über die Klappe klebte, damit Dusty nicht hinauskonnte. Ich hatte John nicht ermordet, und ich hatte keinen Grund – kein Motiv – es zu tun. Solange Sam Alby im Spiel war, konnte ich keine echte Verdächtige sein. Ich würde mit McKnight mitkommen, diese verdammte Befragung über mich ergehen lassen, dann zurückkehren und wegfahren. Das Ganze sollte nicht mehr als ein paar Stunden dauern. Vera würde mitbekommen, dass ich wegfuhr, aber ich würde es ihr erklären. Vielleicht konnten wir zu einem späteren Zeitpunkt wieder Kontakt aufnehmen, sobald ich irgendwo in Sicherheit war. Vielleicht konnten wir weiterhin eine Familie bleiben – sie und ich –, nur halt eine Fernfamilie.

Mein Blick fiel auf die Tragetasche. Konnte ich es riskieren? Ich entschied, dass ich es konnte. Ich huschte ins Schlafzimmer, schob das Bett zur Seite, deponierte alle Sachen wieder in meinem Versteck und trieb die Bodendiele tiefer rein denn je.

Dann verschloss ich die Tür hinter mir, stieg ins Auto und folgte McKnight die Straße hinunter.

Das Revier war so leblos wie beim letzten Mal, doch die Frau am Empfangstresen schien mich zu erkennen, als ich ebenso wütend wie verängstigt hinter McKnight den Raum betrat. Jeder Ausweg schien zu mehr Skeletten, mehr Gefahren zu führen, obwohl ich mich nur endlich sicher fühlen wollte. Ich stellte mir Dusty allein im Cottage vor, während Davis in der Nähe lauerte, nah genug, um uns etwas anzutun.

Im Befragungsraum bot McKnight mir keinen Kaffee an, er schaltete nur die Kamera ein, setzte sich mir gegenüber und lehnte sich mit den Händen auf dem Bauch zurück. »Gibt es noch etwas, das Sie mir erzählen wollen, Miss King?«

»Worüber?«, fragte ich und versuchte, nicht zu knurren.

Ruhig legte er seine Hand auf den billigen Plastiktisch. »Über alles. Ms. Abernathy. Mr. Nolan. Das Studio.«

Etwas blitzte auf, etwas, das ihm weiterhelfen konnte, etwas, das ich vergessen hatte zu erwähnen, weil ich so defensiv gelogen hatte; etwas, das bewies, dass ich helfen wollte, dass ich auf der richtigen Seite stand. »Die Hütte«, sagte ich. »Ich meine Johns Studio. Wo er gefunden wurde?«

McKnights Augenbrauen schossen hoch. »Ja?«

»Sie haben sie nie verriegelt. John selbst hat mir erzählt, dass sie den Schlüssel nie benutzen.«

Sein Gesicht fiel in sich zusammen – Enttäuschung. Verurteilung. »Wir wissen das, Miss King. Ms. Abernathy hat uns das in ihrer ersten Befragung erzählt. Das ist in dieser Gegend hier so üblich bei den Jagdhütten.«

Jagdhütte. An diesen Aspekt hatte ich nie gedacht, aber letztlich war es genau das. Nur dass dort nichts gejagt worden war. Zumindest nichts vor John.

»Noch etwas, Miss King?«

»Nein«, erwiderte ich. »Das war alles.«

Er saß still da, gleichmütig, wartete, dass ich mehr sagen würde. Ich wusste nicht, worauf er hinauswollte. Der Raum begann sich mit einem Mal extrem heiß anzufühlen. Eine trockene Hitze überkam mich, eine, die Achselhöhlen zum Schwitzen und die Haut zum Aufreißen brachte. Vielleicht drehten sie in solchen Situationen den Thermostat auf, vielleicht hatten sie *Law & Order* geschaut und sich Anregungen geholt. Ellie und ich hatten jede düstere Polizeiserie gesehen, die wir in die Finger bekamen, und hatten über jeden Schauspieler gelacht, der es übertrieb. Aber jetzt war es nicht lustig. »Warum bin ich hier?«, fragte ich schließlich.

McKnight seufzte. »Ich hatte gehofft, dass Sie uns etwas mehr entgegenkommen würden, Miss King.« Er griff unter den Tisch und holte eine Aktenmappe hervor, die er mir zuschob. Ich konnte mir vorstellen, was darin war. Fotos von John, wie er tot auf dem Rücken in seinem Studio lag mit sechs aufklaffenden Stichwunden in seinem Oberkörper. Säure breitete sich in meinem Inneren aus, und ich presste die Lippen aufeinander; sie waren aufgerissen, aufgesprungen. »Würden Sie bitte die Mappe öffnen, Miss King?«

Ich hielt die Luft an, dann schlug ich sie auf. Als Erstes fühlte ich Erleichterung – Ruhe machte sich breit, mein Gleichgewicht war wiederhergestellt –, es war nicht John.

Dann klappte mir die Kinnlade herunter.

Das Foto vor mir zeigte eine Frau, die ausgestreckt seitlich auf einem Bett lag, ihr Gesicht von der Kamera abgewandt, kurvig wie die Gipfel der östlichen Catskills. Spitzenunterwäsche oben und unten. Lockiges braunes Haar.

Das war nicht John; das war ich.

In meinem Bett, in meinem Cottage. Ausgebreitet, ausgedruckt, für jeden zu sehen.

Gedanklich war ich zurück am College, an dem Morgen, nachdem das blöde Video aufgenommen worden war. Wie ich aufgewacht war mit dem Geruch von Kotze an meinem Kleid, und meine Zimmernachbarin durch Facebook scrollte: *Heilige Scheiße, Mädchen, das musst du sehen.*

Waren die Kerle in der Polizeieinheit genauso wie die am College? Vielleicht.

Hatte jeder Polizist im Pausenraum darüber gelacht? Hatten sie mich eine Hure genannt? Hatten sie die Theorie aufgestellt, dass ich John getötet hatte, weil er Vera nicht verlassen wollte? Bei ein paar Bier im Pub bevor sie in ihre traurigen kleinen Leben zurückkehrten?

Ich schob unwillkürlich meinen Stuhl zurück und schüttelte den Kopf.

»Hatten Sie nicht damit gerechnet, dass wir das entdecken würden, Miss King?«

Ich biss in die Haut neben meiner Lippe. »Ich weiß nicht, woher Sie das haben oder was das ist, aber …«

»Es war auf Mr. Nolans Telefon«, sagte McKnight. »Eine Aufnahme vom einunddreißigsten Oktober, zwei Abende vor Ihrer Wanderung.«

Ich musste das Richtige sagen und das hier dabei nicht vermasseln. »Ich habe nicht«, bekam ich heraus, innerlich verfluchte ich mich dafür, wie sehr ich aus der Fassung war. »Ich meine, so war es nicht.«

»Wie war es nicht, Miss King?«

Ein saurer Geschmack in meiner Kehle. Ich sah alte Heizkörper vor mir, überdeckt mit Staub und Schimmel. Sporen, die wie Gift in meine Lungen sickerten. »Wie es aussieht.«

»Also *leugnen* Sie nicht, dass Mr. Nolan in dieser Nacht in Ihrem Schlafzimmer war.«

»Nein … ich meine … es ist nichts passiert«, sagte ich. »Er hatte zu viel getrunken. Er blieb über Nacht. Das war alles. Ich weiß nicht, warum er das Foto gemacht hat. Ich weiß es nicht …«

»Und Sie hatten *nie* daran gedacht, zu erwähnen«, fuhr er fort, »dass Mr. Nolan die Nacht mit Ihnen verbrachte hatte, zwei Tage bevor er umgebracht wurde?«

»Er hat nicht *die Nacht mit mir verbracht*. So war das nicht. Da war nichts.«

»Weiß Ms. Abernathy von diesem kleinen Nichts?«

Meine Wangen brannten vor Scham. »Nein«, sagte ich. »Natürlich nicht. Aber …«

»Aber was, Miss King?«

»Wir haben nichts *getan*. Wir hatten zu viel getrunken, und er ist in meinem Cottage eingeschlafen, aber er ist vollständig bekleidet aufgewacht. Das ist alles. Ich habe keine Ahnung, warum er ein Foto gemacht hat«, sagte ich, und der Vertrauensbruch überrollte mich. »Aber es ist nicht meine Schuld, dass er das getan hat.«

Das war die Wahrheit, und ich hoffte, McKnight konnte das in meinen Augen erkennen. Ich konnte mir nicht vorstellen, dass John so etwas getan hatte, noch dazu, während ich schlief – ohne mein Einverständnis. War er doch nicht anders als diese Kerle am College? Hatte ich ihn vollkommen falsch eingeschätzt?

McKnight lehnte sich vor und justierte den Abzug, als wollte er, dass er perfekt gerade lag. »Ich weiß nicht, ob Sie und John miteinander geschlafen haben, und es ist mir auch egal. Scheint, als hätte es eine Menge … Aktivitäten … gegeben mit Menschen, mit denen er nicht verheiratet war. Worum es mir geht, ist, warum Sie gelogen haben, als Sie beteuerten, dass Sie John fallen sahen. Das ist für mich ein Motiv.«

Blut rauschte in meinen Ohren.

»Ob Sie nun miteinander geschlafen haben oder nicht: Ganz offensichtlich waren Sie mehr als nur Freunde. Manchmal, wenn solche Gefühle aufkommen, wollen Menschen, Sie wissen schon, zusammen sein. Manchmal planen sie dann, ihre Frauen zu verlassen. Sie verschwinden von einer Wanderung, während die Freundin Stein und Bein *schwört,* dass sie von den Felsen gefallen sind. Sie werfen sogar ihre Kamera runter zum Fluss, damit ihre Ehefrau niemals darauf kommt …«

Er lag so falsch, und gleichzeitig kam er der Wahrheit so nah. Wirklich nah. »Sie verstehen nicht«, sagte ich. »Das ist es nicht, es war anders.«

Er kratzte sich am Kinn. Am Rand seiner Wange konnte ich

winzige Schnitte erkennen, vielleicht vom Rasieren. Ich erinnerte mich an das, was er über die Ehe gesagt hatte, und ich fragte mich, ob seine Frau ihn heute Morgen auf die Wange geküsst hatte, ob er Kinder und einen Hund hatte, zu denen er nach solchen Tag heimkehrte, Tagen, an denen er eine Trauerfeier ausspioniert und Zeugen belästigt hatte – ein amerikanischer Traum. Ich warf einen Blick auf seine Hand. Er trug keinen Ring. Vielleicht war er geschieden, überlegte ich, trank und rauchte zu viel, um sich zu betäuben wegen der Überdosen und den Fällen häuslicher Gewalt, die eine Stadt in den Bergen mit sich brachte. So wie die Detectives im Fernsehen. Möglicherweise war er so einsam wie ich und konnte es mir ansehen.

»Die Wahrheit ist«, fuhr McKnight fort, »Sie haben John nicht fallen sehen, und doch waren Sie sich dessen so sicher.«

»Das habe ich Ihnen doch schon erzählt. Es hat geregnet«, sagte ich. »Es ging so schnell. Ich weiß noch, ich hörte den Schrei. Und dann sah ich den Rucksack und die Wasserflasche, und da dachte ich …«

Er hob eine Hand. »Ja, es klingt, als wüssten Sie diesen Teil ganz genau. Aber warum haben Sie überhaupt gedacht, dass er gefallen war? Wie sind Sie gerade darauf gekommen? Sogar noch bevor Officer Parker Sie mit zum Flussufer genommen hat, wo die Kamera gefunden wurde. Es ist nicht so, dass Ms. Abernathy je etwas in dieser Art gesagt hätte. Es gibt andere Möglichkeiten. Er hätte vom Weg abkommen können. Er hätte um Hilfe rufen können.«

Ich umklammerte die Tischkante, als könnte ich meine Gedanken vom Rotieren abhalten, wenn ich nur stark genug zupackte. »Aber warum waren dann seine Sachen direkt am Abgrund?«, fragte ich. »Was hätte ich denn denken sollen?«

McKnight grunzte und richtete sich auf seinem Stuhl auf. »Waren Sie je in der Hütte, die Mr. Nolan als Studio genutzt hat? Die, in der wir ihn gefunden haben? In der Stadt heißt es, er habe sich dort mit Frauen getroffen.«

»Nein«, sagte ich. Dann korrigierte ich mich: »Vera und John haben mich mal dorthin mitgenommen, aber ich war nie drinnen.«

»Wirklich?«, fragte er.

Ich musste an das Teppichmesser denken, das Vera benutzt hatte, um John in den Arm zu schneiden. Hatte ich das je angefasst? Hatte ich die Sachen in seinem Rucksack angefasst? Wir hatten so viel miteinander geteilt, und alles, was wir gemeinsam genutzt hatten, konnte dort aufgetaucht sein. Aber die Polizei wusste das. Darum hatten sie meine Fingerabdrücke genommen, um sie auszuschließen bei den Sachen, die wir auf der Wanderung dabeihatten – oder nicht?

»Ich war nie da drin«, sagte ich mit fester Stimme. »Das schwöre ich.«

Er lehnte sich zurück, sein Bauch drückte sanft gegen die Tischplatte, ein bisschen quoll er darüber. »Hier kommt das, was ich denke, Miss King, und ich gebe zu, noch ist es nur eine Theorie. Ich denke, dass Sie und Mr. Nolan gemeinsam einen Plan geschmiedet haben. Vielleicht kamen Sie überein, dass er auf dieser Wanderung *verschwinden* würde, damit Sie gemeinsam weglaufen konnten. Dann bekam John kalte Füße, er hatte vielleicht ein schlechtes Gewissen seiner Frau gegenüber und änderte seine Meinung – wer weiß, vielleicht hat er auch wieder Kontakt zu seiner alten Freundin Rachel aufgenommen –, und Sie wollten das nicht wahrhaben.«

»Nein«, sagte ich.

Er war nicht so dumm, wie ich vermutet hatte – das erschreckte mich.

Konnte ich ihm die Wahrheit sagen?

Mithilfe meiner nicht zurückzuverfolgenden Internetverbindung hatte ich vor Kurzem unsere Situation gegoogelt und eine Bezeichnung dafür gefunden: Verabredung zum Begehen eines Betrugs. Ganz egal, ob es funktioniert hätte: Es war illegal, ein Verbrechen. Außerdem …

»So ist es nicht«, sagte ich.

Seine Augenbrauen hoben sich. »Dann sagen Sie mir, *wie* es ist. Denn es gibt einen Grund, warum Sie gelogen haben, Sie hätten Johns Sturz gesehen, und ich werde ihn herausfinden. Glauben Sie mir.«

Das Geheimnis stieg in meiner Kehle hoch, als müsste ich mich übergeben. »Ich habe Ihnen nichts weiter zu sagen.«

McKnight starrte mich an, wartete darauf, dass ich meine Meinung änderte.

In mir spürte ich, wie sich die Luke öffnete, und meine Augen verengten sich, als ich McKnight direkt ansah. »Brauche ich einen Anwalt?«, fragte ich. »Werden Sie mich wegen irgendetwas anzeigen?«

Er lächelte leicht, als würde ihm mein Mumm ein kleines bisschen imponieren. Dann machte er eine große Show daraus, in seine Notizen zu blicken, bevor er mich wieder ansah. »Noch nicht, nein.«

»Dann kann ich gehen?« Ich schob meinen Stuhl zurück.

Er griff in seine Tasche und zog eine Visitenkarte heraus. »Die haben Sie zwar schon, aber hier ist noch eine, nur für den Fall, dass Sie sich entschließen, uns die Wahrheit zu sagen.«

»Ich *sage* Ihnen die Wahrheit.« Ich stand auf und nahm meine Handtasche von der Rückenlehne des Plastikstuhls. Ich wendete mich zur Tür, wild darauf, aus diesem klaustrophobischen Raum zu kommen.

»Oh, und Miss King …«

Ich drehte mich um.

»Falls Sie noch darüber nachdenken: Verlassen Sie die Gegend nicht.«

Ich atmete schnell ein, mein Herz raste.

Nein, dachte ich. *Nein, nein, nein.*

»Das ist keine Bitte, das ist eine Anweisung. Solange sich die Ermittlungen in diesem frühen Stadium befinden, brauchen wir Sie hier vor Ort.«

28

Draußen sog ich tief Luft in die Lungen, um meinen Puls zu beruhigen, und versuchte, einen Ausweg aus diesem Riesenschlamassel zu finden. Ich ging zum Auto, schloss die Tür und starrte durch die Windschutzscheibe in den Nebel. Mit beiden Händen am Lenkrad, fühlte ich den Drang – in meinem Bauch – wegzurennen. Er war durchdringend, überwältigend, war so sehr Teil von mir wie meine Finger und Zehen.

Ich musste hier weg, das war klar seit dem Tag, an dem ich Ellie über den Weg gelaufen war. Wie anders wären die Dinge jetzt, wäre ich an jenem Tag nicht ins *Schoolhouse* gegangen, hätte ich nicht zur gleichen Zeit den Platz an der Bar gewählt, als Ellie für ein Bier in die Stadt gekommen war. Wären wir dann auf die Wanderung gegangen? Garantiert hätten wir den Plan nicht so schnell entworfen. Vera und John hätten mehr Zeit gehabt, alle Details zu bedenken. Alles wasserdicht zu machen. Gott, wäre John dann überhaupt tot?

Ich blinzelte langsam und versuchte, meine Gedanken zu sortieren.

Es war egal. Er *war* tot, und ich saß in der Falle.

Ich drehte den Zündschlüssel, und der Wagen erwachte zum Leben. Es war ein Uhr – Vera müsste inzwischen zu Hause sein. Ich fuhr los. Als ich vom Parkplatz bog, folgte mir ein Streifenwagen. Ich hielt das Lenkrad fester, damit meine Hände nicht so bebten.

Während der ganzen Fahrt durch die Stadt blieb das Polizeiauto hinter mir. Als ich es nicht mehr aushielt, traf ich innerhalb von Sekundenbruchteilen eine Entscheidung, bog in die Tinker Street ab und fuhr dort in eine Parklücke; meine Atmung beruhigte sich ein wenig, als der Streifenwagen weiterfuhr. Ungeschickt knöpfte ich meinen Mantel zu, stolperte aus dem Auto und in die kalte, frische Luft.

Auf der Hauptstraße wandte ich mich nach links und schob die

Hände tief in die Taschen, während ich ziellos umherwanderte und überlegte, was ich als Nächstes tun sollte. Ich hatte alles gründlich vermasselt, vielleicht sogar alles noch schlimmer gemacht als vorher. Ich war meine Flucht falsch angegangen. Ich hatte versucht, mich an das Leben zu klammern, das ich mir mit zwanzig erschaffen hatte. Ich war nicht bereit gewesen, alle Brücken abzubrechen – ich wollte immer noch mit einem Fuß in New York bleiben. Nach der Trennung von Davis in jener Nacht hätte ich gleich die Stadt verlassen sollen, hätte nach Westen gehen sollen. Meine erste E-Mail an Ellie hätte der Wahrheit entsprechen und keine Lüge sein sollen.

Plötzlich hasste ich Woodstock. Ich hasste seine gepflasterten Seitenstraßen, seine allzu zwanghafte Fortschrittlichkeit. Seine Hippie-Geschäfte und diese verdammte, frische Bergluft. Ich hasste das alles.

»Oh.« Das Wort entfloh mir, als ich um die Ecke bog.

Da war sie – in der Seitengasse des *Schoolhouse*. Sie lehnte an der Backsteinwand und scrollte mit fingerlosen Handschuhen an ihrem Handy.

»Claire«, sagte ich vorsichtig, als müsste ich ihren Namen ausprobieren. »Du bist hier.«

Es war eine dumme Bemerkung – immerhin sie arbeitete hier –, doch ich hatte gedacht, sie hätte sich einen Tag freigenommen.

Ihr Kopf schoss hoch. »Was? Hast du etwa noch mehr Fragen?«

»Nein, ich habe ja nicht einmal gewusst, dass du hier bist, ich dachte …«

»Ich bekomme nicht frei, wenn ich morgens zu einer Beerdigung gehe«, sagte sie. »Und außerdem: Wenn ich mir freigenommen hätte, wäre das nur noch mehr Futter für die Gerüchte gewesen.« Ihr undurchdringlicher Gesichtsausdruck flackerte für einen winzigen Moment, und darunter konnte ich erkennen, wie verletzt sie war, im Zentrum einer Geschichte zu stehen, an der sie nie hatte beteiligt sein wollen.

»Es tut mir leid, dass ich dir heute Morgen hinterhergelaufen bin«, sagte ich. »Ich war nur … schockiert. Ich wusste nicht, dass du ihn kanntest. Ich meine, ich wusste nicht, dass du Claire bist.«

Für einen Moment war ihr Blick unergründlich, dann zogen sich ihre Augenbrauen zusammen. »Tja, ich wusste nicht, dass du einen festen Freund hast.«

Meine Brust fühlte sich an wie eingeschnürt, als wäre meine Luftröhre um drei Nummern geschrumpft.

»Wovon redest du?«

Sie zuckte mit den Schultern. »Dein geheimer Freund. Weißt du, du willst, dass ich dir Dinge erzähle, ohne dass du mich je danach gefragt hast, und dann stehst du da, plauderst mit mir, und die ganze Zeit vergisst du zu erwähnen, dass du einen Kerl aus New York City hast. Der sieht übrigens echt süß aus mit dieser Nerd-Brille. So'n Clark-Kent-Typ. Ich kann das schon verstehen.«

»Was hat …«, stammelte ich. »Was hat er gesagt?«

»Er kam so vor 'ner Stunde rein, kurz nachdem meine Schicht angefangen hatte, und wedelte mit einem Foto von dir vor meiner Nase. Sagte, seine Freundin würde vermisst, und ob wir sie gesehen hätten. Worum ging's da? Er war in fast jedem Laden hier im Block.« Ihre Augen weiteten sich, als sie sich erinnerte. »Warte, hat das was zu tun mit dem, was du deiner Freundin im Restaurant erzählt hast? Mist, daran hatte ich nicht gedacht. Er wirkte nicht wie so einer. Aber keine Sorge, ich habe ihm nichts gesagt.«

Ungläubig schüttelte ich den Kopf. Dann drehte ich mich so schnell um, dass ich jemanden anrempelte. Meine Gedanken rasten, ich konnte nicht klar sehen. Ich murmelte eine Entschuldigung, drehte mich auf der Stelle weg und eilte die mit Blaustein gepflasterte Gasse hinunter, zurück zu meinem Wagen, und hielt nicht an, bevor ich drinnen saß und mit dem Zündschlüssel hantierte.

Ich schoss so schnell aus der Parklücke, dass ich fast eine Fußgängerin anfuhr, eine ältere Dame, die mir den Stinkefinger zeigte, während ich die Straße entlangschlingerte. Ich musste nach Hause, ich musste zu Dusty, bevor Davis da war. Ich würde ihn holen und direkt zu Vera laufen.

Um einen Weg zu finden, wie er – wie wir – in Sicherheit waren.

Ich brauchte eine halbe Stunde dorthin, weil aufgrund von Bauarbeiten eine der Fahrspuren der 212 East gesperrt war, doch als ich in die Shadow Creek Road bog, wurde mir schwer ums Herz. Zwei Polizeiautos warteten vor meinem Cottage.

Nein, nein, nein, wollte ich schreien. Wenn McKnight seine Meinung geändert hatte, wenn er mich jetzt verhaften wollte, dann würde Davis Dusty in die Finger bekommen. Ich würde ihn nie wiedersehen.

»Miss King«, sagte McKnight, bevor ich noch die Autotür schließen konnte. »Ich hatte Ihnen ja gesagt, dass es nicht lange dauern wird, bis wir uns wiedersehen. Aber ich hatte nicht damit gerechnet, dass es so schnell sein würde.«

Ich schluckte, mein Mund war mit einem Mal staubtrocken. Jeder Anflug von Sicherheit, den ich mir erschaffen hatte, wurde von Minute zu Minute hinfälliger.

»Alles okay?«, fragte er.

Manchmal wünschte ich mir für eine Sekunde lang, dass wir ehrlich miteinander sein könnten. Den ganzen Blödsinn hinter uns lassen und sagen, was wir wirklich denken. Dass ich McKnight genau jetzt sagen konnte, dass der Mann, den ich vielleicht hätte lieben können, tot war, während der Mann, den ich geliebt hatte, ihn vielleicht umgebracht hatte, und dass es sich anfühlte, als würde die Erinnerung an den einen und die Gegenwart des anderen mich von beiden Seiten bedrängen wie die Wände eines Kellers, die näher und näher rückten und die mich, sollten sie aufeinandertreffen, bis ins Vergessen zerdrücken würden. Dass mir alles genommen wurde, was ich je geliebt hatte. Für eine Sekunde wünschte ich mir, ich müsste nicht lügen.

»So okay, wie es eben geht«, sagte ich und zwang mich, so ruhig wie möglich zu sprechen. »Haben Sie noch Fragen?«

McKnight lächelte, seine Besorgnis um mein Wohlbefinden war ganz offensichtlich eine Scharade gewesen. »Im Augenblick nicht.« Er fuchtelte mit einem Blatt Papier vor meinem Gesicht herum. »Aber wir haben einen Durchsuchungsbeschluss für Ihr Haus. Wurde gerade bewilligt. Haben wir die Erlaubnis einzutreten?«

Ich riss ihm den Zettel aus der Hand. Es erlaubte, ohne jede Einschränkung meinen Wohnsitz und mein Auto zu durchsuchen. Wonach suchten sie? Sie hatten doch dem Richter etwas erzählen müssen, um den Beschluss zu erhalten …

»Habe ich eine Wahl?«, bekam ich heraus.

McKnight lächelte sein fürchterlich falsches Lächeln. »Nicht wirklich.«

Als ich die Tür aufschloss, betete ich, Dustys Pfotengetrappel zu hören.

Meine Gebete wurden erhört. Er schoss mir augenblicklich in die Arme. Ich hob ihn hoch, hielt ihn fest, drückte seinen kleinen Herzschlag gegen meinen und wollte ihn niemals wieder loslassen.

McKnight ging voran, die übrigen Beamten folgten ihm. Eine jüngere Polizistin deutete ein Lächeln an, aber dann schossen ihre Augen durch den Raum, als wollte sie prüfen, ob McKnight ihre Freundlichkeit irgendwie mitbekommen hatte. Als alle drin waren, schloss ich die Tür und linste durch die Vorhänge, ob Davis zu sehen war. Ich wusste, es war nur noch eine Frage der Zeit.

29

Sie brauchten rund eine Stunde. Sie durchforsteten mein Auto. Sie durchwühlten die Schubladen, suchten systematisch nach etwas, das mich belasten konnte. Sie füllten Asservatenbeutel mit Teilen meines Lebens: mein Laptop; mein Notizbuch; ein Buch über Wanderungen in den Catskills mit Eselsohren, die ich nicht gemacht hatte.

Die ganze Zeit saß ich da und fragte mich, wann Davis auftauchen würde.

Ich wusste, dass es immer noch die Möglichkeit gab, dass er es nicht gewesen war. Dass es Sam Alby getan hatte – oder sogar jemand anderer. In gewisser Weise wäre es logischer. Davis war nie in Johns Studio gewesen, er musste es gefunden haben, als er John gefolgt war, oder er hatte es irgendwie anders entdeckt.

Aber wenn Davis John nicht getötet hatte, wie sollte ich dann den ganzen Rest erklären? Dass der Schal meiner Mutter verschwunden war. Dass ich die Fotos und die Nachricht nicht mehr finden konnte. Der Wasserhahn, der einfach so getröpfelt hatte. Das Erdloch unter dem Zaun, durch das Dusty hatte entkommen können.

Und zudem noch das entmutigende Gefühl, dass Davis nicht ruhen würde, bis er mich bestraft hatte; dass Ellie ihm den perfekten Weg gewiesen hatte, das zu tun.

»Haben Sie eine Minute, um mit uns zu plaudern, Miss King?« McKnights Stimme war mir inzwischen vertraut, schroff und anklagend, kratzig, als hätte er früher einmal geraucht. Vor mir zog die Polizistin die Beine eines Stativs heraus, montierte die Kamera darauf und richtete sie auf mich aus. McKnight gestikulierte in deren Richtung, als er sich mir gegenübersetzte. »Wie ich ja schon erwähnt habe, müssen wir das aufzeichnen.«

Ich schnaubte wütend. Wie konnte ich es ihnen erklären: Angst und Schuld sehen auf Filmaufnahmen gleich aus. Mach jetzt Aufnahmen von mir – mattes Haar, totenbleich mit porzellandünner

Haut, Schweißflecken an den entsprechenden Stellen –, und jeder würde denken, dass ich es war.

Mach Aufnahmen von mir, jetzt, wenn ich weiß, dass Davis mich jederzeit erwischen kann.

Die Polizistin drückte auf einen Knopf, ein Blinklicht blitzte eine Warnung, und dann lief die Kamera, auf mich gerichtet beobachtete sie mich.

McKnight griff in sein Jackett, und meine Augen wanderten zu den Vorhängen, zu dem nur zentimeterbreiten Spalt. Ich wünschte, ich hätte sie vollständig aufgezogen, dann hätte ich jetzt die Straße sehen können, um sicherzugehen, dass sie leer war, dass Davis nicht da war.

Dusty kam heran, doch ich schob ihn mit dem Fuß beiseite; er winselte, als er davonzog. Aus der Küche hörte ich, wie er Wasser aus seiner Schüssel trank. Dusty wusste, wie das mit Selbstregulierung funktionierte; ich hatte es nie richtig gelernt.

McKnight holte einen Asservatenbeutel hervor, der mit Buchstaben beschriftet war, die ich nicht entziffern konnte. Dann zog er mithilfe einer Zange seinen Inhalt heraus, einen BH und eine Unterhose. »Kommen Ihnen die hier bekannt vor?«, fragte er und hielt sie vor mich.

Es war schwierig, ganz sicher zu sein, aber doch, die sahen aus, als würden sie mir gehören. Schwarzer Satin, rosa Spitze. Von dem Laden in Williamsburg, wenn ich mich nicht irrte, in dem die Schubladen vollkommen geräuschlos waren, wenn man sie aufzog. Neunzig Dollar für Sex-Appeal, gekauft für unseren ersten gemeinsamen Valentinstag. Ich war immer ein Mädchen mit sauber verarbeiteter Baumwollwäsche gewesen, und ich hatte Davis überraschen, nicht einfach irgendwas von *Uniqlo* anziehen wollen, das schon ewig in meiner Schublade lag. Er hatte mir das Set ausgezogen, bevor er es richtig angesehen hatte. Meine Geheimwaffe, ulkte er danach, die Finger mit meinen verschränkt auf dem Sofa in seinem Wohnzimmer – stoppt Männer auf ihrem Weg. Er kaufte mir während unserer gemeinsamen Jahre eine Menge Unterwäsche, aber die anderen Stücke fühlten sich vergiftet an, Teil einer Geschichte, in der ich nicht mehr vorkommen wollte. Dieses Paar war das einzige, das ich mitgenommen hatte, Botschafter einer anderen Zeit, als es nur Davis und mich gegeben hatte. Und dann Davis und mich und Dusty. Aber nie Davis und mich und die Dinge, über die wir nicht redeten, die mich jedoch verwundet zurückließen.

Meine Fingerspitzen wurden kalt und kribbelten, als mir klar wurde, dass das jetzt ein Beweismittel gegen mich war.

»Miss King?«

»Entschuldigung«, sagte ich. »Was hatten Sie gefragt?«

Er seufzte. »Gehören die Ihnen?«

»Ich weiß nicht«, sagte ich und wählte meine Worte sorgfältig – zumindest bis ich wusste, warum er fragte. »Vielleicht. Ich meine, eine Menge Unterwäschesets sehen so aus.«

Er ließ sie zurück in den Asservatenbeutel fallen und wandte sich an die Polizistin. »Können Sie eine DNA-Probe von Miss King nehmen?«

Sie nickte und zog ein Wattestäbchen aus einem silbernen Röhrchen. »Es dauert nur eine Sekunde«, sagte sie mit freundlicher Stimme. »Bitte öffnen Sie Ihren Mund.«

Es fühlte sich so erniedrigend an. Dinge von mir auf fusseliger Baumwolle.

»Ich habe so eine Ahnung, dass das Ihnen gehört«, sagte McKnight. »Aber wir müssen es überprüfen.«

»Warum ist das wichtig?«, fragte ich, während die Polizistin das Wattestäbchen in einem Behältnis verstaute.

»Weil heute, während Sie mit mir auf dem Revier gesprochen haben, unser Team diese Kleidungsstücke tief verborgen in einer Ecke von Mr. Nolans Hütte gefunden hat«, sagte McKnight nüchtern. »Wir gleichen das auch mit Ms. Abernathys und Rachel Drys DNA ab.« Er räusperte sich. »Und mit der von Claire Alby«, sagte er errötend. »Wenn die Spuren mit Ihrer übereinstimmen, haben wir einen belastbaren Beweis, dass Sie da waren, zusätzlich zu Ihrem Motiv.«

»Ich war nicht in der Hütte«, sagte ich und schüttelte den Kopf. »Ich habe es Ihnen *gesagt*. Wenn die Wäsche mir gehört«, meine Stimme wurde rau, »dann weil jemand sie dorthin gebracht hat. Oder John war das, ich weiß es nicht.«

Es schien unlogisch, es passte nicht zu dem, was ich von John dachte, aber das Fastnacktfoto von mir auch nicht. Vielleicht hatte ich ihn wirklich nicht gekannt.

Die Polizistin warf mir einen schneidenden Blick zu. *Ehezerstörerin,* sagte dieser. *Genau wie die anderen auch.*

»Was sagen Sie da?«, fragte McKnight, die Hände auf den Knien. »Dass jemand eingebrochen ist?«

»Ich weiß nicht«, erwiderte ich. »Vielleicht.«

»Okay, also hat jemand Ihre Unterwäsche gestohlen. Aber wie? Es gibt keine Anzeichen für ein gewaltsames Eindringen. Oder schließen Sie die Türen nicht ab?«

Vor meinem inneren Auge erschien die nicht abgeschlossene Tür an dem Morgen, an dem ich neben John aufgewacht war. Wir waren so betrunken gewesen in dieser Nacht, in der er hiergeblieben war, so dämlich. Es war nicht irrational, sich vorzustellen, Davis wäre hereingekommen, hätte uns gesehen, sich meinen Schlüssel geschnappt und wäre irgendwohin gefahren, wo er ihn hätte nachmachen lassen können – Walmart hatte vierundzwanzig Stunden geöffnet, und da war einer in Kingston, nur ein paar Meilen entfernt –, um dann wieder meinen Schlüssel an seinen Haken zu hängen.

»Das tue ich, aber vielleicht habe ich es ein-, zweimal vergessen. Wenn das meine Unterwäsche ist, und wenn nicht John sie mitgenommen hat, dann war es jemand anderes.«

McKnight unterbrach mich. »Also bleiben Sie dabei, dass Sie nie in der Hütte gewesen sind?«

»Ja«, entgegnete ich. »Wie ich es Ihnen heute Morgen schon gesagt habe, ich schwöre es.«

Er machte ein Gewese daraus, in seine Notizen zu blicken. »Ja, das haben Sie. Die Sache ist die, es liegen Zeugenaussagen vor, die behaupten, sie hätten in jener Nacht in der Nähe der Hütte eine Frau gesehen, auf die Ihre Beschreibung passt.«

Ich schlang die Arme um meinen Körper und vergrub die Hände in meinen Seiten, während mein Blut pochte und mein Puls sich beschleunigte. »Was meinen Sie mit *meine Beschreibung?*«

»Dunkles Haar«, sagte er. »Mittlere Größe. Schlank. Schwarzer

Mantel.« Er nickte in Richtung meines wollenen Wintermantels, der an einem Haken neben der Tür hing.

Ich löste meine Hände von mir, und für eine Sekunde öffnete sich die Luke, und alles, was ich tun konnte, war herauszuplatzen: »Das bin ich, klar. Und die Hälfte der Frauen in dieser verdammten Stadt. Und wenn es dunkel ist, dann sieht helles Haar mitunter dunkel aus. Es könnte also auch Vera gewesen sein. Oder Claire. Oder Rachel. Gottverdammt.«

McKnights Augenbrauen schossen hoch. Dann drehte er seinen Kopf langsam zur Kamera und erinnerte mich an sie.

Ich brauchte seinen Tadel nicht. Ich wusste es auch so. Wir Frauen sollen unseren Ärger nicht zeigen, ansonsten wirken wir hysterisch, gestört. Das war einer der Gründe, warum ich Vera liebte. Sie trug ihren Zorn wie eine Designerjacke – offen, sodass ihn jeder sehen konnte.

Ich atmete tief ein und schloss die Luke wieder.

McKnight zuckte mit den Schultern. »Vielleicht ist es eine sehr allgemeine Beschreibung. Aber wir müssen alle Spuren verfolgen, das verstehen Sie sicherlich.«

Er schwieg einen Moment, und dann breitete sich ein Lächeln bis hin zu seinen Mundwinkeln aus, das Lächeln, das er immer aufsetzte, wenn er noch eine Karte im Ärmel hatte.

Mit der Hand schob ich mir ein paar Locken aus dem Gesicht, dann zog ich daran, stark genug, dass es wehtat. »Ich schwöre bei Gott, dass ich niemals aus diesem Auto gestiegen bin.«

McKnight blitzte mich an. »Ich habe heute Morgen nichts davon erwähnt, weil ich hoffte, Sie würden von sich aus die Wahrheit sagen, aber wir haben Ihre Fingerabdrücke dort gefunden. Auf zwei unterschiedlichen Weinflaschen.«

»Weil es *Johns und Veras Hütte* ist«, sagte ich. Ich verschluckte mich fast an den Worten, mein Ärger erwachte erneut. »Wir haben eine Menge getrunken, okay?«

Er warf einen Blick auf eine einzelne Weinflasche auf meinem Couchtisch. Er sagte kein Wort, aber seine Augen fixierten, verurteilten mich. Es war leicht, mich so zu sehen wie er: eine neurotische, alkoholisierte Schlampe aus Brooklyn. Eine, die mit dem

Mann ihrer Freundin schläft und ihn dann umbringt, wenn die Dinge nicht so laufen, wie sie es gern hätte, eine, die wegzulaufen versucht, sobald die Gedenkfeier vorbei war. Die Geschichte war äußerst ärgerlich, eine Story nach der nächsten von der neurotischen Frau, dem Mädchen, das durchdreht, erzählt, geflüstert und berichtet – das legte den Grundstein für das, was McKnight von mir dachte.

»Wenn John eine halb volle Flasche mit in die Hütte genommen hat, wenn er dort arbeiten wollte, eine, die ich mit ihm gemeinsam getrunken hatte, dann sind *natürlich* meine Fingerabdrücke darauf.«

»Natürlich«, sagte McKnight. »Darum wird es helfen, die Besitzerin der Unterwäsche zu identifizieren. Ebenso wie zu sehen, was sich auf Ihrem Laptop befindet und was unsere Suche hier ergibt.«

Mein Blick schoss durch den Raum – ich wollte, dass er ging, ich wollte, dass sie alle gingen – jetzt. Ich musste herausfinden, ob sie mein Versteck gefunden hatten, ob sie diese Dinge von mir auch mitgenommen hatten. Ich brauchte einen Moment, um *denken* zu können. »Sie verstehen das falsch«, sagte ich kurzatmig. »Mir ist egal, wie es aussieht, aber Sie verstehen das falsch. Und jeder Moment, den Sie auf mich verwenden, ist vergeudete Zeit.«

McKnight lehnte sich vor und legte seine Hände auf die Knie. »Ist das so, Miss King? Denn niemand sonst bei dieser Ermittlung hat uns von Anfang an angelogen – oder Falschaussagen gemacht. Wir müssen tiefer graben bei Leuten, die falsche Dinge zu Protokoll geben.«

Die Polizistin ging ein paar Schritte rückwärts, um uns mehr Platz zu geben, während McKnight mit den Fingern auf seinen Knien trommelte. »Die Sache ist die: Vielleicht sind Sie unschuldig. Vielleicht wurden Sie zur falschen Zeit am falschen Ort erwischt. Dennoch gibt es Dinge, die Sie mir verschweigen. Und Sie sind nicht offen zu mir, weder was den Tag der Wanderung noch was Ihre Beziehung zu Mr. Nolan angeht, was bitte soll ich denn da glauben? Also, gibt es noch *irgendetwas*, das Sie mir mitteilen wollen?«

Ich wünschte, ich könnte McKnight von Davis erzählen, ihn darum bitten, gegen ihn zu ermitteln, aber ich konnte nicht. Wenn sie mit ihm sprachen, würde er alles ins Gegenteil verkehren – es würde nur dazu führen, dass ich noch verdächtiger wirkte. Stattdessen reckte ich McKnight mein Kinn entgegen: »Verhaften Sie mich?«

Er seufzte, enttäuscht wie mein Vater, nachdem ich gegenüber meinem Klavierlehrer so ausgerastet war, dass mir nichts anderes übrig blieb, als den Unterricht aufzugeben.

Ich hatte mehr von dir erwartet, Lucy.

»Wir ermitteln immer noch in alle Richtungen«, erwiderte McKnight.

Dann nahm er ohne ein weiteres Wort seine Sachen, die Frau stoppte die Kamera, und sie verließen mein Haus.

30

Mit rasendem Herzen starrte ich auf das Dielenbrett in meinem Schlafzimmer. Es war immer noch in den Boden eingefügt, wie ich es zurückgelassen hatte. Für einen Moment dachte ich darüber nach, es zu öffnen, nur um sicherzugehen, doch bevor ich mich bücken konnte, hörte ich drei schnelle Schläge gegen meine Tür.

Durch die Vorhänge sah ich Vera auf meiner Veranda stehen.

Ich öffnete die Tür und bat sie herein, gefolgt von einem kalten Luftzug.

Ihr Mantel war offen, und sie trug die gleiche Kleidung wie bei der Gedenkfeier, doch eine Laufmasche in ihrer Strumpfhose legte am Knie blasse Haut frei. Ihr Haarknoten hatte sich gelöst, das Haarspray ließ ihr Haar in jede Richtung abstehen – das Haar einer Schlangenfrau. »Was ist passiert?«, fragte sie und presste ihre Lippen zu einer dünnen Linie zusammen. »Du bist einfach … verschwunden.«

»Es tut mir leid«, sagte ich. Die Gedenkfeier schien bereits Millionen von Jahren zurückzuliegen, aber ich versuchte, ruhig zu bleiben, mich normal zu verhalten. Ich brauchte sie an meiner Seite, jetzt mehr denn je. »Es war zu viel – da zu sein, die Sache mit meinen Eltern und so. Es war erdrückend.«

»Ich weiß«, sagte Vera. »Aber warum bist du hinter Claire Alby rausgelaufen, ausgerechnet hinter *ihr?* Hast du wirklich geglaubt, ich bekomme das nicht mit?«

Dusty strich Vera um die Beine und kratzte an ihren Strumpfhosen, aber sie ignorierte ihn, sodass er stattdessen auf das Sofa sprang.

Ich schluckte, meine Kehle zog sich zusammen. »Ich kannte sie aus dem *Schoolhouse,* dem Restaurant in der Stadt, in dem ich war. Sie hatte erzählt, dass sie Schriftstellerin werden will. Wir hatten uns unterhalten.«

Vera zog die Augenbrauen hoch. »Was bist du, ihre Mentorin? Das ist nicht gut ausgegangen für John.«

»Nein«, sagte ich. Ich musste uns wieder auf sicheren Boden bringen. Es gab so viel, das drohte, sich zwischen uns zu drängen – und ich wusste, die Polizei konnte ihr das Foto von mir im Bett jederzeit zeigen.

Ich atmete tief ein. »Bis heute wusste ich nicht, dass sie Claire ist. Sie hatte sich mir als Al vorgestellt; ich hätte das zusammenfügen sollen, habe ich aber nicht. Du musst mir glauben, Vera. Ich schwöre.«

Sie öffnete den Mund, um zu streiten, aber dann schloss sie ihn fest, als hätte sie nicht mehr die Energie dafür. Ihre Augen wanderten durch den Raum. »Die Polizei hat dein Haus durchsucht?«

Ich nickte.

»Meins auch«, sagte sie und zupfte am Saum ihres Kleides. »Am Tag der verdammten Gedenkfeier.«

»O Gott«, sagte ich. »Wirklich?«

»›Wir wollen nur herausfinden, was geschehen ist.‹« Sie äffte die Stimme eines Polizisten nach, strotzend vor falschem Mitleid. »Das sagen sie, damit sie sich selbst besser fühlen. Sie können keine Rücksicht nehmen, nicht auf Kosten der *Ermittlung*.«

Vera richtete sich mit geradem Rücken auf dem Sofa auf. Sie sah aus wie ein Ausstellungsobjekt: *Trauernde Frau in der Mitte der Ermittlungen.* »Ich weiß wirklich nicht, warum sie mich belästigen, während sich Sam Alby womöglich überall damit brüstet, was er John angetan hat. Aber *er* hat ein Alibi. Sie vermuten, dass der Todeszeitpunkt irgendwo zwischen elf und ein Uhr nachts lag, und Sam war angeblich die ganze verdammte Nacht in der *Plattform.*«

Meine Augenbrauen zogen sich fragend zusammen. »*Plattform?* Du meinst diese Bar in der Stadt, in die ihr früher gegangen seid?«

Sie nickte. »Alby ist immer da, fast jeden Abend – darum konnten wir nicht mehr hin. Und weil seine ganzen Barkumpel sich für ihn verbürgen, war's das offenbar – McKnight glaubt ihm. Kein Grund, nachzuhaken. Verdächtigt lieber die Frau stattdessen. Oder dich«, sagte sie; ihre Worte durchbohrten die Luft.

Für einen Moment fragte ich mich wieder, ob sie dachte, dass ich John das angetan haben könnte. Ob sie das wirklich von mir dachte, von der einzigen Person in der ganzen Stadt, die wie sie glaubte, John wäre ein guter Mensch gewesen.

Vorsichtig näherte ich mich dem Sofa. Ich hätte mich am liebsten neben sie gesetzt, um die Wärme ihrer Haut zu spüren, sie dicht an mich zu ziehen und sie niemals gehen zu lassen. Ich wollte sie anflehen, mich zu beschützen, wie sie es versprochen hatte, aber ich wusste, dass sie das nicht konnte, nicht jetzt. Ich setzte mich und ließ eine halbe Armlänge Abstand zwischen uns, fast als hätte ich Angst, sie zu zerbrechen. »Vera«, sagte ich mit zittriger Stimme. »Du weißt, dass ich John niemals verletzt hätte. Ganz gleich, was die Polizei sagt. Ich schwöre es dir, Vera. Ich schwöre es bei Gott.«

Sie rutschte herüber, schloss die Lücke zwischen uns. »Ich weiß«, sagte sie. »Das weiß ich wirklich.«

Erleichterung überkam mich, als würde ich in ein warmes Bad gleiten, als würde ich einen Gutenachtkuss von meiner Mutter erhalten. Sie glaubte mir noch immer. Ganz gleich, was die Polizei ihr erzählt hatte: Sie glaubte mir immer noch.

Aber nicht mehr lange. Nicht mehr, wenn sie das Foto gesehen hat.

Meine Augen wanderten zum Fenster, dann wieder zu ihr. »Ich muss dir etwas erzählen, damit du verstehst, was vor sich geht.«

»Was denn?«, fragte sie mit bebender Stimme.

Ich räusperte mich, als wollte ich die Worte herauszwingen. »Ich mach mir Sorgen, dass es Davis war.«

»Davis?«, fragte Vera. »Dein Ex? Das ist verrückt.«

Ich nickte. »Ich weiß, das klingt schräg, aber Ellie hat Davis gesagt, wo ich bin, und in der Stadt …« Ich zögerte. »Ich habe Claire in der Stadt getroffen, und sie hat mir erzählt, dass er in den Geschäften von Woodstock gewesen ist, nach mir gefragt und gesagt hat, ich würde vermisst.«

»Oh, mein Gott«, sagte Vera.

»Aber McKnight hat mich angewiesen, nicht wegzufahren, während sie noch ermitteln, und jetzt bin ich hier gefangen und kann nur auf ihn warten, und ich habe nicht die leiseste Ahnung, was er tun wird – oder was er schon getan hat.« Ich atmete ein. »Und jetzt sagen sie, ich wäre in der Hütte gewesen, aber ich bin *niemals* drinnen gewesen. Du hast ihnen nicht gesagt, dass ich da gewesen wäre, oder?«

»Gott, nein«, erwiderte Vera. »Warum hätte ich das tun sollen? Sie haben mich nach dir und John gefragt, und ich habe ihnen gesagt, dass ihr nur Freunde gewesen seid. Ich habe ihnen die Wahrheit gesagt.«

»Das ist alles, was sie gesagt haben?«, fragte ich.

»Ja«, erwiderte sie. »Warum?«

Ich fuhr mir mit der Zunge über die Lippen. Angst pumpte durch meine Venen, ich wollte unbedingt, dass sie nichts davon erfuhr. Aber gleichzeitig war sie die Einzige, die mir noch geblieben war, und jetzt würde ich sie womöglich auch verlieren. Ich wusste nicht, wie viel Zeit mir blieb, bis sie ihr von dem Foto erzählten. Ich wusste nicht, wie viel Zeit mir blieb, bis aus den Fragen, die sie sich stellte, Fakten wurden, ihr präsentiert, vor ihr ausgelegt auf dem gnadenlosen Resopaltisch im Revier.

»Worum geht es?«, fragte Vera. »Was du sagst, ergibt keinen Sinn. Warum sollte dein Ex John töten?«

Ich schüttelte den Kopf.

»Lucy«, sagte Vera. »Du musst es mir sagen. Bitte.«

Meine Lippen bebten. »Die Polizei hat eine DNA-Probe von mir genommen.«

»Das ist okay«, sagte sie zögerlich. »Das haben sie von mir auch. Das ist Routine.«

»Nein«, sagte ich, und mein Gesicht wurde heiß. »Es ist mehr als das. Sie haben ein Set Unterwäsche in der Hütte gefunden. Ich glaube nicht, dass das mir gehört, aber …«

»Aber was?«

»Die Polizei denkt«, sagte ich zitternd, »sie denken, dass ich, dass John und ich …«

Vera atmete tief ein. »Das denken sie praktisch von allen Frauen in der Stadt, Lucy. Das bedeutet nicht, dass dein Ex – es ergibt immer noch keinen Sinn.«

Ich zog am Halsausschnitt meines Tops und wünschte mir, ich könnte einfach verschwinden. Vera war meine Freundin, meine beste Freundin – meine *einzige* Freundin. Ich musste versuchen, da rauszukommen, ansonsten würde ich auch sie verlieren.

Ich musste meine Karten richtig ausspielen Oder es zumindest versuchen.

»Sie haben einen Grund«, bekam ich heraus. »Diese Nacht, als du weg warst, um das Auto zu besorgen … Am nächsten Morgen wachte ich auf, und John lag in meinem Bett. Nichts ist passiert, er war vollständig angezogen, aber jedes Mal, wenn ich dich gesehen habe, habe ich mich so schlecht gefühlt. Ich fühle mich so schuldig. Ich bin eine schreckliche Freundin. Ich bin nicht die Person, für die du mich gehalten hast, und ich fürchte, dass Davis das irgendwie mitbekommen haben muss, und dann ist er wütend geworden, und – und – und das alles ist meine Schuld.«

Ich zerrte an der Haut an meinem Fingernagel und stellte mir vor, wie Wut – tief und rein – bis in Veras Fingerspitzen schoss. Ich sah, wie sie mich griff, mich schlug, meinen Kopf gegen die Ecke des Sofas schmetterte. Ich hätte es verdient.

Worte zuckten mir durch den Kopf – *Hure, Schlampe, Fotze.* Schreckliche Worte, von denen uns beigebracht wird, dass wir eine Frau niemals so bezeichnen sollen. Und jetzt war ich all das, alles, was ich immer gefürchtet hatte. Durch den Mann meiner besten Freundin. Ich war widerwärtig. Ich traute mich aufzublicken, aber ihr Gesicht war leer, undurchschaubar.

»Lucy«, sagte sie schließlich mit weicher Stimme.

»Es tut mir so leid«, unterbrach ich sie. Worte brachen aus mir heraus wie durcheinandergeratene Würfel. »Sag, dass du mir vergibst. Ich weiß, ich verdiene das nicht. Sag nur, dass du das tust. Bitte.«

Sie zog ihre Strumpfhose glatt, richtete ihr Kleid. »Lucy, John hat mir von der Nacht erzählt.«

»Was?« Der Schock in diesem Ausruf war greifbar. »Was meinst du damit, er hat es dir erzählt?«

»Denkst du, wir wären so lange verheiratet gewesen, ohne dass etwas Unangemessenes passiert wäre? Er hat mir erzählt, dass ihr beide zu viel getrunken habt und dass er dich lieber nicht allein lassen wollte, besonders weil du so Angst hattest wegen Davis, deshalb ist er in dein Bett gefallen. Er sagte, er wäre bekleidet gewesen und nichts wäre passiert.«

»Wirklich?« Meine Gedanken rasten, versuchten zu verstehen. Er hatte mir diese Nachricht geschickt, quasi ein Flehen. *Bitte erzähl Vera nichts.* Dabei hatte er es längst getan.

»Ist da etwas, was ich wissen sollte?«, fragte sie und biss sich auf die Lippe.

Dann durchfuhr es mich: Er hatte ihr genug erzählt, genug, sodass sie nicht zu viele Fragen stellen würde. Er hatte sich entschuldigt, und er wollte nicht, dass ich ihr die *ganze* Wahrheit erzählte, den wahren Betrug. Er hatte alles so hübsch arrangiert, damit unsere Lügen glaubwürdig klangen. Verborgene Wahrheiten waren besser als gerade Lügen – Vera selbst hatte uns das beigebracht. Ich schüttelte den Kopf und wusste jetzt genau, was ich zu tun hatte. Wenn ich es nicht vermasselte, würde sie niemals alles herausfinden. Sie würde niemals erfahren, dass wir uns geküsst hatten. Sogar die Polizei hatte keinen Beweis dafür. Wenn sie ihr das Foto zeigten, würde ich sagen, ich könnte mich nicht daran erinnern – das war schließlich wahr. »Nein, ich habe nur …«

»Die Polizei und jeder sonst hier in der Stadt, sogar einige von den Leuten, die heute Morgen bei der Gedenkfeier waren, denken, dass John und ich eine fürchterliche Ehe geführt haben, aber du hast uns gesehen, Lucy. Du *kennst* uns. Denkst du wirklich, wir hätten einander nicht geliebt?« Ihre Stimme brach. Sie weinte nun. »Wir liebten einander genug, um alles zu teilen. Auch das.«

Ich brach in Tränen aus, und sie lehnte sich vor, umfing mich mit ihren Armen.

»Wir stehen das gemeinsam durch, Lucy«, sagte sie. »Ich werde immer noch alles tun, um dich zu beschützen.«

Sie lehnte sich zurück und sah mich an. »Und ich kann verstehen, warum du diese Ängste hast, wegen Davis und allem, aber sie sind nur das – Ängste. Du hast das nicht verschuldet, Lucy. Und ich auch nicht. Es ist nicht deine oder meine Schuld – es ist die von Alby. Denk daran, okay? Ich liebe dich immer noch wie zuvor.«

»Danke«, sagte ich und unterdrückte einen Schluchzer. »Ich liebe dich auch.«

Vera war wie immer mein Fels.

Ich folgte ihr zu ihrem Haus und kauerte mich neben ihr ins Bett, Dusty lag zu unseren Füßen.

Aber nachdem sie eingeschlafen war, stand ich auf und zog alle paar Sekunden die Gardinen auf, um nach Davis Ausschau zu halten.

Ich war immer noch alarmiert, schreckhaft wie Dusty bei jedem kleinsten Geräusch – knackende Zweige, herumhoppelnde Kaninchen, heulende Eulen.

Kurz nach Mitternacht, null Uhr fünf, als ich zum gefühlt millionsten Mal aus dem Fenster gesehen hatte, hörte ich den Benachrichtigungston für eine Textnachricht.

Der Absender war eine E-Mail-Adresse, keine Telefonnummer: *thetruthshallsetyoufree999@gmail.com* – die Wahrheit wird dich erlösen.

Meine Kehle wurde eng, als ich auf die Nachricht starrte, nur ein einziger Satz:

ich weiß, dass du es nicht getan hast

31

Kann ich mit McKnight sprechen?«

Es war kurz nach neun Uhr morgens. Ich war direkt von Veras Haus zum Revier gefahren und hatte Dusty mitgenommen. Ich hatte zu viel Angst, ihn in meinem Cottage allein zu lassen. Die Rezeptionistin, die gleiche Frau wie vorher, sah mich mit zusammengekniffenen Augen an, ihr Eyeliner leicht schief. Sie warf einen Blick auf Dusty, sagte aber nicht, dass ich ihn nicht hätte hereinbringen dürfen. »Detective McKnight ist noch nicht da.«

»Ich warte.«

»Setzen Sie sich einfach da hin«, sagte sie und nickte in Richtung der Stühle.

Die Warterei schien endlos, doch nach zwanzig Minuten tauchte er auf. Er trug eine ausgeblichene Nylonjacke und hatte eine ausgebeulte Aktentasche in der einen sowie einen großen Becher von Dunkin' Donuts in der anderen Hand. Der Geruch brachte sofort Erinnerungen an volle Gänge und schwitzende Körper zurück, an die Penn Station. »Kann ich Ihnen helfen, Miss King?« Er nickte Dusty zu. »Hallo, kleiner Kerl.«

»Ich habe letzte Nacht eine Textnachricht erhalten«, sagte ich. Ich setzte Dusty auf den Boden und nahm seine Leine, damit er nicht an McKnights Beinen hochspringen konnte, dann hielt ich ihm mit der freien Hand mein Handy entgegen.

McKnight zuckte mit den Schultern, seine Hände waren voll. »Wollen Sie mit in mein Büro kommen?«

Ich nickte und folgte ihm durchs Revier. Ich vertraute ihm noch immer nicht, aber die Papiermassen auf seinem Schreibtisch und die vielen leeren Kaffeetassen belegten, dass er immerhin viel und sorgfältig arbeitete. Er warf einiges von dem Müll in den Papierkorb und gestikulierte dann in Richtung meines Telefons. »Kann ich es sehen?«

Ein Stuhl stand seinem Arbeitsplatz gegenüber, das Sitzkissen war rissig, schmuddeliger gelber Schaumstoff trat aus. Ich setzte mich und nahm Dusty auf den Schoß, dann reichte ich McKnight das Handy. Er starrte bestimmt volle zehn Sekunden darauf, seine Augen leer wie eine soeben gewischte Tafel, dann gab er es mir zurück.

Ich richtete mich auf dem Stuhl auf. »Und?«

Er zuckte mit den Schultern. »Und was?«

»Ganz *offensichtlich* weiß da jemand etwas. Vielleicht sollten Sie die Person suchen, die das geschickt hat, die Person, die weiß, dass Sie die Falsche verfolgen.«

Ein Schluck Kaffee. »Schicken Sie es mir. Ich leite es an die Forensik weiter.«

»Das ist alles?«, fragte ich.

»Entschuldigen Sie bitte, dass ich nicht auf und ab hüpfe, Miss King, aber wir sehen so was immer wieder. E-Mail-Adressen wie diese kann sich jeder einrichten. Man kann mit ihnen Textnachrichten senden. Jeder, der Ihre Telefonnummer hat, kann das geschickt haben. Oder jeder, der Ihre Nummer herausgefunden hat, das ist nicht besonders schwer. Nach allem, was ich weiß, können *Sie* die Adresse eingerichtet haben und sich selbst die Nachricht geschickt haben.«

»Das habe ich nicht.«

»Ich bin mir sicher, dass Sie das nicht getan haben«, sagte er. »Genauso, wie ich mir sicher bin, dass eine kluge Person wie Sie Leute im Regen von Klippen stürzen sieht, wenn sie es gar nicht getan haben.«

Ich presste meine Lippen zu einer dünnen, festen Linie zusammen, aber er zuckte nur mit den Schultern. »Sehen Sie, es ist nur ein Text, wie alle Textnachrichten oder E-Mails dieser Art, die bei uns eingehen. Das ist eine laufende Ermittlung. Leute versuchen, sich irgendwie einzumischen. Wie ich schon sagte, schicken Sie sie mir, und ich leite sie an meine Leute weiter.«

Ich schob den Stuhl zurück, dessen Beine kreischend über die Bodenfliesen kratzten. Dusty sprang von meinem Schoß. »Danke, dass Sie Ihren Job erledigen.«

»Oh, und Miss King?«

»Ja?«

»Witzige Sache. Wir konnten keinen Beleg finden, dass Sie je in Brooklyn gelebt haben. Die letzte bekannte Adresse, die wir herausgefunden haben, ist hier ganz in der Nähe, in Poughkeepsie.«

Mein Brustkorb fühlte sich mit einem Mal wund an. Weil er die Veränderung in meinem Verhalten spürte, wurde Dustys Schwanz schlaff.

»Wollen Sie das erklären?«

Ich schluckte und verschaffte mir damit etwas Zeit, dann konzentrierte ich mich darauf, einen klaren Kopf und eine ruhige Stimme zu behalten, während ich das sagte, von dem ich wusste, dass ich es sagen musste, wenn das Thema zur Sprache kam: »Haben Sie jemals in Brooklyn gelebt?«

Er hob eine Augenbraue. »Bitte?«

Ich hielt meine Augen auf seine Nasenspitze gerichtet. »Nun, wenn Sie das getan hätten, dann wüssten Sie, dass die Hälfte der Gebäude, die keine luxuriösen Eigentumswohnungen bergen, von Miethaien geführt werden oder zumindest von Leuten, die sehr, sehr zwielichtig sind. Für meine erste Wohnung hatte ich nie einen Mietvertrag. Ich hatte sie von einem Freund übernommen und bezahlte den Eigentümer Monat für Monat bar. Wissen Sie, die wollten keine Unterlagen davon, um keine Steuern zahlen zu müssen. Danach bin ich bei meinem Freund eingezogen.« Ich zuckte mit den Schultern und zog Dustys Leine enger. »Der Vertrag lief auf seinen Namen. Sie haben nicht nach meiner vollständigen Wohnungsgeschichte gefragt.«

Er zögerte. »Nein, das habe ich in der Tat nicht.« Er starrte mich an, als versuchte er sich zu entscheiden, ob er meine Geschichte glauben sollte. Er presste die Lippen aufeinander, dann lächelte er mich viel zu süßlich an. »Die DNA-Ergebnisse sollten bald da sein, Miss King.«

Zurück in meinem Cottage ging ich durch jeden Raum, Dusty fest im Arm, und suchte nach Zeichen von Davis, doch ich fand nichts. Ich ließ Dusty herunter und schloss die Türen zweimal ab, dann versuchte ich, wieder Ordnung zu schaffen.

Erneut machte ich das Bett, schloss die Schubladen, stellte Bücher zurück an ihren Platz. Dreckige Unterwäsche, sämtliche persönlichen Dinge, die von den neugierigen Polizisten angefasst worden waren, warf ich zurück in den Wäschekorb. Als ich fertig war, schob ich ein weiteres Mal das Bett zur Seite und starrte auf das reingehämmerte Dielenbrett.

Mir kam ein erschreckender Gedanke. Was, wenn sie alles gefunden hatten, was ich dort verborgen hatte, und es dann wieder so verschlossen hatten, dass es mir nicht auffiel? Was, wenn McKnight nur darauf wartete, eine weitere Trumpfkarte im Ärmel gegen mich auszuspielen, mir zeigte, was sie entdeckt hatten? Was, wenn das der Grund war, warum er nach meinen vorherigen Wohnadressen gesucht hatte?

Das Brett war zu sehr verkantet, als dass ich es mit der Klaue des Hammers herausziehen konnte, darum ging ich in die Küche und zog die Messerschublade auf. Ich griff nach dem Schlachtermesser, dem einzigen, das dünn genug war, in den Spalt hineinzupassen, doch dann erstarrte ich und vergaß alles, was ich unter dem Dielenbrett versteckt hatte.

Meine Augen waren auf die Schublade gerichtet, mein Herz raste mit einem Mal, ich zählte sie: eins, zwei, drei, vier, fünf. Ich zählte noch mal und berührte dabei jeden einzelnen Griff aus rotem Plexiglas. Eins, zwei, drei, vier, *fünf*.

Etwas stimmte nicht.

Ich bekam Gänsehaut. Langsam ging ich zurück ins Schlafzimmer. Bei der Durchsuchung hatte die Polizei zwar mein Notizbuch mitgenommen, in dem ich all meine Inventarlisten festgehalten hatte, doch ich hatte Fotos von ihnen mit meinem Telefon gemacht, als ich gerade eingezogen war.

Kälte kroch über meine Haut, und ich fühlte mich mit einem Mal dumm. Warum war ich so selbstgefällig geworden und hatte aufgehört, solche Sachen zu überprüfen? Seit ich Ellie über den Weg gelaufen war, reagierte ich nur noch, war viel zu beschäftigt, um die Gegenstände in meinem Cottage zu zählen. Und dann, nachdem der Schal, die Fotos und die Nachricht verschwunden waren, schien das nicht mehr notwendig. Davis lauerte irgendwo. Das war klar. Aber was, wenn mir mehr fehlte als nur diese kleinen Dinge?

Was, wenn etwas Großes fehlte.

Mit bebenden Fingern wischte ich durch die Fotos auf meinem Handy, bis ich dasjenige gefunden hatte, das ich am ersten Tag von der Liste gemacht hatte.

Da stand es in meinem gewohnten Gekrakel:

Messerschublade (sechs Messer, rote Plexiglasgriffe)

Ich zählte noch mal. Fünf. Nur fünf.

Nein, das konnte nicht sein. Es *konnte* einfach nicht sein.

Ich durchsuchte die Spüle. Bestimmt hatte ich bloß einen Apfel aufgeschnitten und es dann hier hineingeworfen – aber nichts.

Stichwunden. John hatte Stichwunden. Und die einzigen Leute, die das vermutlich wussten, waren neben den Cops Vera, ich und Johns Mörder.

Ich riss den Kühlschrank auf, sah in Boxen aus Pyrex, in wochenalte Pizzaschachteln, ob es zufällig zwischen die Reste geraten war. Nichts.

Eines meiner Messer war weg. Ein hellrotes, leicht zu identifizierendes Küchenmesser war weg. John war erstochen worden, ich war die Hauptverdächtige, und eines meiner Messer war weg.

Hatte die Polizei es als Beweisstück mitgenommen? Hätten sie mir das nicht gesagt? Ein Gedanke traf mich, schwach, aber hoffnungsvoll, ein Silberstreifen am Horizont: John und ich hatten oft miteinander gekocht. Er hatte mir beim Gemüseschneiden geholfen, ich ihm beim Anrühren von Soßen, die er aus einem seiner staubigen Kochbücher hatte. Hatte ich es ihm geliehen? Angestrengt versuchte ich mich zu erinnern, und inmitten des Nebels aus Gesprächen und Pinot noir tauchte ein Bild vor meinem geistigen Auge auf – rund eine Woche vor Johns Mord waren die beiden mit Veras Lasagne hergekommen, und sie hatten eines meiner Messer benutzt, um sie anzuschneiden. Konnte es in der Lasagneform liegen geblieben sein? Versteckt unter Alufolie? Es könnte immer noch in ihrem Haus sein.

Schnell tippte ich Vera eine Nachricht.

Das kommt jetzt unerwartet, aber besteht die Möglichkeit, dass eines meiner Messer bei dir im Haus ist, eines, das ich dir geliehen hab oder so?

Vera rief sofort zurück. »Ein Messer?«

»Das ist albern, ich weiß«, sagte ich, »aber ich kann es nicht finden, und ich dachte, vielleicht hast du es. Eines mit einem roten Griff.«

»Oh«, sagte Vera. Schweigen, lang und gedehnt.

»Ich bin mir sicher, es bedeutet nichts, es wurde nur verlegt, aber wie würde es aussehen, wenn die Polizei feststellt, dass ich es nicht finden kann. Ich dachte nur, du hast es vielleicht …« Meine Stimme versiegte, und für einen schrecklichen Moment frage ich mich, ob sie mich verdächtigen würde.

»Klar«, sagte sie, die Stimme seelenruhig und weich. »Lass mich kurz nachsehen.«

Am anderen Ende der Leitung waren Quietschen und das Schaben von Metall auf Metall zu hören. Eine Schublade wurde geschlossen, eine andere geöffnet.

Schließlich: »Sorry, aber ich finde nichts.«

»Bist du sicher?«, fragte ich. »Hast du im Kühlschrank nachgeschaut? In einer Pfanne mit Resten oder so?«

Ich hörte ein Schleifen, eine weitere Tür wurde geöffnet. »Ja«, sagte sie nach einem Moment. »Ich bin mir sicher.«

»Okay«, sagte ich. »Danke. Kann ich vielleicht rüberkommen?«

»Jetzt?«, fragte sie. Ihre Stimme klang plötzlich höher.

»Ja«, sagte ich. »Jetzt.«

Ich konnte hören, wie ihr Atem stockte. »Ich will gerade weggehen. Äh, ich muss ein paar Besorgungen machen, aber … willst du heute Abend vorbeikommen?«

»Das hatte ich vor.«

»Okay«, sagte Vera. »Ich sollte zurück sein gegen – ich weiß nicht, acht? Wir könnten zusammen essen.«

»Klar«, sagte ich. »Und …«

Die Leitung war tot. Sie hatte bereits aufgelegt.

Tief einatmend ging ich zurück in mein Schlafzimmer und benutzte eines der fünf Messer, um nach meinen Besitztümern in meinem Versteck zu sehen – alles war da. Dann nahm ich die Küche auseinander. Ich suchte unter dem Kühlschrank, in dem Spalt zwischen Schrank und Herd, auf dem Grund der Recylingtonne – überall dort, wo das vermisste Messer eventuell hingefallen war.

Krümel klebten an meiner Jeans, meine Hände waren staubig, der Fußboden gesprenkelt mit Tropfen von schalem Wein; meine Küche war in einem schlechteren Zustand, als sogar die Cops sie zurückgelassen hatten.

Aber das Messer war nirgendwo zu finden.

Mein Herz schlug heftig, als mir klar wurde, wie unglaublich dumm ich gewesen war. John – das war nicht meine Strafe gewesen. Das war nur der erste Schritt. Wie konnte Verlust für mich eine ausreichende Strafe sein, wenn ich bereits meine Eltern verloren hatte? Nein, die Strafe war weitaus heimtückischer, weitaus passender zu Davis.

Ich stellte mir die versteckte Wäsche, die Fotos, die Nachricht und jetzt das fehlende Messer vor.

John war nicht das letztendliche Ziel hierbei: *Ich* war es.

Wenn Davis uns in jener Nacht wirklich gesehen hatte, wenn ein Plan in ihm Gestalt angenommen hatte, wenn er sich eines meiner Messer gegriffen hatte … Natürlich wäre er nicht so dumm, sein eigenes Taschenmesser zu benutzen; natürlich würde er eines von meinen vorziehen …

Aber warum dann durch die Stadt rennen und nach mir fragen?

Damit du dich windest. Damit du dich verdammt noch mal krümmst. Um dich ohne jeden Zweifel wissen zu lassen, dass er da ist. Nur für den Fall, dass die fehlenden Dinge, der Wasserhahn und Dustys Weglaufen nicht genug waren. Um dich dessen zu versichern.

Mir dämmerte, dass es einfach gewesen wäre, Handschuhe überzuziehen, John zu töten und ein Messer voll mit meinen Fingerabdrücken und meiner DNA zurückzulassen. Es klang verrückt, es war völlig krank, aber ich wusste wie jeder andere auch, dass das Verrückte durchaus möglich war. Und dass man eine Menge anstellen konnte, wenn man sich einmal darauf einzulassen bereit war …

Und selbst wenn es nicht so funktionierte, wie Davis es sich vorgestellt hatte, gab es da noch eine weitere Genugtuung für ihn.

Wenn er es tatsächlich durchzog – wenn ich tatsächlich, o Gott, verurteilt wurde –, dann wüsste Davis immer, *immer,* wo ich zu finden wäre.

Ich wäre weggeschlossen wie ein wertvolles Sammlerstück unter einer Glasglocke.

Gefangen, wo mich niemand außer ihm mehr haben konnte.

32

Welche Möglichkeiten bleiben einem noch, wenn man nicht mehr weglaufen kann?

Um diese Frage kreisten meine Gedanken, während ich den ganzen Tag in meinem Cottage wie in einem Käfig hockte und mich fühlte wie ein Lockvogel. Was sollte ich tun: Rausgehen, mir eine Waffe besorgen? Im eigenen Haus Fallen installieren wie der verdammte Kevin McCallister in *Kevin – Allein zu Haus*? Einfach warten?

Ich googelte Rechtsanwälte und fragte mich, wie um alles in der Welt ich bloß einen bezahlen sollte. Ich rief meine E-Mails ab – und überprüfte auch Davis' Social-Media-Profile –, aber da war nichts. Das war nicht überraschend, da die Zahnräder längst ineinandergegriffen hatten. Das gestohlene Messer war benutzt worden, um John zu töten. Ich war mir nicht sicher, wie sein nächster strategischer Schritt aussehen würde, aber es würde keine Drohung sein. Davis selbst wäre es. Er vor meiner Tür. Ich war mir dessen so sicher wie nur irgendwas.

Maggie kam gegen vier Uhr vorbei – T-minus vier Stunden, bis ich wieder in der Sicherheit von Veras Anwesenheit war. Sie warf mir ein Lächeln zu – Pepper brav bei Fuß –, als ich die Tür öffnete. »Ich dachte, Sie könnten einen Spaziergang vertragen«, sagte sie.

»O, ich kann nicht …«

Sie hob eine stark geäderte Hand. »Frische Luft ist jetzt gut für Sie. Ansonsten werden Sie verrückt. Los, kommen Sie«, sagte sie, als ich mich nicht rührte. »Wir drehen eine große Runde.«

Wir gingen die Shadow Creek Road entlang, vorbei an Veras Haus, vorbei auch an dem Haus an der Ecke, das früher mal eine Kirche gewesen war und jetzt jemandem als wundervoll renoviertes Heim diente, nur die farbigen Glasfenster erinnerten noch an seine frühere Funktion.

Maggie war erstaunlich agil für eine Frau ihres Alters, sie setzte ihre Füße schneller voreinander als ich. Dusty schnüffelte begeistert am Straßenrand entlang, jeder Kiefernzapfen interessierte ihn.

Während wir gingen, stellte ich mir Davis in dieser Straße vor, wie er mich beobachtete, Pläne schmiedete. Erneut fragte ich mich, wie er wohl Johns Studio gefunden haben konnte. War er John wirklich vier Meilen durch die Wälder gefolgt? Das konnte ich mir nicht vorstellen – nicht Davis. Es muss einen anderen Weg gegeben haben. Vielleicht war er Vera gefolgt, an diesem Morgen, als sie mit dem Auto zurückkam. Oder – wahrscheinlicher – John war zur Hütte gegangen, nachdem er mein Cottage verlassen hatte, und Davis hatte sich an seine Fersen geheftet, hatte das Studio entdeckt und angefangen zu planen.

Davis war vieles, aber nicht impulsiv. Er würde sich nach allen Seiten absichern – ein Mann wie er würde im Gefängnis zugrunde gehen. Vielleicht hatte er sich am übernächsten Tag auf die Lauer gelegt, war dann hineingegangen – die Hütte war ja nie abgeschlossen, Herrgott noch mal – und hatte darin gewartet, bereit, John zu töten, ohne zu ahnen, dass Vera und ich in dieser Nacht Johns Sturz melden wollten.

»Mein Mann ist gestorben, wissen Sie«, sagte Maggie unvermittelt, als wir um die Ecke bogen.

Meine Schultern ruckten – und sofort schob ich die Theorien über Davis beiseite. »Das wusste ich nicht. Ich wusste nicht einmal, dass Sie verheiratet waren.«

»Es ist lange her, ich rede nicht viel darüber«, erwiderte sie. »Es ist nicht gut, der Vergangenheit so nachzuhängen. Er starb, als ich etwas über vierzig war. Meine Tochter war damals noch in der Highschool. Es war für uns beide schrecklich. Ich weiß nicht, was schlimmer ist: einen Elternteil zu verlieren oder einen Partner. Vielleicht beides. Je auf eigene Weise.«

Ich blinzelte mehrmals.

»Sie haben keine Eltern mehr, oder?«

Ich stoppte und drehte mich um, auf einmal ging mein Puls schneller. Plötzlich sah ich Maggie vor mir, wie sie mein Cottage ausspionierte, nach meinen Geheimnissen suchte. Wie sie einen

Weg gefunden hatte, meine Gespräche zu belauschen, auf der Suche nach Klatsch über mich durch die Stadt streifte.

»Woher wissen Sie das?«

»Man kann die Einsamkeit in anderen erkennen«, sagte Maggie und presste die Lippen fest aufeinander. Dann lächelte sie und fuhr fort: »Ich meine, man kann in anderen erkennen, was man selbst erlebt hat. Sie haben nie Ihre Eltern erwähnt. Ich hatte das Gefühl, dass Sie sie verloren hätten, dass uns die Trauer verbindet.«

Es war seltsam, wie Trauer einen vereinnahmen kann, wie sie einen im Griff hat, ganz egal, wie kompliziert sie ist. Ich fragte mich, ob Maggie auch wusste, wie es war, wenn inmitten der Sehnsucht nach ihrem Mann noch mehr auftauchte. Erinnerungen an das Schlechte neben denen an das Gute. Erinnerungen, über die man nicht sprechen sollte – die man hinter sich lassen sollte.

Ich seufzte im Wissen, dass es keine Rolle spielte, nicht wirklich – Trauer war immer gleich. Ich fühlte mich plötzlich schuldig, weil ich sie bemitleidet hatte. Wegen ihrer hässlichen braunen Sweater und weil sie so darauf aus war, mich auf Spaziergängen zu begleiten, hatte ich sie für eine traurige alte Jungfer gehalten. Aber wer war ich, andere zu richten? Ich war so verlassen wie sie, vielleicht sogar deutlich mehr. Indem ich mich mit Vera und John umgab, hatte ich gehofft, meine Einsamkeit verbergen zu können wie eine schäbige Couch von Craiglist unter einem hübschen Überwurf. Aber Maggie konnte sie immer noch sehen. Vielleicht konnte das jeder, überlegte ich, als mir Tränen in die Augen traten.

»Es tut mir leid«, sagte Maggie und griff tröstend nach meinem Arm. »Ich wollte Sie nicht aus der Fassung bringen. Wollen wir noch eine Runde drehen?«, fragte sie, als wäre sie eine Figur aus einem Jane-Austen-Roman. Sie zog ihre Hand wieder zurück. »Wenn Dusty dazu bereit ist?«

Ich nickte beflissen, verzweifelt bemüht, die nächsten Stunden zu füllen, bis acht Uhr durchzuhalten, bis ich endlich Vera wiederhatte. Die Frauen der Shadow Creek Road waren wie Bojen, die nebeneinander wogten, das Einzige, das einen lang gestreckten See aus Einsamkeit und Angst durchbrach.

»Ja, das sollten wir tun.«

Es war schon dunkel, als ich zu meinem Cottage zurückkehrte. Der Himmel war samtig und mitternachtsschwarz. Maggie war mit Pepper bei ihrem Haus abgebogen, und Dusty hatte mich im Verlangen nach Erholung nach Hause gezerrt.

Kies knirschte unter meinen Füßen. Als ich die Veranda erreichte, fiel mir auf, dass ich kein Licht angemacht hatte – als wir losgingen, hatte ich nicht gedacht, dass wir so lange weg sein würden. Ich blickte auf meine Uhr. Es war halb sechs. Nur noch zweieinhalb Stunden, dachte ich. Noch hundertfünfzig Minuten, bis ich wieder mit Vera zusammen war, bis wir gemeinsam einen Plan entwerfen konnten.

Ich zog meine Handschuhe aus und hantierte mit den Schlüsseln im Dunkeln. Die Kälte setzte mir zu, und Dusty kratzte an der Tür. Schließlich fand ich den richtigen Schlüssel und drehte ihn. Drinnen ließ ich Dusty von der Leine, zog meinen Mantel aus, warf meine Tasche auf den Boden und streckte die Hand nach dem Lichtschalter aus – dann stoppte ich.

Da war ein Schatten auf dem Sofa, unmöglich, ihn zu übersehen. Und am unteren Ende des Schattens der Umriss eines Schuhs. Dusty lief direkt darauf zu, sein Schwanz wackelte hin und her wie wild.

Ich blinzelte zweimal und versuchte, meine Augen auf die Dunkelheit einzustellen, versuchte zu denken trotz meines rasenden Herzens. Ich versuchte, die aufsteigende Übelkeit zu unterdrücken, erstarrt zwischen Kampf und Flucht, zwischen schreien und rennen.

Im Mondlicht, das durch die Vorhänge fiel, erkannte ich die Umrisse seines Gesichts, Umrisse, die ich nur zu gut kannte.

»Hey, Babe.«

33

Panisch schaltete ich das Licht an.

Mein Herz schlug erbarmungslos, als ich ihn anblickte. Er sah genauso aus, wie ich ihn verlassen hatte – glatt rasiert, die Brille mit den dicken Gläsern auf der Nase, das blonde Haar fiel über seine Stirn. Als wäre nicht ein Tag vergangen, als wäre die Zeit stehen geblieben, seit ich weggelaufen war. Ein hohles Gefühl durchlief meinen Körper, und ich fühlte mich so fragil wie eine Eierschale, so einfach zu zerbrechen.

»Hab dich gefunden«, sagte Davis, und ein entsetzliches Lächeln breitete sich auf seinem Gesicht aus. »Das hättest du nicht gedacht, was?«

»Nein«, sagte ich. Meine Stimme war schwach, meine Augen huschten umher. Die Vorhänge waren geschlossen, sodass ich nicht hinaussehen konnte und – schlimmer noch – niemand hinein. »Nein, nein, nein.«

Er runzelte die Stirn. »Dann willst du also *nicht* reden.«

Ich hatte Mühe zu atmen. »Was willst du?«

»Was ich will?« Er lachte. »Du warst die, die immer gesagt hat, dass Beziehungen ständige Bereitschaft zur Kommunikation erfordern. Ich würde das hier kaum als Bereitschaft bezeichnen, Babe.«

Ich starrte ihn an, und unter seiner Pseudogelassenheit erkannte ich seinen schwelenden Zorn, bereit, hochzukochen. Er versuchte, ihn im Zaum zu halten, ihn nicht ausbrechen zu lassen, doch ich fürchtete, dieses Mal würde er es nicht schaffen.

»Wir hatten lange Zeit keine Beziehung mehr«, sagte ich.

Er presste seine Lippen aufeinander. »Wie auch, wenn du verschwindest, ohne dich zu verabschieden«, sagte er, und seine Stimme wurde lauter. »Wenn du mich allein lässt, mich zurücklässt – ohne zu sehen, ob ich okay war oder nicht.«

Er starrte mich an und versuchte weiterhin, sich zu beherrschen. Meine Augen zuckten instinktiv zur Tür.

Das hätte ich nicht tun sollen. Als hätte er eine Entscheidung getroffen, einen heiß ersehnten Abzug gedrückt, stürzte Davis los.

Ich sprang zur Seite, aber innerhalb von Sekunden hatte er die Vordertür blockiert und meine Tasche vom Boden aufgehoben.

Dusty winselte verängstigt, und glasklar wusste ich, was ich zu tun hatte, was ich mir so lange antrainiert hatte.

Ich rannte.

Zum Sofa, mein Knie stieß gegen die harte Kante des Couchtisches. Dusty zitterte, als ich nach ihm griff und seinen warmen Körper an mich drückte.

Dann Richtung Küche zur Hintertür, aber Davis war schneller. Er blockierte den Ausgang, hatte mich in der Falle. Vom Flur aus sah ich ihn im gedämpften Licht des Schlafzimmers – den Hammer meines Vaters auf dem Nachttisch.

Ich hechtete durch die Tür, mein Atem nur noch ein Keuchen. Dusty wand sich aus meinem Griff und hastete unters Bett. Meine Sicht trübte sich, als ich herumfuhr und versuchte, die Tür zu schließen.

Davis' Arm stoppte mich. Er drückte die Tür auf, und ich wich zurück, streckte die Hand nach dem Hammer aus, aber er war zu schnell. Innerhalb von Sekunden hatte er mich aufs Bett geworfen und den Hammer ergriffen.

Unter uns heulte Dusty.

»Was willst du?«, fragte ich. Meine Brust war eng und schmerzte, mein Magen war wie aus Stein, meine Augen schossen durch den Raum und suchten nach einem Ausweg, doch ich wusste, dass es keinen gab. »Ich geb dir alles, was du willst, nur lass mich in Ruhe.«

Er ignorierte mich. In einer Hand hielt er immer noch meine Tasche, er wich zurück und drehte sie um – alles polterte auf die Hartholzdielen – meine Brieftasche, Kleingeld, ein paar von Dustys Leckerlis. Mein Telefon. In einer anderen Welt hätte das Durcheinander, das Chaos, ihn verrückt gemacht. Aber nicht in dieser.

»Du weißt, was ich will«, sagte Davis im verzweifelten Versuch, normal zu klingen, aber ich konnte es an seinen Fingern sehen, sie umklammerten den Hammer so fest, dass die Knöchel weiß geworden waren: Die Wut war da; bald würde sie zu stark sein, als dass er sie kontrollieren konnte.

Davis kniete sich hin und zog vorsichtig mein Handy aus dem Wirrwarr.

Er drückte auf den Knopf am unteren Ende, dann trat er vorwärts und beugte sich über mich. Ich konnte ihn fast schmecken, als er mir das Telefon vors Gesicht schob, so nah war er. »Entsperr es«, sagte er.

»Warum?«, fragte ich mit eingezogenem Kopf. Ich wollte winzig werden, wie Alice im Wunderland, so klein, dass ich unter das Bett kriechen und mich in Dustys Fell verbergen konnte. Verschwinden konnte.

»Tu's einfach«, sagte er und schob das Telefon noch näher.

Mit bebenden Händen nahm ich es, hielt es so, dass ich etwas sehen konnte, damit meine Augen sich trotz der erschwerten Sicht scharf stellen konnten. Ich wollte den Code eingeben, aber ich vertippte mich.

»Verarsch mich nicht«, sagte Davis. »Ich weiß, was du vorhast.«

»Ich verarsch dich nicht«, sagte ich. Die Worte fielen mir schwer, weil mein Atem schnell war, flach. »Ich schwör's.« Mit zitternden Händen versuchte ich es noch mal, und tatsächlich, meine Apps tauchten vor dem Home-Bildschirm von Dusty auf.

Er nahm mein Handy, seine Finger fuhren schnell darüber.

»Ich weiß, dass du es hier drauf hast. Ellie hat es mir gesagt.«

Ich starrte ihn an, wie er den Hammer meines Dads hielt, seine Finger umklammerten ihn noch fester. Ich sah vor mir, wie er ihn über meinen Kopf hob, wie er ihn niederkrachen ließ, mein Schädel sein Nagel, wie er mich auf die Laken wirft, mich zu Brei schlägt.

Es kommt aufs Handgelenk an, sagte mein Dad immer. *Die Schwerkraft erledigt die Arbeit.*

Ich hielt die Luft an, als sich Davis' Gesichtsausdruck änderte und er das Handy umdrehte. Es war zu nah, zu verschwommen. Ich rutschte zurück, verzweifelt darauf bedacht, Abstand zwischen uns zu bringen, und dann, mit immer noch zusammengeschnürter Brust, sah ich es.

Ich sah mich.

Mein Gesicht. Rot-gelb verfärbt. Mein Bluterguss, festgehalten in High-Definition.

Wieder sah ich vor mir, wie der Hammer herunterkrachte. Eine aufgehende Blüte, ein roter Sprühnebel. Wie Dusty unter dem Bett hervorkrabbelte, angelockt vom Blut …

»Lösch es«, sagte Davis.

Ich schluckte und schüttelte den Kopf. »Davis …«

Seine ruhige Stimmlage war dahin. »Lösch es!«

Meine Handflächen waren nass, als ich das Telefon nahm. Meine Finger fühlten sich dick an, als wären sie betrunken, während ich ungeschickt auf das Papierkorb-Icon drückte, vergeblich versuchte, seinem Wunsch nachzukommen. Schließlich poppte eine Schaltfläche auf: *Foto löschen.*

Ich tippte drauf, und Davis riss mir das Smartphone aus den Händen.

»Sind da noch mehr?«

Ich schüttelte den Kopf.

»Schwörst du's? Schwörst du's beim Grab deiner Mutter?«

»Ich schwöre es«, sagte ich automatisch, als ich die Worte fand, dann vergrub ich mein Gesicht in meinen Händen. Er warf das Handy aufs Bett.

»Du hättest das nicht tun müssen«, sagte ich. »Ich hatte nicht vor, es jemandem zu zeigen.«

Er legte seinen Kopf schräg wie Dusty, wenn er nicht verstand, was ich sagte, und die plötzliche Ruhe, die Starre seines Körpers ängstigte mich mehr als alles andere.

Unter dem Bett wimmerte Dusty erneut.

»Hast du gedacht, weil du deine Familie verloren hast, kannst du auch meine zerstören?«, fragte er mit wankender Stimme. »Sie war deine beste Freundin. Du *wusstest,* was es mit ihr machen würde, wie es sie zerstören wurde, und du hast es trotzdem getan.«

Kauernd schüttelte ich den Kopf. »Ich hatte keine Wahl.«

Seine Hand fuhr in mein Haar, und für einen Moment dachte ich, er würde sich vorlehnen und mich küssen, aber dann wurde sein Griff so fest, dass ich nach Luft schnappte. Dann riss er mich zurück, heftig, und ich presste die Augen zusammen, als er mich fixierte, mit seinen Beinen einklemmte, seine Hand nun an meinem Hals, er drückte zu, die andere Hand hielt immer noch den Hammer. »Du hast immer eine Wahl. *Wir* hatten immer eine Wahl, bis du uns zerstört hast.«

Seine Augen waren kalt, bereit, die Realität nach seinen Bedürfnissen zu beugen, die Welt um sich herum zu manipulieren, um die Kontrolle zu bekommen, nach der es ihn verlangte wie ein machttrunkenes Kind beim Monopoly-Spiel.

Ich rang nach Luft, aber seine Hand drückte mich nieder, umschloss enger meine Kehle, entzog mir den Sauerstoff.

Davis kam näher, sein Gesicht so nah über mir, dass es sich auflöste. Schweiß bedeckte seine Stirn. Seine Brille drohte zu beschlagen. In dieser Nähe sahen seine Lippen hässlich aus, dünn und trocken – aufgeplatzt. Sein Atem war heiß. Ein schwacher Geruch von Blut.

Er hat John umgebracht, sagte ich mir, und mein eigener Zorn wallte auf. *Er hat John umgebracht.*

»Ganz egal, was du ihr erzählst, Ellie wird jetzt immer wissen, wer du bist«, spie ich ihm entgegen.

Seine Hand zuckte zurück, als würde ich heiß aufglühen.

Sauerstoff drang in meine Lungen, und meine Hand schoss zu meinem Hals.

Ich hätte aufhören sollen, das wusste ich, aber für einen Moment war es mir egal.

»Und ich bin froh, dass sie es weiß.«

Davis bäumte sich auf, riss den Hammer über seinen Kopf.

Die Schwerkraft erledigt die Arbeit, dachte ich, während der Hammer dort oben wartend hing. *Die Schwerkraft erledigt die Arbeit.*

34

Es gibt Momente, da steht die Zeit still – wenn du weißt, dass sich die Katastrophe nicht mehr aufhalten lässt. Ein Schlag ins Gesicht. Das Zurückschnellen des Kopfes. Das Gefühl, als würden die Räder eines Autos den Kontakt zur Straße verlieren. Die hohle Leere eines drohenden Verlusts.

Der Moment, in dem du schließlich erkennst, dass alles, was du dir über deine Rolle in der Welt eingeredet hast, falsch ist. All die Zeitpläne, der Unterricht, die ganzen Vorstellungsgespräche und Jobs, all die Stunden, die du damit verbracht hast, dein Leben zu arrangieren, umsichtig aus Buben, Königinnen und Assen ein Kartenhaus zu bauen – es war alles eine Illusion.

Real war es nie gewesen.

Nie hattest du irgendetwas unter Kontrolle.

Plötzlich wird dir klar, dass du nicht immun bist gegen die Dunkelheit, die Impulsivität, die schiere animalische Natur, die natürliche Grausamkeit, die brutale Willkürlichkeit der Menschheit – des Lebens. Du weißt, dass letzten Endes nichts wirklich zählt. Dass es keinen Weg gibt, um dich vor dem Schmerz zu schützen.

So fühlte ich mich, als mein Ex-Freund über mir stand, den Hammer meines vor langer Zeit gestorbenen Vaters über meinen Kopf haltend wie das Fallbeil einer Guillotine. Für eine furchterregende, wundervolle Millisekunde war ich berauscht von all diesem Irrsinn.

Ich wusste, es war endgültig vorbei. Ich würde niemanden mehr verletzen müssen, nicht mehr so tun, als könnte ich etwas aus meinem Leben machen.

Ich war das Produkt des Schicksals, von äußeren Umständen – wie wir alle.

Der Hammer schoss herab, und ich schrie – mitten in der Luft schien er die Richtung zu verändern, er verfehlte mich nur um Zentimeter und traf auf mein Telefon, das neben mir auf dem Bett lag.

Ich rollte weg, setzte mich auf und rutschte rückwärts.

Mein Körper blieb angespannt, während ich Davis' Hand beobachtete, die immer noch den Hammer umschloss, jedoch nicht noch mal ansetzte.

»Du verdienst viel Schlimmeres«, sagte Davis, als beantwortete er eine Frage, die ich mich nicht traute zu stellen. »Aber ich will nicht die Person werden, für die du mich hältst.«

War das möglich? War es möglich, dass er nicht hier war, um mich zu verletzen – zumindest nicht so?

Ich atmete tief ein und versuchte, meine Stimme wiederzufinden.

»Das Messer«, sagte ich schließlich, als mir mit einem Mal klar wurde, dass er mich nicht berühren musste, um mich zu zerstören. »Hast du es noch? Du musst nicht tun, was du vorhast. Du musst es nicht der Polizei geben.«

Davis starrte mich an, die Augen zu Schlitzen verengt. »Welches Messer? Wovon redest du?«

»Ich weiß, dass du John getötet hast«, zwang ich mich zu sagen. »Ich habe es herausgefunden.«

»Wow, du bist in noch schlechterer Verfassung, als ich gedacht hatte«, sagte Davis. »Ich habe niemanden getötet. Denkst du wirklich, dass ich das könnte?« Er kniete sich hin, den Hammer immer noch in einer Hand, und holte Dusty unter dem Bett hervor. Mein Hund – früher unser Hund –, sein kleiner zarter Körper bebte.

Mein Herz raste, und ich vergaß augenblicklich das Messer, John und alles andere. »Nicht«, bettelte ich. »Tu Dusty nicht weh. *Bitte.*« Ich verabscheute die Schwäche, die Verzweiflung in meiner Stimme. »Gott, er ist alles, was ich hab.«

»Du denkst immer das Schlimmste von mir«, sagte Davis. »Ich tue ihm *nicht weh,* ich nehme ihn mit mir, genau wie ich es gesagt habe.«

In Davis' Griff hörte Dustys Schwanz abrupt auf zu wedeln; er winselte. Mir traten Tränen in die Augen.

»Nein«, sagte ich. »Nein, bitte. Du zerdrückst ihn. Du wirst ihn zerquetschen.«

Davis fasste Dusty fester. »Weißt du, ich hätte dir vergeben. Dass du mich verlassen hast, sogar, dass du das Foto gemacht hast. Ich hätte dich zurückgenommen. Ich habe dich *geliebt*. Ich tue es immer noch. *Du* bist diejenige, die stets das Schlechteste von mir gedacht hat. Ich wusste, wir waren perfekt, du und ich. Ich war mir sicher, wenn wir die Macken unserer Beziehung bearbeiten könnten, hätten wir alles, was jeder von uns brauchte. *Du* bist es, die mich immer als Monster hingestellt hat, während ich nur versucht habe, dir zu helfen, uns zu helfen. Um sicherzustellen, dass wir uns nicht in Verbitterung auflösen wie jedes andere Paar. Unsere Chemie stimmte, wir hatten die gleichen Interessen, wir haben einander zum Lachen gebracht, wir waren verrückt nacheinander – weißt du, wie selten das ist? Es wäre alles *wunderbar* gewesen, wenn du mir nur einmal zugehört und vertraut hättest.« Er seufzte bedauernd ob alldem, was hätte sein können. »Wir hätten heiraten und Kinder bekommen können, wie du es gewollt hast – wir hätten eine Familie werden können –, wenn du nur mitgemacht hättest. Wenn du genauso hart wie ich daran gearbeitet hättest, unsere Beziehung zu verbessern. Aber dir war das egal, oder? Du hast alles kaputt gemacht. Es ist deine Schuld.«

Dusty jaulte auf, aber Davis ließ ihn nicht los. »Selbst wenn ich es wollte, könnte ich nicht mehr mit dir zusammen sein, nicht nach allem«, sagte er. »Darum nehme ich dir das, was dir am wichtigsten ist. Ich nehme ihn. Vielleicht lernst du so schließlich doch noch, nicht alles Gute in deinem Leben zu zerstören.«

Dusty jaulte erneut auf, und ich drückte mich auf dem Bett in eine aufrechte Position. »Das darfst du nicht«, sagte ich betteInd. »Ich bin diejenige, die sich um ihn kümmert. Ich bin diejenige, die er kennt. Bitte.« Ich streckte meine Arme aus, doch Davis hielt ihn fester. »Bitte, gib ihn mir einfach.«

»Warum sollte ich?«

Tränen liefen mir über die Wangen, und so, wie Davis Dusty umklammerte und den Hammer immer noch in der anderen Hand hielt, fürchtete ich, dass etwas Schreckliches passieren würde. In mir blitzte das Bild auf, wie Dusty über die Straße lief, nachdem seine Leine gerissen war. Davis scheute nicht davor zurück, unserem Hund wehzutun, wenn es darum ging, mir etwas anzutun;

wenn es zu seinem Plan passte, die »Macken in unserer Beziehung zu bearbeiten«.

Ich musste etwas tun. Ich musste ihn aufhalten.

»Wenn du ihn nicht loslässt, genau jetzt, dann zeige ich jedem das Foto«, sagte ich und versuchte verzweifelt, Selbstsicherheit in meine Stimme zu legen. »Ich werde es überall im Internet veröffentlichen. Du wirst eine verdammte virale Sensation. Du musst mich schon töten, um mich davon abzuhalten, das schwöre ich dir. Und wenn du mich tötest – was soll dann deine Schwester denken? Was auch immer du ihr sagen wirst, es wird nicht viel wert sein, wenn ich ihr, eine Woche bevor man mich tot auffindet, von meiner Angst vor dir erzählt habe. «

Davis' Griff lockerte sich ein wenig. »Du hast es gelöscht«, sagte er, als versuchte er, sich selbst zu überzeugen.

Mir war beinah zum Lachen zumute. »Es ist in der Cloud abgespeichert für den Fall, dass ich mein Handy verliere. Ich bin nicht dumm – und du bist es auch nicht.«

Seine Augenbrauen zogen sich zusammen. »Du würdest es nicht posten. Du würdest dich zu sehr genieren.«

»Ich schäme mich nicht«, blaffte ich. »Nicht mehr. Ich würde es tun. Und ich werde. Lass Dusty los, lass ihn bei mir, und ich werde niemandem etwas davon erzählen, das verspreche ich. Ich werde der Polizei nichts davon sagen, was du hier gemacht hast. Ich werde niemandem sagen, dass du John getötet hast.«

»Ich weiß nicht mal, wer John ist«, erwiderte Davis, und ein schrecklich bitteres Lachen schlich sich in seine Stimme. Der Griff, mit dem er Dusty festhielt, wurde lockerer. »Du bist wahnhaft. Das warst du schon immer.«

Als er seine Chance erkannte, drehte Dusty augenblicklich seinen süßen Kopf und versenkte seine Zähne in Davis' Arm, fest genug, um die Haut zu durchdringen.

»Herrgott«, sagte Davis und warf mein Baby so brutal quer durch den Raum, dass Dustys Körper gegen den Nachttisch krachte.

Dusty jaulte auf, und ich eilte herbei, umfing ihn mit meinen Armen, hielt ihn sanft, beschützte ihn.

»Er gehört dir«, sagte Davis, sein Gesichtsausdruck spiegelte jetzt

Ekel wider. »Er ist genauso verrückt wie du. Bleib mir vom Hals – und auch meiner Schwester. Oder ich werde ihn nehmen – ich werde dir alles wegnehmen, was du liebst, darauf kannst du dich verlassen.«

Dann drehte er sich um und ging aus dem Zimmer. Er hatte uns verschont, uns zurückgelassen. Wir waren sicher.

Aber in gewisser Weise gebrochener als zuvor.

Ich hörte meinen Namen wie ein hallendes Echo, als hätte ihn jemand am Ende eines Tunnels gerufen. Helles Licht flutete das Zimmer und presste sich gegen meine Augenlider.

Erschöpft öffnete ich die Augen und sah Vera über mir.

»Lucy. Oh, mein Gott, was ist passiert?«

Ich blinzelte den Schlaf weg. Ich lag immer noch in Embryohaltung auf dem Bett, genau so, wie Davis mich zurückgelassen hatte. Ich musste irgendwann eingeschlafen sein, nachdem das Adrenalin abgeebbt war. »Wie spät ist es?«

»Fast elf«, sagte sie. »Du bist nicht zum Essen gekommen, und zuerst hab ich mir keine Sorgen gemacht, aber dann wollte ich dich anrufen, hab dir Textnachrichten geschickt, aber du hast nicht geantwortet. Ich bin hergekommen und hab mehrmals an die Tür geklopft. Die Tür war nicht abgeschlossen, darum bin ich reingekommen. Gott, ich dachte … Ich weiß nicht, was ich dachte.«

Ihre Augen wurden kalt, als sie auf meinen Hals fielen. »Lucy, dein Hals ist rot.«

Ich nickte. »Ich weiß.«

»Davis?«, fragte sie.

Tränen rannen über meine Wangen – die einzige Antwort, die nötig war.

»Was hat er getan? Du musst mir sagen, was passiert ist. Sofort.«

Vera hörte zu, ihre Augen weiteten sich, als ich jedes Detail schilderte. Als ich fertig war, machte sie mir eine Kanne Tee und stellte Cracker bereit, aber ich war zu schwach, zu fertig, um irgendwas runterzubekommen. Sie flehte mich an, die Polizei anzurufen, aber ich sagte ihr, das würde ich nicht tun. Als der Tee kalt geworden war, brachte sie ihn in die Küche, dann kehrte sie ins

Schlafzimmer zurück. Sie kroch zu mir ins Bett und umarmte mich von hinten, hielt mich, wie Davis es früher getan hatte, und in der Sicherheit ihrer Arme ließ ich meine Augen wieder schwer werden im Wissen, dass dieser Albtraum alles andere als vorbei war, im Wissen, dass jeder Aufschub nur kurz sein würde.

35

Vera war weg, als ich am nächsten Morgen aufwachte. Ich fühlte mich benommen, als wäre ich verkatert, dabei hatte ich kaum einen Tropfen getrunken. Das Bett war leer, nicht einmal Dusty war bei mir. Decke um Decke lag schwer auf mir. Vera hatte mich eingemummelt wie ein Kind.

Ich schlug die Decken weg und streckte mich nach meinem Handy. Der Bildschirm war schwarz – tot – und fast bis zur Unkenntlichkeit zersplittert. Es war kalt im Schlafzimmer, nahezu eisig. Ich musste wissen, wie spät es ist – die einzige Uhr war in der Küche. Ich zwang mich, aufzustehen, tappte vorsichtig den Flur entlang, schaute nach links und rechts, für den Fall, dass Davis zurückgekommen war.

Es war niemand im Wohnraum, nur Dusty, der vom Sofa sprang und mir folgte.

Die Küche sah schrecklich aus. Im Fenster oberhalb von Dustys Hundeklappe konnte ich ein Loch erkennen, umgeben von einem Spinnennetz aus Rissen.

»Zurück, Dusty«, sagte ich, als die über den Boden verteilten Glasscherben aufblitzten und das Licht reflektierten wie Schneeflocken.

War Davis tatsächlich zurückgekehrt und hatte das Fenster eingeschlagen, um mich erneut in Angst zu versetzen?

Waren seine Worte gestern Abend Lügen gewesen? Hatte er in Wirklichkeit niemals vorgehabt, mich in Ruhe zu lassen?

Dusty zog sich zurück, während ich vorwärtsging. Es war Mittag – ich hatte Stunden geschlafen –, auf dem Tresen neben dem Herd lag eine Nachricht von Vera.

Ich wollte das hier nicht aufräumen für den Fall, dass du die Polizei rufen willst (was du wirklich tun solltest). Es tut mir leid, dass dir das passiert ist. Ich komm später vorbei. V.

Ich schob den Zettel beiseite, trat noch weiter vor und fuhr mit einem Finger über die Bruchkante der Glasscheibe. Mist. Ich sog das Blut von meinem Finger und eilte ins Badezimmer, um ein Pflaster zu holen.

Im Spiegel erkannte ich blutige Fingerabdrücke an meinem Hals. Dort, wo Davis mich gewürgt hatte, waren Spuren auf meiner Haut, die bald zu Blutergüssen anlaufen würden. Im Schlafzimmer fand ich den Hammer. Auf seinem Griff waren ebenfalls blutige Spuren von Fingern. Zweifellos hatte Davis' Hand geblutet, als er mich angegriffen hatte. Es war alles so schnell gegangen, dass es mir nicht aufgefallen war.

Ich kehrte in die Küche zurück und untersuchte die zerbrochene Fensterscheibe. Blut. Nicht frisch, eingetrocknet, fest.

Ich machte einen Schritt rückwärts, der Raum begann, sich um mich zu drehen, während mein Hirn versuchte, hinterherzukommen: Angesichts von Veras Nachricht und der Abdrücke auf meinem Hals war klar, dass Davis das Fenster gestern Abend kaputt gemacht hatte, vermutlich bevor ich nach Hause gekommen war … aber warum?

Ein Schauer überlief mich, und zwar nicht wegen der Luft, die durch das kaputte Fenster hereinströmte. Dusty schien es zu spüren, er begann zu winseln.

Ich war mir so sicher gewesen. Es war wie ein Film wieder und wieder vor meinen Augen abgelaufen …

Nachdem er von Ellie erfahren hatte, wo ich bin, war Davis nachts zu meinem Cottage gekommen und hatte mich und John gesehen. Die Tür war zufälligerweise nicht abgeschlossen, und so war er hereingekommen, hatte meinen Schlüssel genommen, eine Kopie machen lassen und ihn wieder zurückgebracht. Er entwendete eines meiner Messer und tötete damit John. Er platzierte meine Unterwäsche am Tatort. Er versteckte das Messer … woanders. In den Tagen danach kehrte er zurück, um Dusty rauszulassen, die Fotos und die Nachricht mitzunehmen und auch den Schal meiner Mutter. Um mich reinzulegen.

Dann ist er durch die Stadt gelaufen und hat nach seiner »vermissten Freundin« gefragt, nur damit ich mitbekam, dass er da war, für den Fall, dass ich es mir noch nicht zusammengereimt hatte, erst dann lehnte er sich zurück und sah mir dabei zu, wie ich von Angst überwältigt wurde.

Schließlich kam er her, um mir gegenüberzutreten. Er kam her, um … mein Handy kaputt zu machen … damit zu drohen, dass er mir Dusty wegnimmt?

Ich schüttelte den Kopf und schluckte einen beginnenden Kloß im Hals hinunter. Davis hatte irritiert gewirkt, als ich ihn nach dem Messer fragte, nach John. Ich hatte gedacht, das sei nur gespielt gewesen, aber was, wenn, was, wenn …

Ich warf Veras Nachricht in den Müll, und nachdem ich in der Küchenschublade das Klebeband gefunden hatte, bedeckte ich damit Streifen für Streifen das Loch in der Glasscheibe. Mit Feger und Handschaufel kehrte ich die Scherben zusammen und warf sie in den Müll. Nachdem ich alle Vorhänge vorgezogen, jedes Schloss auf- und wieder zugeschlossen hatte, begann ich im Wohnzimmer auf und ab zu gehen. Dusty beobachtete mich dabei.

Wäre es möglich?

Konnte ich alles falsch interpretiert haben?

Dass ich die Nacht mit John verbracht hatte, war kaum mehr als vierundzwanzig Stunden nach meinem Zusammentreffen mit Ellie gewesen. Wenn sie nicht gelogen und Davis sie nicht begleitet hatte, hätte er sofort herkommen, meine genaue Adresse herausfinden und mich dann auch noch mit John abpassen müssen. Ich nahm ein Stück Papier, da die Polizei immer noch mein Notizbuch hatte, und begann zu schreiben. Ich führte alles auf, was an seltsamen Dingen passiert war, seit ich eingezogen war.

- Tür nur angelehnt
- laufender Wasserhahn
- Dusty ist ausgebüxt
- der Schal ist weg
- die Fotos sind weg
- die Nachricht ist weg
- das Messer ist weg
- Unterwäsche in der Hütte

Als ich die Liste überflog, hörte ich draußen ein Knacken, das Rascheln von Blättern, ein Springen. Ich lief zum Fenster an der Vorderseite und blickte hinaus. Nichts weiter als die ersten Anzeichen von Schnee. Ich las die Liste noch einmal.

Jemand war hier drin gewesen, daran gab es keinen Zweifel – sogar wenn sich alles irgendwie erklären ließe: Dinge verschwinden nicht einfach von selbst, sie lösen sich nicht in Luft auf.

Bis heute Morgen waren mir keinerlei Anzeichen eines gewaltsamen Eindringens aufgefallen. Die Person, die diese Dinge genommen hatte, *musste* einen Schlüssel haben. Die Person, die mein Messer mitgenommen hatte, die John erstochen hatte, diese Person musste einen Weg hereingefunden haben, ohne ein Fenster zu zerschlagen.

Davis hatte bestritten, überhaupt zu wissen, wer John war.

Was, wenn er es letztlich doch nicht gewesen war?

Ich eilte ins Schlafzimmer und griff nach meinem Handy. Ich stöpselte es ein und betete, dass es funktionieren würde, und nach fünf Minuten am Strommetz tat es das wunderbarerweise auch. Glassplitter stachen mich in die Finger, als ich Ellies Nummer wählte.

Nur die Mailbox ging ran. Ich rief sie noch mal an. Wieder die Mailbox. Ich hängte auf, wählte noch mal. Und noch mal. Und noch mal.

Schließlich nahm Ellie ab. »Ich will nicht mit dir reden«, sagte sie statt einer Begrüßung mit eisiger Stimme. »Davis hat mir alles erzählt nach deinem letzten Anruf. Ich will nie wieder mit dir reden – oder dich wiedersehen.«

»Das wirst du nicht«, sagte ich. »Ich versprech's. Du musst mir nur eine Sache sagen.«

»O mein Gott, du wirst nie aufhören, oder? Ich leg auf …«

»Ellie, bitte. Sag mir nur eins, ich bitte dich. Wann hast du Davis erzählt, dass du mir begegnet bist?«

»Was?«, blaffte sie.

»War es direkt danach? Hast du ihn angerufen, sobald du das Restaurant verlassen hast, in dem wir uns gesehen haben?«

»Nein«, sagte sie. »Ich habe mit ihm gesprochen, als ich schon ein paar Tage wieder zu Hause war. Ich habe die ganze Zeit darüber nachgedacht, was ich von deiner Story halte.«

»Wann war das?«, frage ich.

»Was zur Hölle willst du?«

»Es ist wichtig«, sagte ich verzweifelt. »Wann?«

»Ich bin am Montag zurückgekommen«, sagte sie. »Ich denke mal, am Mittwoch habe ich es ihm gesagt. Ja, es war Mittwochabend, nach unserem Yogakurs.«

»Bist du dir sicher?«, fragte ich.

»Gott, ja, ich bin mir sicher. Aber das ändert nichts …«

»Danke«, unterbrach ich sie. »Und es tut mir leid wegen allem.«

Ich legte auf. Dann öffnete ich meine Kalender-App. Der Montag war der Tag der Wanderung. Am Mittwoch war John schon volle zwei Tage tot gewesen.

Wenn Ellie mich nicht angelogen hatte – und ich kannte sie lange genug, um zu wissen, was für eine schlechte Lügnerin sie war –, konnte Davis John nicht getötet haben.

Ich schüttelte den Kopf. Ich war mir so sicher gewesen, so verdammt sicher, aber es war unmöglich. Er konnte es nicht gewesen sein.

Also, wie war jemand ins Cottage gekommen?

Und warum hatte dieser Jemand meine Sachen genommen?

Wenn es nicht Davis gewesen war, warum war ich dann das Opfer und nicht Vera – sie war Johns Frau, die naheliegendere Wahl. Es ergab keinen Sinn.

Mit zitternden Fingern öffnete ich meine E-Mails und scrollte hindurch, bis ich die letzte von Jennifer Moon gefunden hatte, der Maklerin, die mir das Cottage vermietet hatte.

Ich schickte ihr eine Mail, und nachdem ich unzählige Male das Postfach aktualisiert hatte, rief ich sie an.

Bei ihrer Büronummer landete ich auf der Mailbox, darum rief ich sie auf dem Handy an.

Nach dem fünften Klingeln ging sie ran: »Hallo?« Sie hatte eine Reibeisenstimme, als würde sie seit Jahren rauchen; das war nicht die Stimme, die ich aufgrund ihrer schwungvollen E-Mail-Signatur erwartet hatte. Mir wurde mit einem Mal klar, dass ich bislang noch gar nicht mit ihr gesprochen hatte; ich hatte alles mit ihr per Mail geregelt. Das gab mir ein ungutes Gefühl – ich hatte keine Ahnung, mit wem ich es zu tun hatte. Mein Dad wäre entsetzt gewesen.

»Jennifer Moon?«, begann ich. »Es tut mir leid, dass ich Sie störe. Ich bin Lucy King. Ich habe das Cottage gemietet, das Sie verwalten, in der Shadow Creek Road. Nummer dreiundsechzig?«

Ein Zögern, und dann: »Ja?«

»Hat noch jemand außer mir einen Schlüssel zum Cottage? Ich weiß nicht, vielleicht eine Wartungsfirma oder …«

»Nein«, unterbrach sie mich. »Es gibt nur zwei Anfertigungen. Die eine haben Sie und die andere ich. Ich teile mir das Büro mit einer anderen Firma, darum bewahre ich die Ersatzschlüssel zu Hause auf, aus Sicherheitsgründen.« Ein Knacken von Holzdielen, dann ein metallisches Klacken. »Gerade im Moment sehe ich Ihren Schlüssel vor mir – Shadow Creek Road dreiundsechzig. Die Antwort auf Ihre Frage lautet also nein. Nur Sie und ich. Wenn etwas repariert werden muss, muss bei mir der Schlüssel abgeholt werden – und das nur, wenn Sie den Zutritt erlauben. So ist das Gesetz. Mein Unternehmen nimmt Sicherheit *sehr* ernst. Ich habe eine Menge Fünfsternebewertungen auf Yelp, sehen Sie ruhig nach. Eine der besten Wohnungsverwaltungen und Grundstücksfirmen der Gegend, das kann ich Ihnen versichern.«

Ich hätte lachen können, wenn ich nicht hätte weinen müssen. »Okay«, sagte ich, und meine Gedanken verknoteten sich ineinander. »Wie ist es mit vorherigen Bewohnern? Haben Sie die Schlösser dann immer ausgetauscht?«

»Warum? Ist etwas passiert?«

»Es ist nur – wegen meines Nachbarn – John Nolan. Die Polizei hat seinen Tod noch immer nicht aufgeklärt. Ich möchte nur ganz sichergehen.«

Schweigen breitete sich aus, und ich fragte mich, ob sie gerade rauchte. Sie räusperte sich, bevor sie sprach. »Ja«, sagte sie mit dunklerer Stimme. »Ja, wie schrecklich. Die Schlösser wurden ausgetauscht, das kann ich Ihnen versichern. Gibt es noch etwas? Ich muss jetzt gehen. Ich habe noch eine Besichtigung.«

»Sind Sie sicher, dass außer Ihnen niemand an die Schlüssel herankommt?«

»Niemand außer mir, meinem Ehemann und meiner Tochter, und ich bin mir sicher, dass Sie nicht unterstellen wollen, dass einer von ihnen …«

»Nein«, sagte ich. »Natürlich nicht. Vielen Dank.«

Mein Blick zuckte durch den Raum, als ich auflegte. Jemand hatte es hier hereingeschafft. Vielleicht erzählte sie mir Blödsinn. Vielleicht hatte sie die Schlösser gar nicht ausgetauscht. Ich öffnete den Browser auf meinem Telefon und googelte ihr Unternehmen, Jennifer Moon Real Estate. Wie angekündigt tauchte eine Yelp-Seite auf. Sie hatte nicht gelogen. Es gab zahllose Fünfsternebewertungen. Der zersplitterte Bildschirm machte es schwierig, sie zu lesen, aber blinzelnd gelang es mir.

Unglaublich professionell!
Eine Freude, mit ihr zusammenzuarbeiten.
Nimmt Sicherheit sehr ernst.
Jennifer hat die besten Mietangebote der Gegend.

Und dann eine längere:

Wir haben mithilfe von Jennifer Moon unsere Hütte tipptopp renovieren lassen, bevor wie sie vermietet haben. Ihr Mann ist ein bekannter Bauunternehmer vor Ort und hat uns tolle Konditionen eingeräumt für all die Reparaturen, die notwendig waren, damit alles zeitgemäßem Standard entsprach. Letztlich bekamen wir eine viel höhere monatliche Miete, als wir erwartet hatten. Wir können sie gar nicht genug empfehlen!

Ich stutzte. Etwas stimmte nicht. Etwas stimmte ganz und gar nicht.

Mit klopfendem Herzen fand ich das Feld, mit dessen Hilfe ich die Bewertungen durchsuchen konnte, während ich mich an das erinnerte, was Vera vor einer ganzen Weile gesagt hatte:

Er ist ein bekannter Bauunternehmer hier – offensichtlich macht ihn das zu einer großen Nummer in der Gegend.

Mit zitternden Fingern tippte ich »Bauunternehmer« ein. Drei Bewertungen tauchten auf, das entsprechende Wort je farblich unterlegt und fett hervorgehoben:

Sie ist verheiratet mit einem großen **Bauunternehmer** der Gegend.
Ihr Mann, ein **Bauunternehmer,** war vor dem Verkauf unser Lebensretter.

Die letzte brachte mein Herz zum Stillstand, sie stellte alles auf den Kopf, was ich geglaubt hatte – von Davis, von John, von allem.

Sie machte mir klar, dass ich mich fürchterlich, entsetzlich geirrt hatte.

Jennifer brachte uns in Kontakt mit ihrem Mann, dem **Bauunternehmer** Sam Alby von Alby Construction.

36

Sofort eilte ich rüber zu Vera; Schneeflocken verfingen sich in meinen Haaren. Ich ging so schnell wie möglich und passte auf, nicht auf der glatten Straße auszurutschen. Ich hoffte, dass die Drohung, das Foto zu veröffentlichen, ausreichen würde, um Davis fernzuhalten, aber konnte ich mir da wirklich sicher sein? Er hatte über so viele Jahre versucht, mich zu kontrollieren – ich konnte mir kaum vorstellen, dass das einfach so vorbei sein sollte. Vielleicht hatte Davis seine Meinung geändert, oder es könnte Teil seines Plans sein. Vielleicht wollte er sehen, wie ich mich vor Angst wand, bevor er mir erneut etwas antat.

Sobald ich das Farmhaus erreichte, hämmerte ich gegen die Haustür, als würde mein Leben davon abhängen. Und verdammt, vielleicht tat es das ja.

Vera öffnete die Tür nach rund zwanzig Sekunden. »Bist du in Ordnung?«, fragte sie aufgeregt. »Gott, ist Davis zurück? Hast du endlich die Polizei angerufen?«

Ich schob mich an ihr vorbei und eilte in ihr Wohnzimmer. Dort überwältigte mich die Hitze des Holzofens.

»Du solltest dich hinsetzen«, sagte sie und wies auf das Sofa. »Du bist immer noch unter Schock.«

»Ich lag falsch«, sagte ich. »Ich lag völlig falsch.«

»Was meinst du?«, fragte Vera scharf. »Was meinst du damit, dass du falschlagst?«

»Davis ist *eingebrochen*. Davis hatte keinen Schlüssel.«

»Ich weiß«, sagte sie und zupfte am Saum ihres Tops. »Hast du das Fenster nicht gesehen? Darum wollte ich ja, dass du es anzeigst. Du musst das zu Protokoll geben.«

Ich entfernte mich von ihr und begann, im Wohnzimmer auf und ab zu gehen. Es war unordentlicher, vollgekrasselter als je zuvor, als hätte sie nach der Hausdurchsuchung durch die Polizei nicht aufgeräumt. »Hör mir zu«, sagte ich. »Das ist nicht wichtig.«

Veras Augen weiteten sich. »Natürlich ist das wichtig.«

Ich schüttelte den Kopf. »Nein, ich hab dir schon gestern gesagt, dass ich das nicht tun werde. Ich kann nicht.«

»Aber Lucy …«

»Ich weiß, es ist meine Pflicht. Ich weiß, ich sollte es tun – glaub mir, ich habe mir das selbst Millionen Mal gesagt –, aber ich werde ihnen nichts davon erzählen. Ich will nicht, dass sie das schriftlich festhalten. Ich will nicht, dass sie meine gesamte Vergangenheit durchwühlen nur wegen eines Prinzips.«

»Es geht nicht nur …«

»Es wäre trotzdem so. Hör mir zu. Ich hatte gedacht, dass Davis irgendwie an den Schlüssel gekommen ist und ihn hat nachmachen lassen oder so.«

Sie streckte den Arm nach der Lehne eines Sessels aus, als müsste sie das Gleichgewicht wahren. »Ich versteh's nicht. Warum hast du das gedacht?«

Ich seufzte. »Mir sind in der letzten Zeit ein paar merkwürdige Dinge aufgefallen. Der Wasserhahn lief. Dusty ist weggelaufen. Und Sachen sind verschwunden. Das Messer. Der Schal meiner Mutter. Diese …« Ich unterbrach mich im Wissen, dass ich ihr nichts von der Nachricht sagen durfte. »Egal. Jemand war im Cottage, ich bin mir dessen vollkommen sicher, und ich hatte gedacht, es wäre Davis gewesen. Ich hatte gedacht, er hätte John getötet und wollte mir den Mord in die Schuhe schieben, aber er war es nicht.«

»Du stehst unter Schock«, sagte Vera. »Du kannst nicht klar denken. Warum sollte …«

»*Bitte*, hör mir zu. Ich habe die Maklerin angerufen, die mir das Cottage besorgt hat, um zu erfahren, ob noch jemand sonst Zugang dazu hat.«

Sie sah mich an, und ihre Hand glitt von der Lehne. »Jennifer Moon?«

Hitze schoss mir ins Gesicht, und eine plötzliche Wut tobte in mir, in einer Art wie nie zuvor ihr gegenüber. »Du weißt, dass sie Sam Albys Frau ist? Und Claires Mutter? Warum hast du mir das nicht gesagt?«

»Das habe ich«, sagte Vera und stützte die Hand an der Hüfte ab.

»Nein, hast du nicht«, erwiderte ich fest. »Dein Erzfeind hat Zugang zu meinem Haus – seine Frau bewahrt die Schlüssel bei sich zu Hause auf, das hat sie mir gerade erzählt –, und du denkst nicht, dass ich das hätte wissen sollen?«

Vera biss sich auf die Lippen. »Ich bin mir sicher, dass wir darüber gesprochen haben. Als du gerade eingezogen warst. Oder als ich dir von Sam und Claire und alldem erzählt habe. Das ist seine Entschuldigung, warum er hier in der Gegend ist – er muss die Grundstücke seiner Frau im Blick behalten. Ich *weiß*, dass ich es dir gesagt habe. Ich habe dich sogar gefragt, ob du sie je getroffen hast, seine Frau.«

Ich starrte sie an. Log sie? Ich erinnerte mich vage, dass sie etwas über Albys Frau gesagt hatte, aber niemals ihren Namen, nie eine eindeutige Warnung ausgesprochen hatte. Als hätte sie das absichtlich verschwiegen.

»Hättest du noch kryptischer damit umgehen können? Ihre Tochter hat eine Unterlassungsverfügung gegen dich erwirkt, und du gehst nicht davon aus, dass es relevant wäre, etwas, das du vielleicht erwähnen solltest, und zwar nicht nur so nebenbei?«

»Tu's nicht, Lucy«, warnte Vera.

»Ernsthaft«, sagte ich und kam näher. Ein fürchterlicher Teil von mir wollte sie schubsen, ich war so wütend. »Du weißt, dass Alby gefährlich ist; du weißt, er ist voller Zorn, er bedroht dich, und du hast nicht mal ein ›Vorsicht!‹ für mich?«

Sie presste ihre Lippen zu einer festen, schmalen Linie zusammen, wich aber nicht vor mir zurück. Sie verschränkte nur die Arme. »Meinst du das ernst?«

»Ja, ich meine das ernst«, erwiderte ich. »Du hättest es mir sagen sollen.«

Ihre Augen wurden vollkommen ruhig. Es herrschte Schweigen, lang und herzzerbrechend, bevor sie sprach. »Es tut mir leid, Lucy. Vermutlich war ich durch die Trauer um meinen Mann abgelenkt. Und davor davon, dies alles zu planen, damit *du* deinen Ex loswirst. Übereilt alles zu organisieren und John so zu exponieren, dass er *ermordet* wird, um dich zu retten.«

Ich machte einen Schritt zurück, während sie mich anstarrte, ihre Augen zu schmalen Schlitzen verengt.

Das ist nicht meine Schuld, das ist nicht meine Schuld, das ist nicht meine Schuld.

Ihr Wangen brannten rot, als sie fortfuhr: »Und jetzt hat Davis dich gefunden, und ich versuche, dich zu beschützen, versuche, dich aufrecht zu halten, obwohl ich mich langsam auflöse, aber du willst nicht mal die Polizei alarmieren? Weißt du, wie wahnwitzig das ist? Wie gefährlich? Statt dich selbst zu beschützen, kommst du her und nimmst mich in die Mangel wegen Dingen, die ich vielleicht, vielleicht auch nicht vor Wochen gesagt habe. Kommst mit diesen albernen Theorien daher, dass jemand in dein Haus eingebrochen ist, was völlig unlogisch ist. Warum zur Hölle sollte Alby *dir* was in die Schuhe schieben wollen und nicht mir, der Person, die er zutiefst hasst? Du warst die, die es zuerst gesagt hat – es ist immer die *Ehefrau*. Weißt du, du bist nicht der Mittelpunkt des Universums.«

Ich kämpfte mit den Tränen, als ich zur Tür ging. Ich betete darum, dass sie mich aufhielt, mich an sich zog, aber sie schaute nicht einmal auf, als ich die Tür aufstieß und hinaus in den Schnee lief.

Zurück in meinem Cottage, wünschte ich verzweifelt, mit jemandem über alles zu reden, was ich entdeckt hatte, mit dem Bedürfnis zu verstehen, warum Vera sich so plötzlich gegen mich wendete. Immer noch unter Schock und verängstigt durch die Begegnung mit Davis, tippte ich mit zitternden Händen eine Nachricht.

Hier ist Lucy. Gibt es eine Möglichkeit, dass wir uns heute noch treffen? Ich hab sonst niemanden, mit dem ich reden kann.

37

Nachts wirkte Woodstock auf unheimliche Weise anders – alles war still und verlassen, wie ein David-Lynch-Film oder ein misslungenes Bild von Edward Hopper.

Alle Lichter waren aus, als ich die Tinker Street entlangfuhr, vorbei am *Schoolhouse,* einem Hippie-Kerzenladen und mehreren überteuerten Modegeschäften – es war erst kurz nach neun Uhr, aber alles hatte schon zu, ein Filmset, nachdem die Crew Feierabend gemacht hat.

Kurz danach sah ich die *Plattform,* das einzige erleuchtete Haus. Ich näherte mich ihm langsam. Halb bedeckt von puderigem Schnee sah es aus wie ein Postkartenmotiv oder wie eines dieser überteuerten Gemälde, die in Einkaufszentren angeboten wurden. Ein Schauer jagte über meinen Rücken, als ich mich an das erinnerte, was Vera gesagt hatte. Alby verbrachte offenbar jeden Abend hier. Ich fragte mich, ob er auch jetzt da war.

Ich trat aufs Gas, kam an Veras und Johns Galerie vorbei, und zwei Blocks später bog ich in eine kleine, gewundene Straße. Ich hielt vor der Adresse, die ich in mein Navi eingetippt hatte, ein schmales Ziegelhaus im Kolonialstil mit weißen Verkleidungen und einem kleinen roten Briefkasten. Vorsichtig, um nicht auszurutschen, ging ich den gepflasterten Weg entlang, der bereits von einer dünnen Eisschicht überzogen war. Über mir schien der Mond wie eine Silbermünze. Es war fast Vollmond.

Auf der Veranda schaute ich um mich, hinter mich – ich wurde das Gefühl nicht los, verfolgt, beobachtet zu werden. Ich klingelte, und während ich wartete, betrachtete ich die Umgebung: Blumentöpfe aus Ton, mit Schnee bedeckt. Ein Futterröhrchen für Kolibris, in dem das Zuckerwasser gefroren war. Relikte des vergangenen Sommers.

Die Tür öffnete sich, und sie lächelte, als sie mich hereinbat.

Rachel war bekleidet mit einem burgunderfarbenen Poncho, den sie vielleicht selbst gehäkelt hatte, so wie er aussah. Ohne ein Wort zu sagen, umarmte sie mich so fest, dass ich ihr Shampoo riechen konnte – etwas mit Äpfeln oder Zimt, etwas Süßes.

Sie machte einen Schritt zurück. »Sagen Sie mir, dass Sie Pinot noir mögen.«

Ich nickte, mein Puls beruhigte sich. »Das tue ich.«

»Gut«, erwiderte sie.

Sie wies auf ein zartgraues Sofa im Stil der Jahrhundertmitte und sagte, dass sie gleich zurück wäre. Ich zog meinen Mantel aus, legte ihn über die starre Armlehne der Couch und sah mich um. Minimalistischer Stil, wie sie gesagt hatte, alles in Schattierungen von Grau und Weiß, ein unerwarteter Kontrast zu der farbenfrohen Kleidung, die sie immer trug. Der Couchtisch war komplett aus Glas, die Kanten sahen ziemlich scharf aus, darauf ein Fotoband von Diane Arbus. Daneben stand der makellose Eames-Stuhl, dessentwegen sie sich mit ihrem Ex-Mann gestritten hatte. Die einzigen Flecken, die nicht auf visuelle Stimuli verzichteten, waren die Wände. Die waren bedeckt mit Fotos.

Ich näherte mich der Wand gegenüber. Es handelte sich um Porträts – Männer und Frauen, Kinder und Paare –, aber auf so gut wie jedem war etwas angeschnitten. Eine Seite des Gesichts nicht im Fokus. Die Ausleuchtung so hart, dass die Augen zu schwarzen Löchern wurden. Die Perspektiven waren so verzerrt, dass einem schwindelig wurde.

Vor allem aber konnte ich sehen, dass sie alle die gleiche Intimität ausstrahlten, die gleiche Nähe herstellten, wie die Fotos von John – nur waren diese noch fesselnder, noch eindringlicher, als wären die von John nur Übung gewesen.

Ich machte einen Schritt zurück, betrachtete alle und zog dann scharf die Luft ein.

Dort, in der rechten unteren Ecke, sah ich ein vertrautes Gesicht.

Vera.

Sie blickte in die Kamera, die Lippen aufeinandergepresst, die Augen ungewöhnlich groß, als wäre sie erstarrt in der Haltung puren Stoizismus. Es war nicht die lächelnde Vera, die ich zu schätzen gelernt hatte, oder die wütende Vera, die ich manchmal erlebt hatte, stattdessen war es meine Freundin, bar jeder Emotion. Meine Freundin, reduziert auf ihr innerstes Selbst. Wundervoll.

»Was denken Sie?«

Ich zuckte zusammen und drehte mich um. »Entschuldigung, ich …«

»Alles gut«, sagte Rachel und reichte mir ein Glas Wein. »Dazu sind sie da. Um angeguckt zu werden. Und gekauft, wenn Sie Interesse daran haben.«

Ich blickte zurück, die Augen auf Veras Foto gerichtet. »Sie sind großartig.«

Rachel lächelte. »Danke.« Sie setzte sich auf den Eames-Stuhl, ich kehrte zurück zu meinem Platz auf dem Sofa.

»Ich bin wirklich froh, dass Sie mir geschrieben haben«, sagte sie. Sie nahm einen Schluck Wein, dann stellte sie ihr Glas mit beerenfarbenen Spuren ihres Lippenstifts ab. »Ich wollte wissen, wie es Ihnen geht, da ich es nicht geschafft hatte, mich bei der Gedenkfeier von Ihnen zu verabschieden. Ich wollte auch wissen, wie es Vera geht, doch ich wollte sie nicht aufregen. Wie geht es Ihnen? Mist, das ist eine dumme Frage. Ich meine, angesichts der Umstände?«

Ich zupfte an dem Schal, den ich um meinen Hals geschlungen hatte, um die Blutergüsse zu verbergen, die ich von meiner Begegnung mit Davis zurückbehalten hatte, während ich versuchte, die letzte Nacht aus meinem Bewusstsein zu scheuchen. Egal, wie schwierig es war, die Angst abzuschütteln, mit der ich so lange schon lebte, so war ich doch zu der Überzeugung gelangt, dass das, was John zugestoßen war, nichts mit Davis zu tun hatte. Offensichtlich hatte es das niemals.

»Gut. Ich meine, schrecklich. Aber gut.« Ich nahm einen Schluck Wein. Dann warf ich wieder einen Blick auf das Foto von Vera.

»Es muss schwierig sein«, sagte Rachel. »Und nun noch die Ermittlung. Ich hoffe, sie finden den Bastard und verhaften ihn.«

Rachel schwieg und gab mir die Möglichkeit, ihr zu erzählen, warum ich hergekommen war. Von der gegenüberliegenden Wand starrten mich die Aufnahmen von Fotos an, aber ich versuchte, sie zu ignorieren. Sie hatte nicht hören wollen, was ich zu sagen hatte, also erzählte ich es nun jemand anderem, so einfach war das.

Ich nahm einen großen Schluck, um mir Mut zu machen. »Ich weiß, es ist merkwürdig, dass ich einfach so hier auftauche, aber ich hab versucht, mit Vera zu sprechen, aber sie will nicht zuhören, und jetzt fürchte ich, dass sie wütend auf mich ist ...« Ich zupfte an der Haut neben dem Daumennagel. »Ich wollte mit jemandem sprechen, und ich wusste, Sie würden es verstehen.«

»Was verstehen?«, fragte Rachel.

»Wie es ist, wenn man Veras Geduld überstrapaziert.«

Sie lachte, aber es war ein bitteres Lachen, und wenn ich mich nicht irrte, standen ihr Tränen in den Augen. »Ja, ich kenne das«, sagte sie. Ihr Blick sprang kurz zu Veras Foto an der Wand. »Leider.«

Ich nahm einen weiteren Schluck im Gefühl, dass Rachel und ich einander verstehen konnten, dass wir beide letztendlich gar nicht so verschieden waren. Jede von uns war eine eigene, aber ähnliche Untermauerung von Veras Strahlen. Unperfekte Frauen, die sie heller leuchten ließen.

»Wie gut kennen Sie Claires Vater – äh, Sam Alby?«

Rachel hob eine Augenbraue. »Nicht gut. Aber gut genug, um zu wissen, dass er John und Vera hasst und sie bedroht hat.«

»Das ist alles?«

»Ja, das ist alles«, erwiderte sie. »Seine Frau hat mir das Cottage vermittelt, aber das wissen Sie ja schon. Warum?«

Ich trank noch mehr Wein. »Ich wusste nicht, dass Jennifer Sam Albys Frau ist – und Claires Mutter. Nicht bis heute.«

»Wirklich?«, fragte Rachel.

»Vera meint, sie hätte es mir gesagt, aber ich schwöre, das hat sie nicht.«

Zwischen ihren Augenbrauen bildete sich eine Furche. »Vielleicht hatte sie es nebenbei erwähnt.«

»Egal.« Ich blickte hinunter auf meine Hände, dann wieder auf. »Jemand ist in mein Haus eingedrungen.«

Rachel lehnte sich vor. »Was meinen Sie damit?«, fragte sie hastig. »Eingebrochen?«

»Ja«, sagte ich mit einem Nicken. »Es lässt sich nicht anders erklären. Ich dachte erst, es wäre mein Ex-Freund gewesen.« Ich zupfte meinen Schal zurecht. »Er war ein Kontrollfreak«, sagte ich. »Er hat mir wehgetan.«

»Oh. Oh, Lucy, es tut mir …«

Ich schüttelte vehement den Kopf. »Das spielt jetzt keine Rolle. Der Punkt ist: Nicht er ist eingebrochen, das habe ich gestern Abend festgestellt, denn die Person, die ins Haus eingedrungen ist, hatte einen Schlüssel und er nicht – er hat ein Fenster eingeschlagen. Ich habe Jennifer angerufen, und sie meint, niemand außer ihr hätte einen Schlüssel. Die Schlösser seien ausgetauscht worden nach Ihrem Auszug, und sie selbst bewahrte die Kopie meines Hausschlüssels auf – und zwar in einer Stahlkassette in ihrem Haus, sodass niemand außer ihrem Mann und ihrer Tochter darankommen könnte …«

Rachels Mund rundete sich zu einem O, als sie zu begreifen begann. »Aber das glauben Sie nicht wirklich – warum sollte Sam in Ihr Haus eindringen?«

Ich nahm einen Schluck Wein. »Eines meiner Messer ist weg. Mir ist das erst vor Kurzem aufgefallen. Es ist nur ein Küchenmesser, aber … Ich glaube, Alby hat John getötet, und jetzt versucht er, es so aussehen zu lassen, als wäre ich es gewesen. Ich weiß, das klingt völlig verrückt – denn warum sollte er mich verleumden und nicht Vera? Sie ist das naheliegendere Ziel. Aber ich glaube, das geschah der Einfachheit halber. Alby wusste, dass er verdächtigt werden würde, darum musste er jemandem die Schuld zuschieben. Außerdem wusste er, dass ich eng mit den beiden befreundet bin, und – noch wichtiger – er hatte Zugang zu meinen Sachen. Ich bin es immer wieder und wieder im Kopf durchgegangen, und das ist die einzige Erklärung, die einen Sinn ergibt.«

Ich erzählte ihr nichts von den Fotos oder der Notiz – oder vom Schal meiner Mutter –, das hatte ich mir selbst noch nicht erklären können. Warum um alles in der Welt sollte Alby diese Sachen an sich nehmen? Aber das war egal. Das Messer allein genügte.

»Haben Sie sich an die Polizei gewendet?«, fragte Rachel.

»Noch nicht«, antwortete ich. »Ich habe das alles gerade erst herausgefunden. Die Polizei ist mir ständig auf den Fersen, und ich mache mir Sorgen, dass, wenn ich ihnen erzähle, dass ein Messer weg ist …«

»Sie haben Angst, dass sie Sie dann verdächtigen.«

»Ja.«

Rachel schüttelte langsam ihren Kopf, in ihr rotierte es.

»Was ist?«, fragte ich.

Sie strich eine Locke hinter ihr Ohr. »Ich denke, ich sollte nicht erstaunt sein«, sagte sie leise. »Denn natürlich muss Alby wütend sein, nach alldem.«

Ich blickte sie an. »Sie haben mir immer noch nicht erzählt, was Ihre Meinung über John und Claire geändert hat.«

Sie schob einen Finger durch ein Loch in ihrem Paschmina. »Ich sollte nicht schlecht über …«

»Tote sprechen. Ich weiß. Aber wenn es etwas ist, das die Ermittlungen voranbringt, das *mir* hilft, zu verstehen, was hier passiert, dann müssen Sie es mir erzählen. Bitte.«

Rachel sah mir in die Augen. *Dräng mich nicht, es zu sagen*, schien sie zu flehen.

»Sagen Sie mir die Wahrheit«, bat ich. »Ich muss es hören.«

»Sie werden John hassen, wenn ich das tue.«

»Das ist mir egal«, erwiderte ich. »Ich muss es wissen.«

Sie schluckte und presste die Hände auf ihre Oberschenkel. Dann öffnete sie den Mund. Und schloss ihn wieder. Sie nahm einen Schluck Wein. Ich auch. Ich hatte das Gefühl, dass dieser Schluck der letzte war, den ich in einer Welt nahm, die so war, wie ich es gern wollte.

Ich hatte das Gefühl, dass alles, woran ich geglaubt hatte, sich verändern würde, dass meine Realität mir gleich unter den Füßen weggezogen werden würde – wieder einmal.

Rachel räusperte sich und warf einen Blick auf das Foto von Vera, bevor sie mich ansah.

»Claire war schwanger.«

38

Nein«, sagte ich, als ihre Worte mich wie Hiebe trafen, mich in Stücke rissen. »Nein«, sagte ich noch mal, als könnte dieses Wort alles ungeschehen machen. »Nein.«

Rachel wischte sich ein paar Tropfen Wein von den Lippen. »Sie war es. Sie und John haben es abtreiben lassen. Ich hatte gehört, wie einige der Kunstschüler über Claire und John gesprochen hatten, aber ich habe es immer als Klatsch unter Teenagern abgetan – als alberne Schwärmerei. Die Kurse waren vorbei, und ich stand zu John, aber dann, eines Tages, sagte er etwas über Claire – wie sehr er sie vermisste, was für eine tolle Schülerin sie war –, das mir die Haare im Nacken aufstellte. Als er an einem der folgenden Nachmittage unterwegs war, um Material zu besorgen – wie ich schon sagte, arbeiteten wir zusammen an einem Projekt, darum war ich oft im Studio –, habe ich auf seinem Rechner die Suchhistorie nachgesehen. Er war zu naiv gewesen, sie zu löschen. Rund einen Monat zuvor, als das Gerede über die beiden auf Hochtouren lief, hatte John nach Kliniken von Planned Parenthood in der Umgebung gesucht. Danach hatte er eine in der Nähe auf Google Maps herausgesucht. Daher weiß ich das.«

Ich schüttelte den Kopf, unfähig, das zu verarbeiten. »Vielleicht hat er das wegen Vera getan.«

Rachel nahm einen Schluck Wein. »Glauben Sie mir. Das hat er nicht.«

Ich schluckte die Säure hinunter, die in meiner Kehle aufsteigen wollte. »Haben Sie es ihr gesagt?«

»Vera? O Gott, nein. Ich konnte ihr das nicht antun. Ich weiß nicht, ob sie es Ihnen erzählt hat, aber sie hatte eine Fehlgeburt, bevor sie und John hergezogen sind. Ich konnte ihr nicht sagen, dass ein Mädchen, ein Kind, mit Johns Baby schwanger gewesen war. Aber ich habe ihr gesagt, dass ich Gründe hätte, die Gerüchte zu glauben. Ich habe ihr nicht im Detail erzählt, warum – das konnte ich nicht –, aber ich versuchte, sie davon zu überzeugen, dass John nicht so ehrlich war, wie sie dachte.«

»Und das hat eure Freundschaft zerstört?«

Rachel zog die Augenbrauen hoch. »Ich mache ihr keinen Vorwurf. Es bricht mir das Herz, aber ich kann es nicht.«

Ich schüttelte den Kopf und versuchte, all das zu begreifen, was Rachel gesagt hatte. Es konnte nicht wahr sein. Ich stellte mir John vor, wie er Leinwand und Kanthölzer in seinen Pick-up lud, wie er im Hinterhof Holz hackte. Er war ein guter Mensch. Das war er. Abgesehen von dieser einen dummen Nacht mit mir, war er einer.

»Sie hätten es Vera sagen sollen«, meinte ich schließlich. »Wenn Sie wirklich dachten, es sei wahr. Hätte sie nicht verdient, es zu erfahren?«

Rachel trank hastig einen Schluck Wein. »Ich liebe sie zu sehr, um ihr das anzutun.«

Ich liebte Vera auch. Aber wenn das wahr war, dann war es etwas Großes. Etwas, das ihr Leben verändert hätte. Es veränderte alles. Wenn Alby das gewusst hatte – oder auch nur vermutete –, wäre er natürlich wütend gewesen. Außer sich. Er hätte den Kerl umbringen wollen. Wer hätte das nicht?

»Haben Sie es der Polizei erzählt?«

Rachel zögerte.

»Sie müssen«, sagte ich.

Sie nickte. »Ich weiß, ich weiß, ich muss das tun. Ich wollte nichts lostreten, das noch mehr Aufmerksamkeit auf Claire zieht. Sie hat genug durchgemacht, und wenn es wirklich ihr Vater war, der John umgebracht hat … Gott, ich mag nicht einmal daran denken.«

»Sie müssen es ihnen erzählen. Sogar wenn Sie sich irren und es eine andere Erklärung dafür gibt; wenn Sam Alby auf die gleiche Idee gekommen ist wie Sie, dann müssen die es wissen.«

»Es gibt keine andere Erklärung dafür, Lucy.« Sie senkte ihre Augen, bevor sie mich wieder ansah. »Aber ich werde es tun. Ich rufe McKnight morgen an.« Sie leerte ihr Weinglas. »Wollen Sie noch eines?«

Alles, was ich wollte, war, nach Hause zu gehen zu Dusty, einen Moment Ruhe zu haben, um all das zu verarbeiten, was ich erfahren hatte: Konnte das wahr sein? Konnte John wirklich so anders gewesen sein als die Person, die ich in ihm gesehen hatte? Konnte alles, was ich von ihm gedacht hatte, eine Lüge sein?

»Ich sollte nach Hause fahren«, sagte ich und stand auf. »Solange ich noch fahren kann.«

»Okay«, meinte Rachel. »Es tut mir leid. Das alles tut mir leid.«

»Versprechen Sie mir, dass Sie es der Polizei sagen«, bat ich.

»Ich schwöre es.«

Ich zog meinen Mantel an und griff nach meinen Autoschlüsseln. Sie stand ebenfalls auf und folgte mir zur Tür.

»Lucy«, sagte sie, als ich draußen war.

»Ja?«

»Seien Sie vorsichtig, ja?«

»Wie meinen Sie das?«

Sie lehnte sich gegen den Türpfosten. »Wenn Sie recht haben – und je mehr Sie erzählen, umso glaubhafter klingt es für mich … Sam kann sehr wütend werden. Sie haben seine Frau angerufen wegen der Schlüssel. Sie sind seiner Tochter nach Johns Gedenkfeier gefolgt.« Sie sah mir in die Augen. »Ja, ich habe das gesehen. Verhalten Sie sich einfach so vorsichtig wie möglich. Bleiben Sie über Nacht bei Vera, wenn es sein muss.«

Ich zögerte. »Bei Vera?«

»Sie hat ein Gästezimmer, oder?«

»Ja«, sagte ich langsam. »Es ist vollgestellt mit Johns Sachen, aber ja.«

Rachel nickte. »Alles, was ich Ihnen rate, ist: Sie wollen nicht, dass Sam Alby versucht, die Dinge in die eigene Hand zu nehmen, besonders nicht, wenn Sie der Polizei noch nichts davon mitgeteilt haben. Vor allen Dingen: Passen Sie auf sich auf.«

39

Ich erwachte von Dustys Bellen.

Mein Herz raste, während meine Augen versuchten, in der Dunkelheit etwas zu erkennen. Die Vorhänge waren zugezogen, und mein Mund war trocken von dem Wein, den ich bei Rachel getrunken hatte – und von den zwei Gläsern, die ich mir nach meiner Heimkehr gegönnt hatte. Zu aufgewühlt war ich von dem gewesen, was Rachel mir erzählt hatte, um etwas anderes tun zu können, als zu trinken.

Aus Dustys Bellen wurde ein Knurren. Ich wich mit angespannten Muskeln zurück und tippte auf mein Handy. Es war kurz nach drei Uhr. Er knurrte noch mal, dann sprang er vom Bett und bellte wütend die geschlossene Schlafzimmertür an.

In den Pausen zwischen Dustys defensivem Jaulen strengte ich mich an, darauf zu lauschen, was ihn so aufregte. Ich hörte ein dumpfes Geräusch aus dem anderen Raum, ein Scharren wie von *Schritten.*

Meine Kehle schien sich zuzuziehen, während meine Hände nach dem zerknitterten Laken griffen auf der verzweifelten Suche nach Schutz. Es war jemand im Haus.

Das Rascheln hörte auf, ebenso Dustys Bellen, als würden wir beide darauf lauschen, was als Nächstes geschah. Ich konnte nichts sehen. Mit angehaltenem Atem tastete ich nach dem Hammer auf dem Nachttisch, aber er war nicht da. Stattdessen schlug ich mit der Hand gegen ein Wasserglas und stieß es vom Tisch.

Mit einem entsetzlichen Krachen landete das Glas auf dem Hartholzboden.

Bevor ich auch nur daran denken konnte, mich zu bewegen, waren ein Knarren und dann ein *Klonk* zu hören. Die Vordertür war geschlossen worden. Blut stieg mir zu Kopf, flutete mein Hirn. Das hier war real. Das hier passierte tatsächlich. Genau jetzt. Ich wusste, *er* war es, aber ich brauchte einen Beweis, ich musste es wenigstens einmal mit eigenen Augen sehen. Der Instinkt übernahm, ich sprang aus dem Bett und rannte zum Fenster.

Ich konnte nichts erkennen. Die vorderen Lichter waren aus. Ich rannte aus dem Schlafzimmer und in den Wohnraum Richtung Vordertür. Sie war unverschlossen, der Riegel zurückgeschoben, ohne den Türgriff herunterdrücken zu müssen, wusste ich Bescheid. Ich hatte es mir nicht nur eingebildet. Ich hatte es nicht geträumt.

Dusty winselte, und mein Herz schlug erbarmungslos. Ich erreichte die Tür. Ich wusste, dass ich es tun musste, doch als meine Hand den Türgriff berührte, hielt ich inne.

Ich schloss ab und überprüfte das mehrere Male. Dann versicherte ich mich, dass alle Vorhänge zugezogen waren, und machte das Licht an. Zunächst war nichts zu sehen. Ich hob Dusty hoch, drückte ihn an meinen Körper und versuchte, sein kleines Herz zu beruhigen – und mein großes.

Dann sah ich es, als hätte es auf mich gewartete. Ein Schandfleck in der Mitte des Couchtisches. Ein einzelnes Blatt Papier, bedruckt in dieser schrecklichen Schrift.

Der Beweis, den ich gleichzeitig herbeigesehnt und gefürchtet hatte.

HÖR AUF RUMZUSCHNÜFFELN UND
GEH ZURÜCK NACH BROOKLYN

Zwischen dem Notruf und dem Eintreffen der Polizei lagen dreißig Minuten. Dreißig Minuten, in denen ich mit Dusty im Wandschrank saß, den Rücken gegen die Tür gelehnt, um jeden auszusperren, der es wagte einzudringen.

Schließlich war ein herannahendes Auto zu hören, Räder auf Kies. Ein schnelles Klopfen an der Tür. Nachdem ich zur Sicherheit durch die Vorhänge geschaut hatte, ließ ich den Beamten herein, einen Kerl mit Kindergesicht in Uniform, der nicht viel älter als zweiundzwanzig aussah. Er versuchte erfolglos, mich zu beruhigen, während ich ihm erklärte, was passiert war.

McKnight traf fünfzehn Minuten später ein, kurz nach vier Uhr früh. Er war übernächtigt, das Haar zerzaust; ich hatte ihn noch nie so aus dem Lot gesehen. »Es tut mir leid, dass ich Sie geweckt habe«, sagte ich.

»Ist mein Job«, sagte er angeschlagen. »Na gut, zeigen Sie mir den Drohbrief, den Sie erhalten haben.«

Ich deutete auf den Couchtisch, wo er immer noch lag, schwarz auf weiß – endlich ein massiver und greifbarer Beweis, dass hier jemand am Werk war, und zwar jemand anderes außer mir. McKnight musste mir jetzt glauben.

»Und Sie haben jemanden gehört?«, fragte er.

Ich nickte, mein Kinn zitterte, als ich erneut daran dachte, dass er hier drinnen gewesen war. »Dusty hat gebellt, davon bin ich aufgewacht. Er bellt sonst nicht oft. Ich hörte, wie die Tür zufiel, und dann sah ich aus dem Fenster, das Verandalicht war ausgemacht worden. Ich wollte hinter ihm her, aber …« Ich zögerte. »Ich konnte nicht.«

Ausnahmsweise sah McKnight mich an, als wäre nicht ich der Feind. »Sie sollten niemals einem Eindringling hinterherlaufen«, sagte er. »Sie haben das Richtige getan. Haben Sie den Brief angefasst?«

Ich schüttelte den Kopf.

Er angelte einen Asservatenbeutel aus seinem Jackett, und mithilfe einer Pinzette nahm er den Brief und schob ihn hinein.

»Es war Sam Alby«, sagte ich.

McKnights Augen wurden schmal. »Ich dachte, Sie hätten gesagt, Sie hätten den Eindringling nicht gesehen.«

»Sie verstehen nicht«, sagte ich, die Worte drängten hinaus. »Der ist genau wie die Briefe, die Alby Vera und John geschickt hat. Ich habe gestern seine Frau angerufen, um nach Ersatzschlüsseln für mein Haus zu fragen. Er muss es herausgefunden haben und …«

McKnight unterbrach mich. »Langsamer, Miss King. Was für Schlüssel?«

Ich zwang mich zu atmen. »Alby hat einen Schlüssel für das Haus.«

McKnight zog seine Augenbrauen zusammen. »Was meinen Sie damit?«

Ich berichtete von meinem Anruf bei Jennifer Moon, wie sie erzählt hatte, dass sie die Schlüssel zu allen Immobilien zu Hause in einer Kassette aufbewahrt, wie ich erfahren hatte, dass ihr Mann Sam Alby war, dass sie weit tiefer in all das involviert war, als ich je vermutet hatte. Als ich fertig war, nickte McKnight langsam. Dann deutete er in die Küche. »Wenn Mr. Alby einen Schlüssel hat, warum sind dann da Anzeichen eines Einbruchs?«

Ich schüttelte den Kopf. »Das war er nicht.«

Zwischen seinen Augenbrauen bildete sich eine Furche. »Wer war es dann?«

Ich drängte die Tränen zurück. Ich wollte zu Vera. Nein, ich wollte, dass meine Mutter hier war, damit das hier alles vorbei war. Ich hatte nicht vorgehabt, ihnen von Davis zu erzählen, auch noch dieses Fass aufmachen, aber jetzt hatte ich keine andere Wahl. »Das war mein Ex-Freund.«

»Und wann ist er hier eingebrochen, Miss King?«

»Vor zwei Nächten.«

McKnight kratzte sich am Kinn. »Sind Sie sich sicher?«

»Ja«, sagte ich. »Ja, er hat mich angegriffen.«

»Warum haben Sie das nicht angezeigt?«

Weil ihr Frauen wie mir nie helft.

Wie aufs Stichwort ging der Beamte mit dem Kindergesicht durch die Tür, um draußen zu warten.

»Miss King«, sagte McKnight sanfter denn je. »Stammen die Druckstellen auf Ihrem Hals von Ihrem Ex?«

»Sie verstehen nicht …«

»Hat er gedroht, Ihnen etwas anzutun, wenn Sie zur Polizei gehen?

»Es geht hier nicht um ihn!«, rief ich. Es war skurril. In diesem Moment fühlte es sich so an, als würde es *immer, immer, immer* um Davis gehen. Aber das hier war größer, sogar größer als Davis und ich. Das ging weit über das mit uns hinaus. »Bitte«, sagte ich. »Sie müssen mir glauben. Es war Alby.«

»Sind Sie bereit, Anzeige zu erstatten?«, fragte McKnight. »Gegen Ihren Ex?«

»Das spielt keine Rolle«, erwiderte ich. »Sam Alby hat John getötet, und er will, dass Sie mich verdächtigen.«

»Aber warum sollte er versuchen, Ihnen etwas anzuhängen, Miss King? Der Brief sagt etwas anderes: Wer das geschrieben hat, will, dass Sie die Stadt verlassen.«

Mir stockte der Atem, denn in gewisser Weise hatte McKnight recht. Natürlich sollte es so aussehen, aber McKnight verstand es nicht – er kannte nicht alle Details.

Konnte ich ihm vom Messer erzählen? Was, wenn ich falschlag? Es würde mich nur noch verdächtiger machen. Wenn ich hier stand und mit den Händen wedelte – *he, eines meiner Messer ist verschwunden, falls Sie das noch nicht bemerkt haben.* Ich musste die Kontrolle behalten. Ich musste *nachdenken.*

Ich atmete tief ein. »Ich glaube, Alby will mir etwas anhängen, und ich denke, er hatte die Möglichkeit, in mein Haus einzudringen. Doch weil ich seine Frau angerufen und mit seiner Tochter auf der Gedenkfeier gesprochen habe, vermute ich, dass er jetzt ahnt, dass ich der Wahrheit dessen, was wirklich passiert ist, näher komme. Und darum versucht er, mich so zu ängstigen, dass ich nicht weiter nachhake. Für den Fall, dass ich alles herausfinde und es Ihnen sage.«

McKnights Augen wurden schmal – er glaubte mir nicht.

»Sie halten mich für paranoid«, sagte ich. »Ich weiß, das Ganze klingt an den Haaren herbeigezogen, aber …«

»Sehen Sie, Miss King«, unterbrach er mich. »Ich will Sie beschützen, aber: Sie haben einen Ex-Freund, und es scheint, als wäre er gewalttätig. Wir haben eine zerbrochene Fensterscheibe und einen Drohbrief. Ich verstehe, dass Sie angesichts der Briefe, die Mr. Nolan und Ms. Abernathy *angeblich* von Mr. Alby erhalten haben, glauben, dass er auch hiermit etwas zu tun habe – und vertrauen Sie mir, ich werde das kriminaltechnisch untersuchen und als Beweise unserer Ermittlung mit aufnehmen lassen. Wie auch immer, das hier ist in der Tat bedeutsam, doch ich werde Mühe haben, mein Team von dieser Theorie zu überzeugen, wenn wir Ihren Ex-Freund nicht ausschließen können, der, wie Sie selbst sagen, vor Kurzem hier eingebrochen sein soll. Bis Sie uns mitteilen, wer der Mann ist, der Sie verletzt hat, ist es wirklich schwierig für uns, hier voranzukommen. Also, wollen Sie Anzeige erstatten wegen des Einbruchs?«

»Sie verstehen es nicht«, sagte ich. »Das tun Sie nie.«

McKnight wartete noch einen Moment, ob ich meine Meinung änderte, dann seufzte er. »Mir ist klar, dass Sie ziemlich aufgewühlt sind, Miss King. Es ist nur verständlich, bei solchen Ereignissen Angst zu haben und nach Erklärungen zu suchen. Ruhen Sie sich aus. Während der nächsten vierundzwanzig Stunden werden wir stündlich ein Polizeiauto hier vorbeifahren lassen. Damit Sie in Sicherheit sind.«

Aber er würde es nicht tun, das wusste ich.

Männer wie er taten das nie.

40

Es war natürlich unmöglich, Ruhe zu finden.

Meine Gedanken kreisten. Es ging nicht nur um den Einbruch, um den Brief; es war mehr als das.

Was, wenn das, was Rachel mir erzählt hatte, die Wahrheit *war?*

Gestern Abend war es angesichts des Schocks schwer zu glauben gewesen, doch im kalten Licht des Morgens wurde es immer schwieriger, John zu verteidigen. McKnight hatte in gewisser Weise recht – Gerüchte kamen nicht einfach aus dem Nichts.

Hatte ich mich von meinen Gefühlen blenden lassen und John anders gesehen, als er wirklich war? Hatte meine Beziehung mit Davis mein Urteilsvermögen doch stärker beeinträchtigt, als ich gedacht hatte?

John war wundervoll gewesen, anständig – er war ein echter Kerl gewesen, ganz anders als Davis. Er schien Vera zu lieben, aber gleichzeitig hat er mich geküsst. Unbegreiflicherweise hatte er dieses Foto von mir im Bett gemacht. Er hatte Vera angelogen und unsere gemeinsame Nacht weitaus harmloser dargestellt, als sie gewesen war. Er hatte seine Unschuld in der Sache mit Claire beteuert, und doch folgten ihm die Gerüchte überallhin, sogar in den Tod.

Vielleicht hatte meine Schwärmerei – für ihn, für beide, für die Sicherheit, die ich mir von ihnen erhoffte – mir die Sicht auf alles verstellt.

Es brach mir das Herz, aber es war unmöglich, die Augen davor zu verschließen: John war nicht der gewesen, für den ich ihn gehalten hatte. Er war es nie gewesen.

Ich erinnerte mich nicht daran, eingeschlafen zu sein, aber als ich aufwachte, war es früher Abend, halb sechs. Ich zog die Vorhänge zurück und suchte nach einem Anzeichen von einem Polizeiauto. Nach rund fünfzehn Minuten sah ich, wie eines vorbeifuhr, genauso, wie McKnight es versprochen hatte. Beobachteten sie mich oder beschützten sie mich? Im Augenblick war das schwer zu unterscheiden.

Ich schrieb Vera eine Nachricht.

Sam Alby ist gestern Nacht in mein Haus eingebrochen.

Sie antwortete augenblicklich.

O mein Gott, hast du es der Polizei gesagt? Ich komme zu dir.

Innerhalb von zehn Minuten war sie da. Sie trug einen schwarzen Wollschal über einem schwarzen Kleid, das Gesicht verhärmt, als hätte sie seit Ewigkeiten nicht geschlafen. Sie breitete die Arme aus und zog mich schnell an sich heran. »Mein Gott, was passiert hier nur, Lucy? Hast du wirklich – o Gott. Hast du ihn gesehen?«

»Nein«, antwortete ich und bat sie herein. »Aber er hat einen Brief hier drinnen zurückgelassen. Ich weiß, es fällt dir schwer, darüber zu reden, und ich weiß, du möchtest, dass ich mich auf das konzentriere, was zwischen Davis und mir geschehen ist, aber …«

Vera schüttelte heftig den Kopf. »Nein«, sagte sie. »Nein, ich möchte mich dafür entschuldigen. Du standest unter Schock, und ich war völlig aufgelöst. Ich möchte einfach nur alles vergessen, was ich gesagt habe. Es war schrecklich. Als ob ein Teil von mir dir wehtun wollte, damit du ebensolche Schmerzen hast wie ich.« Sie unterbrach sich, schluckte. »Es tut mir leid.«

»Es ist nicht deine Schuld«, sagte ich. »Nichts davon ist deine Schuld.«

»Woher weißt du, dass es Sam war«, fragte sie und blickte sich im Raum um, »und nicht Davis? Er war ja gerade erst hier.«

Ihr Kinn fiel herunter, als ich mitteilte, was auf dem Brief gestanden hatte. »Du hast Glück gehabt, dass Sam nichts Schlimmeres getan hat. Du hattest Glück …« Sie räusperte sich. »Und die Polizei weiß Bescheid? Dass er hier war?«

»Ja«, sagte ich. »Aber ich fürchte, sie glauben mir nicht. Mc-

Knight meint, sie kämen nicht voran, solange ich keine Anzeige gegen Davis erstatte. Er scheint nicht zu verstehen …«

»Aber warum attackiert er *dich?*«, frage Vera. »Warum nicht mich?«

»Ich denke, Alby brauchte jemanden, dem er das anhängen konnte, und wenn es einen Weg gegeben hätte, dich zu beschuldigen, hätte er es vermutlich getan. Aber er hatte Zugang zu *meinem* Haus, nicht zu deinem. Und dann habe ich seine Frau angerufen, mit seiner Tochter gesprochen, alles zusammengefügt. Ich glaube nicht, dass er logisch denkt – er reagiert nur und versucht, mich aufzuhalten.«

»Das klingt nach Sam«, sagte sie und blickte auf ihre Hände. Als sie wieder aufsah, war ich erschrocken, Tränen in ihren Augen zu sehen, die lautlos über ihre Wangen liefen.

»Was ist?«, fragte ich.

»Es ist nur …« Mehr Tränen. Heftiges Schluchzen schüttelte ihren Körper.

»Was?«, fragte ich verzweifelt und zog sie neben mich auf die Couch im Wissen, dass nur wir beide einander beschützen konnten. »Was ist?«

»Wenn er es wirklich war, wenn er wirklich so eine Nachricht hinterlassen hat, dann bedeutet es, dass er gewonnen hat«, sagte sie.

»Was meinst du damit?«

»Sam wollte uns verletzen, er wollte es uns heimzahlen, und das hat er getan, schlimmer noch, als ich es mir je vorgestellt habe.« Vera nahm ein Kissen und drückte es sich Trost suchend gegen die Brust. »Ich weiß, dass er gefährlich ist, und natürlich habe ich ihn verdächtigt, aber das hier ist mehr als ein paar Beschimpfungen im Briefkasten. Ich hätte nicht gedacht, dass er weiter geht, bis …« Ihre Stimme brach. »Bis er John getötet hat. Er denkt nicht logisch, genau wie du sagst. Und das ist der Beweis, Lucy.«

Sie atmete tief ein. »Es ist schrecklich, aber in gewisser Weise ist es genau das, worauf wir gewartet haben.«

Wir beschlossen, einander nicht mehr von der Seite zu weichen, bis alles vorbei war. Dann öffneten wir eine Flasche Wein, die letzte, die ich im Haus hatte, machten uns eine Tiefkühlpizza und versuchten, uns so normal wie möglich zu verhalten.

Ich betete, dass die Forensik etwas finden würde, das auf Alby hindeutete. Vielleicht einen Fingerabdruck? Etwas, das zu ihm führte. Wenn nicht, dann wusste ich, was ich zu tun hatte: Ich musste McKnight reinen Wein einschenken in der Sache mit Davis, ganz gleich, wie die Konsequenzen aussehen würden. Aber noch war ich nicht dazu bereit. Ich hoffte, Alby würde einen Fehler machen, sich selbst enttarnen, bevor ich es tat.

Der Wein schmeckte bitter und säuerlich, und obwohl Vera mir wie immer nachschenkte, versuchte ich, langsam zu trinken – nach allem, was passiert war, war Alkohol keine gute Idee.

Aber das hielt Vera natürlich nicht auf. Sie hatte ihr zweites Glas fast geleert, als sie den restlichen Wein aufteilte. Sie hob ihr Glas und prostete mir zu. »Du weißt, dass du die Einzige bist, die Einzige von allen, die wirklich zu mir gehalten hat. Außer mir bist du die Einzige, die glaubt, dass John ein guter Mensch war.«

Ich erstarrte, die Last des Wissens schien plötzlich schwerer denn je.

»Was?«, fragte Vera. »Warum schaust du mich so an? Was ist los?«

»Nichts«, sagte ich schnell.

»Was ist los?«, blaffte sie. »Du weißt, dass du eine schlechte Schauspielerin bist.«

Claire war schwanger.

»Lucy, du machst mir Angst«, sagte Vera. »Gott, sag schon, egal, was es ist.«

Ich schob meine Finger in ihre. Rachel hatte gesagt, sie hätte Vera nicht wehtun wollen, aber war das wirklich die richtige Entscheidung?

War es wirklich fair, Vera weiterhin um ihn trauern zu lassen, wenn er das Schlimmste von allem getan hatte?

Ich schob mein Glas zur Seite. Wenn ich es sagen wollte, musste ich es so direkt und schnell wie möglich machen. »Gestern Abend habe ich Rachel getroffen, und sie hat mir erzählt … sie hat mir erzählt, dass Claire schwanger gewesen ist.« Ich schluckte. »Sie hat gesagt, John hätte sich darum gekümmert. Er hat sie zu einer Abtreibung in eine Klinik von Planned Parenthood gebracht.«

Vera war im ersten Moment so ruhig, dass ich dachte, sie hätte mich nicht gehört.

»Vera?«

Dann wurde sie totenblass, als würde das Blut Milliliter für Milliliter aus ihrem Gesicht weichen. Vorsichtig stellte sie ihr Weinglas ab, stand auf, ging zur Tür und zog ihren Mantel an.

»Vera«, sagte ich, aber sie machte weiter. Sie zog ihre Schuhe an und ging hinaus.

»Vera!«

Ich wusste nicht, was sie vorhatte. Ich griff mir meinen Mantel und die Schlüssel, schloss schnell hinter mir ab und lief ihr nach.

»Vera«, rief ich, aber sie war schon auf der Straße, ihr Schritt war zügig. »Vera!«

Ich lief, um sie einzuholen, die kalte Luft schmerzte in der Lunge. »Vera, halt an!«

Sie ging weiter, um die Kurve herum, die Straße hinunter, vorbei an Resten von schmelzendem Schnee, auf ihr Haus zu.

»Es tut mir leid«, sagte ich. »Bitte sprich mit mir. Es tut mir leid.«

Erst als sie auf ihrer Auffahrt war, drehte sie den Kopf, um mich anzusehen.

»Steig ein«, sagte sie und deutete auf ihr Auto.

»Was? Du kannst nicht klar denken.«

»Ich brauche noch einen Drink, und du hast keinen Wein mehr. Also steig ein.« Sie unterbrach sich und sah mir in die Augen. »Oder geh mir aus dem Weg.«

41

»Bist du sicher, dass du fahren kannst?«, fragte ich, als wir die Straße entlangrasten.

»Klar«, schnappte sie und bog Richtung Stadt ab.

Sie sagte kein weiteres Wort, während sie durch Woodstock kurvte, an den Läden, an allem vorbei. *Das wird sie nicht machen,* sagte ich mir. *Sie wird nicht das machen, was ich befürchte.*

Aber als wir die Plattform erreichten und sie langsamer wurde, als sie in den Parkplatz bog, konnte ich es nicht mehr leugnen. Sie tat es.

»Nicht hier«, sagte ich mit bebender Stimme. »Du hast gesagt, dass Alby immer hier ist. Es muss noch etwas anderes geben.«

»Es gibt nichts«, sagte sie. »Und außerdem ist es mir egal. Ich habe keine Lust mehr, mich zu *verstecken*. Er beansprucht jeden Ort in der Stadt für sich, und das reicht ihm immer noch nicht.«

Sie öffnete die Tür und stieg aus, ließ einen kalten Luftstoß herein.

Also folgte ich ihr; wie immer.

Hinter der Bar zapfte ein großer Mann ein Bier nach dem anderen, Schweiß glänzte in den Falten seines Halses, als würde er die Kälte draußen gar nicht wahrnehmen. Im Hintergrund spielte die Jukebox einen Song, den ich nicht kannte. Ich warf einen Blick über die Schulter. Ein Flur öffnete sich auf weitere Räume – und weitere Menschen. Die Kneipe war größer, als ich gedacht hatte. Billardtisch. Jukebox. Alte Wohnzimmermöbel hatten in den Ecken der abgerockten Kneipe ihre letzte Ruhestätte gefunden.

Vera entdeckte die letzten beiden freien Plätze an der Bar und ging darauf zu, ihr langes Kleid schleifte über den staubigen, bierüberzogenen Boden, als sie sich setzte.

»Los, komm, Lucy.« Sie zog einen Stuhl heraus, sodass er über den Boden schabte. Ich fühlte mich, als würde ich krank. »Setz dich neben mich.«

Ich tat es, meine Augen sprangen von links nach rechts auf der Suche nach Alby. Ich fühlte mich wie auf dem Präsentierteller, aber er war nicht da. Vera warf mir ein schräges Lächeln zu. Ganz in Schwarz gekleidet, sah sie dekadent aus, wie ein Goth. Durch die bloße Macht ihrer Präsenz veränderte sie diesen Ort.

Sie legte ihren Schal ab und lehnte sich vor, dabei verzog sich der Halsausschnitt ihres Kleides und legte ein wenig auberginenfarbene Spitze frei, einen schmalen Bogen oberhalb ihrer linken Brust. »Was habt ihr an Rotwein, Joe?«

Sie hatte mir erzählt, dass sie früher häufig hergekommen war. Wie anders musste ihr Leben gewesen sein, bevor das mit John losging. Wie sehr hatte es sie aus der Bahn geworfen, lange bevor John starb?

Der Bartender – Joe – grunzte die bescheidene Auswahl herunter, sein Akzent war kräftig, aber nicht zu lokalisieren, wie jemand, der viel Zeit in den Wäldern verbracht hatte. Vera bestellte zwei Malbec.

»Schenk großzügig ein«, fügte sie hinzu. »Berechne es mir extra.«

»Musst du nicht noch fahren?«, fragte ich.

Sie zuckte mit den Achseln. »Wir nehmen ein Taxi.«

»Als ich gerade hergezogen war, hast du mir gesagt, hier gäbe es keine Taxiunternehmen.«

»Gott, Lucy, ich kenne eines, okay?« Sie zog ihren Stuhl näher an die Bar und richtete sich auf. »Sam ist nicht hier, oder hast du ihn gesehen?«

»Er könnte in einem der hinteren Räume sein.«

Vera ignorierte mich, als der Bartender zwei Gläser brachte, groß und randvoll, wie Hüftspeck, der über den Bund einer Jeans quoll.

Sie schob mir ein Glas zu und verschüttete dabei etwas Wein auf dem Tresen. Dann nahm sie einen Schluck von ihrem. »Los, mach schon. Trink.«

Ich legte meine Hände um das Glas, hob es aber nicht an meine Lippen. »Es tut mir leid, dass ich es gesagt habe. Ich hätte es nicht tun sollen, so bald nach Johns Tod.«

Vera schüttelte den Kopf so heftig, dass ihr Hals sich zu verrenken drohte. »Ich will nicht darüber reden.«

»Ich wollte nicht …«

»Ich will das *nie* wieder von dir hören.«

Ich erstarrte und blickte sie an. Ich fürchtete, wie Rachel alles kaputt gemacht zu haben. Dass ich sie diesmal wirklich verloren hatte. »Tut mir leid.«

Vera setzte sich noch aufrechter hin und nahm einen Schluck. »Lucy, du kennst mich. Ich bin ein geselliger Mensch. Ich will keine Einsiedlerin werden. Es ist nicht meine Schuld, dass die Leute so besessen sind von Tratsch, aber das sind sie. Ich werde das nicht mehr an mich ranlassen, nie wieder. Ich hatte vor, hierherzukommen, so viele Freunde zu finden wie in New York. In Bars wie diese zu gehen, in der Stadt zu essen. Genau wie du. Aber …« Sie unterbrach sich und trank einen Schluck. »Sie haben es mir weggenommen. Mit ihrem Gerede und ihren Blicken; und jetzt diese absurden Anschuldigungen von Rachel. Gott.«

Sie drehte ihr Glas, als untersuchte sie es auf Risse. »Wenn du in New York jemanden gegen dich aufbringst«, fuhr Vera fort, »dann musst du ihm nicht die ganze Zeit über den Weg laufen. Du kannst dich in die Anonymität zurückziehen. Ich habe Sams dämliches Spiel lange genug mitgespielt, ich habe sie alle mitgespielt, aber das war umsonst. Er hat John *trotzdem* umgebracht. Diese Leute hassen mich noch immer.« Sie nahm meine Hand und senkte die Stimme zu einem Flüstern. »Wir werden trotz allem tun, was wir tun müssen, oder?«

Ich trank einen kleinen Schluck Wein, mein Magen wand sich. »Vielleicht sollten wir es ihnen sagen«, meinte ich, während ich erneut nach Alby Ausschau hielt. »Sie wissen, dass ich gelogen habe, aber das ist nichts im Vergleich zu dem, was Sam Alby getan hat. Vielleicht glauben sie mir endlich, wenn ich es ihnen sage.«

»Sei nicht albern«, erwiderte Vera und zog augenblicklich ihre Hand weg. »Ich will nicht auch noch *mein* Leben wegwerfen. Ich habe ein bisschen zu viel aufgegeben.«

Sie hatte recht, das wusste ich. Ich konnte nicht riskieren, mich ebenfalls einer genaueren Prüfung unterziehen zu lassen, nur die Art, wie sie es von sich wies, war so … herzlos.

»Lass uns das alles vergessen, okay? Tun wir so, als hättest du nichts gesagt.« Sie griff wieder nach meiner Hand und drückte sie so fest, dass es beinah wehtat, dann ließ sie sie schnell los. »Lass uns einfach einen guten Abend haben. Ich bitte dich.«

Ich tat mein Bestes, um ihr zu geben, was sie wollte.

Ich hatte meinen Wein kaum angerührt, hatte nur sehr vorsichtige Schlucke genommen, doch widersprach ich nicht, als sie den nächsten bestellte.

Sie schleppte mich zur Jukebox, und nachdem sie ihre Sachen auf einen Stuhl in der Ecke geworfen hatte, wählte sie routiniert Songs aus.

Ich konnte nicht so einfach abschalten. Ständig schaute ich mich um in Erwartung von Sam Alby, hoffte wider alle Vernunft, dass er heute Abend nicht auftauchen würde, dass McKnight mich ernst genommen hatte, dass Rachel ihm erzählt hatte, was sie wusste, und dass die Cops Alby diesmal verhaftet hatten, dass all das bald vorbei wäre. Und dass Davis sich an das hielt, was er gesagt hatte – und mich endlich in Ruhe ließ.

Vera leerte auch ihr zweites Glas sehr schnell, und als sie nicht hinsah, nahm ich ihre Autoschlüssel an mich, die auf ihrer Handtasche lagen, und schob sie in meine Tasche, damit sie nicht auf die dumme Idee kam, mit dem Auto nach Hause zu fahren.

Sie hatte Dinah Washington ausgewählt und wippte hin und her, als würde sie mit der Jukebox tanzen, als ein Kerl in meinem Alter sich an sie heranmachte – vermutlich einer aus New York City. Mit großen braunen Augen betrachtete er Vera von oben bis unten. »Nette Wahl«, sagte er zu ihr.

Erschrocken drehte sie sich um, und als sie ihn ansah, wurde ihr Blick stechend. »Ich will hier nur einen Abend mit einer Freundin verbringen«, sagte sie fest.

Der Kerl lächelte – noch gab er nicht auf. »Du solltest nicht so gute Musik machen, wenn du nicht willst, dass jemand dich anspricht.«

Sie presste ihre Lippen fest aufeinander.

»Sorry«, sagte ich. »Wir wollen nur …«

»Ich trauere um meinen Mann«, blaffte Vera.

»Oh«, erwiderte der Typ. »Ich wollte dich nicht belästigen. Ich habe nur …«

»Tja, hast du aber. Los, komm, Lucy.« Sie nahm meine Hand und zog mich am Billardtisch vorbei in den nächsten Raum.

Sie musste aufhören zu trinken, dachte ich. Sie musste aufhören, andernfalls würde sie ausrasten – etwas sagen, etwas tun, das sie bereuen würde.

Aber als wir den nächsten Raum betraten, waren meine Sorgen um Vera sofort vergessen.

Mein Herz hörte auf zu schlagen. Und die Zeit stand still.

Da, in einer Ecke, stand Alby. Er trug ein Jeanshemd, vielleicht dasselbe, das er angehabt hatte, als er den Wein über uns gekippt hatte. Sein graubraunes Haar schimmerte im gedämpften Licht der Bar.

Während er sie anstarrte – und mich –, nippte er an seinem Bier, als wäre alles okay.

Der Mann, der letzte Nacht in meinem Haus gewesen war.

Der Mann, der John getötet hatte.

42

Wir sollten gehen«, sagte ich, aber Vera griff nach meiner Hand und zog mich näher an sich heran.

»Nein, sollten wir nicht.«

Aus den Augenwinkeln sah ich, wie Sam einen Schluck Bier trank und dann in den nächsten Raum ging.

»Siehst du?«, fragte Vera bitter. »Alles ist gut.«

»Nichts ist gut«, entgegnete ich. Mein Puls beschleunigte sich, als ich mir vorstellte, wie Alby – nur wenige Meter entfernt – seine Hände auf meine Sachen legte, auf mein Messer. »Er war in meinem Haus. Verdammt, Vera. Er hat John *umgebracht*. Ist dir das etwa egal?«

Sie nahm einen Schluck, ihre Lippen waren purpurn verfärbt. Es sah verwegen aus, wie ein Vampir, der gerade Blut getrunken hatte. »Denkst du wirklich, er würde mich in einer vollen Bar angreifen? Du hast gesagt, du wärst für mich da.«

Die Angst, meine Schuldgefühle und der Kummer wandelten sich in Wut, tobend wie der Fluss, in dem John hätte vorgeblich ertrinken sollen. »Ich *bin* für dich da. Ich bin immer für dich da.«

Sie hob eine Augenbraue. »Bist du das? Denn egal, wie wichtig dir John angeblich war, es war offenbar nicht genug, dass du ihm vertraust. Du bist so schlecht wie alle anderen, weißt du das? Glaubst, was immer die Leute dir sagen.«

»Vera, hör auf«, sagte ich. Die Welt begann zu schwanken, wie ein Turm aus Holzklötzen – zieh den falschen heraus, und alles bricht zusammen. *Jenga!*

Ich konnte fühlen, dass Alby in der Nähe war und nur auf den Moment wartete, in dem all unsere Abwehr darniederlag, bereit, uns fertigzumachen.

Vera nahm einen großen Schluck Wein und sah mir in die Augen. »Ich bin nicht dumm, ich kenne die Wahrheit«, sagte sie. Mein Herz schlug schneller, als sich ihr Mund zu einem schrecklichen Lächeln verzog. »Ich weiß, dass du in ihn verliebt warst, Lucy. Du wolltest, dass er als schlechter Kerl dasteht, damit du ihn haben konntest.«

Für einen Moment schien kein Blut mehr durch mich zu fließen, als wäre ich nur eine Leiche. Und in diesem Moment wollte ich nur noch zurückspulen und ungeschehen machen, was sie gesagt hatte. Ich weiß, ich hätte nicht so überrascht sein sollen. Selbst wenn sie nicht wusste, was wirklich zwischen John und mir in dieser Nacht geschehen war, konnte sie doch in mir lesen wie in einem Buch. Sie hatte meine Schwärmerei vermutlich von Anfang an bemerkt. Aber jetzt, jetzt lag sie offen ausgesprochen zwischen uns, und ich wusste, dass wir nie wieder dieselben sein würden. Nicht, wenn all das, was zwischen uns brodelte, aufkochte und uns verbrannte.

»Vera«, sagte ich flehend. Meine Hand zitterte. »Sag das nicht.«

»Warum nicht?«, blaffte sie. »Du warst in ihn verknallt – wie so viele andere –, dabei lag er dir gar nicht am Herzen. Denn wenn es so gewesen wäre, dann hättest du ihn nicht so leicht preisgegeben. Du hättest nicht jedes verdammte Wort geglaubt von dem, was alle sagen.«

»Wir müssen hier raus«, sagte ich. »Lass uns heimfahren. Bitte.«

Sie sah mir in die Augen. »Du willst gehen? Verdammt, dann geh doch.«

»Ich gehe nicht ohne dich«, sagte ich.

»Tja, tut mir leid. Vielleicht will ich nicht meine Zeit mit jemandem verbringen, der so was von meinem Ehemann denkt. Ich hatte mehr von dir erwartet, Lucy.«

Mit rasendem Herzen drehte ich mich auf der Stelle um und eilte aus dem Raum. Ich stellte mein halb volles Weinglas auf dem Rand des Billardtisches ab, schob mich durch die Menschenmenge, durch die Gespräche, ließ alles hinter mir.

Ich hielt nicht mal an, um meinen Mantel mitzunehmen. Stattdessen eilte ich aus der Bar an die Luft.

Da war er. Alby. Eine Zigarette im Mund.

Er hatte gewartet, um mich alleine abzupassen. Um sich auf mich zu stürzen. »Was hat Sie denn so erschreckt?«, fragte er; seine Stimme klang bedrohlich.

»Lassen Sie mich in Ruhe!« Ich schrie beinahe.

Ich ging so zügig wie möglich um ihn herum, geriet auf Kies und versuchte, mein Gleichgewicht zu bewahren.

Ich erreichte Veras Auto und suchte verzweifelt nach den Schlüsseln in meiner Tasche, mein Herz raste, als ich Alby aus den Augenwinkeln auf mich zukommen sah.

Ich brauchte drei Anläufe, um den Schlüssel ins Schloss zu bekommen, es war so dunkel. Ich stieg ein und zog die Tür zu, bevor er noch näher kam. Es hatte zu schneien begonnen.

Die Luft im Auto war abgestanden. Ich schob den Zündschlüssel ein und startete den Motor. Ich tastete herum, bis ich die Scheinwerfer gefunden hatte, hielt mich nicht damit auf, die Rückspiegel einzustellen, und fuhr vom Parkplatz, blendete dabei Alby.

Ich fühlte mich schrecklich, weil ich ihr Auto genommen hatte, aber ich hatte zu viel Angst vor dem, was passieren konnte, wenn Vera in ihrem Zustand zu fahren beschloss. Sie sollte sich ein Taxi rufen, wie sie es gesagt hatte. Oder ich konnte zurückkommen, sie später abholen, wenn sie sich eingekriegt hatte, wenn die Bar schließen wollte.

Alby würde sie nicht angreifen, nicht vor anderen.

Ich blinzelte mehrfach und versuchte, klar zu sehen, die Lichter der anderen Autos waren verschwommen.

Ich fuhr durch die Stadt, an den Geschäften und Restaurants vorbei, alles war geschlossen und dunkel. Schnee trieb gegen die Windschutzscheibe, blinzelnd sehnte ich mich zurück nach New York City, nach Brooklyn, nach Taxis, nach Lyft und Uber, nach Wolkenkratzern, Lichtern und Menschen in den Straßen. Ich wünschte mir so sehr, irgendwo anders zu sein als ausgerechnet hier.

Schließlich erreichte ich die Abzweigung, die zu meinem Cottage führte. Ich war nur noch wenige Meilen von zu Hause entfernt, aber die Straße war kurvig, und wegen des Schnees musste ich besonders vorsichtig sein. Wenn ich im Haus war, konnte ich McKnight anrufen, ihn anflehen, Alby zu verhaften, mich irgendwie zu beschützen. Ich blinzelte wieder, die Sicht verschwamm. Ich merkte, dass ich weinte.

Ich kurvte die gewundene Straße entlang, als ich eine WhatsApp-Nachricht erhielt. Vera.

Verdammt, Lucy, wo bist du?

Ich sah, dass sie noch etwas tippte, warf schnell einen Blick auf die Straße, dann wieder hinunter aufs Handy.

Dein Mantel ist hier, aber du nicht. Es tut mir leid. Ich hab das nicht so gemeint.

Was zur Hölle?

Ich schüttelte den Kopf, doch noch bevor ich aufsah, spürte ich es. Eine Unebenheit unter den Rädern, ein Rumpeln, das alles zum Wackeln brachte.

Mein Kopf schoss hoch, aber ich war bereits von der Straße abgekommen.

Ich raste, schlingerte auf den Wald zu. Auf die Bäume.

Ich trat die Bremsen durch, es gab ein schreckliches Geräusch, wie das Keuchen eines alten Mannes, und dann verlangsamte sich die Zeit, sie kroch, stolperte, dehnte sich, während Veras Auto zu kreiseln begann.

43

Ein hartnäckiges Piepsen, wie dieser Wecker von Davis; immer wieder hatte ich ihn gebeten, einen neuen zu kaufen.

Blinzelnd öffnete ich die Augen und versuchte, etwas zu erkennen.

Das Piepsen hielt an, während mein Blick die Decke fand. Ein Gitter, Gipskartonplatten, die mit Plastikstreifen voneinander abgesetzt waren. Ich drehte meinen Kopf, und ein Stechen schoss von meinem Nacken bis zum Steißbein. Der Lärm kam von einem Monitor. Grün leuchtende Zahlen. Ich brauchte einen Moment, bis mir klar wurde, dass es mein schleppender Puls war.

Mein Gott. Was zur Hölle war passiert?

Ich tastete nach meinem Arm, in ihm steckte eine Nadel, eine Infusion. Mein Puls beschleunigte sich, das Piepsen wurde durchdringender. Ich drehte meinen Kopf noch einmal und fühlte wieder diesen Schmerz.

Die Tür ging auf, und eine Frau in einem mit Katzen bedruckten OP-Kittel kam herein.

»Schön, dass Sie wach sind.«

Ich schluckte den Schmerz hinunter, als ich meinen Kopf bewegte, um ihren Bewegungen zu folgen. »Wo bin ich?«

»Kingston Hospital«, sagte sie und machte sich an der Infusion zu schaffen. »Wie geht es Ihnen?«

Ich blinzelte ein paarmal. »Mein Nacken«, sagte ich, und sie nickte, als wäre ich ein Kindergartenkind, das etwas Bedeutsames gesagt hatte.

»Sie haben Glück gehabt, wissen Sie das?«

Der Herzmonitor piepste noch schneller.

»Sie hätten viel schlimmer verletzt werden können. Sehr viel schlimmer.« Sie beendete, was immer sie mit der Infusion gemacht hatte, und drehte sich um. »Versuchen Sie, es positiv zu sehen. Die Ärztin kommt bald.«

Bilder der vergangenen Nacht schossen mir in den Kopf, als ich mich aufsetzte – ich biss mir in die Wangen, weil mein Nacken vor Schmerz brannte. Wie ich mit Vera in die Bar gegangen war. Dass Alby da gewesen war. Wie Vera mich gedrängt hatte, sie allein zu lassen: *Verdammt, dann geh doch.*

Wie ich ihr gehorcht und sie zurückgelassen hatte; Alby, der mir zum Auto gefolgt war.

Dann nichts. Nichts mehr.

Nur Dunkelheit, schwarz und allgegenwärtig.

Ich bekam eine dünne Suppe und grüne Götterspeise. Die Ärztin stellte mir Fragen, um sicherzugehen, dass mein Erinnerungsvermögen intakt war, und berichtete mir, dass ich kurz nach Mitternacht eingeliefert worden war. Ich war fast achtzehn Stunden bewusstlos gewesen, deswegen wollte sie mich zur Beobachtung eine weitere Nacht dabehalten. Sie erklärte mir, dass ich keine größeren Verletzungen hatte außer Kontusionen – ein hochtrabendes Wort für Prellungen – an meinem Schlüsselbein und im Nacken. Sie fragte nach den anderen Druckstellen am Hals, diejenigen von Davis, aber als ich zögerte, drang sie nicht weiter in mich, sondern meinte nur, dass ich weitgehend okay war. Anders als Veras Auto.

Es war von der Straße geschleudert worden, die Front war vollkommen zerdrückt. Die Erinnerungen an den Unfall kamen in Schüben. Schnee, Straße und dann nichts.

Ich machte mir Sorgen wegen Dusty, aber nach ein paar Telefonaten, um die ich das Personal bat, konnte das geklärt werden. Zum Glück waren meine Schlüssel immer noch in meiner Handtasche, und Maggie hatte angeboten, sich um Dusty zu kümmern.

Den Abend verbrachte ich damit, mich wie betäubt durch die TV-Kanäle zu zappen, die Infusion war entfernt, die Götterspeise aufgegessen worden. Ich schaute die Sorte Fernsehsendungen, die ich immer gesehen hatte, wenn ich meine Eltern während der College-Ferien besucht hatte. Schlechte Wiederholungen im Kabelfernsehen. *Mein perfektes Hochzeitskleid!, Real Housewives.* In gewisser Weise war das okay. Im Krankenhausbett zu liegen, nichts zu tun. Der Akku meines gesprungenen Handys war leer; man hatte mir versprochen, ein Ladekabel zu besorgen, aber ich hatte keine Eile, in die Realität zurückzukehren.

Hier war ich sicher vor Sam Alby, vor Davis, vor McKnights Anschuldigungen, vor Veras berechtigter Wut, vor allem. Vier weiße Wände und ein Raum für mich allein – und nichts, worüber ich mir Gedanken machen musste als schlechtes Reality-TV. Das war eine schöne Abwechslung, nachdem ich mir so lange wegen allem Sorgen gemacht hatte. Es war schön, sich ausnahmsweise mal sicher zu fühlen.

»Sie haben Besuch«, sagte die Krankenschwester, als sie am nächsten Morgen die Frühstücksflocken wieder mitnahm – ein geschmackloses Kleiezeug, das für meinen Geschmack viel zu sehr wie Dustys Trockenfutter aussah.

Ich konnte kaum nicken, da sah ich ihn schon in der Tür.

McKnight hob die Augenbrauen. »Fit für ein wenig Gesellschaft?«

Mein Herzschlag beschleunigte sich. Warum war er ins Krankenhaus gekommen? Hatte er jetzt doch etwas gefunden, um mich verhaften zu können? War's das? Hatte er das, was ich über Sam Alby gesagt hatte, nicht ernst genommen?

Ohne meine Antwort abzuwarten, setzte sich McKnight auf den Stuhl neben meinem Bett. »Ich wollte mit Ihnen darüber sprechen, was in der Nacht Ihres Unfalls geschehen ist. Ich möchte von Ihnen im Detail hören, wie dieser Abend verlaufen ist.«

Dieser Abend verlaufen ist.

Mein Herz begann zu rasen, aber aus einem anderen Grund. Vera und ich hatten einen Streit gehabt, mehr nicht. Was war passiert, nachdem ich gegangen war? Was, wenn sie kein Taxi gefunden hatte? Was, wenn er wegen etwas Schrecklichem – Gott … – hier war? Ich hatte überhaupt nicht darüber nachgedacht, doch jetzt traf es mich wie ein Schlag.

»Ist Vera okay? Wurde sie verletzt?«

»Miss King«, sagte er und legte eine Hand auf den Metallrahmen meines Bettes. »Sie können versichert sein, dass Ms. Abernathy wohlauf ist, aber ich muss trotzdem von Ihnen hören, was geschehen ist. Füllen Sie bitte ein paar Lücken für mich.«

Ich wusste nicht, worauf er hinauswollte, was hier los war, aber gleichzeitig war mein Körper ausgelaugt, mein Nacken schmerzte. Ich hatte nicht mehr die Energie, mich ihm entgegenzustellen. Ich war mir nicht sicher, ob es gut für mich wäre, wenn ich es tat.

»Woran erinnern Sie sich von Samstagabend?«, fragte er.

Ich atmete tief ein. Der Abend war fürchterlich gewesen, aber ich hatte nichts getan, um die Situation mit McKnight zu verschlimmern – ich musste einfach nur die Wahrheit erzählen. »Vera war zu mir gekommen. Ich war sehr durcheinander von dem, was in der Nacht zuvor passiert war, darum haben wir gemeinsam den Abend verbracht, etwas gegessen und dann – dann wollte sie ausgehen.«

McKnight nickte. »Fahren Sie fort.«

Ich schluckte. »Wir stiegen in ihr Auto und fuhren zur *Plattform* – die Bar, Sie wissen schon. Ich wollte nicht dorthin, weil sie gesagt hatte, dass Sam Alby regelmäßig da war, aber Vera meinte, es wäre die einzige, die noch offen hätte und dass sie es nicht einsähe, wegen der vielen Gerüchte manche Orte zu meiden. Sie begann, extragroße Gläser Rotwein zu bestellen. Ich habe nicht viel getrunken, sie aber schon. Es war, als wäre ihr schließlich alles zu viel geworden. Als hätte sie einfach alles vergessen wollen.«

McKnight nickte.

»Sie wissen das?«, fragte ich.

»Ja«, antwortete er. »Zeugen haben bestätigt, dass Ms. Abernathy betrunken war. Einschließlich der Frau, die sie nach Hause fahren wollte. Eine Einwohnerin von Woodstock, die Mr. Nolan gekannt hatte. Diese beiden haben das Auto entdeckt. Haben Sie gefunden.«

Wie ein Blitz trafen mich die Erinnerungen an die Textnachrichten, die ich von ihr erhalten hatte.

»*Vera* hat mich gefunden?«

»Um einen Baum gewickelt«, sagte er. »Es ist ein Wunder, dass Sie so unbeschadet da rausgekommen sind.«

»Ich verstehe nicht.«

McKnight drückte die Handflächen gegen seine Knie. »Fahren Sie einfach fort. Bitte.«

»Sam Alby war da, und das hat mich nervös gemacht.«

»Hat Mr. Alby Sie bedroht?«

»Nicht ausdrücklich, nein. Aber er wird bestätigen können, dass ich aufgebracht war, und als ich ging, fragte er mich, was mich so erschreckt hat. Das hat mich panisch gemacht.«

»Und warum waren Sie aufgebracht?«

Ich zögerte. Wie konnte ich ihm nur erklären, dass Vera mir mit dem, was sie gesagt hat, das Herz gebrochen hat?

Ich weiß, dass du in ihn verliebt warst.

Du wolltest, dass er als schlechter Kerl dasteht, damit du ihn haben konntest.

Ich hatte mehr von dir erwartet.

Genau wie meine Eltern hatte Vera mich durchschaut und alles Schlechte in mir erkannt. Sie wollte mich eigentlich lieben, aber ich hatte wieder einmal bewiesen, wie unliebenswert ich war.

»Ich wollte wirklich nach Hause, aber sie war so betrunken, dass sie nicht mitkommen wollte. Ich musste da einfach raus.«

McKnight legte den Kopf schief. »Und warum haben Sie Ms. Abernathys Auto genommen? Warum kein Taxi?«

»Ich hatte schon vorher ihren Schlüssel genommen, weil sie so viel getrunken hatte … Ich fürchtete, wenn nicht ich ihr Auto nahm, dann würde sie es tun.«

»Haben *Sie* getrunken?«, frage McKnight.

Ich schüttelte vehement den Kopf. »Ich meine, nicht wirklich. Vielleicht ein oder zwei Gläser im Lauf des gesamten Abends.«

»Mr. Alby sagt, er habe gesehen, wie Sie torkelten.«

Ich erstarrte. Die hörten auf ihn – nahmen ihn ernst – immer noch? Vielleicht *war* McKnight hier, um mich zu verhaften, und das war nur der nächste Schritt seines Plans …

»Miss King.«

»Ich war nicht betrunken. Das schwöre ich.«

McKnight hob eine Hand. »Ihre Blutwerte bestätigen das so weit. Aber ich möchte wissen, warum Sie gegangen sind, was Sie so aufgeregt hat, dass Sie auf der Stelle gehen mussten. Sogar ohne Ihren Mantel. Ohne Ms. Abernathy zu sagen, dass Sie gehen.«

»Ich weiß nicht«, sagte ich. »Ich konnte nicht klar denken. Ich war verängstigt.«

»Verängstigt, wovon?«

Ich blinzelte langsam. »Von allem.«

McKnight schrieb etwas in sein Notizbuch, dann setzte er sich gerade hin. »Miss King, es hat ein paar Entwicklungen im Fall von Mr. Nolan gegeben.«

Seine Worte hingen in der Luft, während mir das Blut aus dem Gesicht wich.

Ich stellte mir vor, wie er Handschellen hervorzog, mich gleich hier verhaftete. Mir meine Rechte vorlas, während er mir diese fürchterlichen Metallschließen anlegte. Meinen süßen Dusty würde ich nie wiedersehen.

Da ich nichts mehr sagte, verlagerte er sein Gewicht. »Nachdem Sie gegangen waren, ist die Situation eskaliert. Ms. Abernathy war sehr bekümmert und aufgewühlt. Irgendwann – und die Details sind ein bisschen unklar in diesem Punkt, Barzeugen halt – kam Mr. Alby dazu und riet ihr in seiner eigenen kreativen Sprache, sich zu beruhigen. Das hat ihr nicht gefallen, so besorgt, wie sie wegen Ihnen war, und er wurde … nun, nachdem er sagte, dass Mr. Nolan bekommen hätte, was er verdiente, warf Mr. Alby ein Glas nach Ms. Abernathy und verfehlte ihren Kopf nur um wenige Zentimeter. Der Barkeeper hat das gemeldet, aber Ms. Abernathy wollte keine Anzeige oder Ähnliches erstatten. Als sie bemerkte, dass ihr Auto weg war, bestand sie darauf, dass jemand sie nach Hause fuhr, was, wie ich denke, wirklich ein Glück war. Als sie an Ihre Unfallstelle kam, wählte sie den Notruf. Sie können sich bei ihr bedanken, dass Sie hier gelandet und nicht am Straßenrand erfroren sind.«

Ich biss mir auf die Lippen. Ich hatte es völlig vermasselt, da war nichts mehr zu retten. Ich hätte sterben können.

»Wir haben Mr. Alby über Nacht dabehalten und ihn gestern Morgen offiziell wegen des Mordes an Mr. Nolan unter Anklage gestellt. Sein Alibi hat sich vor ein paar Tagen als falsch erwiesen – er hatte gesagt, er wäre die ganze Nacht in der Bar gewesen, und obwohl mehrere seiner Freunde das bestätigt haben, sprechen die Kassenbelege der Bar dagegen. Außerdem sind ein paar Sachen ans Licht gekommen, eine aus einem anderen Bundesstaat, wegen einer gewalttätigen Auseinandersetzung mit seiner ersten Frau, etwas, von dem wir vorher nichts wussten. Darüber hinaus ist es meinem

Team gelungen, die IP-Adresse zurückzuverfolgen, von der die E-Mail stammte, die Sie mir weitergeleitet hatten. Sie war von einem Computer in Mr. Albys Haus geschickt worden. Derzeit warten wir noch auf die Analyse des Briefes aus Ihrem Cottage, aber die Ergebnisse der DNA-Tests von Nachrichten im Briefkasten von Mr. Nolan und Ms. Abernathy sind eingetroffen, und wir konnten den Speichel auf dem Umschlag als den von Mr. Alby identifizieren. Insgesamt haben wir inzwischen genug zusammen, um den Ball ins Rollen zu bringen. Mrs. Alby …«

»Mrs. Alby?«

McKnight nickte. »Ja, oder auch Ms. Moon, da sie ihren Mädchennamen für ihr Unternehmen nutzt. Egal, sie hat bestätigt, dass sie einen Ersatzschlüssel für Ihr Haus hat, und obwohl sie versichert, dass die Kassette immer abgeschlossen ist, denken wir doch, dass Mr. Alby sehr leicht da rankam. Es sind Indizienbeweise, aber es ist ein Anfang. Wir suchen immer noch nach der Tatwaffe. Aber ich denke, das Motiv ist offensichtlich.«

Ich starrte ihn mit offenem Mund an, mein Herzschlag beruhigte sich. Ich konnte es kaum glauben.

Endlich. Sie hatten tatsächlich ihren Hintern hochbekommen und ihren Job gemacht.

McKnight hob eine Augenbraue. »Was ist?«

»Es tut mir leid«, sagte ich. »Ich hatte nur nicht gedacht, dass Sie irgendwas von dem, was ich gesagt hatte, für voll genommen hätten.«

»Schauen Sie nicht so schockiert, Miss King. Ich hatte Ihnen von Anfang an gesagt, dass ich das tue. Ich bin vielleicht kein Großstadtpolizist, aber trotzdem kein Trottel. Es gab Gründe, warum wir Sie nicht verhaftet haben. Wir hatten immer auch andere Eisen im Feuer.«

Schweigen breitete sich zwischen uns aus, nur unterbrochen von Schritten und dem Klappern von Rollwagen auf dem Flur – Krankenhausgeräusche.

Er stand auf. »Heute Morgen kam übrigens die Bestätigung, dass es Ihre DNA auf dem Unterwäscheset ist. Gibt es etwas, irgendetwas, das Sie mir erzählen möchten? Über den Tag, an dem Mr. Nolan verschwand – über Ihre Beziehung zu ihm? Oder über Ihren Ex, der, wie Sie sagen, in Ihr Haus eingebrochen ist? Die Wahrheit dient dem Wohl aller, Miss King.«

Triumphierend blickte McKnight mich an, und ich würde schwören, für eine Sekunde dachte er, er hätte mich geknackt, weil mich meine Erfahrung, dem Tod so nah gewesen zu sein, erschüttert hätte. Aber er lag falsch, was die Wahrheit anging – sie diente nicht dem Wohle aller, nicht im Mindesten. Die Einzigen, die das glaubten, waren gottverdammte Chorknaben.

Ich hielt seinem Blick stand. »Ich habe Ihnen bereits alles erzählt, was ich weiß.«

Vera wartete im Eingangsbereich, als ich entlassen wurde. Sie trug einen schwarzen Sweater und schwarze Leggins, das Haar unordentlich aus dem Gesicht gestrichen. Sie zog mich in eine Umarmung. »Gott sei Dank«, sagte sie. »Lass uns dich nach Hause bringen.«

Wir fuhren in Johns Truck, ihr wundervoller Mercedes war irreparabel hinüber. »Es tut mir leid wegen deines Autos«, sagte ich, als sie den Highway über die Ausfahrt Richtung Woodstock verließ. »Ich weiß, dass du ihn geliebt hast.«

»Hör auf, Lucy«, sagte sie. »Das ist nur ein verdammtes Auto. Ich bin so froh«, ihre Stimme brach, »so froh, dass es dir gut geht. Nach dem Autounfall deiner Eltern – Gott –, ich mag gar nicht daran denken, was passiert wäre, wenn ich dich nicht gefunden hätte.« Sie gab Gas, der Motor des Trucks drehte unter dem Gewicht ihres Fußes hoch. »Überhaupt bin ich diejenige, die sich entschuldigen muss. Ich war betrunken, es war dumm von mir, dich zu schikanieren, obwohl du es nicht verdient hattest; mir ist alles, was an dem Abend passiert ist, sehr peinlich. Ich hätte mit dir nach Hause fahren sollen. Ich stand so unter Schock von dem, was du über John gesagt hattest. Ich hatte nichts davon gewusst, und ich war nicht imstande, das zu begreifen. Ich glaube es immer noch nicht, aber in dem Moment, als ich dich es sagen hörte im Wissen, dass zumindest ein Teil von dir das glaubte, während du doch die Einzige warst, der etwas an uns lag, das war zu schrecklich. Ich tue gern so, als wäre es mir egal, was andere denken, aber das stimmt nicht, besonders nicht, wenn es um das geht, was du denkst. Wenn die Sache schlecht ausgegangen wäre – ich weiß nicht, ob ich damit hätte leben können.«

»Ist es ja nicht«, sagte ich.

Veras Stimme brach erneut. »Du bist alles, was mir geblieben ist, Lucy.«

»Du auch«, sagte ich. Und ich meinte es so.

44

Zurück in meinem Haus, kümmerte sich Vera darum, dass ich gut versorgt, dass die Heizung an und die Milch im Kühlschrank noch gut war, bevor sie ging. Ich wollte auf direktem Weg ins Bett, obwohl ich Dusty noch zu mir holen musste, aber ich hatte nicht mehr die Energie, mich zu bewegen; die zwei Nächte im Krankenhaus, der Unfall, der Schmerz, der immer noch in meinem Nacken brannte, hatten mich ausgelaugt.

Endlich war mein Handy voll geladen – die Ladekabel im Krankenhaus waren Mist gewesen –, und ich erlaubte mir einen Blick darauf, bevor ich mich hinlegte. Auf Instagram rief ich Davis' Feed auf. Es gab ein neues Foto. Er in Brooklyn. Er hatte es gestern gepostet, nach mehr als zwei Monaten Schweigen auf seinem Profil.

Er hat endlich aufgegeben, sagte ich mir. *Du bist in Sicherheit.*

Trotzdem schlief ich unruhig. Zwischen den Träumen, an die ich mich nicht erinnerte, außer dass sie beunruhigend waren, kehrten meine Gedanken an die Fotos von John, an die Nachricht von ihm, an den Schal meiner Mutter zurück. Warum hatte Alby diese Sachen genommen, und was plante er damit? *Konnte* er überhaupt noch was machen, jetzt, da er verhaftet war? War ich ausnahmsweise in Sicherheit?

Gegen zwei Uhr schreckte ich aus dem Schlaf. Ich hörte vorsichtiges Klopfen. Durch das Fenster sah ich Maggie, und zu ihren Füßen –

»Dusty«, rief ich, als ich die Tür aufriss.

Er sprang auf mich zu, seine Leine schleifte über den Fußboden, er sprang auf meine Knie und bedeckte mein Gesicht mit Küssen. Er war so warm, so flauschig, er erinnerte mich daran, dass nicht alles auf der Welt schlecht war. Ich nahm ihn in meine Arme und stand auf. »Ich danke Ihnen so sehr, dass Sie sich um ihn gekümmert haben. Wollen Sie hereinkommen?«

Maggie nickte. »Wenn Sie nichts dagegen haben.«

Ich machte Tee, während Dusty mir um die Beine strich und um mehr Krabbeleien bettelte. Als der Tee fertig war, stellte ich die Becher auf den Couchtisch, und Dusty sprang auf meinen Schoß.

»Ich hoffe, er hat sich gut benommen.«

Sie lächelte schief. »Er lernt schnell«, erwiderte sie. »Und ich bin schon immer gut mit Hunden zurechtgekommen.«

»Das kann ich mir gut vorstellen.«

Ich nahm einen Schluck, der warme Tee tat mir gut.

»Haben Sie Schmerzen?«, fragte Maggie. »Meine Tochter – vor ein paar Jahren hatte sie einen schweren Unfall.«

»O Gott«, sagte ich. »Wirklich? Und dann auch noch Ihr Mann. Es tut mir so leid.«

Maggie schüttelte den Kopf. »So meinte ich das nicht. Sie ist wieder okay. Es waren eine Menge Nachsorge und Physiotherapie nötig, um die Schmerzen zu bewältigen. Sie lebt mit ihrem Mann in L. A. Sie ist sogar in Ihrem Alter, vielleicht ein bisschen älter. Leider sehe ich sie nicht so oft, wie ich es mir wünsche, aber wer schafft das schon, wenn man so weit auseinander wohnt?«

Ich lächelte. »Ich bin froh, dass Sie sie haben. Und meine Schmerzen sind nicht allzu schlimm«, sagte ich. »Es ist aushaltbar. Sie haben mir ein Rezept für heftige Schmerzmittel mitgegeben, sollte ich es nicht mehr aushalten, aber ich versuche, das zu vermeiden.«

Maggies Blick huschte durch den Raum. Sie wollte darüber sprechen, wusste aber nicht, wie.

»Sie haben gehört, was passiert ist?«, fragte ich.

»Nun …«

»Das ist in Ordnung«, sagte ich. »Das hatte ich mir schon gedacht. Wegen Alby.«

»Ich bin froh, dass er gefasst wurde«, sagte sie. »Niemand verdient es, ermordet zu werden, egal, was er getan hat.«

»Ich bin ebenfalls froh.«

Als ich einen Schluck Tee nahm, suchte Maggie etwas in ihrer Tasche. »Übrigens«, sagte sie und warf einen silbernen Schlüssel auf den Tisch zwischen uns. »Ich habe aufgeräumt und den hier gefunden.«

Ich griff danach und fuhr über die Metallzähne.

»Das ist ein alter Ersatzschlüssel, den ich noch hatte«, erklärte sie. »Rachel hat ihn mir gegeben, als sie hier wohnte.«

»Oh«, sagte ich und verstummte kurz. »Ich glaube nicht, dass er noch funktioniert. Ms. Moon« – ich hob meine Augenbrauen – »oder Mrs. Alby sagte, die Schlösser wären ausgetauscht worden nach Rachels Auszug.«

»Ja, da bin ich mir sicher«, sagte Maggie nüchtern. »Sie können ihn wegwerfen, wenn Sie wollen, aber es fühlte sich komisch an, ihn weiter aufzubewahren. Ich habe früher die Pflanzen gegossen, wenn Vera nicht da war.«

»Vera hatte auch einen Schlüssel?« Ich wusste nicht, warum ich nicht schon vorher daran gedacht hatte, dass Rachels Nachbarn Ersatzschlüssel hatten. Ellie hatte auch einen von mir in Brooklyn. Und auch die Dame im Stockwerk über uns, für den Fall, dass Davis oder ich uns aussperrten.

Maggie faltete ihre Hände im Schoß. »Oh, natürlich hatte Vera einen Ersatzschlüssel, genau wie ich. Die hielten zusammen wie Pech und Schwefel, wechselten ständig zwischen ihren Häusern hin und her – bis alles schieflief.«

Claire war schwanger.

»Stimmt«, sagte ich. »Wegen alldem mit Claire.«

»Ja«, sagte Maggie. »Es ist eine Schande, wie Vera damit umgegangen ist. Sie hat das alles an Rachel ausgelassen, die das nicht verdient hatte. Es war nicht Rachels Schuld, dass John das Mädchen geschwängert hat.«

»Sie wussten davon?«, fragte ich. Meine Tasse fiel mir beinah aus der Hand.

»Natürlich. Rachel hat es mir sofort erzählt, als sie es erfahren hat. Sie war den Tränen nah, wusste nicht, was tun, was Vera erzählen.«

Ich hob den Becher an meine Lippen und nahm einen Schluck Tee. »Ich wünschte, Rachel hätte Vera die Wahrheit über Claires Schwangerschaft gesagt. Dann hätte sie Rachel vielleicht nicht fallen lassen. Ich weiß, Rachel wollte ihr nicht wehtun, aber …«

Maggies Augen wurden schmal. »Vera wusste, dass Claire schwanger war.«

Ich erstarrte mit halb erhobener Teetasse. Ich stellte sie ab und versuchte, meine zitternden Hände zu beruhigen. »Was sagen Sie da? Vera hat erst davon erfahren, als ich es ihr gesagt habe.«

»Nein«, erwiderte Maggie. »Das ist nicht wahr.«

Hitze stieg mir ins Gesicht. »Woher wissen Sie das?«

Ihre Augen fixierten ihre Teetasse, sie fuhr mit dem Finger über den Rand, dann sah sie mich an.

»Als Rachel sich weigerte, habe ich es Vera erzählt.«

45

Warum sollte Vera lügen?

Ich versuchte noch immer, alles zu begreifen, als Maggie ein paar Minuten später mein Cottage verließ.

Vera war so aufgewühlt gewesen, als ich ihr erzählt hatte, dass Claire schwanger gewesen war, so sehr, dass es sie aus der Bahn geworfen hatte und sie durch diese entsetzliche Nacht taumeln ließ.

Ich hatte mir das nicht eingebildet – Vera hatte mir erst heute Morgen erzählt, dass es wie ein Schock für sie gewesen war.

Mehr noch, sie hatte mir gesagt, dass sie *niemals* an Johns Treue gezweifelt hatte, mich verurteilt, als ich es gewagt hatte, ihn zu hinterfragen. Als ich ihr gestanden hatte, dass ich im Bett neben John aufgewacht war, war Veras Reaktion anders gewesen, als ich es erwartet hatte. Es hatte so geklungen, als wäre ihre Ehe nicht perfekt gewesen, aber doch offen und ehrlich, eine starke Bindung auf ihre Weise. Trotz der hitzigen Debatten, trotz der Gerüchte.

Veras Worte schossen mir durch den Kopf und ließen mir einen Schauer den Rücken hinunterlaufen.

Wenn sie aus mir die hintergangene Frau machen, dann ist das ein Motiv, Lucy.

Es ist immer die Frau, hatte ich ihr gesagt, aber es niemals wirklich in Betracht gezogen – nicht über einen flüchtigen Gedanken hinaus.

Sie war Vera, meine Freundin Vera. Sie war nicht perfekt, aber sie war ein guter Mensch. Zu so etwas war sie definitiv nicht fähig. Sie hatte John geliebt.

Nur …

Vera war die Einzige, die genau wusste, wo John sein würde. Sie hatte nie so richtig erklärt, warum sie an dem Morgen zur Hütte gefahren war, an dem sie ihn gefunden hatte. Unserem Plan nach hätte er sich bei uns melden sollen. Er hätte da längst in den Adirondacks sein sollen.

Vera war diejenige gewesen, die mich albern genannt hatte, als ich vorgeschlagen hatte, der Polizei die Wahrheit über unseren Plan zu erzählen.

Vera hatte gewusst, dass Claire schwanger gewesen war – oder zumindest hatte sie von dem Gerücht gehört –, aber mir hatte sie ins Gesicht gesagt, sie hätte es nicht.

Im Rückblick auf die Nacht, als Vera sich auf der Stelle umgedreht hatte, nachdem ich es ihr gesagt hatte, fühlte es sich fast so an, als hätte sie es übertrieben, als hätte sie sich aufgespielt, um mir zu zeigen, wie geschockt sie war.

Aber Alby war verhaftet worden. Alby war der, der es getan hatte.

Es sei denn …

Es sei denn, Vera wäre wegen Johns Untreue rasend vor Wut gewesen, wegen der Tatsache, dass er eine Jugendliche geschwängert hatte. Das reichte, um jemanden um den Verstand zu bringen.

Es sei denn, sie hätte sich meine Bedürftigkeit zunutze gemacht, meine Angst, um mich in ihren Plan hineinzuziehen. Es so aussehen lassen, als wäre John verschwunden, um ihn dann zu töten – und um es dann so aussehen zu lassen, als hätte *ich* ihn umgebracht.

Das würde den Diebstahl der Fotos und der Nachricht von John erklären. Ein weiteres Puzzleteil, um der Polizei zu beweisen, dass ich besessen von ihm war, eine eifersüchtige Geliebte. Eine aus dem Ruder geratene Affäre.

Nein, Vera würde das niemals tun. Sie liebte mich und ich sie.

Du wolltest, dass er als schlechter Kerl dasteht, damit du ihn haben konntest.

Dennoch, es musste Alby gewesen sein, denn der kam an meinen Schlüssel ran. Wer das Messer gestohlen hatte, hatte freien Zugang zu meinem Haus. Daran führte kein Weg vorbei.

Dann fiel es mir ins Auge – das silberne Schimmern des Ersatzschlüssels, den Maggie vorbeigebracht hatte.

Natürlich hatte Vera einen Ersatzschlüssel, genau wie ich.

Das bedeutete nichts, der Schlüssel würde ja nicht mal passen. Die Schlösser waren ausgetauscht worden. Das sagten alle.

Dennoch nahm ich ihn zur Hand, befühlte seinen Bart, die Täler und die Zacken. Von Nahem betrachtet sah er gar nicht so anders aus als der Schlüssel, den ich benutzte, seit ich hier war, aber so viele ähnelten sich.

Ich schloss die Faust darum und fühlte ihn in meiner Hand.

Das war unmöglich. Vera war meine Freundin. Sie war meine Familie. Sie hätte das niemals tun können. Sie vergötterte John. Sie hatte ihn mehr als alle anderen geliebt.

Aber Davis hatte mich auch geliebt, auf seine Weise. Manchmal brachte uns die Liebe dazu, die fürchterlichsten Dinge zu tun.

Manchmal ging Anhänglichkeit zu weit.

Es könnte nicht schaden, es zu überprüfen, oder? Ich ging zur Vordertür, drückte die Klinke, trat auf die Veranda. Die Kälte griff nach mir, und ich schloss langsam die Tür. Mit zitternden Händen schob ich den Schlüssel, den Maggie mir gegeben hatte, denjenigen, von dem Vera eine Kopie hatte, ins Schlüsselloch über dem Riegel. Er ließ sich einführen, aber das bedeutete nichts. Die meisten Schlüssel ließen sich in ein beliebiges Schloss stecken. Es kam drauf an, ob sie sich drehen ließen.

Ich atmete tief ein und versuchte es.

Sofortige Erleichterung. Er ließ sich nicht drehen.

Ein kleiner nagender Zweifel erhob in meinem Hinterkopf Einwände.

Manchmal klemmte das Schloss. Ich hatte das sehr oft erlebt.

Ich zog die Tür zu mir heran, nur ein paar Millimeter, aber wie ich wusste, konnten Millimeter ausschlaggebend sein, und ich versuchte erneut, den Schlüssel zu drehen.

Es war, als würde mein zeitliches Erleben in vorher und nachher zerbrechen. Vertrauen und Täuschung. Liebe und Gewalt. Vera und eine Frau, die ich vielleicht überhaupt nicht kannte.

Der Schlüssel ließ sich drehen.

Er passte.

46

Ich war bereit, als Vera aus ihrer Einfahrt bog, ich beobachtete, wie sie am Steuer des Trucks ihres ermordeten Mannes die Straße entlangfuhr.

Sofort eilte ich zum Farmhaus – ich hatte keine Ahnung, wohin sie wollte oder wie lange sie weg wäre –, überquerte das gefrorene Gras, um zu ihrer Hintertür zu gelangen.

Ein Dutzend Mal hatte ich es bei Vera gesehen, wenn wir zu viel getrunken und uns hier hinten ausgesperrt hatten. Eine bunte Keramikeule stand neben einem der Blumenbeete. Ich kniete mich hin und hob sie hoch, während ich betete, dass Vera nicht das Versteck gewechselt hatte. Das Schimmern von Metall und eine Welle der Erleichterung. Ein Ring mit zwei Schlüsseln, je versehen mit runden Aufklebern, darauf Johns Krakelschrift. Einer für das Farmhaus. Einer für die Hütte.

Der Schlüssel ließ sich ganz leicht drehen. Ich betrat die Küche und sah mich schnell um. Es war noch unordentlicher als sonst. Türme von unabgewaschenen Tellern standen in der Spüle. Nicht weniger als drei Töpfe waren auf dem Herd vergessen worden, alte Pasta und eingetrockneter Schmutz an ihren Böden. Auf der kleinen Kücheninsel stand eine fast leere Pinot-noir-Flasche neben mehreren Weingläsern und einem großen Stapel Werbesendungen. Ich hörte das Knarren eines Dielenbretts, als wäre jemand im Flur. Mein Herz raste, als ich mich umdrehte, aber da war niemand. Es war nur das Farmhaus, das sich senkte. Das mir mitteilte, dass es bemerkte, dass ich da war, auch wenn Vera nichts davon wusste.

Meine Augen schossen durch den Raum. Die zerbrochene Fliese. Die Zierleiste, wunderschön, aber verstaubt. Ich war so oft hier gewesen, aber niemals zuvor in einer nur entfernt ähnlichen Situation wie jetzt, auf der Jagd nach den Geheimnissen, die Vera vor mir verbarg.

Vielleicht hatte sie Rachels Ersatzschlüssel gar nicht behalten. Vielleicht war das alles nur ein großes Missverständnis.

Die Krimskramsschublade war voll bis obenhin, genau wie damals, als John sie nach dem Tütchen Gras durchsucht hatte, am ersten Abend, an dem ich zum Essen hergekommen war. Ich schob meine Hand mitten hinein – die Polizei muss mit all dem Zeug einen Riesenspaß gehabt haben: Speisekarten von Lieferdiensten, einzelne Schrauben und Nägel, staubige Batterien, die entsorgt werden mussten, Bedienungsanleitungen für Mikrowellen, Minibacköfen, ein Reiskocher, Unterlagen, die zu einem früheren Zeitpunkt einmal wichtig gewesen waren. Und Schlüssel, viele Sets, aber keiner sah aus wie meiner.

Ich suchte hektisch, schob Papiere zur Seite, brachte alles durcheinander, aber ich wusste, dass sie niemals den Unterschied bemerken würde bei all dem sowieso herrschenden Chaos.

Ich wollte schon aufgeben – ich hatte jede Schublade in der Küche durchsucht und war zu der vollgestopften Krimskramsschublade zurückgekehrt –, als er mir zufällig in die Hände fiel, verborgen inmitten von unzähligen Schellen für IKEA-Möbel.

Ein Ersatzschlüssel mit dem gleichen Bart wie meiner. Mit einem Aufkleber, beschriftet von John. *RACHEL.*

Ich ließ ihn in meine Tasche fallen, aber das reichte nicht. Es könnte ein Zufall sein. Ich brauchte mehr.

Ich hielt Ausschau nach Veras Laptop, ein altes MacBook Air, mit dem sie vor allem E-Mails abrief. Normalerweise bewahrte sie ihn neben ihren Kunstbüchern auf der unteren Ablagefläche des Couchtisches im Wohnzimmer auf.

Als ich ihn dort nicht fand, schaute ich überall nach: in ihrem Schlafzimmer, zugemüllt mit schmutziger Kleidung und ungewaschenen Laken; im Büro, vollgestopft mit Büchern, aber keinen einzelnen Papieren; sogar im Gästezimmer, das mit Johns Sachen vollgestellt war. Erst als ich wieder die Treppe hinunterging, schoss es mir in den Sinn: Die Polizei hatte meinen Laptop mitgenommen. Vielleicht hatten sie auch ihren eingesteckt.

Ich musste mich konzentrieren. Wer wusste schon, wie viel Zeit ich noch hatte. Ich öffnete die Schubladen des Schranks, in den sie die Nachrichten von Alby getan hatte und in dem sie auch das Foto von ihr, John und Rachel aufbewahrte.

In der obersten Schublade fand ich es, das gerahmte Foto, auf das ich mich an jenem Abend fast draufgesetzt hatte. Ich griff nach seiner violetten Unterseite und drehte es um.

Es verschlug mir den Atem. Das Foto war bemalt worden, dicke Edding-Striche hatten aus Rachels Gesicht, aus Veras ehemaliger Freundin ein schwarzes Loch gemacht, als hätte sie nie existiert.

Ich machte ein paar Schritte rückwärts, mein Herz raste. Das musste nichts bedeuten. Sie mochte Rachel nicht, das wusste ich.

Ich legte das Foto wieder weg, kehrte in die Küche zurück und sah zur Krimskramsschublade. Der Schlüssel war hier aufbewahrt worden, griffbereit, wann immer sie ihn brauchte.

Ich stellte mir vor, wie Vera manisch Rachels Gesicht schwärzte. Die Wut, wie ich sie erst vor wenigen Abenden in der *Plattform* erlebt hatte. Was, wenn das nur die Spitze des Eisbergs war?

Was, wenn Vera Rachel hasste, nicht weil sie John nicht geglaubt hatte, sondern weil sie diejenige gewesen war, die ihr offenbart hatte, wer ihr Mann wirklich war?

Was, wenn sie John noch mehr gehasst hatte?

Hektisch begann ich, ihre Post zu durchsuchen. Als ich mich durch West-Elm-Kataloge und Kreditkartenangebote wühlte, einen gelben gepolsterten Umschlag beiseiteschob, fielen mir zwei Worte auf einem Brief ins Auge. *Mass Mutual.*

Eine Lebensversicherung. Der Brief war an Vera adressiert.

Mit bebenden Fingern riss ich ihn auf: Eine Anzahl von Blättern, sieben oder acht. Weit oben stand in formeller bürokratischer Schrift:

Mit diesem Brief teilen wir Ihnen mit, dass Ihr Fall noch geprüft wird.

Ich durchblätterte die Seiten, gierig auf der Suche nach Details. Auf der letzten Seite fand ich, was ich suchte, den Hinweis zur abgeschlossenen Versicherung. Es war in der Tat eine Lebensversicherung, ausgestellt auf Johns Namen, über die Summe von drei Millionen Dollar. Sie war vor sechs Monaten abgeschlossen worden, genau zu der Zeit, als die Gerüchte aufgekommen waren, und es war eine ungewöhnlich hohe Versicherungssumme. Könnte das Teil ihres Plans gewesen sein?

Oder war ich paranoid? Sie waren verheiratet – und in einer finanziell misslichen Lage. War es da so abwegig, dass sie eine Versicherung für ihn abgeschlossen hatte? Aber warum vor genau sechs Monaten? Und warum eine so hohe Summe?

Ich schob die Papiere von mir, als wären sie heiß – eine brennende Wahrheit, die ich niemals hatte entdecken wollen –, aber das löste eine Kettenreaktion aus: Der Stapel aus Werbesendungen und Katalogen rutschte gegen die Weinflasche. Diese kippte um und fiel auf den Boden, dabei riss sie ein Weinglas mit sich. Ich zuckte zusammen.

Die Flasche zerbrach nicht, aber das Glas, seine Scherben waren über den ganzen Boden verteilt, überall Weinflecken wie Blut.

Ich nahm den Brief von Mass Mutual, faltete ihn zusammen und schob ihn in meine Tasche. Die Weinflasche stellte ich wieder auf die Kücheninsel, wo sie gestanden hatte.

Dann nahm ich mehrere Papiertücher und warf sie auf den Boden; weitere nutzte ich, um den Wein auf der Kücheninsel aufzuwischen.

Ich erstarrte.

Der gepolsterte gelbe Umschlag, der ganz unten im Stapel gelegen hatte. Er war unverschlossen. Etwas lugte darunter hervor.

Etwas Vertrautes.

Die ruinierte Ecke aus Seide, die ich so gut kannte. Der Schal meiner Mutter.

Das Knirschen von Kies und der grollende Motor eines Trucks waren zu hören, ein Geräusch, das ich immer mit John verbinden würde, mit einem John, von dem ich gedacht hatte, dass ich ihn besser kennen würde, als ich es tatsächlich tat. *Fuck.*

Ich hatte nur wenige Augenblicke, bis Vera mich in ihrer Küche antreffen würde, bis sie erfuhr, wie viel ich inzwischen wusste.

Warum hatte sie meinen Schal gestohlen?

Mit zitternden Fingern zupfte ich an dem Stoff und zog ihn aus dem Umschlag heraus.

Der Motor des Trucks wurde abgestellt. Nur noch wenige Sekunden, und sie käme herein, erwischte mich.

Ich zog weiter, der Schal entfaltete sich, und dann ein plötzliches Klappern, völlig unerwartet, Edelstahl und rotes Plexiglas auf Keramikfliesen.

Mein Herz schlug so laut, es trommelte gegen meine Rippen.

Das Messer, das ich vermisst hatte, über und über voll mit trockenem Blut.

Das Messer, das ich vermisst hatte, in den Schal meiner Mutter gewickelt und in einen Umschlag gesteckt, bereit, an die Polizei geschickt zu werden, bereit, den Beweis meiner Schuld vollständig zu machen.

Vera hatte sich mit ihrem Schlüssel Zugang zu meinem Cottage verschafft. Vera hatte mein Messer genommen. Vera hatte es verwendet.

Mein Magen schmerzte, und meine Brust war wie eingeschnürt; ich japste nach Luft und umklammerte meinen Hals mit beiden Händen. Doch diesmal war es nicht Davis, der mich festhielt – *sie* war es.

Vera, die Frau, von der ich gedacht hatte, dass sie sich um mich kümmerte. Die Frau, von der ich gedacht hatte, sie wäre meine Freundin. Sie hatte ihren eigenen Mann umgebracht. Sie hatte John umgebracht. Sie hatte alles so gedreht, dass ich dafür ins Gefängnis ginge.

Ich, ihre Freundin. Ich, die Frau, die sie zu beschützen versprochen hatte. Der sie gesagt hatte, dass sie sie liebe.

Dann war ein Schlüssel im Schloss zu hören, Veras Schritte hallten über den Hartholzboden. Im verzweifelten Wunsch, mich zu verteidigen, griff ich nach der Weinflasche, die auf der Kücheninsel stand, und hielt sie nah bei mir, als Vera, ihr Gesicht gezeichnet von Erschrecken, im Flur vor der Küche auftauchte.

47

Lucy?«, sagte Vera. »Was machst du … was machst du in meinem Haus?«

»Spiel nicht die Ahnungslose«, sagte ich, »ich kenne die Wahrheit.«

Veras Augen sprangen zu der Flasche in meiner Hand, dann wieder hoch. »Wovon redest du?«

»Hierüber«, fauchte ich und zeigte auf das Messer auf dem Boden. »Du hattest es die ganze Zeit.«

Ihre Augen fanden das Messer, und sie atmete hastig ein. »Lucy, ich …«, sagte sie. »Ich habe nicht vor, irgendwas damit zu machen.«

»Hör auf zu lügen«, sagte ich. Ich starrte diese Frau an, diese Wahnsinnige. Sie war eine Soziopathin. Eine Schwarze Witwe, die im Weben ihres Netzes John und mir immer so viele Schritte voraus war, dass wir keine Chance gehabt hatten. »Hör für eine verdammte Sekunde auf zu lügen. Ich bin nicht so dumm, wie du denkst.«

»Tue ich nicht«, sagte sie. »Beruhige dich. Sam ist verhaftet worden – es ist alles vorbei.«

»Wie hast du es mitgenommen?«, fragte ich, meine Stimme schmerzte vor Angst, vor Bedauern. »Hast du es dir gegriffen, als du uns miteinander im Bett gesehen hast? Hast du es versteckt, bis du es benutzen konntest?«

Vera schüttelte den Kopf, aber meine Worte sprudelten jetzt frei und ungehemmt heraus. »Oder hast du es sogar schon vorher genommen? An einem der ersten Abende, als du zu mir kamst? Darum warst du von Anfang an so dahinter, dass wir Freunde wurden, richtig? Du brauchtest jemanden, dem du es anhängen konntest. Du brauchtest mich. Wie konntest du nur?«, fragte ich, meine Stimme brach. »Wie *konntest* du nur?« Mein Herz raste, meine Hände waren schweißnass, und jetzt kamen die Tränen, der Schmerz suchte sich seinen Weg durch die Angst und den Horror.

Ich hatte sie geliebt, auf meine Weise. Ich hatte Vera geliebt, und die ganze Zeit hatte sie … Es war zu schrecklich, es mir auszumalen.

»So ist das nicht«, sagte Vera, ihre Augen sprangen zu der Flasche, die ich immer noch in den Händen hielt. Sie deutete mit bebender Hand auf das Messer. »Bitte beruhige dich, du kannst nicht klar denken. Sam ist im Gefängnis. Ich glaube nicht, dass du es warst. Ich weiß, dass er dir so wichtig war wie mir …«

»Blödsinn«, rief ich. »Du bist eine verdammte Lügnerin, und du tust immer noch so, als wärst du auf meiner Seite. Du hattest einen Schlüssel zu meinem Haus. Du hast eine Lebensversicherung auf John in Höhe von drei Millionen Dollar abgeschlossen. Du hast mir erzählt, John hätte dich nie betrogen, aber du wusstest die ganze Zeit davon, du wusstest sogar, dass Claire schwanger gewesen war – du wusstest, dass er eine Nacht mit mir verbracht hat! Du lügst und lügst und lügst, und dann vertreibst du Menschen aus deinem Leben, wenn sie es dir sagen, wenn sie versuchen, dir die Wahrheit zu sagen. Du hast mich dazu gebracht, dass ich das Gefühl hatte, verrückt zu werden. Du hast mich von Anfang an manipuliert.«

Veras Ausdruck veränderte sich, sie presste die Lippen aufeinander und verengte die Augen zu Schlitzen. »Hast du?«, fragte sie schwach. »Hast du es *wirklich* getan?«

»Mit ihm geschlafen? Natürlich nicht. Wir haben uns geküsst – das war alles –, aber das hat dir schon gereicht. Es hat gereicht, um mir alles anzuhängen. Gereicht, um alles zu rechtfertigen.«

Ihre Augen weiteten sich, ihr Gesicht lief rot an. »Du hast John geküsst?«

»Jetzt tu nicht so, als hättest du es nicht gewusst«, erwiderte ich.

»Du führst dich auf wie meine Freundin, und dann … küsst du meinen Mann?« Sie brodelte vor Wut. »Du Hure.«

»Das ist alles nur gespielt«, sagte ich. »Du wusstest das. Du …«

»In der ersten Nacht, in der ich euch allein lasse«, sagte sie, ihre Worte brachen schnell und wütend aus ihr heraus. »Ernsthaft? Du tust so, als suchtest du eine Familie, als wären wir die besten Freunde, aber ich war dir immer egal, oder? Du hast dich nie um uns geschert.« Ihre Stimme wurde schrill, als sie mich nachahmte. »›*Bitte verlasst mich nicht, ich weiß nicht, was ich hier ohne euch machen soll, ich hab solche Angst.‹* Das war eine Lüge, oder? In dem Moment, in dem du die Möglichkeit hattest, hast du mich betrogen. In dem Moment, in dem du einen Augenblick mit ihm allein warst, hast du versucht, meinen Mann zu bumsen!«

Es geschah alles so schnell.

Mein Atem wurde heftiger, und ich fühlte, wie Hitze in mir aufwallte bis hoch zu meinen Wangen. Zorn, Zorn auf Vera, auf John, auf Davis, auf Ellie, auf jeden, der mich je betrogen hatte, auf meine Eltern, weil sie mich allein gelassen hatten, als ich sie am dringendsten brauchte. Sie haben mich wund und ungeschützt zurückgelassen, damit mich alle und jeder ausnutzen konnte. Wut. Wut, die rausgelassen werden musste. Sie hatten mich verletzt, genau wie alle anderen. Und ich hatte es immer wieder mit mir machen lassen.

»Du hast ihn umgebracht!« Ich stürzte auf Vera zu und hob die Flasche über meinen Kopf. Als ich sie niederfahren ließ, sah ich das Aufwallen der Angst in ihren Augen, kurz bevor die Flasche ihre Wange traf. Sie stolperte, taumelte, ihre Arme suchten nach Halt, aber sie konnte die Balance nicht halten – sie fiel auf den Boden und schrie auf, als ihr Gesicht auf die Fliese traf.

Sie drehte sich um und versuchte, sich hochzudrücken, doch da war ich bereits über ihr, Glasscherben von dem Weinglas schnitten durch die Jeans in meine Knie. Eine Scherbe war in die Seite ihres blutüberströmten Gesichts gedrungen. Schock stand ihr in den Augen. Ich wusste kaum, was ich tat.

»Du hast ihn umgebracht, und du wolltest der Polizei das Messer schicken. Du wolltest es mir anhängen, deiner besten Freundin. Damit wirst du nicht davonkommen.« Mein Gesicht war nur Zentimeter von ihrem entfernt.

Veras Atem kam in rasselnden Stößen, in ihren Lungen klickte es. Das Blut hatte bereits zu fließen begonnen, zäh, purpurn auf den weißen Fliesen der Küche. »Bitte«, flehte sie. »Bitte, hör auf.« Wut schoss in ihre Augen. »Dann sage ich niemandem, was du getan hast.«

»Was *ich* getan habe?«, fragte ich. Fassungslosigkeit erfüllte mich, als ich sie an den Schultern packte. Für eine Sekunde konnte ich es in ihren Augen sehen – sie dachte, ich würde ihr hochhelfen, sie dachte, ich würde immer noch wie eine Freundin handeln. Dass ich über all das hinwegsehen konnte – den Mord, ihren Betrug –, weil ich krank vor Scham war, dass ich ihn geküsst hatte.

»Was ist mit dem, was *du* getan hast?« Bevor ich mich zurückhalten konnte, stieß ich ihre Schultern gegen den Fliesenboden mit all meiner Kraft; ihr Kopf schlug zurück und krachte gegen den Boden.

Blut begann sich auszubreiten. Dunkler, dicker und schneller, als ich es erwartet hatte. Dunkler als der Wein.

Ihre Augen waren geschlossen. Vielleicht hatte sie eine Gehirnerschütterung.

Ich richtete mich schwankend auf und starrte sie an. Sie bewegte sich nicht.

»Vera?«, sagte ich. »Vera!«

Was hatte ich getan? Was zur Hölle hatte ich getan?

»Vera!«, wiederholte ich verzweifelt. Ich kniete mich nieder, zog sie an den Schultern hoch, reichlich schwer war sie.

Als ich sie umdrehte, sah ich es. Eine Glasscherbe, eine große, steckte in der Rückseite ihres Halses. Immer noch. Ich ließ sie los; machte einen Schritt zurück, mein Herz raste, ich atmete hektisch.

Überall war Blut. Es sprudelte aus ihr heraus, verteilte sich auf den Fliesen.

Hatte ich sie umgebracht? Gott, hatte ich sie verdammt noch mal umgebracht?

»Vera!«

Keine Reaktion. Sie war tot.

Ich schüttelte den Kopf, versuchte zu verstehen, was hier gerade passiert war; Tränen traten mir in die Augen. Vera war meine Freundin, die letzte Freundin, die mir geblieben war, und jetzt war sie tot.

Ich hatte sie umgebracht.

Es war Notwehr, sagte ich mir und testete innerlich, wie das klang.

Sie hatte ihn umgebracht, und als Nächstes hätte sie mich umgebracht; es war Notwehr.

Es war Notwehr, es war Notwehr, es war Notwehr.

Ich schwieg erstarrt, als die Puzzleteilchen an ihren Platz fielen.

Es konnte nicht Notwehr sein, wurde mir klar – ich hatte nicht einen einzigen blauen Fleck.

Auf den Fliesen starrte mich die Weinflasche an, eine Antwort.

Mit bebenden Händen nahm ich sie. Ich stand aufrecht, blickte auf mein Spiegelbild im Glas der Hintertür und biss mir auf die Lippe. Ich war schon früher verletzt worden. Ich konnte wieder verletzt werden.

Ich schrie auf, als die Flasche mein Gesicht traf. Schmerzen explodierten augenblicklich, breiteten sich aus, und sofort schlug ich noch mal zu.

Genau dorthin, wo ich schon mal getroffen worden war.

48

Ich fröstelte und zog mir beim Blick aus dem Fenster einen dickeren Sweater an.

Es schneite – schon den fünften Tag in Folge –, fast dreißig Zentimeter hoch lag der Schnee inzwischen. Noch etwas mehr, und ich würde mein Auto ausgraben müssen. Es war fast drei Uhr. Ich hatte Rachel gesagt, ich käme an diesem Nachmittag vorbei, aber ich wollte vorher noch zum Maklerbüro, um meine Miete zu bezahlen, um mir einen weiteren Monat der Unentschlossenheit zu erkaufen, bis ich den richtigen Schritt machen konnte, entschieden hatte, wohin ich jetzt gehen wollte.

Veras Tod lag eine Woche zurück. Eine Woche voller Trauer, Kummer und Ermittlungen. Und Schnee. Eine Unmenge Schnee.

Ich hatte den Notruf gewählt, sobald ich mich geschlagen hatte. Der Rettungswagen war schnell gekommen, nicht lange danach auch McKnight. Er hatte mich sofort mit aufs Revier genommen, wo ich eine vollständige Aussage machte und all seine Fragen beantwortete. So ruhig, wie ich es aushalten konnte, erzählte ich ihm von der Entdeckung, dass Vera einen Ersatzschlüssel für mein Haus hatte. Dass ich glaubte, dass womöglich Vera den Brief in meinem Haus zurückgelassen hatte, damit ich Sam Alby beschuldigte. Ich erklärte – und log dabei so wenig wie möglich –, dass ich Vera besucht hatte und dabei die siebenstellige Versicherungssumme entdeckt hatte. Das hatte mich so erschrocken, dass ich eine halb volle Flasche Wein und zwei Gläser umstieß. Als ich das wegwischte, bemerkte ich den Umschlag mit meinen Sachen: mein Messer, blutbedeckt und in meinen Schal gewickelt. Vera kam dazu, ihr wurde klar, dass ich Bescheid wusste, dann stürzte sie sich auf mich, griff nach der Weinflasche und schlug mir damit ins Gesicht. Ich schlug die Flasche weg und versuchte, Vera von mir wegzustoßen, dabei fiel sie rückwärts, ihr Kopf schlug auf die Fliesen auf, eine Glasscherbe bohrte sich in ihren Hals. Notwehr.

Um ihn dazu zu bringen, mir wirklich zu glauben, erzählte ich McKnight außerdem von unserem Plan. Dass John verschwinden wollte und Vera mich um Hilfe gebeten hatte. Dass das der Grund war, warum ich gesagt hätte, ich hätte John stürzen sehen. Ich hatte nur versucht, meinen neuen Freunden aus der Patsche zu helfen. Ich hatte während der ganzen Zeit niemals gedacht, dass Vera es mir anhängen wollte. Ich erzählte McKnight, dass die Mordwaffe ein Küchenmesser war, das ich schon seit einigen Tagen vermisste, und dass ich Vera deswegen eine Textnachricht geschickt hatte. Ich erzählte ihm, dass ganz zweifellos meine DNA und meine Fingerabdrücke darauf sein würden, schwor aber Stein und Bein, dass ich es nie zuvor mit Blut bedeckt gesehen hatte, bis es aus dem Schal meiner Mutter gefallen war.

Sie behielten mich über Nacht da; meine Wange schmerzte, meine Knochen waren schwer, während ich in der Zelle saß und mich fragte, ob ich mich diesmal wirklich in die Scheiße geritten hatte. Den einen Anruf, den ich machen durfte, nutzte ich, um Maggie zu bitten, sich um Dusty zu kümmern. Ich betete, dass ich ihn bald wiedersehen würde.

Und nach vierundzwanzig Stunden wurde mein Gebet erhört. Nach vierundzwanzig Stunden wurde ich entlassen.

Vor zwei Tagen war McKnight noch einmal zu mir ins Cottage gekommen. Er brachte mir die Dinge zurück, die die Polizei aus meinem Haus konfisziert hatte, inklusive meines Laptops. Dann erzählte er mir, dass – nachdem Mass Mutual bestätigt hatte, dass Vera sie kontaktiert und versucht hatte, die äußerst hohe Versicherungssumme für John ausgezahlt zu bekommen, nachdem auf dem Messer neben meinen auch Veras Fingerabdrücke gefunden worden waren, nachdem sie mehrere verstörende Tagebucheinträge auf Veras Laptop entdeckt hatten, die aus der Zeit stammten, als sie von den Gerüchten gehört hatte – sie Sam Alby entlassen und Vera posthum für den Mord an John angeklagt hatten.

Sie würden gegen mich keine Anklage erheben – nicht wegen unseres versuchten Betrugs, nicht wegen der Auseinandersetzung mit Vera. Was ich erzählt hatte, stimmte mit dem überein, was bei Veras Autopsie herausgekommen war, zudem hatte Maggie sich bei Mc-

Knight zu meinen Gunsten ausgesprochen. Sie hatte ihm erzählt, dass Vera mich beschuldigt und bedroht hatte, seitdem John tot war. Das war nicht so richtig wahr, aber das musste er ja nicht wissen; ich hatte das Gefühl, dass Maggie mich vor Leuten zu beschützen versuchte, die mich verletzen wollten, wie sie es für ihre Tochter getan hätte.

Dennoch hatte McKnight mich angeschaut wie eine Jugendliche, die in einen aus dem Ruder gelaufenen Abistreich verwickelt war. »Wenn das nächste Mal jemand versucht, Sie in etwas Illegales hineinzuziehen, dann laufen Sie weg. Sie werden nicht noch einmal so viel Glück haben.«

Während der ganzen Woche, in der der Ort unserer Auseinandersetzung untersucht worden war, war ich nervös, weil ich darauf wartete, dass sie Johns Nachricht an mich und die Fotos, die Rachel von ihm gemacht hatte, finden würden. Vera hatte sie offensichtlich genommen, aber ich wusste nicht, was sie damit gemacht hatte. Bis jetzt hatte McKnight sie nicht erwähnt. Allen Widrigkeiten zum Trotz schien es, als wäre ich in Sicherheit.

Ich ging ins Badezimmer und betrachtete im Spiegel meinen Bluterguss. Er wurde schon gelb, bald würde er zu verblassen beginnen. Ich tupfte ein bisschen Dermablend darauf, dann nahm ich meine Handtasche und legte Dusty die Leine an. Als Rachel mich und Dusty gestern für heute Nachmittag auf ein Glas Wein eingeladen hatte, hatte ich ohne zu zögern zugesagt. Ich hatte niemanden mehr und sehnte mich nach Gesellschaft, danach, mit jemandem zu sprechen, der Vera gekannt hatte, der in gewisser Weise ein Zeuge war.

Als ich mich warm angezogen und wir das Haus verlassen hatten, zog Dusty mich zum Briefkasten, einem seiner Lieblingspinkelplätze. Der Kasten quoll regelrecht über – ich hatte ihn seit Veras Tod nicht mehr geleert. Als Dusty das Bein hob, um den Pfosten zu markieren, holte ich den Wust an Briefen heraus, ging zu meinem Auto und warf alles auf den Beifahrersitz.

In der Behaglichkeit seiner Transportbox winselte Dusty nicht so viel wie sonst, als wir Richtung Stadt fuhren – er gewöhnte sich ans Auto, das war gut. Obwohl ich noch nicht wusste, wohin ich als

Nächstes wollte – nach L. A., wo ich eine alte Freundin aus College-Zeiten hatte, mit der ich aber schon seit Jahren nicht mehr gesprochen hatte; zurück nach Brooklyn, wo ich recht einfach Arbeit finden würde, während ich hoffte und betete, dass Davis mich endlich überwunden hatte; oder in ganz neue Gefilde –, lag doch ganz sicher eine Menge Fahrerei vor uns.

Als ich nach links Richtung Innenstadt abbog, konnte ich es kaum glauben, dass ich noch einen Monat bleiben würde. Rachel war diejenige gewesen, die mich auf die Idee gebracht hatte, als sie mich gestern angerufen hatte. Beiläufig hatte ich ihr gegenüber erwähnt, dass ich nicht wusste, was ich jetzt tun und wohin ich gehen sollte. *Geben Sie sich Zeit,* hatte sie gesagt. *Es ist einfacher wegzugehen, als zurückzukommen.*

Vielleicht hatte sie recht – oder vielleicht hatte ich nur Angst wegzugehen und Vera und John, in denen ich mich so geirrt, die ich aber doch geliebt hatte, vollständig hinter mir zu lassen.

Während der Fahrt versuchte ich, mich auf die Nachmittagssonne zu konzentrieren, die vom Schnee reflektiert wurde, doch alles, was ich sah, war ihr Gesicht. Vera lebte weiter in meinem Kopf. Die Glasscherbe in ihrem Hals. Rotes Blut, das eine Lache auf den weißen Fliesen bildete. Dass ich sie für immer zerstört hatte.

Sie war ein Monster gewesen, sagte ich mir. Das hatte ich mir immer und immer wieder gesagt, in jedem wachen Moment der vergangenen Woche. Sie war ein Monster, das verdient hatte zu sterben – das den eigenen Mann umgebracht hatte.

Ich hatte keine unschuldige Frau umgebracht. Ich hatte eine Mörderin getötet.

Dusty winselte, als könnte er meinen Kummer fühlen.

Ich hatte eine Mörderin getötet, sagte ich mir noch mal. An manchen Tagen war dies das Einzige, das mich aufrecht erhielt, mich davon abhielt, den Wanderweg zu nehmen und von der Klippe zu springen, um mich vom Wasser vernichten zu lassen.

49

Ich muss mit dir reden.«

Ich zuckte hoch und schlug mir den Kopf am Türrahmen an. Ich hatte das Auto vor dem *Schoolhouse* geparkt, um meinen Mietscheck einzuwerfen. Schnell schob ich Dusty in seine Box, dann drehte ich mich um. Vor mir stand Claire, die Wangen rot vor Kälte, nur mit einem dünnen Sweater bekleidet, ihrer Schürze und Jeans. »Was tust du hier draußen?«, fragte ich. »Du wirst noch erfrieren.«

»Ich weiß«, erwiderte sie und blinzelte. »Es tut mir leid, es ist nur – können wir reden? Bitte?«

»Natürlich, aber ich hab Dusty dabei.« Ich deutete auf den Hund, der an der Tür seines Gefängnisses kratzte.

Kurz lächelte Claire meinen Hund an. »Das ist in Ordnung. Es dauert nur eine Minute.« Mit ihrem Blick suchte sie die Straße ab. »Können wir, hm, in dein Auto steigen?«

Ich ging zur Fahrerseite und warf die Post auf die Rückbank, damit Claire Platz zum Sitzen hatte. Dann betätigte ich die Zündung, damit die Heizung lief. Woodstocks Hippie-Sender dudelte aus dem Radio – sofort schaltete ich ihn aus.

»Ich will dich nicht lange aufhalten«, sagte Claire, nachdem sie die Tür hinter sich geschlossen hatte. »Ich sollte sowieso arbeiten. Als ich dich gesehen habe, habe ich gesagt, ich bräuchte fünf ...« Sie biss sich auf die Lippe, dann schob sie die Hände in die Taschen ihrer Schürze. Sie blinzelte langsam.

»Was ist los?«

Ihre Augen waren geradeaus gerichtet, als läge die Antwort in meiner frostüberzogenen Windschutzscheibe. »Ich wollte nie, dass es so ausgeht«, sagte sie. »Ich hätte ... ich hätte ...«, stammelt sie.

»Claire«, sagte ich, griff über die Mittelkonsole und nahm ihre Hand in meine. Sie wirkte kindlicher denn je. Verzweifelt. Verängstigt. »Was ist los?«, fragte ich. »Was auch immer es ist, du kannst es mir sagen.«

»Vera.« Ihre Augen füllten sich mit Tränen. »Wenn sie die Wahrheit gekannt hätte …«

»Claire«, sagte ich und drückte ihre Hand, während ich versuchte, ruhig zu sprechen. »Ich glaube, Vera *kannte* die Wahrheit.«

Sie zog ihre Hand zurück und sah mich ein – Ärger blitzte kurz auf, aber genauso schnell verschwand dieser Ausdruck wieder mit einem Kopfschütteln. »Nein. Ich *weiß*, dass sie sie nicht kannte. Sie hat gedacht, dass John und ich, dass wir …«

Ich zog die Augenbrauen zusammen. »Ihr wart nicht?«

»Nein. Wir waren nur Freunde.« Sie schnaubte. »Ich weiß, man sollte nicht mit jemandem befreundet sein, der so viel älter ist, aber so war es nun mal. Mein Vater kann manchmal ein Arsch sein, und John« – sie drehte sich mir zu und sah mir in die Augen –, »er hat mir zugehört. Manchmal bin ich nach den Kursen länger geblieben, nur um mit ihm zu *reden*.«

Ich hatte lange gebraucht, damit ich das Schlechteste von John dachte, aber inzwischen hatte ich ihn durchschaut. Vera und John waren nicht die Menschen, für die ich sie gehalten hatte. Sie waren es nie gewesen. »Du musst ihn nicht verteidigen, Claire. Es ist okay. Ich weiß, dass du … Ich weiß, dass du schwanger gewesen bist.«

Tränen flossen über ihre Wangen, und ich lehnte mich zu ihr, um sie zu umarmen, aber sie schüttelte mich ab. »Du *verstehst* es nicht. Letzten Frühling bemerkte ich, dass ich schwanger war, aber wir hatten niemals – ich hatte nie an so was gedacht –, Gott, er war so *alt*. Es war ein Typ, den ich auf einer Party in Poughkeepsie kennengelernt hatte. Ich weiß nicht mal seinen Nachnamen. Ich hatte zu viel Angst, es meinen Eltern zu sagen, und ich hatte nicht genug Geld.«

Ich zuckte zusammen, und sogar Dusty, der meinen Schock spürte, begann wieder an seiner Kiste zu kratzen.

»Was sagst du da?«, fragte ich.

»Ich sage, dass es *nicht* John war. Das ist ekelhaft.«

Es lag daran, wie sie es sagte, diese jugendliche Direktheit, ohne Umschweife zum Punkt, ohne etwas zurückzuhalten.

»Schwörst du das?«, fragte ich. »Du musst nicht …«

»Ich schwöre es«, erwiderte Claire. »John wollte mich dazu kriegen, mit meinen Eltern und Freunden zu sprechen, aber er hat es nicht begriffen. Es war so peinlich. Der Typ hatte gesagt, er würde mich anrufen, aber das hat er nicht getan. Ich hatte nicht mal seine Nummer, um ihn anzurufen und zu sagen, was los war. Ich hatte ihm meine ins Handy getippt, und er hat mir danach keine Nachricht gesendet – rein gar nichts. Und wir haben verhütet – ich bin ja nicht blöd –, aber irgendwas muss schiefgelaufen sein.« Sie atmete tief ein. »Ich hatte nicht genügend Geld, darum hat John mir das ausgelegt, und er hat mich zur Klinik gefahren an dem Tag, an dem ich den Termin hatte. Er hat gesagt, dass früher schon mal jemand ihn um Unterstützung gebeten hatte, und er hatte sie verweigert. Er hat gesagt, er wolle mir helfen.«

Wie ein Schuss ins Herz kam die Erinnerung zurück. John hatte sich schuldig gefühlt, weil er Druck auf Vera ausgeübt hatte, das Kind auszutragen.

Ich hätte Vera in die Klinik fahren sollen, ihre Hand halten, ihre Wünsche respektieren.

Mein Gott, dachte ich. John war doch ein guter Mensch gewesen. Er war nicht perfekt, er hätte mich nicht küssen sollen, aber er hatte versucht, das Richtige zu tun. Er hatte es nicht verdient zu sterben. *Fuck.* Er hatte ihr helfen wollen, diese junge Frau hatte zu ihm aufgeschaut als Künstler und als Ersatzvaterfigur, sonst nichts. Er war naiv genug gewesen zu denken, dass die Leute das verstehen würden.

Wenn doch nur die Wahrheit ans Licht gekommen wäre – Gott, es war zu schrecklich, darüber nachzudenken. Nichts von alldem wäre geschehen. Keine Einschüchterungen durch Sam Alby. Kein drohender Prozess. Keine Wanderung, keine Lügen gegenüber der Polizei. Vera hätte ihn nicht getötet – sie hatte ihn geliebt auf ihre eigene verdrehte Weise –, und mehr als das: Ich hätte niemals das tun müssen, was ich getan habe.

Ich hätte sie niemals getötet; das Leben meiner besten Freundin beendet.

Mein Herz tat mir weh angesichts all dieser Verluste, alles für nichts.

Claire biss sich auf die Lippen und fuhr fort. »Mein Dad hat es herausgefunden, keine Ahnung, ob er mir hinterherspioniert oder ob er uns verfolgt hat oder so, aber er ist durchgedreht. Er hat gesagt, das sei der Beweis, er hätte John nie vertraut, er wäre immer gegen diese Kurse gewesen und es … und von da an ist alles aus dem Ruder gelaufen. Natürlich habe ich meinem Vater gesagt, es stimme nicht – das habe ich. Wir haben uns die ganze Zeit gestritten, besonders als er anfing, von einem Prozess zu sprechen – aber er hat die ganze Zeit Beweise von mir verlangt, dass es nicht so war. Aber es war viel zu beschämend, meinen Eltern zu beichten, dass es irgend so ein Kerl war, einer, der nicht einmal angerufen hatte. Ich dachte, wenn ich dabei bliebe, dass es nicht John gewesen ist, dann würden sie mir irgendwann glauben. Ich hab mir die ganze Zeit gesagt, dass es sie nichts angeht, und das denke ich immer noch, aber wenn ich jedem die Wahrheit erzählt hätte – ganz direkt –, dann hätte vielleicht mein Vater nichts gemacht und Vera wäre vielleicht nicht so wütend auf John gewesen.« Die Worte schnürten ihr die Kehle zu. »Vielleicht würde John noch leben … vielleicht hätte sie dich nicht angegriffen. Gott, vielleicht würde sie noch leben.«

Eine Träne lief ihr über die Wange, von Mascara und Eyeliner schwarz verfärbt zeichnete sie eine geschwungene Linie, die Claires Gesicht in zwei Hälften zu unterteilen schien.

Sie hatte recht. Wenn sie die Wahrheit gesagt hätte, wäre nichts von alldem geschehen. Aber wie konnte ich das von einem Kind erwarten? Von einer jungen Frau, die wusste, dass sie dafür als Schlampe beschimpft werden würde? Wir sind entweder Jungfrauen oder Nutten, die Welt steckt uns in Schubladen, entscheidet, was für eine Art Mädchen oder Frau wir sind. Ich wusste das nur zu gut. Sie nun auch.

Ich sah Claire in die Augen, und das Verlangen, sie zu schützen, war so groß. Ich wollte sie schützen vor dieser Wut, dem Zorn, dem Hass, vor all den Dingen, die uns zerstören, die aus uns Monster machen, die nach Rache gieren.

»Claire«, sagte ich und zwang Ruhe in meine Stimme, um mit ihr zu sprechen, wie meine Mutter mit mir gesprochen hatte, früher, wenn meine Wut stärker war als ich. »Claire, das ist nicht deine Schuld. Nichts davon ist deine Schuld.«

Sie schaute nach unten und schüttelte den Kopf.

»Es gibt keinen Grund, warum jemand einen anderen Menschen töten muss«, sagte ich. »Vera eingeschlossen. Du hast nichts falsch gemacht. Es waren wir anderen – wir Erwachsenen –, die sich nicht ausreichend um dich gekümmert haben.«

Claire blickte hoch zu mir, sie blinzelte durch ihre tränennassen Wimpern. »Ich hätte es Vera sagen sollen.«

»Nein«, sagte ich. »Vera war dazu bestimmt, das zu tun, was sie tun wollte. Du hättest nichts machen können, um das aufzuhalten. Manche Menschen sind so wütend, dass sie die Menschen kaputtmachen, die sie lieben.«

»Ich wollte niemandem wehtun«, sagte sie aufrichtig. »Ich habe dir diese Mail geschickt, du weißt schon. ›Die Wahrheit wird dich erlösen.‹ Ich weiß, das ist kitschig, aber ich brauchte einen Gmail-Account, der nicht auf meinen Namen lief.«

Wie ein Blitz traf mich die Erkenntnis. Natürlich war sie es gewesen. McKnight hatte gesagt, die Mail wäre in Sam Albys Haus abgesendet worden.

»Du hast mir so leidgetan«, fuhr sie fort. »Ich wusste, dass du ihm niemals etwas angetan hättest, und ich hatte das Gefühl, dass du durch das, was mir zugestoßen war, da mit reingezogen wurdest.«

»Danke, Claire«, sagte ich. »Danke, dass du mir das gesagt hast. Und danke, dass du mir das alles erzählt hast. Es tut mir leid, dass du in diese Sache verwickelt bist. Es tut mir auch wegen deines Vaters leid.«

»Danke, dass du mir zugehört hast.« Sie schwieg einen Moment und sah mich an. »Ich wusste, dass … ich wusste, dass du das verstehen würdest.«

Ich zog die Augenbrauen zusammen. »Was verstehen?«

Sie legte die Hand auf den Türgriff, öffnete diese aber nicht – noch nicht. »Mein Vater, er hat mal meine Mutter geschlagen – es war nur ein einziges Mal, aber weißt du, ich habe gehört, was du zu deiner Freundin gesagt hast, an diesem einen Tag im Restaurant. Es tut mir leid, dass dir das zugestoßen ist. War es der Kerl, der überall nach dir gefragt hat?«

»Ja, das war er. Aber das ist jetzt vorbei. Er wird mir nicht noch mal wehtun.«

»Gut. Gott sei Dank.« Sie seufzte. »Und darum …«

Ich nickte, bevor sie weitersprach.

»Okay, ich schätze, ich sollte zurück zur Arbeit.«

»Danke«, sagte ich. »Ich sollte jetzt auch los.«

Claire lehnte sich über die Mittelkonsole und umarmte mich. »Noch mal danke fürs Zuhören.« Dann öffnete sie die Tür, ihre Hände bebten leicht von all dem, was sie mir erzählt hatte, und ging davon.

Sobald sie weg war, atmete ich tief ein und aus, um meinen Herzschlag zu beruhigen. Ich schaltete das Radio wieder ein, und es brauchte zwei Songs, bis ich so weit war, aus der Parklücke und die Straße hinunter zu fahren.

Als ich in Rachels Straße abbog, rotierten meine Gedanken immer noch. Ich konnte es nicht glauben. Nach allem war dies nun die Wahrheit.

Es begann wieder zu schneien. Ich parkte vor Rachels Haus, ging um das Auto herum und öffnete die Tür, um Dusty aus seiner Transportbox herauszulassen.

Doch als ich das tat, erschrak ich. Meine Post lag immer noch da, und durch die Fahrt war sie über die Rückbank verstreut.

Dort, mitten zwischen den wöchentlichen Lebensmittelprospekten und dem üblichen Werbekram, war ein weißes Blatt Papier.

Ich lehnte mich vor, während Dusty winselte, und zog es aus dem Gewühl.

Die Worte waren in großen fetten Buchstaben gedruckt.

ES IST NOCH NICHT VORBEI

50

Komm rein – es ist eiskalt da draußen.«

Ich drehte mich um und sah Rachel durch die sanft fallenden Schneeflocken im Eingang stehen; sie lächelte.

»Bin gleich da«, sagte ich. Mir schwirrte der Kopf. Ich schob das Blatt in meine Tasche, dann ließ ich Dusty aus seiner Box.

Er hüpfte die Einfahrt hoch und direkt in Rachels Arme.

Während ich auf sie zuging, versuchte ich, diese Nachricht in meiner Tasche zu begreifen.

ES IST NOCH NICHT VORBEI

Wann hatte ich das letzte Mal meine Post reingeholt? Ich versuchte, mich zu erinnern. Konnte das Blatt von Vera stammen, die mir weiszumachen versuchte, es sei von Sam wie das davor?

Rachel drehte sich, und ich folgte ihr ins Haus.

»Alles okay?«, fragte sie.

»Ja«, sagte ich automatisch.

Immer noch lächelnd, setzte sie Dusty auf den Boden und zog mich in eine Umarmung, die mir mit einem Mal zu eng schien. Sie trug roten Lippenstift und ein auberginefarbenes Wollkleid, aber da waren Tränensäcke unter ihren Augen. Sie sah älter aus, und ihre Stimme klang beinahe roboterhaft. »Ich bin so froh, dass du vorbeigekommen bist.«

»Ich auch«, sagte ich verhalten, als ich mich auf ihr Sofa setzte.

»Darf ich dir ein Glas Wein bringen?«

»Ja«, erwiderte ich. Angesichts dessen, was Claire gesagt hatte, und der anonymen Nachricht brauchte ich etwas, das alles ein bisschen abmilderte.

Innerhalb von Minuten war sie mit zwei Gläsern ohne Stiel zurück. »Ich habe vor Kurzem diesen guten Cabernet bekommen, den ich schon längst mal öffnen wollte.« Ich konnte die Veränderung in ihrer Stimme nun besser hören. Ihre Worte waren nicht roboterhaft, sie waren eher verschliffen, als hätte sie schon was getrunken, bevor ich gekommen war. Es traf mich wie ein Schlag, was genau sich verändert hatte – sie war aufgewühlt wegen Vera. Egal, was Vera getan hatte, sie war immer noch Rachels Freundin gewesen.

Sie gab mir ein Glas und setzte sich auf den Eames-Stuhl. Dusty sprang auf ihren Schoß. »Auf unsere Freundschaft«, sagte sie und prostete mir zu.

»Auf unsere Freundschaft.«

Wir tranken, und mein Blick sprang zur Wand, um das Foto von Vera zu suchen, aber es war nicht mehr da.

»Nun«, sagte Rachel. »Wie geht es dir angesichts der Umstände?«

»Gut«, brachte ich heraus. »Ich meine, so gut, wie es eben geht. Und dir?«

Sie öffnete ihren Mund, um etwas zu sagen, dann schloss sie ihn wieder.

Kurz fragte ich mich, ob ich ihr erzählen sollte, was Claire mir gesagt hatte, aber irgendetwas hielt mich davon ab. Rachel hatte wegen eines Gerüchts ihre beste Freundin verloren, wegen etwas, das nicht wahr war. Aufgrund dummen Geredes, das so zerstörerisch war, dass es Vera dazu gebracht hatte, ihren Mann zu töten. Die Ironie war zu grausam, um sie mitzuteilen.

»Du bleibst noch einen Monat?«, fragte Rachel.

»Ja, ich habe heute die Miete gezahlt.«

Ihre Hand versank in Dustys Fell, sie kratzte ihn genau da, wo er es mochte. »Ich glaube, das ist gut so. Es ist so viel geschehen – so viel muss überdacht werden, gerade jetzt, so mittendrin. Aber du musst mit unserem Winter zurechtkommen.«

»Ich komm damit klar«, sagte ich. Ich konnte mir kaum vorstellen, noch einen Monat in meinem Cottage zu hocken, so ganz allein, aber ich wusste nicht, wohin sonst mit mir. Vielleicht war das Loch, das die Abwesenheit von Vera und John an diesem Ort und in mir hinterlassen hatte, für den Moment ausreichend.

»Vermisst du sie?«, fragte Rachel und presste die Lippen aufeinander.

»Wie verrückt«, gestand ich. »Und du?«

Rachel nahm einen Schluck Wein, bevor sie antwortete. »Ich vermisse sie schon eine ganze Weile. Ich glaube nicht, dass das irgendwann vorbei ist. Es ist schrecklich, dass das alles so geschehen musste.«

Für einen Moment fragte ich mich, ob Rachel mir die Schuld gab, so wie ich es tat. Ob ich für sie nun der Feind war, der Grund, warum ihre entfremdete Freundin tot war.

Aber sie lächelte, und ich verscheuchte diesen Gedanken. Rachel hatte mich ermutigt zu bleiben. Sie hatte mich eingeladen.

Sie nahm noch einen Schluck – ihr Glas war beinahe leer. »Weißt du, ich glaube nicht, dass ich ihr vergeben kann.«

Ich schluckte. »Dass sie John getötet hat?«

Rachel lachte bitter auf. »Gott, nein«, sagte sie. »Er hatte es verdient.«

Hatte er nicht, schrie mein Hirn regelrecht. *Wir lagen alle ganz fürchterlich falsch.*

»Dass sie dich angegriffen hat«, sagte Rachel.

Meine Brust fühlte sich wie eingeklemmt an, und das Glas in meinen Händen schien rutschig zu sein.

Sie zog die Augenbrauen zusammen. »Sie *hat* dich doch angegriffen, oder? Das hatte Maggie gesagt.«

»Ja«, sagte ich schwach. »Ja, das hat sie getan.«

»Vera war nie gut darin, zu wissen, wem sie vertrauen konnte«, sagte Rachel. »Wenn sie mich nicht aus ihrem Leben rausgeworfen hätte, wenn sie sich nicht gegen dich gewendet hätte … wenn sie sich auf ihre Freundinnen verlassen hätte, statt vor Wut um sich zu schlagen, dann wäre vielleicht nichts von alldem passiert.«

Sie stand plötzlich auf. »Ich habe Käse und Oliven im Kühlschrank. Hast du auch Hunger?«

»Ja«, sagte ich. Ich brauchte einen Moment, um mich zu sortieren, um Veras flehende Augen aus meinen Gedanken zu scheuchen, um zu beten, dass sie eines Morgens nicht das Erste wären, was ich sah.

»Wo ist das Bad?«, fragte ich.

»Erste Tür links«, sagte Rachel, als sie sich umdrehte, um in die Küche zu gehen.

Dusty folgte mir in den Flur. Es gab eine Tür auf der rechten und eine auf der linken Seite und eine am Ende des Flurs – vermutlich Rachels Schlafzimmer, die einzige Tür, die geschlossen war.

Ich drückte die Badezimmertür hinter mir zu und ließ Dusty draußen, damit er wie gewöhnlich im Flur wartete. Rachels Bad war vom Boden bis zur Decke weiß gekachelt. Veras Blut, purpurn auf weiß, blitzte in mir auf, und ich schüttelte den Kopf energisch, um die Bilder aus meinem Kopf zu bekommen.

Ich lehnte mich gegen das Waschbecken und fürchtete schon, ich müsste mich übergeben. Es war alles so schrecklich, so sinnlos. John war gar kein schlechter Mensch gewesen – es war ein Gerücht gewesen, ein Missverständnis, ein Kind, das nicht als Schlampe beschimpft werden wollte –, und doch hatte es etwas Unfassbares in Gang gesetzt, einen Schritt nach dem anderen.

Vera hatte ihn getötet.

Ich hatte sie getötet.

Ich drehte den Wasserhahn auf, wusch mir das Gesicht und schaute in den Spiegel. Meine Augen waren fast so geschwollen wie Rachels, mein Haar war völlig durcheinander. Das bisschen Wein, das ich getrunken hatte, hatte meine Lippen verfärbt. Ich musste mich zusammenreißen. Es war nicht meine Schuld.

Vera hatte versucht, mich zu verleumden. Vera hatte die Gerüchte über ihren Mann geglaubt. Vera hatte das alles verursacht.

Vera war meine beste Freundin gewesen.

Ich trocknete mich mit Rachels sauberem weißem Handtuch ab, öffnete die Tür, kehrte in den Flur zurück und sah, wie Dusty an der geschlossenen Tür am Ende des Flurs kratzte.

»Dusty, nein«, sagte ich, aber bevor ich ihn aufhalten konnte, hatte er sie aufgestoßen – offensichtlich war sie nicht wirklich verschlossen gewesen –, und sein kleiner Fellkörper verschwand im Zimmer.

Ich ging ein paar Schritte, dann sah ich mich um. Rachel musste immer noch in der Küche sein.

Ich schob die Tür auf und ging in ihr Schlafzimmer.

Es war sauber und geschmackvoll wie der Rest des Hauses, das Bett war mit einer schwarz umrandeten Decke bedeckt. Ich schaute mich auf der Suche nach Dusty um und entdeckte eine offene Tür – ihr Wandschrank.

Darin herrschte Unordnung, eine willkommene Abwechslung zum Rest ihres Hauses. Bügel voller farbenfroher Kleider und Tops, eine Kommode, deren Schubladen halb offen standen, getragene Kleidungsstücke bedeckten den knapp bemessenen Boden.

Dusty hatte eine ausgebeulte Ledertasche umgekippt und schnüffelnd seine Nase hineingeschoben. »Dusty, nein.«

Ich beugte mich vor und zog ihn raus. Im Maul hatte er Plastikbeutelchen mit etwas, das aussah wie Dörrfleisch für Hunde – Rachel musste es mitgebracht haben, als sie Maggie und Pepper besuchte. »Böser Hund«, sagte ich, musste aber doch fast lachen. Dusty war immer geschickt darin gewesen, Leckerlis zu erschnüffeln und auszuflippen, wenn Davis etwas Neues mit nach Hause gebracht hatte.

Ich schnappte mir das Tütchen, setzte Dusty auf den Boden und richtete Rachels Tasche wieder auf.

Dann stoppte ich.

Auf der Kommode, inmitten von abgelegtem Schmuck und einem Paschmina, war sie.

Vera. Das Foto, das an Rachels Wand gehangen hatte. In eine Ecke des Rahmens war ein Polaroid geklemmt worden, ein Foto von Vera und Rachel – lächelnd, glücklich, vielleicht betrunken –, genau wie Vera und ich so viele Male.

Meine Augen wanderten nach unten, und unter dem Rahmen sah ich ihn:

Einen gepolsterten gelben Umschlag.

Er sah genauso aus wie der, den ich bei Vera gefunden hatte. Dieselbe Größe, dieselbe Form.

Unverschlossen.

Mit beinahe zitternden Händen schaute ich über meine Schulter, um mich zu vergewissern, dass Rachel nicht da war.

Das ist nichts, sagte ich mir. *Das ist wahrscheinlich gar nichts. Viele Umschläge sehen so aus.*

Vorsichtig öffnete ich ihn.

Zuerst sah ich die Fotos. Nahaufnahmen, so nah, dass sie fast intim wirkten, braunes Haar und ein grau melierter Bart fingen das Licht auf.

Obendrauf ein kleiner Papierschnipsel.

Und die vertraute Handschrift eines toten Mannes.

Es tut mir leid wegen dieser Nacht. Bitte erzähl Vera nichts. Ich melde mich bald bei dir.

51

Was machst du da?«

Ich drehte mich um, den Briefumschlag immer noch fest mit beiden Händen umklammert.

Rachel stand in der Tür, in der rechten Hand ein silberhelles Messer. Sie folgte meinem Blick auf das Messer, dann sah sie wieder mich an. »Ich habe Käse aufgeschnitten«, sagte sie mit einem gezwungenen Lächeln. »Ich konnte dich nicht finden.« Ihre Augen fielen auf den Umschlag. »Was hast du da?«

»Nichts«, erwiderte ich.

Ihr Lächeln wurde breiter. »Gib mir den mal lieber.« Als ich mich nicht bewegte, streckte sie ihre Hand aus. »Jetzt, Lucy.«

Ich reichte ihn ihr. Rachel warf einen Blick hinein und überprüfte den Inhalt.

»Wie hast du das gemacht?«, fragte ich. Ich konnte kaum verstehen, was hier vor sich ging. »Wie bist du da rangekommen?«

Rachel räusperte sich. »Das ist nicht weiter wichtig, oder?«

Ich schluckte, mein Mund war mit einem Mal trocken, und Dusty begann zu winseln. »Ich verstehe nicht.«

Rachel verdrehte die Augen. »Vera hat mir den gegeben. Jetzt komm …«

Ich schüttelte den Kopf. »Warum sollte Vera – du warst nicht mehr mit ihr befreundet.«

»Nimm *mich* hier nicht wegen meiner Freundschaft mit Vera in die Mangel«, sagte Rachel. »Bitte.«

»Was … was meinst du damit?«

Sie lachte bitter. »Sagen wir mal so: Eine von uns war ihr eine mistige, hinterhältige Freundin, und das war mit Sicherheit nicht ich. John lag nie in meinem Bett, das kann ich dir versichern.«

Ich schloss die Augen und schüttelte den Kopf, während ich mich daran erinnerte, wie morgens beim Aufwachen die Vorhänge offen gestanden hatten. »Du hast uns gesehen?«

Ihre Augen bohrten sich in meine. »Wenn du nicht willst, dass jeder sehen kann, wie du deine Freundin betrügst, die du angeblich so sehr liebst, solltest du vielleicht die Gardinen zuziehen.«

Ein schweres Gewicht legte sich in meinen Magen. Gift in meinem Blut. Rachel war da gewesen, Rachel hatte uns gesehen. Nicht Vera, sondern Rachel.

»Du verstehst nicht«, sagte ich verzweifelt. »Wir waren betrunken. Es war ein dummer Fehler. Es war nur ein Kuss.«

Rachel zog die Augenbrauen zusammen. »Komisch, dass du so an einer Nachricht hängst, dass du sie in deiner Schublade versteckst, wenn es nur ein harmloser, kleiner, zufälliger, betrunkener Kuss war.«

Ich starrte sie an, Rachel, von der ich gedacht hatte, dass sie nach alldem auf meiner Seite war. Vera hätte ihr *niemals* diese Sachen gegeben. »Bist du – bist du in mein Haus eingedrungen?«

Rachels Mundwinkel hoben sich ein wenig, wodurch sich ihre Lachfalten vertieften und ihre Foundation knitterte. Als wäre sie stolz, dass sie so lange nicht aufgeflogen war.

»Du hattest einen Schlüssel, oder? Du hattest einen zusätzlichen Schlüssel, den du nie abgegeben hast.«

»Jennifer wollte am Tag meines Auszugs jemanden vorbeischicken, um die Schlösser auszutauschen, aber als er nicht auftauchte« – sie zuckte mit den Schultern –, »habe ich es ihr nicht erzählt. Ehrlich, ich hatte gedacht, dass sie sich darum kümmert. Vielleicht hatte sie es einfach vergessen. Zu der Zeit war sie sehr beschäftigt. Ihre Tochter, du weißt schon.«

»Aber … aber warum?«

Rachel drehte ihre Hand, die Schneide des Messers reflektierte das Licht. Dusty winselte wieder. »Ich habe Vera vermisst, das ist alles. Es war kein Verbrechen, von Zeit zu Zeit an ihrem Haus vorbeizugehen, ihre neue beste Freundin im Blick zu behalten, die Frau, die bequemerweise hereinschneite, als ich ausgestoßen wurde. Ich mochte dich nicht, aber trotzdem hätte ich nie gedacht, dass ich dich und John *so* vorfinden würde, bei geöffneten Vorhängen, damit jeder es sehen konnte.«

»Nein«, sagte ich. »Ich hab dir gesagt, dass es nicht so war.«

»So sah das für mich aber nicht aus.«

Ich schüttelte den Kopf und versuchte verzweifelt zu begreifen. Wenn Rachel in mein Haus gekommen war, das bedeutete, dass – es bedeutete, dass …

»Du hast mein Messer genommen«, sagte ich. »Du hast das Foto von mir gemacht, damit es so aussah, als ob …« Ich keuchte. »Du hast alles mitgenommen.«

Rachel legte den Kopf schräg. »Das hat mir verdammt viel gebracht.«

Nein, nein, nein. Das konnte nicht sein.

»Es hätte perfekt funktioniert, wenn du nicht alles kaputt gemacht hättest«, sagte Rachel.

Ich atmete schnell, versuchte zu begreifen, versuchte, die Wahrheit zu erfassen, aber alles schien mir plötzlich zu entgleiten. Ich riskierte einen Blick auf Dusty, der mit gesenktem Schwanz zu meinen Füßen kauerte. Dann sah ich wieder zu Rachel. War das möglich? War es die ganze Zeit sie gewesen?

»Vera hatte das Messer«, sagte ich. »Es war da, inmitten ihrer Sachen. Sie wollte es mir anhängen. Sie hatte eine Lebensversicherung abgeschlossen. Sie hatte, sie hatte …« Ich stockte, sprachlos vor Unglauben. »Es muss sie gewesen sein.«

»Ich gab ihr das Messer und erzählte ihr, ich hätte es gefunden, als Maggie und ich bei dir gewesen waren, um Dusty abzuholen, als du im Krankenhaus lagst. Ich wollte, dass sie mit eigenen Augen sieht, was für eine Freundin du bist.« Rachels Gesicht lief rot an. »Aber jetzt weiß ich, dass sie mir niemals geglaubt hat. Sie hat immer den Falschen vertraut. John. *Dir.*«

»So war es nicht«, sagte ich wieder. »Ich habe sie geliebt. Ich wollte niemals …«

»Oh, halt den Mund«, fauchte Rachel und hob das Messer, sodass es jetzt auf Hüfthöhe war. »Du kannst die Polizei täuschen, vielleicht konntest du auch Vera täuschen, aber mich täuschst du nicht. Sie hatte Besseres als euch beide verdient. Sie war meine beste Freundin. Sie hat mich aus der schlimmsten Zeit meines Lebens herausgeholt. Sie hat mir durch die Scheidung geholfen. Aber als ich versuchte, sie wegen ihres beschissenen Ehemanns zu trösten, da hat sie sich für *ihn* entschieden, für den Kerl, der mit einer Jugendlichen vögelte. Und nach alldem konnte er damit nicht aufhören. John musste auch noch was mit dir anfangen. Keiner von euch beiden hat einen Scheiß auf sie gegeben. Ich bin die Einzige, die sich je um sie gekümmert hat. Ich bin die Einzige, die sie je geliebt hat.«

»Das stimmt nicht. Ich habe Vera geliebt. Mehr als alles.«

»Seltsame Art, das zu zeigen«, fauchte Rachel und hob das Messer noch etwas höher.

Angst verätzte mich, als ich diese Frau anstarrte.

Es musste Rachel gewesen sein. Immer Rachel. Nie Vera. Immer Rachel.

Mein Herz hämmerte. Was hatte ich getan? Was zur Hölle hatte ich getan?

Mein Magen drehte sich um. Ich wollte nicht, dass es wahr war. Aber gleichzeitig wusste ich, dass es stimmte.

Das Messer funkelte im Licht, als sie es in der Hand drehte. Ich musste sie dazu bringen weiterzusprechen. Ich musste mir Zeit verschaffen. »Aber wie hast du … Wie hast du ihn getötet?«, fragte ich. »Woher wusstest du, wo John sein würde?«

»Glaubst du, die hätten in meiner Gegenwart nie diesen Van-Gogh-Witz gemacht?«, fragte Rachel. »Als ich euch drei gemeinsam in Johns Truck wegfahren sah, hatte ich so ein Gefühl. Ich fuhr zum Wanderweg, entdeckte seinen Truck und wartete auf dem Parkplatz. Als die Polizeiautos kamen, war es offensichtlich, was ihr vorhattet. Ich fuhr zur Hütte, die praktischerweise nicht abgeschlossen war, und wartete auf ihn. Ich wusste, dass Vera mir nicht glauben würde, egal, wie viele Beweise ich ihr lieferte. Sie war blind vor Liebe zu John. Ich wusste, sie würde ihn nie verlassen, würde mich niemals für sie sorgen lassen, mich die Freundin sein lassen, die sie brauchte, es sei denn, er wäre tot.«

Rachel lachte bitter. »Du hättest diesen Blick sehen sollen, als er reinkam und mich entdeckte, als ich ihn erstach, bevor er auch nur fragen konnte, was ich dort machte. Er hätte nie gedacht, dass seine Lügen ihn irgendwann einholen würden.«

Mein Herz tat mir weh, und Trauer überrollte mich. So war es also gewesen – so waren Johns letzte Sekunden gewesen. Tod durch die Hand einer früheren Freundin.

Es war grauenvoll. Sinnlos. Unvorstellbar.

Aber ich durfte jetzt nicht zusammenbrechen. Ich musste sie am Reden halten. Musste dafür sorgen, dass sie sich auf irgendetwas anderes konzentrierte, nur nicht auf das Messer in ihrer Hand. »Warum bist du mitten in der Nacht in mein Cottage eingebrochen, um mir diese Nachricht zu hinterlassen? Warum sollte es so aussehen, als wäre es Sam gewesen?«

Rachel biss sich auf die Lippe. »Weil du kurz davorstandest, der Polizei von den Einbrüchen zu erzählen. Wenn die angefangen hätten, rumzuschnüffeln, hätten sie herausgefunden, dass die Schlösser nie ausgetauscht worden waren. Ich musste dafür sorgen, dass du auf Sam zeigst, zumindest lang genug, bis ich Vera das Messer geben konnte. Um ihr zu zeigen, dass diese Lucy, ihre angeblich beste Freundin, ihren Mann umgebracht hatte. Die Nachricht und die Fotos hatte ich mir für die Zeit deiner Verhaftung aufgespart. Ich wusste, wenn sie sie erst gesehen hätte, wenn sie erfahren hätte, dass du sie wie Kostbarkeiten bei deiner Unterwäsche aufbewahrt hattest, dann wäre ihr klar geworden, dass du ihr niemals eine Freundin gewesen bist. Dass mein Streit mit ihr nur ein kleiner Irrtum war und ich die ganze Zeit recht hatte. Wenn sie erst erkannt hätte, was für ein Mensch John wirklich war, was für einer du warst, wenn er nicht länger da war, um die Wahrheit zu verdrehen, um sie um den Verstand zu bringen, dann würde sie zu mir zurückkommen. Dann wären wir wieder Freundinnen. Beste Freundinnen, wie schon zuvor.« Sie presste ihre Lippen aufeinander und hielt den Umschlang fest. »Mir ist noch nichts eingefallen, aber das wird es, glaub mir. Ich werde einen Weg finden, um diese Sachen hier zu nutzen, damit die Polizei endlich erkennt, wer genau du bist und was du ihr angetan hast.«

»Das wirst du nicht«, sagte ich. »Das lasse ich nicht zu.«

Rachel lachte auf. »Was willst du tun, mich angreifen wie sie? Sie werden dir die ganze Notwehrsache nicht noch mal abkaufen.« Sie musterte mich. »Sie hat dich geliebt. Sie hat dir alles gegeben, und du hast sie vernichtet.«

»Ich rufe McKnight an«, sagte ich schnell. »Ich werde ihm sagen, was du getan hast. Ich werde einen Weg finden, das zu beweisen. Ich werde ihm sagen, dass du mir die Nachricht gezeigt hast und dass du immer noch die Fotos aufbewahrst. Ich sage ihm, dass du es warst, die meine Unterwäsche in der Hütte versteckt hat. Ich sage ihm alles …«

»Tatsächlich? Wenn du das tust, wenn sie aus irgendeinem Grund deine ständig wechselnde Geschichte glauben sollten, wie erklärst du dann, was du Vera angetan hast?«

»Ich habe nicht – ich wollte nicht – es war ein Unfall.«

»Nein, Lucy, genau das wolltest du. Denn ich *kenne* Vera, viel besser als du. Sie hätte niemals die Hand gegen dich erhoben. Ihre Worte sind schneidend genug. Niemals hätte sie dich als Erste angegriffen. Du warst es, deine Wut, deine Unfähigkeit, dich zu beherrschen, wie deine Unfähigkeit, deine Beine geschlossen zu halten. Du wolltest sie töten. Genau wie ich John töten wollte.«

»Nein«, sagte ich. »Nein, so war es nicht.«

Ihre Stimme wurde mit einem Mal schrill, ihr Griff um das Messer noch fester. »Ich hätte nichts von alldem getan, wenn ich gewusst hätte, dass du so wahnsinnig bist. Ich hätte nie gedacht, dass du das Messer findest und sie tötest. Als mein Ärger überkochte, traf es wenigstens jemanden, der es verdient hatte. Du aber hast Vera umgebracht. Du hast die beste Freundin umgebracht, die wir beide je hatten. Glaub bloß nicht, dass es vorbei ist. Glaub bloß nicht, dass nicht herauskommt, wer du wirklich bist. Ich werde einen Weg finden, das allen zu zeigen.« Rachel sah auf das Messer in ihrer Hand, als würde sie sich erst jetzt wieder daran erinnern. »Oder, scheiß drauf, vielleicht bestrafe ich dich einfach selbst.«

Ich schluckte, mein Herz raste, Dusty winselte zu meinen Füßen. So viel war schiefgelaufen, so viele Missverständnisse, so viele zerstörte Leben, aber ich war nicht bereit, meines zu verlieren. Ich musste etwas machen. Etwas, das sie aus dem Gleichgewicht brachte, bevor sie mich tötete.

»Da liegst du falsch«, sagte ich.

Sie verengte ihre Augen zu Schlitzen.

»Du liegst falsch, was John angeht.«

»Nein, tue ich nicht«, sagte sie. »Er war Abschaum. Er hatte sie nicht verdient.«

Ich zwang die Worte heraus, obwohl mein Herz hämmerte und meine Handflächen nass vom Angstschweiß waren.

»Er war kein Abschaum«, erwiderte ich. »Claire hat mir erzählt, dass das Baby nicht von ihm war. Sie ist von einem gleichaltrigen Jungen schwanger geworden, auf einer Party in Poughkeepsie. Sie *schämte* sich. Der Junge hat sie nicht angerufen, und sie kannte seinen Nachnamen nicht. Sie hatte Angst, damit zu ihren Eltern zu gehen, sie hatte Angst, jeder würde sie als Schlampe beschimpfen ...«

»Und du glaubst ihr?«, blaffte Rachel.

Ich fuhr fort und zwang Selbstvertrauen in meine Stimme. »Sie hat sich an den einzigen Erwachsenen gewendet, dem sie trauen konnte. Sie hat sich an John gewendet. *Darum* hatte er nach Kliniken von Planned Parenthood gesucht. *Darum* hatte er nach Wegbeschreibungen zur Klinik gesucht. Er hat das Richtige gemacht. Er hat ihr geholfen, als es niemand anderes getan hat.«

»Nein«, sagte Rachel, aber der Griff ums Messer wurde lockerer, ihre Hand sank herab. »Nein, du lügst.«

»Warum sollte ich lügen?«, frage ich. »Denkst du nicht, dass es mich krank macht zu wissen, dass alles, was geschehen ist, so sinnlos war?«

»John hat eine Jugendliche gevögelt«, sagte sie. »Vera hat ihn vergöttert, und er hat ihre Ehe mit Füßen getreten.«

»Nur, dass er es nicht getan hat«, sagte ich. »Und die Wahrheit ist – und tief in dir wirst du das wissen –, dass, wenn du ihm nur geglaubt hättest, wenn du nur die Gerüchte ignoriert hättest, dann wäre nichts von alldem geschehen.«

Rachel starrte mich an, der Griff wurde noch lockerer.

»Wenn du die Freundin gewesen wärst, die Vera gebraucht hätte, wenn du sie unterstützt hättest, statt ihren Mann zu verurteilen, wäre *nichts von alldem* passiert. Sie hätte sich nicht von dir abgewendet. Sie hätte dir nicht die Freundschaft gekündigt. Du hättest John nicht umgebracht, und ich hätte ihr nicht wehgetan. Sie wäre heute am Leben, wenn du dich anders verhalten hättest.«

Rachels Gesicht fiel in sich zusammen, Tränen traten ihr in die Augen, und ich konnte sehen, dass sie mir zumindest ein bisschen glaubte.

Ich erkannte es ganz deutlich. Das war meine Chance.

Ich stürzte nach vorn und rammte sie mit meiner Schulter.

Rachel taumelte zurück, das Messer fiel zu Boden, als sie instinktiv die Hände ausstreckte, um ihren Fall abzufangen.

Ich sprang vor, griff schnell das Messer, und Dusty lief zu mir. Ich hob ihn hoch und hielt ihn fest.

Sie kämpfte darum aufzustehen, doch ich schwenkte das Messer vor mir. »Keine Bewegung«, sagte ich, als ich langsam rückwärts zur Tür ging. »Du bist eine Mörderin«, sagte ich. »Du hast ihn ohne Grund umgebracht.«

Ich rechnete damit, dass sie meinen Befehl ignorierte, dass sie sich aufrichtete und mir nachkam, aber Rachel hob nur ihren Blick und sah mir in die Augen, und ich schwöre, ich habe noch niemals jemanden so zerstört gesehen.

»Genau wie du.«

52

Ich ließ das Messer nicht los.

Den wimmernden Dusty fest im Arm, lief ich in den Wohnraum, warf mir meine Tasche über die Schulter und rannte so schnell wie möglich zu meinem Auto.

Ich ließ es nicht los, bis ich Dusty in seine Box geschoben hatte, bis mein Schlüssel im Zündschloss steckte, bis ich von Rachels Haus wegfuhr, die Frau hinter mir ließ, die John getötet hatte und auch mich hatte töten wollen.

Als ich an der Ecke war, kurbelte ich das Fenster runter und warf das Messer hinaus auf die Straße.

Ich raste durch die Stadt, mir war kaum bewusst, wohin ich fuhr, aber schließlich erreichten wir das Cottage. Ich eilte hinein, ließ Dusty frei und warf die Tür hinter mir so heftig zu, dass das Bücherregal wackelte. Dusty krabbelte weg und versteckte sich unter dem Sofa, nur noch sein Schwanz schaute darunter hervor.

Jetzt traf es mich mit voller Wucht.

Ich hatte Vera getötet. Ich hatte meine beste Freundin getötet.

Sie hatte versucht, mir eine Freundin zu sein, nichts anderes, und ich hatte sie getötet.

Tief in mir öffnete sich die Luke, aber diesmal richtete es sich gegen mich.

Ich, ein Monster. Ich, eine Mörderin.

Meine Nasenlöcher weiteten sich, als ich nach Luft schnappte. Ich machte zwei schnelle Schritte, und bevor ich mich stoppen konnte, bevor ich die Luke verschließen und verriegeln konnte, lagen meine Hände auf dem Bücherregal. Ich ruckte daran, es war ganz einfach, wie bei diesen Müttern, die Autos hochheben konnten, wenn ihr Baby darunter eingeklemmt war. Es fiel krachend zu Boden, Holz brach, sein Inhalt, die Bücher, verteilte sich überall, während Dusty winselte. Aber das war nicht genug. Es war niemals genug. Ich schubste das Sofa zur Seite und hob den Couchtisch hoch, Gläser krachten herunter, dann drehte ich den Tisch um und warf ihn auf den Boden. In der Küche schleuderte ich Teller auf die Fliesen, gegen das Fenster, das Davis in der Hintertür zerbrochen hatte. Ich riss die Vorhänge von den Stangen, zerrte die Decken vom Bett. Ich warf den Schreibtisch um, fegte die gerahmten Bilder von der Wand, zerbrach deren Glasfront, indem ich sie auf den Boden schmetterte.

Ich zerstörte alles, alles, was ich so sorgfältig vorbereitet hatte, um es sauber und ordentlich zu halten.

Alles, was ich vorbereitet hatte, damit ich wusste, ob Davis hier eingedrungen war.

Aber nicht seinetwegen hätte ich mir Sorgen machen müssen. Wegen ihnen. Wegen ihnen allen.

Ich war es.

Ich schrie, ergriff die Nachttischlampe und schlug sie gegen die Wand, bis die Rigipswand aufbrach und der Raum sich mit Staub füllte, bis meine Arme lahm wurden, bis Tränen über meine Wangen liefen, bis ich die Glasscherben unter meinen Füßen fühlte, bis meine Socken blutig wurden.

Ich hatte Vera getötet, die Frau, die gesagt hatte, dass sie mich beschützen würde.

Ich hatte sie umgebracht, genau wie Rachel gesagt hatte.

Ich war schlechter, als ich es mir je vorgestellt hatte. Eine hässlichere Person, als ich je geahnt hatte.

Ich hob die Lampe über meinen Kopf und schlug sie noch einmal gegen die Wand, und während ich das tat, sah ich ihn.

Ich sah den Ausdruck auf Davis' Gesicht, als ich die Whiskeyflasche hochhob, als ich die Luke zum ersten Mal seit Jahren ganz aufschwingen ließ, als ich beschlossen hatte, dass ich seinen Kontrollwahn nicht mehr mitmachen würde, seine Psychospielchen, die emotionale Manipulation, die blauen Flecken, die er mir verpasste, wenn ich schlief – nichts davon – nie wieder.

Ich sah, wie er auf den Boden unserer Wohnung stürzte. Ich sah, wie er ohnmächtig wurde, sich nicht mehr bewegte. Ich sah mich selbst, wie mir klar wurde, was ich getan hatte, dass die blauen Flecke, die Davis mir verabreicht hatte, längst verblasst waren, dass ich zu dumm gewesen war, zu beschämt, um Beweise zu sammeln.

Ich sah, wie ich ins Badezimmer eilte und die Flasche hob; sie mir gegen die Wange schlug, ein Foto von der Verletzung machte. Ich wusste, ich hatte eine unausgesprochene Abmachung zwischen uns verletzt. Er sagte, wo es langging, ich befolgte die Regeln. Ich wusste, er würde mich bestrafen wollen, ich wusste, er würde alles zerstören, was mir am Herzen lag, mich zerstören, aber ich wusste, dass Davis der Schein nach außen am allerwichtigsten war. Ich wusste, wenn er mich finden würde, dann wäre das Foto meine einzige Chance, ihn aufzuhalten.

Ich ließ die Lampe auf den Boden fallen und schüttelte den Kopf.

Ich konnte es nicht länger aufschieben. Ich musste weg, bevor Rachel den nächsten Schritt machte.

Ich sprang auf, eilte in den Wohnraum und bahnte mir einen Weg durch das Chaos, bis ich meine Handtasche gefunden hatte. Dusty kauerte immer noch unter dem Sofa und wimmerte.

»Es tut mir leid, Süßer«, sagte ich. »Wir verschwinden bald.«

Ein Klopfen an der Tür ließ mich zusammenzucken.

Ich holte mein Handy aus der Tasche und tippte den Notruf ein, um bereit zu sein, wenn es nötig war. Dann ging ich ins Schlafzimmer und holte den Hammer meines Dads, das Einzige, was ich hatte, um mich zu verteidigen.

Mit rasendem Herzen schlich ich zum Fenster, schob leicht den Vorhang zur Seite in der Erwartung, Rachel zu sehen, bereit, den Hammer über den Kopf zu heben, wenn ich es musste …

Aber das Telefon und der Hammer fielen klappernd zu Boden.

Es war nicht Rachel.

Es war Detective McKnight.

53

Die kalte Luft setzte mir zu, als ich auf die Veranda trat und schnell die Tür hinter mir schloss.

Mein Herz schlug heftig – hatte Rachel ihn so bald angerufen und ihm gesagt, was sie wusste? Dass ich Vera umgebracht hatte? Dass Notwehr eine dürftige Ausrede war, dass Vera nicht der Typ war, der angriff? Zumindest nicht körperlich.

McKnight nickte Richtung Tür.

»Da drin herrscht das reinste Chaos«, sagte ich. »Dusty war krank und, na ja, Trauer, Sie wissen schon.«

Er zuckte mit den Schultern. »Ist Ihnen nicht kalt?«

Ich schloss den letzten Knopf meines Mantels, den ich mir beim Rausgehen übergezogen hatte. »Ist schon okay. Wie kann ich Ihnen helfen?«

Er räusperte sich, lehnte sich gegen die Wand des Cottages und sah mich an. Es hatte aufgehört zu schneien, aber die Sonne würde bald untergehen, dann würde die Luft noch kälter werden.

Schließlich richtete er sich auf und zog eine Mappe unter seinem Arm hervor. »Ich hasse es, dass ich das machen muss …«

Mein Mund wurde trocken, jedes Gefühl von Sicherheit, das ich gehabt hatte, verflogen.

ES IST NOCH NICHT VORBEI

Ich schluckte im Wissen, dass dies meine letzten Augenblicke in Freiheit waren. Ich dachte an Dusty, der sich drinnen wahrscheinlich immer noch unter dem Sofa versteckte. Wer würde sich um ihn kümmern, wenn ich weg war?

McKnight stieß seufzend eine weiße Atemwolke aus, bevor er die Mappe in die andere Hand nahm. »Sehen Sie, die Sache ist die: Es hat mich immer irritiert, dass es keine Unterlagen darüber gab, wo Sie in Brooklyn gelebt haben. Ihre Begründung klang sinnvoll, aber es war etwas, das mir nachging. Wie ein Stein im Schuh. Es macht einen verrückt.«

Ich schluckte und wusste nicht, was ich sagen sollte, wie ich mich jetzt verteidigen sollte. Es war zu spät. Er wusste zu viel. Er wusste, dass ich eine Lügnerin war. Er wusste alles.

Da ich nichts sagte, fuhr McKnight fort. »Glauben Sie mir, es hat eine Weile gedauert, es herauszufinden. Ich dachte schon, ich bin paranoid, doch dann kam ein Hinweis herein, der viele meiner Fragen klärte. Die Wahrheit kommt immer zufällig ans Licht, nicht wahr?«

Ich fuhr mir mit der Zunge über die Lippen und wartete auf den Rest. *Bring's hinter dich,* wollte ich ihm sagen. *Erlös mich einfach aus diesem Elend. Sperr mich weg.*

McKnight wies mit einem Nicken auf die Mappe. »Bevor ich Ihnen das hier gebe, möchte ich Ihnen sagen, dass ich verstehe, was Sie getan haben. Ich bin seit zwanzig Jahren im Dienst. Ich weiß, es gibt Sachen – Menschen –, die man nicht hinter sich lassen kann.«

Ich zog die Augenbrauen zusammen, weil ich es nicht verstand. Warum war er so freundlich, sogar einfühlsam? Oder war das alles nur gespielt?

Tu's einfach, flehte ich wieder. *Mach mich fertig.*

Er verlagerte sein Gewicht. »Ich glaube nicht, dass irgendjemand Ihnen etwas vorwerfen würde, wenn er die ganze Geschichte kennen würde.«

Ich schaute hinunter auf meine Füße. Ich verstand ihn nicht. Ich verstand überhaupt nichts.

»Miss Williams«, sagte McKnight, nur die kleinste Andeutung einer Frage in seiner Stimme. »Olivia Williams.«

Ich sah hoch zu ihm, dann blinzelte ich langsam zur Bestätigung. Ich atmete tief ein und wartete auf den Rest, darauf, dass er alles zusammenfügte …

»Ich weiß, dass Ihr Partner gewalttätig war«, sagte McKnight. »Und ich weiß, dass das der Grund ist, warum Sie mir nicht Ihren richtigen Namen genannt haben.« Er umklammerte die Mappe in seinen Händen fester. »Schauen Sie, ich bin gezwungen, es in die offiziellen Unterlagen einzutragen, nichts davon wird jedoch an die Presse gelangen. Mein Vorgesetzter sitzt mir im Nacken, weil wir das mit Mr. Alby vermasselt haben. Aber dennoch, Gesetz ist Gesetz, und ich würde nicht meinen Job machen, wenn ich Ihnen das hier nicht geben würde.«

Er drückte mir die Mappe in die Hände, und ich öffnete sie langsam. Meine Augen huschten über den Inhalt, um zu begreifen.

»Rechtlich gesehen dürfen Sie einem Polizisten keinen falschen Namen nennen, aber Sie haben Glück. ›Falsche Namensangabe‹« – er deutete auf die offizielle Vorladung, wo es schwarz auf weiß stand – »ist nur eine Ordnungswidrigkeit. Klasse B, das bedeutet, es liegt in meinem Ermessen, ob ich Sie verhafte oder Ihnen erlaube, bis zum Gerichtstermin zu Hause zu bleiben. Ich habe mit Jennifer Moon gesprochen – sie hat gesagt, Sie hätten sich dafür entschieden, Ihren Mietvertrag für einen Monat zu verlängern, darum glaube ich nicht, dass Fluchtgefahr besteht. Aber es *ist* eine Strafanzeige. Sie sollten einen Anwalt hinzuziehen. Der Gerichtstermin steht weiter unten.«

Ich nickte. »Okay.«

»Mein Rat? Bekennen Sie sich schuldig. Erklären Sie Ihre Situation. Sammeln Sie jeden Beweis, den Sie für die Misshandlungen haben. Kommen Sie aufs Revier, wenn Sie so weit sind, und zeigen Sie den Einbruch Ihres Ex an. Angesichts all der mildernden Umständen ist das wahrscheinlichste Szenario eine Geldstrafe und gemeinnützige Arbeit.«

Ich sah ihn an, musterte sein Gesicht und wartete, ob noch mehr kommen würde. Ich konnte kaum glauben, dass es nach alldem nicht so sein sollte.

McKnight lächelte leicht. »Und tun Sie das nie wieder. Wenn Sie in Gefahr sind, wenn Sie Angst haben, Ihren richtigen Namen zu nennen, dann sagen Sie das den Beamten. Wir tun alles uns Mögliche, um Sie zu beschützen.«

»Okay«, sagte ich. »Danke.«

Er nickte. »Auf Wiedersehen, Miss Williams.«

Ich hob mein Kinn. »Auf Wiedersehen.«

So ruhig wie möglich ging ich wieder ins Cottage und schloss die Tür hinter mir. »Dusty«, rief ich, und nach einer Minute kam er unter dem Sofa hervor.

Ich sah mich in meinem zerstörten Heim um. »Das tut mir leid«, sagte ich zu ihm. »Alles tut mir leid.«

In meiner Handtasche suchte ich nach meiner Brieftasche.

Mit bebenden Händen holte ich den Ausweis heraus, den ich vom Staat New York hatte. Lucy King. Geboren am 12. Oktober 1992. Braunes Haar, braune Augen. Eins siebzig groß. Fünfundsechzig Kilo. Organspenderin. Wohnadresse nicht weit von hier, in Poughkeepsie.

Ich hatte fünf Kilo abgenommen, zur Sicherheit, nachdem ich beschlossen hatte, Davis zu verlassen. Jedes stehen gelassene Craftbeer, jedes Pizzastück, auf das ich verzichtete, war Teil meines Plans.

Ich strich mit den Fingern über den Ausweis, dann schob ich ihn in meine Hosentasche, zog den Reißverschluss der Brieftasche zu und ging ins Schlafzimmer. Nachdem ich die Glasscherben aus dem Weg gefegt hatte, schob ich das Bett zur Seite und benutzte ein Holzstück, einen Überrest der Kommode, um das Dielenbrett aufzustemmen.

Holzsplitter bohrten sich in meine Finger, aber schließlich schaffte ich es.

Ich holte meinen Pass und meine Kreditkarten heraus, und da war er.

Er war verblasst im Lauf der Jahre vom vielen Gebrauch. Jahre, in denen ich mit Ellie in Kneipen gegangen war. Mit Davis nach Miami geflogen war. Mein erstes Bankkonto in New York City eröffnet und meine erste Wohnung in Bushwick gemietet hatte.

Acht Jahre lang hatte ich ihn genutzt und geliebt.

Olivia Williams. Geboren am 16. April 1991. Braunes Haar, braune Augen. Eins siebzig groß. Siebzig Kilo. Natürlich hatten mich alle Liv genannt oder auch Livvie, manchmal nur L. Olivia hatte mir gut gedient, bis sie ausgedient hatte. Bis alles anders geworden war. Ich nahm den Führerschein und legte ihn vorsichtig zur Seite.

McKnight hatte recherchiert – er war auf dem richtigen Weg gewesen –, und er hatte einen Teil meiner Geschichte aufgedeckt; was ich aber kaum glauben konnte – es überraschte mich so sehr, dass meine Hände zitterten, wenn ich nur daran dachte –, war, dass er dort aufgehört hatte.

Er hatte nicht tiefer gegraben. Er hatte nicht die *ganze* Wahrheit enthüllt.

Mein Herz schwoll an, als ich nach dem letzten Stück Plastik griff, dem Original.

Lucy King war Geschichte, Olivia Williams hatte einen Gerichtstermin, aber die dritte – die war immer noch frei.

Aus dem Staat Washington: Stephanie Ostlund, der Name, den ich bei meiner Geburt erhalten hatte.

Ich öffnete meine Brieftasche, und zum ersten Mal seit bald zehn Jahren schob ich Stephanie wieder hinein.

54

Die immergrünen Bäume waren mindestens fünfzehn Meter hoch. Sie bewachten zu beiden Seiten den Snoqualmie Pass in Washington wie Tolkiens verzauberte Bäume. Dusty winselte ohne Unterlass. Fünf Tage – und fast dreitausend Meilen – Fahrerei hatten nur wenig geholfen, dass er sich an das Auto gewöhnte. Mit einer leichten Berührung erweckte ich mein Handy zum Leben, ein neues, das ich in einem Apple Store in Minneapolis gekauft hatte. Mattschwarz und nicht zersplittert – zum ersten Mal seit gefühlten Jahren. Fick dich, Davis.

Laut Google Maps war ich nur noch eine Stunde von meinem Ziel entfernt, aber das wusste ich schon. Sobald man den Pass erreicht hatte, sobald man die Pinien riechen konnte – süß wie Weihnachten –, musste man nur noch dem gewundenen Band der Straße folgen, dann war man fast da.

Ein Pick-up drängelte hinter mir. Vorsichtig wechselte ich auf die rechte Spur. Ich rief mir ins Gedächtnis, dass die Nummernschilder nicht mit mir in Verbindung gebracht werden konnten, selbst wenn die Polizei mich herauswinkte. Ich hatte einen kurzen Boxenstopp eingelegt, als ich die Stadt verlassen hatte, um meine Nummernschilder gegen die des Wagens auszutauschen, den Vera in New York City organisiert hatte. Er hatte, unbemerkt von der Polizei, die ganze Zeit eine Meile von der Hütte entfernt gestanden – und nun war er doch noch nützlich.

Der Pick-up beschleunigte, und ich wechselte wieder die Spur.

Es ist nicht so, dass ich je aufgehört hätte, Stephanie sein zu wollen, ich war nicht eines Tages aufgewacht und hatte mir gesagt: *Ich bin von heute an jemand anders,* als würde ich ein neues Outfit anprobieren. Einfach so.

Und glaubt mir, der Grund dafür waren nicht die Beschimpfungen als Schlampe oder das verdammte Video, das durch alle sozialen Netzwerke schoss. Sogar als das Video sich wie ein Lauffeuer auf dem Campus verbreitete, konnte ich damit umgehen. Ebenso mit dem Spott. Und den Pfiffen. Und den Anfragen von so gut wie jedem Kerl am College – dass sein Schoß kalt wäre und ob ich ihn nicht aufwärmen könnte, wenn ich gerade eine Minute Zeit hätte. Oder die ekelhaften Geräusche, die sie machten, wenn sie so taten, als würden sie saugen. Mit solchen Sachen konnte ich umgehen.

Womit ich nicht umgehen konnte, war er. Er, mit seinem Print-Shirt und seinen rosigen Wangen und dem ernsthaften Blick, jeden verdammten Tag im Coffeeshop auf dem Campus. Jordan Exley, der mir erzählte, es täte ihm so leid, was mir geschehen war, es wäre schrecklich, was alle sagten, dass er da wäre, wenn ich mal jemanden zum Reden bräuchte. Dass wir uns doch mal auf einen Kaffee oder Tee treffen sollten. Uns unterhalten sollten.

Er kam jeden Tag, und jedes Mal lud er mich höflich ein, und ich sagte höflich Nein, denn wenn ich ausgerastet wäre, hätte ich meinen Job verloren, meinen Job als Werkstudentin. Ich wäre am Ende gewesen.

Jeden Tag schaute er mich mit so viel Mitleid an, während ich ihm seinen extraheißen Mandelmilchlatte zubereitete. Jeden Tag erzählte er mir, er wäre ein guter Zuhörer und ich sollte ihm doch eine Chance geben.

Jeden Tag, bis ich ihm nicht mehr zuhören konnte.

Jeden Tag, bis zu dem, an dem es mir zu viel wurde und ich die Luke vollständig aufschwingen ließ. Ich streckte den Arm aus, um ihm den Latte zu reichen, und er legte den Kopf schief und sagte: »Wirklich? *Du* weist *mich* zurück?«

Ohne dass ich es wirklich wahrnahm, drückte meine Hand den Becher zusammen, sodass der Plastikdeckel absprang. Ich schüttete ihm das Getränk – Mandelmilch, erhitzt auf hundertachtzig Grad – in sein selbstgefälliges kleines, Latte liebendes Gesicht.

Er schrie augenblicklich auf, während sich gleichzeitig der süßlich verkohlte Geruch von verbrannter Haut ausbreitete, und nur dank der extrem schnellen Reaktion des Managers, der ihn sofort mit Wasser übergoss, waren die Verbrennungen nicht so schlimm, wie sie hätten sein können. Und nur weil ich so schlecht gezielt hatte, war nicht sein ganzes Gesicht verbrannt, sondern nur sein Hals und zwei Zentimeter seines Kinns.

Nur weil er so viel darauf gab, gläubig zu sein, verzichtete er, gegen den ausdrücklichen Wunsch seiner Eltern, auf eine Anzeige gegen mich.

Das machte keinen Unterschied für das College – oder für meinen Ruf. Ich wurde sofort rausgeschmissen, kurz vor meinem Abschluss. Außerdem wurden Artikel veröffentlicht, in der College-Zeitung, aber auch anderswo. Auf Blogs. Auf beschissenen Nachrichtenseiten. Von jedem, der ein oder zwei Klicks einfahren wollte mit Klatsch über ein nuttiges Mädchen, das übergeschnappt war. Mein Name war ziemlich ungewöhnlich, was ich als angehende Journalistin als Vorteil gesehen hatte, doch nach diesem Tag machte er es nur einfacher, mich zu googeln, um die ganze schäbige Geschichte zu erfahren.

Meine Eltern hätten zu mir stehen sollen. Sie hätten zumindest auf die Belästigungen oder das Video reagieren sollen – oder auf andere mildernde Umstände. Aber das taten sie nicht. Ich hatte das getan, wovor sie immer Angst gehabt hatten. Ich hatte mich von meiner Wut mitreißen lassen.

Solange ich denken kann, war das ein Problem. Ein Schubser auf dem Spielplatz. Ein Streit mit meinem Klavierlehrer. Eine Beschimpfung in der Mittelschule. Die Wut, unter der Oberfläche, immer da. Durch eine Therapie war sie während der Schulzeit im Zaum gehalten worden, ich hatte mithilfe von Visualisierungen gelernt, mir eine Luke vorzustellen, die ich fest schloss und verriegelte, die ich nur unter bestimmten Umständen öffnete. Beim Boxunterricht. Bei einem erholsamen Lauf über die Aschenbahn der Schule. Bei einem gelegentlichen Schrei in mein Kissen hinein.

Aber für meine Eltern spielte es keine Rolle, dass ich die Wut für so lange Zeit im Griff gehabt hatte, dass ich gelernt hatte, mich an eine Welt anzupassen, in der Wut – oder zumindest weibliche Wut – nicht erlaubt war. Jeder Tag, an dem ich die Luke geschlossen gehalten hatte, zählte nicht mehr, nachdem ich das getan hatte. Alles, was meine Mutter immer und immer wieder sagte, war: »Warum musstest du hingehen und deine Zukunft ruinieren? Nach allem, was wir für dich getan haben.« Die Version meines Vaters war ein bisschen knapper: »Irgendwie hast du trotz allem einen Weg gefunden, um alles kaputt zu machen.« Dann ermahnte er mich, dass ich hätte glücklich sein sollen, dass überhaupt jemand mit mir hatte ausgehen wollen – trotz des kursierenden Videos.

Es ist nicht so, dass meine Eltern nicht liebevoll gewesen wären. Das waren sie, auf ihre Art. Sie kochten mir Suppe, wenn ich krank war, sie nahmen mich mit in den Park, meldeten mich zu Kunstkursen an, suchten mir einen Therapeuten für meine Probleme – all das.

Doch nach dem Tag war mir klar, dass das alles mit einer bestimmten Absicht geschehen war. Sie wollten aus mir die perfekte Tochter machen und hatten eine Menge Geld dafür ausgegeben, um das Monster in mir klein zu halten.

Sobald es sich gezeigt hatte, für jeden gut erkennbar, waren sie so angewidert von mir, wie ich es selbst von mir war.

Ich schüttelte den Kopf und schob Stephanie für einen Moment beiseite, als ich um die nächste Kurve fuhr, weiter den Pass entlang, die Bäume waren jetzt sogar noch dicker, und Dusty hörte nicht auf zu winseln.

Meine Eltern hatten das Schlechteste in mir gesehen, sie hatten mich verurteilt, und ihre Liebe zu mir schien sich komplett verflüchtigt zu haben – ich konnte es in ihren Augen sehen –, deshalb blieb mir nichts anderes übrig, als zu gehen.

Ich löste das Konto auf, das meine Großmutter für mich vor ihrem Tod eingerichtet hatte – das Geld, zwanzigtausend Dollar, war für den Umzug nach dem College-Abschluss gedacht gewesen –, und ging nach New York. Ich wusste, in meinem Staat konnte ich unmöglich einen Job finden, nicht in einem so wettbewerbsorientierten Feld wie dem Journalismus – jeder interessierte Arbeitgeber, der mich googelte, hätte gesehen, dass ich vom College geworfen worden war, und hätte unzählige Artikel über mich gefunden. Vor allem wusste ich, dass ich einen Neuanfang brauchte. Ich hatte Informatik im Nebenfach studiert, darum war es nicht schwierig, mir eine neue Identität über das Dark Web zu besorgen, da ich wusste, wo ich suchen musste. Das volle Programm: Ausweis, Krankenversicherung, Sozialversicherungsnummer und alles andere; es kostete nur ein paar Tausend Dollar, weniger als ein gebrauchtes Auto. Es war nicht wasserdicht, aber wenn man vorsichtig war, wenn man keinen Diebstahl beging oder versuchte, Unmengen von Kreditkarten zu beantragen, war es ganz leicht, mit dem Namen eines anderen durchzukommen.

In New York City, in einem von Kakerlaken verseuchten WG-Zimmer in Williamsburg, das mich neunhundert pro Monat kostete und mir als Schnäppchen angepriesen wurde, begann ich mein neues Leben.

Ich hatte nie vorgehabt, wegen meiner Eltern zu lügen, aber meine Mitbewohnerin konnte nicht aufhören, über ihre zu sprechen – wie sehr sie sie bei ihrem Umzug nach New York unterstützt hatten, dass sie davon träumten, dass ihre Tochter eine Künstlerin wurde, dass sie in nur einem Monat zu Besuch aus Kansas kommen würden.

Als sie mich nach meinen fragte, platzte es aus mir heraus: »Sie sind tot.«

»O mein Gott«, sagte sie und schob ihre Unterlippe mitleidig vor: »Du bist ganz allein?«

Ich nickte, ich wusste genau, was sie dachte, und wagte nicht, das richtigzustellen. Mir wurde klar, dass das die bessere Version war als die Wahrheit – dass sie mich nicht liebten, dass sie mich, nach dem, was alles passiert war, in einem anderen Licht sahen.

Fragen wurden gestellt, und aus dem Nichts entstand eine Geschichte. Sie waren bei einem Unfall gestorben, als ich noch am College war. In gewisser Weise war es gar nicht komplett gelogen. Ein bisschen gestorben waren sie ja an dem Tag, an dem ich Mandelmilch in Jordan Exleys Gesicht geschüttet hatte. Und ich auch. Zumindest war das gestorben, was uns verband.

In Brooklyn lebte ich so, wie ich es auch mit meinem College-Abschluss getan hätte. Ich schrieb einen Lebenslauf für die entzückend normale und schwer zu googelnde Olivia Williams, einschließlich eines Abschlusses in Journalismus an meiner ehemaligen Alma Mater, der University of Washington, und eines Berufspraktikums bei *The Stranger*, einer unabhängigen Zeitung dort.

Die meisten Redakteure – so beschäftigt damit, sich wegen des Niedergangs des Journalismus und des bevorstehenden Verlusts ihres Jobs zu sorgen – prüften das nicht weiter. Sie glaubten, was ich in einem Copyshop in der Bedford Avenue auf eierschalenfarbenes Papier drucken ließ. Die meisten Seminare hatte ich auch besucht, und ich erzählte ihnen, dass ich immer meine Taschenbuchausgabe von *The Elements of Style* dabeihatte, und sie glaubten mir.

Nur eine Frau ging mir nicht auf den Leim, so eine Zicke bei *Vogue* – es bedurfte einer ungeheuren Anstrengung, die Luke während des Bewerbungsgesprächs geschlossen zu lassen –, aber sie war die Einzige. Es gab andere. Es würde immer Leute geben, die ich anlügen und täuschen müsste. Ehrlich, ich wäre mein ganzes Leben lang Liv geblieben, wenn ich gekonnt hätte.

Aber dann kam Davis.

Davis, der meinen Neustart in eine veritable Hölle auf Erden verwandelte. Der mich bestrafte – physisch, mental und emotional. Es war kein Wunder, dass ich schließlich die Kontrolle verlor.

Nachdem er im Mai mit Ellie im Schlepptau in meinem Hotel aufgetaucht war, wurde mir klar, dass ich kreativ werden musste. Nachdem er mir erzählt hatte, dass er niemals zulassen würde, dass ich ihn verließe, dass er mir alles wegnehmen würde, was mir am Herzen lag, einschließlich Dusty, unserem Hund, wurde mir klar, dass ich neu anfangen musste … ein weiteres Mal.

Ich hatte alles vorbereitet, um eines Nachts leise zu verschwinden – Lucy Kings brandneuer Ausweis wartete in meiner Brieftasche –, aber dann, nur wenige Tage bevor ich wie geplant gehen wollte, warf mir Davis nach einem gemeinsamen Essen vor, dass ich mit allen Männern in der Bar geflirtet hätte, die wir danach aufgesucht hatten – Männer, die ich nicht mal angesehen hatte, dieser paranoide Scheißkerl.

Und daraufhin öffnete sich die Luke.

Ich griff mir die Flasche Whiskey, die immer auf unserem Tresen stand und …

Schlug zu.

Mein erster Impuls war, den Notruf zu wählen, aber ich legte schnell wieder auf und warf mein Telefon gegen die Ziegelwand. Dann verpasste ich mir mit der Whiskeyflasche einen Bluterguss und ließ Davis bewusstlos auf dem Hartholzfußboden unserer Wohnung zurück. Ich legte Dusty die Leine an, nahm meine Sachen und ging.

Während der ersten Wochen war ich zur Hälfte erfüllt von der Angst, dass er mich finden würde – und zur anderen Hälfte von der Angst vor etwas viel Schlimmerem.

Dass die Polizei mich finden würde. Dass ich ihn tot zurückgelassen hatte.

Darum war der Bluterguss notwendig. Notwehr, wenn jemand fragen sollte, da ich zu dumm gewesen war, die vorherigen Blutergüsse zu dokumentieren. Erpressung, falls er mich weiterhin kontrollieren wollte – wenn er mich nicht vorher umbrachte.

Ich nahm die nächste Ausfahrt und ließ den Pass sowie die Bäume hinter mir. Ich kam der Stadt näher, und der Himmel war blauer, als er es in Seattle sein sollte, gesprenkelt mit Wolken.

Inzwischen wusste ich es, so klar wie der Himmel über mir: Ich hätte niemals anbieten sollen, Vera und John zu helfen. Aber ich hatte so große Angst gehabt, dass Davis mich aufspüren könnte. Ich hatte so Angst gehabt, dass mein unüberlegter Versuch, ihn zu erpressen, ihn nur noch wütender gemacht hatte. Und vor allem konnte ich den Gedanken nicht ertragen, noch einmal bei null anzufangen. Die Menschen zu verlieren, die ich so sehr liebte. Die Menschen, denen ich naiverweise erlaubte, mich bedingungsloser zu lieben als meine Eltern.

Natürlich hatte ich es hinbekommen, die beiden trotzdem zu verlieren.

Wie mein Vater gesagt hatte: Irgendwie hatte ich einen Weg gefunden, alles kaputt zu machen.

Nach weiteren fünfzehn Minuten bog ich in die Straße am Rand von Nord-Seattle und starrte schließlich auf die gelbe, nur leicht verwitterte Fassade und die weißen Zierleisten, die aussahen, als wären sie kürzlich gestrichen worden.

Ich bog in die Einfahrt und parkte hinter einem Subaru, einem neueren Modell, als sie ihn früher gehabt hatten.

Dusty ließ ich im Auto und erklomm dann die steinernen Stufen mit schweren Füßen.

Ich atmete tief ein. Ich hatte alles verloren.

Lucys Freunde waren tot. Olivias Freunde hatten zurückbleiben müssen. Und dazu kamen noch die rechtlichen Verpflichtungen, der Gerichtstermin, bei dem ich nie, *niemals* auftauchen würde.

In gewisser Weise taumelte ich seit Jahren auf einen Tiefpunkt zu, doch jetzt hatte ich ihn unbestreitbar erreicht.

Ich wollte nicht mehr lügen. Ich wollte nicht mehr dieser Mensch sein. Ich wollte einen Weg finden, nicht mehr über die ganzen schrecklichen Dinge nachzudenken, die ich getan hatte.

In der Zeit nach alldem, was auf dem College passiert war, hatte ich geglaubt, meine Eltern würden mich nicht mehr lieben – und dass sie es niemals mehr tun würden. Aber während all der Jahre hatte ich sie sehr vermisst, trotz meiner selbst. Ich hatte mich nach meiner Familie gesehnt, auch wenn ich sie für ihre Reaktion hasste. Natürlich hatte ich mich gefragt, ob ich mein Leben zu schnell, zu einfach über den Haufen geworfen hatte. Ob sie nicht doch zu mir gestanden hätten, wenn ich ihnen die Chance dazu gegeben hätte.

Darum gab ich ihnen heute eine zweite Chance, und ich betete, wider alle Wahrscheinlichkeit, dass sie sie ergreifen würden. Ich betete, dass ich falschlag, dass ihre Liebe letztendlich doch nicht an Bedingungen geknüpft war.

Ich klopfte dreimal gegen die Tür.

Nach einem Moment schwang sie auf, und plötzlich roch es nach Truthahn-Tetrazzini, zubereitet nach demselben Rezept, nach dem ich sie für Vera und John damals gemacht hatte und das auch Davis geliebt hatte.

Ihr Haar war jetzt vollständig grau, ihre Lippen waren zartrosa geschminkt, ihre Ohrringe aus Perlmutt und herzzerreißend vertraut.

Hinter ihr tauchte er auf, seine Augen weiteten sich, als er mich sah. Sein Haar war weißer, seine Falten tiefer – eine Landkarte all der Jahre, die ich verpasst hatte.

»Stephanie?«, fragte er.

»Mein Gott«, sagte sie. »Du bist es.«

Ich schluckte meinen Stolz hinunter, meine Lügen und die Wut, von der ich wusste, dass sie immer in mir lauerte, immer schwelend und begierig, hervorzubrechen, wenn ich sie ließ – und ich blickte diese Frau an, inzwischen sechsundfünfzig Jahre alt und so schön wie immer. Und diesen Mann, der mich ansah, als wäre ich nichts anderes als ein Kind.

»Hi, Mom«, sagte ich. »Dad. Ich bin's.«

Danke

Ein herzliches Dankeschön an all jene, die dieses Buch ermöglicht haben.

An meine unglaubliche Agentin Elisabeth Weed, danke, dass du an diese Geschichte geglaubt hast mit all ihren Twists und Turns. Deine Erfahrung im Storytelling und unsere wilden, völlig spontanen Brainstorming-Sessions haben aus dem Buch das gemacht, was es heute ist. Du bist genau die Person, die ich mir an meiner Seite wünsche, und du hast mir das perfekte Geschenk gemacht: die Möglichkeit, rund um die Uhr das zu tun, was ich liebe. Und ebenso herzlichen Dank an alle in deinem Team, die ebenfalls den Text gelesen haben, besonders an Hallie Schaeffer, deren frühe Anmerkungen goldrichtig waren.

An Margo Lipschultz, Sally Kim und das gesamte Team von Putnam. Ich kann euch allen gar nicht genug danken, dass ihr euch so in diese Geschichte verguckt und euch so sehr für sie eingesetzt habt. Margo, schon bei unserem ersten Telefongespräch wusste ich, dass wir das perfekte Lektoratsgespann sind. Deine Anmerkungen und deine Anleitung halfen mir, Lucys Stimme und ihre Intentionen zu entdecken – du hast genau verstanden, worum es mir ging, und hast mir geholfen, dies umzusetzen. Und riesigen Dank dafür, dass du das Buch noch mal und noch mal (und noch mal!) gelesen hast, während ich nach Möglichkeiten suchte, den Zeitplan des Buches mit dem des frisch geborenen Babys abzustimmen.

An Joel Richardson und allen bei Michael Joseph. Ich bin so dankbar für all die Mühe, die in Lektorat und Marketing auf der anderen Seite des großen Teichs geflossen ist. Joel, du hast mir entscheidend dabei geholfen, das richtige Tempo für den Roman zu finden und Wendung auf Wendung zu entwickeln. Da ich britische Thriller-

Autoren so liebe, ist es mir eine Ehre, dass dieses Buch einen Platz in deinem Bücherregal gefunden hat.

An Jenny Meyer und ihr Wahnsinnsteam. Ich kann gar nicht sagen, wie dankbar ich bin für all die Sorgfalt, die ihr der Vorstellung des Buches rund um den Globus gewidmet habt – jeder Lizenzverkauf ist total aufregend. Vielen Dank für eure Hilfe, für dieses Buch so viele Leser wie möglich zu finden.

An Michelle Weiner und allen bei CAA. Eure Anrufe waren die aberwitzigsten »Kneif mich mal«-Momente meines Autorinnendaseins. Vielen Dank, dass du alles darangesetzt hast, für dieses Buch ein gutes TV-Zuhause zu finden. Und Dank an Marc Webb, CBS Television, Mark Martin und das ganze Team von Black Lamb. Ich bin so froh, dass dieses Buch in euren fähigen Händen gelandet ist.

Niemand schreibt im luftleeren Raum, und ich bin auf ewig meinen beiden grandiosen Testleserinnen Andrea Bartz und Danielle Rollins dankbar. Andi, vielen Dank für die vielen, vielen Spaziergänge im Park und die Geduld mit meinen panischen Telefonaten, die notwendig waren, um die Geschichte so erzählen zu können, wie sie ist. Danielle, dein Gespür für Plot und Tempo ist unschlagbar. Und auch allen anderen, die dieses Buch schon in frühen Stadien gelesen haben, bin ich dankbar, neben vielen anderen Robin Bruns Worona, Kate Lord und Julia Bartz.

Ich habe das Glück, von Menschen umgeben zu sein, die mich zeitlebens zum Schreiben ermutigt haben. Ein ganz besonderer Dank gilt meinen Eltern, die mich nie gezwungen haben, einen alltagstauglicheren Beruf zu ergreifen, und die immer meine größten Fans waren bei jedem neuen Entwicklungsschritt. Und einen besonderen Dank an dich, Kimberley, meine Schwester, deren Anleitung und Anmerkungen wegweisend waren für nahezu jedes meiner Bücher.

Schließlich mein Dank an Thomas, dass du mich all die Jahre unterstützt und an mich geglaubt hast. Und dass du es gewagt hast, mit mir ein Haus im wunderbaren Norden des Staates New York zu kaufen – ohne dich hätte ich dieses Buch niemals schreiben können. Dank an meinen Lieblingsmitarbeiter, meinen Hund Farley, du bist die beste emotionale Unterstützung, die eine Autorin finden kann. Und an Eleanor, danke, dass du genau zu dem Zeitpunkt in unser Leben getreten bist, an dem du es tatest.

Manche Geheimnisse sind peinlicher als Mord …

CATHERINE O'CONNELL

Die Geheimnisse der Nacht

THRILLER

Am Morgen nach ihrem Junggesellinnenabschied wacht Maggie vom Klingeln des Telefons auf – nicht nur mit einem gehörigen Kater, sondern auch neben einem Mann, der nicht ihr Verlobter ist. Doch das ist ihr geringstes Problem: Offenbar wurde ihre Freundin Angie ermordet, kurz nachdem sie die Party in einer Chicagoer Szenebar verlassen hatte.

Für Detective Ron O'Reilly ist schnell klar, dass jede der fünf verbleibenden Freundinnen in mindestens einer Angelegenheit lügt. Maggie ist nicht die Einzige, die um jeden Preis ein fatales Geheimnis bewahren will …

Ein raffiniert verflochtenes Mordstück mit wenig Blut und umso mehr Spannung: »Kaum eine Seite vergeht ohne neuen, überraschenden Twist … eine kluge, vergnügliche Lektüre.«
The Times

KNAUR